MARTINA WALTER

Die Winzerstochter vom Rhein

Über die Autorin:

Martina Walter wuchs in Coburg in Bayern auf. Nach dem Abitur studierte sie Kunstgeschichte und Romanistik an der Universität Erlangen-Nürnberg. Vor mehr als 25 Jahren zog sie mit ihrem Mann und ihren beiden Kindern ins Rheinland, nach Bad Honnef. Beruflich war sie etliche Jahre an dem zur Bonner Universität gehörenden Studienhaus für Keltische Sprachen und Kulturen tätig. Zudem veröffentlichte sie zahlreiche Beiträge in lokalen Medien. Neben der Kunstgeschichte und dem Chorgesang galt ihre Leidenschaft schon immer historischen Zusammenhängen. So knüpft ihr erster Roman an ein Ereignis aus der rheinischen Geschichte des ausgehenden 17. Jahrhunderts an.

MARTINA WALTER

Die Winzerstochter vom Rhein

HISTORISCHER ROMAN

lübbe

Dieser Titel ist auch als E-Book erschienen.

MIX
Papier aus verantwortungsvollen Quellen
FSC® C014496

Originalausgabe

Lektorat: Dr. Stefanie Heinen
Textredaktion: Dr. Ulrike Brandt-Schwarze, Bonn
Umschlaggestaltung: Johannes Wiebel | punchdesign, München
unter Verwendung von Illustrationen von © Richard Jenkins Photography;
© shutterstock.com: NinaM | nnattalli | David M. Schrader | legon |
PIXEL to the PEOPLE
Satz: hanseatenSatz-bremen, Bremen
Gesetzt aus der Aldus
Druck und Verarbeitung: GGP Media GmbH, Pößneck
Printed in Germany
ISBN 978-3-404-18454-5

2 4 5 3

Sie finden uns im Internet unter
luebbe.de
Bitte beachten Sie auch: lesejury.de

Die Figuren der Handlung

Die *Kursivsetzungen* verweisen auf historische Persönlichkeiten.

Rhöndorf

Flora Mentis, Winzerstochter
Caspar Mentis, ihr Vater, Weinbauer, Pächter des Zennigshofs
Laurenz, sein Sohn
Agnes Litz, Floras Freundin
Peter Zirwes, Gehilfe und Knecht
Franz Knipp, Knecht
Mariana Josten, eine junge Frau
Gottfried Bender, Uhrmachermeister aus der Pfalz
Amelia, seine Tochter aus erster Ehe
Elisabeth, seine zweite Ehefrau
Konrad, ihr gemeinsames Kind

Honnef

Franz Xaver Trips, kath. Pfarrer an der Kirche St. Johann Baptist
Hermine (Vorname fiktiv) *Harperath*, seine Haushälterin
Johann Steffens, Gerichtsschreiber
Christina, seine Frau
Saskia, seine Enkeltochter

Beuel

Cornelius Mentis, Bruder von Caspar, Zimmermann und Tischler
Philipp Mölgen, sein Geselle

Bischofshof in Beuel

Severin Merzig, Stallmeister
Heinrich Esser, Winzer und Kellermeister
Valentin, Bediensteter

Kurfürstlicher Hof in Bonn

Wilhelm von Fürstenberg-Heiligenberg, Bischof von Straßburg, Kardinal und kurkölnischer Premierminister
Jeremias von Strasshof, sein Schützling und Vertrauter
Emanuel Franz Egon von Fürstenberg, sein Neffe, Oberst in Diensten Kaiser Leopolds I.
Katharina Charlotte von der Marck, dessen Frau

Bonn

Jakob Weinreiß, Bürgermeister
Thomas, sein Sohn aus erster Ehe
Dorothea, seine Tochter aus zweiter Ehe
Tobias, sein Sohn aus zweiter Ehe
Jean, Soldat in der Armee des französischen Königs
Anton von Wissingh, Guardian des Minoritenklosters
Bruder Jodocus, Mönch des Minoritenklosters

Köln

Victor Morel, Thomas Weinreiß' Freund aus London
Ferdinand Corvinus, Verleger
Florian, sein Sohn, Tuchhändler
Muthesius, Diener in Corvinus' Haus
Rudolf von Falkenstein, Mitglied der Gesandtschaft des *Grafen von Kaunitz*
Hieronymus Zilken, Weinhändler
Christian Mathiesen, Hamburger Weinhändler

Prolog

Lechenich, 4. Juni 1688

Strahlend stand die Mittagssonne über der weiten Ebene. Das Land mit den sachte im Wind wogenden Kornfeldern war flach, so weit das Auge reichte. Nur vereinzelt wurde es von Baumreihen und Büschen durchbrochen. Eine Kutsche rollte von Westen her in gemächlichem Takt auf die Stadt zu. Niemand unter den vier Reisenden hatte das Bedürfnis, einen Blick auf die zumeist eintönige Landschaft zu werfen. Wilhelm von Fürstenberg-Heiligenberg, Bischof von Straßburg und seit zwei Jahren Kardinal, schloss die Augen, um ein wenig zu dösen. Sein Neffe Emanuel von Fürstenberg, der als Oberst in habsburgischen Diensten stand und auf Urlaub war, sprach leise mit seiner Gemahlin, der Gräfin Katharina Charlotte von der Marck, während ein junger Mann mit ebenmäßigen Gesichtszügen und schwarz glänzendem Haar gelangweilt in einem Brevier blätterte. Jeremias von Strasshof stand in keinem verwandtschaftlichen Verhältnis zum Kardinal, war aber über die Jahre zu dessen engstem Vertrauten geworden.

Erst als von außen auf einmal Stimmen laut wurden, kam Bewegung in die Reisegesellschaft. Ungeduldig schob Wilhelm von Fürstenberg den Vorhang zur Seite, um hinauszuspähen. Sie hatten offenbar bereits das Stadttor von Lechenich passiert, denn links und rechts säumten Häuser den Weg.

Plötzlich sprengte ein Reiter heran und bedeutete dem Kutscher, auf der Stelle anzuhalten. »Ich habe einen Brief für den

Kardinal!«, rief er. »Mein Auftrag lautet, ihn Seiner Eminenz Wilhelm von Fürstenberg persönlich auszuhändigen.«

Laut schimpfend brachte der Kutscher den Wagen zum Stehen.

Neugierig geworden, stieß Fürstenberg die Tür auf. Er nahm das Schreiben entgegen, brach sogleich das Siegel auf und überflog den Inhalt.

»Meine Feder und Papier!«, forderte er, nahm beides von Strasshof entgegen und verfasste sogleich mit sicherer Hand eine Notiz, die er schließlich dem ungeduldig wartenden Kurier übergab. »Lasst diesen Brief umgehend an den Hof Ludwigs XIV. in Versailles expedieren!«

Mit einem heftigen Ruck zog der Kardinal den Schlag der Kutsche wieder zu, sank zurück gegen das Polster und schwieg so lange, bis sich das Gefährt wieder in Bewegung gesetzt hatte.

»Keine guten Nachrichten, Eminenz?«, erkundigte sich Strasshof.

Schwerfällig richtete sich Fürstenberg auf.

»Maximilian Heinrich ist gestern Abend in seinen Gemächern im Bonner Schloss verstorben. Dabei schien es ihm doch noch vor einigen Tagen besser zu gehen«, sagte er leise und seufzte. Er war nicht nur der Erste Minister des Kölner Kurfürsten, sondern ihm auch seit Kindertagen vertraut. »Lasst uns für ihn beten.«

Die Mitreisenden willigten, ohne zu zögern, ein. Mit einem *Dominus vobiscum* beendete Fürstenberg das Gebet und blickte dann mit tadelnder Strenge auf Strasshof, der ihm in betont lässiger Haltung gegenübersaß. Dieser ließ sich nicht beirren, sondern erwiderte den Blick des Kardinals mit einem hinreißenden Lächeln, das dem Ernst des Augenblicks in keiner Weise angemessen war.

Einen Seufzer unterdrückend, beschloss Fürstenberg, diesem ungebührlichen Benehmen keine weitere Beachtung zu schenken. Stattdessen sah er zu der schönen Gräfin hinüber. Sie wirkte sehr erschöpft, dunkle Schatten lagen unter ihren Augen. Das war auch nicht verwunderlich. Schließlich war die Rückkehr von Schloss Modave im Fürstbistum Lüttich, einer der Residenzen des Kardinals, hierher wahrlich kein Vergnügen gewesen. Sie waren gestern von dort aufgebrochen und hatten, abgesehen von einer kurzen Übernachtung in einer einfachen Herberge, die Kutsche nicht verlassen.

»Soll das etwa bedeuten«, seufzte die Gräfin matt, »dass ich mir am Ende dieser qualvollen Fahrt auch noch einen Toten ansehen muss?«

Fürstenberg lächelte ihr aufmunternd zu, obwohl sie die Kurzreise auf ihren Wunsch hin unternommen hatten. »Nein, meine Liebe, wir fahren erst einmal in mein Bonner Domizil. Dort könnt Ihr bleiben.«

Jeremias von Strasshof richtete sich mit katzenhafter Geschmeidigkeit auf, beugte sich zu Fürstenberg hinüber und legte seine rechte Hand auf dessen Arm. »Ich werde Euch in diesen schweren Stunden nicht alleinlassen.«

Der Kardinal nickte ihm dankbar zu. Er hatte nichts anderes erwartet. Schon im nächsten Augenblick jedoch runzelte er missbilligend die Stirn. Durch die heftige Bewegung war das Halstuch des jungen Mannes verrutscht, wodurch ein Amulett mit dem Bild eines Totenschädels zum Vorschein gekommen war.

Strasshof, der den Unwillen Fürstenbergs bemerkte, lächelte ungeniert. »Ich weiß, dass Ihr das Amulett abstoßend findet, Eminenz, aber es hat mir bislang gute Dienste geleistet und mich immer beschützt.« Rasch griff er nach dem Halsschmuck und drehte ihn um, sodass nun das dornenbekrönte Haupt Christi auf der Rückseite zu sehen war. »Das dürfte Euch besser gefallen!« Lachend ließ Strasshof sich gegen das Polster zurückfallen.

Fürstenberg musste sich wieder einmal geschlagen geben. Manchmal fragte er sich, warum Jeremias sich ihm gegenüber herausnehmen konnte, was er wollte, warum er ihm gegenüber so nachsichtig war, ihm so schnell verzieh. Zweifellos eine persönliche Schwäche.

Am späten Nachmittag erreichte die Kutsche zur Erleichterung der Reisenden endlich die kurfürstliche Residenzstadt Bonn. Zahlreiche Menschen und eine Reihe von Fuhrwerken warteten bereits vor dem Sterntor, um in die Stadt eingelassen zu werden. Nur wenige nahmen Notiz von ihrer Kutsche, auch als diese später ratternd über das Bonner Straßenpflaster rollte. Während die Gräfin und ihr Gemahl tief und fest schliefen, wandte Strasshof sich an Fürstenberg.

»Ich nehme an, Euer Brief enthält weit mehr als nur die Nachricht vom Tod des Kurfürsten?«

Der Kardinal nickte. »So ist es. Ich habe den französischen König über das Ableben des ehrwürdigen Maximilian Heinrich unterrichtet. Gleichzeitig habe ich meiner festen Überzeugung Ausdruck verliehen, dass Seine Majestät mich bei der Wahl des Nachfolgers uneingeschränkt unterstützen wird.« Ein triumphierendes Lächeln huschte über sein Gesicht. »Mein größtes Ziel ist zum Greifen nah!« Mit geübten Fingern rückte er seine Perücke zurecht und strich über das seidig schimmernde Kardinalsgewand, in dem ein massiger Körper steckte.

Strasshof sah hinaus auf die Gasse, wo ein junges Paar im sanften Licht der späten Stunde vorbeischlenderte. Dann wandte er sich wieder an Fürstenberg.

»Aber, Eminenz, Ihr habt mächtige Gegner, denen Ihr schon lange ein Dorn im Auge seid. Sie halten Euch für einen Franzosenfreund, für einen Vaterlandsverräter. Nicht nur Kaiser Leopold, sondern auch die Fürsten des Reiches. Die Bayern werden ebenfalls alles daransetzen, dass weiterhin ein Wittelsbacher das Kurfürstentum Köln regiert.«

Fürstenberg lachte leise, neigte sich zu ihm und raunte mit unüberhörbarem Spott in der Stimme: »Ihr Kandidat Prinz Joseph Clemens ist ein Jüngling von gerade einmal sechzehn Lenzen. Ein Grünschnabel! Was kann dieses unbeschriebene Blatt gegen meine politische Erfahrung, gegen meine diplomatischen Erfolge schon in die Waagschale werfen? Nichts! Die Kölner Domherren kennen mich, die meisten sind auf meiner Seite. Und die es noch nicht sind, werde ich auf meine Seite ziehen!« Er lehnte sich zurück. Seine Augen blitzten siegesgewiss.

Strasshof nickte kurz und sah dann wieder aus dem Fenster. Erst als die Kutsche in den Hof vor Fürstenbergs Wohnung einfuhr, wandte er sich noch einmal an seinen Dienstherrn.

»Seid auf der Hut, Eminenz«, sagte er leise. »Legt Euch nicht allzu offen mit den Fürsten an und gebt vor allem dem Kaiser nie wieder die Gelegenheit, über Euer Schicksal zu entscheiden.«

Fürstenberg zuckte zusammen – wie immer, wenn man ihn daran erinnerte, dass er einst fünf Jahre lang der Gefangene Kaiser Leopolds gewesen war.

»Hätte er Euch nicht entführen lassen, wären wir uns nie begegnet«, flüsterte Strasshof sanft, um den Kardinal aus seinen düsteren Gedanken zu holen. »Eure Gefangenschaft war mein Glück.«

»*Unser* Glück, Jeremias.« Lächelnd klopfte Fürstenberg mit seinem silbernen Gehstock dreimal an den Plafond der Kutsche, die unterdessen angehalten hatte.

Sie waren angekommen. Zeit, um auszusteigen.

1

Rhöndorf, 5. Juli 1688

Die Sonne war bereits über den Weinbergen aufgegangen, als Flora in ihrer Kammer erwachte. Sie reckte sich ausgiebig, dann stand sie auf, streifte ihr Nachthemd ab und zog sich an. Es war höchste Zeit, hinauf auf den Weinberg zu gehen. Heute mussten die Reben an den Stöcken befestigt und überschüssige Blätter und Triebe abgeschnitten werden. In der kühlen Morgenluft ging die Arbeit am besten voran. Bevor Flora das Haus verließ, nahm sie ihre Kappe vom Haken und schob ihr langes dunkles Haar darunter. Dann trat sie hinaus ins Freie. Der Hof mit der alten Linde neben dem Brunnen und das Kelterhaus lagen im Glanz des Morgenlichts. Es war die schönste Zeit des anbrechenden Tages.

»Guten Morgen, Arco!« Im Vorbeigehen strich sie dem Hund, der neben dem Brunnen döste, über das Fell und lief zum Kelterhaus hinüber. Die Tür knarrte leise, als Flora sie öffnete. Es war gerade hell genug, um zu finden, was sie mitnehmen wollte.

Rasch nahm sie den Korb mit dem Bast, griff nach der gebogenen Rebschere und schob sie in ihre Jackentasche. Sie verließ das Kelterhaus und warf einen Blick zurück zum Fenster, in dem sich ihre Gestalt spiegelte. Mit Hose, Jacke und Kappe sah sie aus wie ein junger Mann. Wohl niemand, der sie nicht kannte, würde sie mit ihrer schlanken und dennoch kräftigen Figur in diesem Aufzug für eine Frau halten. Manche Dorfbewohner schauten sie deswegen noch immer schief an, doch

Flora störte sich nicht daran – in Männerkleidung ließ es sich einfach am besten arbeiten.

»Und nur darauf kommt es an, nicht wahr?«, sagte sie zu Arco, der sich ihr angeschlossen hatte und nun munter um sie herumtänzelte. »Was soll ich im Weinberg immer auf den Rocksaum achten müssen!«

Seite an Seite gingen sie hinauf bis zur Trockenmauer, wo die ersten Rebstöcke standen. Hier wollte sie mit der Arbeit beginnen. Flora stellte den Korb ab, nahm die Rebschere aus der Jacke und trat vor einen der Rebstöcke. Behutsam schnitt sie die Triebe, die keine Früchte trugen, wucherndes Blattwerk und auch das tote Holz ab.

Das zu tun war in dieser Jahreszeit wichtig, denn an die fruchttragenden Triebe musste genügend Licht und Luft gelangen, damit die Trauben bis zum Herbst gedeihen konnten. Das hatte ihr der Vater, ein erfahrener Weinbauer, von klein auf beigebracht. Und nicht nur das. Schon früh hatte er seine wissbegierige Tochter mit auf den Weinberg genommen, ihr geduldig alle Handgriffe erklärt und sie alles selbst ausprobieren lassen. Auf diese Weise hatte er ihr im Laufe der Jahre sein ganzes Wissen vermittelt. Vor allem eines hatte er ihr immer wieder klargemacht: Nur wer sorgfältig im Weinberg arbeitete, wer sich vom Wachstum bis zur Ernte ständig um Böden und Weinstöcke kümmerte, durfte, wenn das Wetter übers Jahr mitspielte, bei der Lese im Herbst auf gute Erträge hoffen. Gern verglich der Vater einen Weinstock mit einem Kind: Gute Pflege und geduldige Erziehung ließen beide wohl geraten. Und nur aus voll reifen, süßen Trauben konnte der beste Wein gekeltert werden. Wer hingegen seine Rebstöcke und das Land, auf dem sie wuchsen, vernachlässigte, durfte sich über die schlechte Frucht nicht wundern. Er bekam den sauren Wein, den er verdiente.

Dass nur Fleiß und Sorgfalt zum Erfolg führten, hatte Caspar Mentis bereits von seinem Vater gelernt und dieser wiederum von seinem Vater. Seit Generationen gehörte die Winzerfamilie Mentis zu den angesehensten Weinbauern in der Region. Darauf waren sie stolz, und das sollte auch so bleiben. Der Vater hatte Flora die Liebe zum Weinbau und zur Weinbereitung im Kelterhaus und Keller mitgegeben. Und so hatte sie schon als kleines Mädchen beschlossen, dass sie Winzerin werden wollte, und zwar die beste im Rheinland.

Während Flora ihre Gedanken schweifen ließ, war sie bereits auf halber Höhe des Weinbergs angekommen. Sie atmete tief durch und legte die Rebschere zur Seite. Diese Arbeit war für heute erst einmal getan, und sie war schneller als erwartet damit fertig geworden. So würde sie gleich damit anfangen können, durch die Reihen zu gehen und dort, wo es nötig war, die Reben mit den Bastfasern an die Holzpfähle binden.

»Aber jetzt haben wir uns erst einmal eine Pause verdient, nicht wahr, Arco?«, sagte sie und winkte den Hund zu sich, der es sich unter einem Rosenbusch, der am Rand einer Rebenreihe wuchs, bequem gemacht hatte. Schwanzwedelnd lief er auf sie zu.

Sie zog die Kappe vom Kopf, steckte sie auf einen der Pfähle zwischen Rebe und Rosenstock und schüttelte das Haar aus. Dann blickte sie ins Tal hinunter, wo sich die Honnefer Bucht in sanftem Licht zwischen Rhein und Siebengebirge erstreckte. Dort unten lag das Kirchspiel Honnef, zu dem auch Rhöndorf gehörte. Flora sah auf die Äcker und Weingärten hinab, auf die gleichmäßige Dachlandschaft der Fachwerkhäuser und Höfe, aus der einige Gebäude hervorragten: die Honnefer Pfarrkirche St. Johann Baptist, der Bischofshof in Beuel und das Haus des Richters des Amtes Löwenburg in Rhöndorf. Den Blick von hier oben ins Tal auf den mächtigen Strom, der dem Rheinland seinen Namen gab, liebte Flora von jeher. Nichts hatte sich für sie an diesem Anblick verändert, und gerade das gab ihr ein

Gefühl von Sicherheit, von Geborgenheit. Rhöndorf und das Rheintal, beides war ihre Heimat. Sie war jetzt zwanzig Jahre alt. Und eines war für sie gewiss. Hier würde sie ihr Leben verbringen.

Nur mühsam riss sie sich aus ihren Gedanken. Noch war es angenehm kühl, sie sollte weitermachen, bevor die Mittagshitze einsetzte.

»Na, komm, Arco. Weiter geht's!« Flora setzte ihre Kappe wieder auf und machte sich daran, die Reben an die Stöcke zu binden. Sie genoss die würzige Luft, den Duft des Heus, der von den Höfen der Ackerbauern herüberwehte. Vom Tal her drangen schon seit einiger Zeit Geräusche herauf, auf allen Höfen, den Äckern und in den Weinbergen wurde gearbeitet.

Ein beträchtlicher Teil der Honnefer Rebflächen war im Besitz auswärtiger Grundherren, zu denen neben den Kölner Jesuiten auch wohlhabende Kölner und Bonner Bürger zählten. Der Zennigshof mit den dazugehörigen Rebflächen, den Floras Vater gepachtet hatte, gehörte dem Bonner Bürgermeister Jakob Weinreiß. Die Mentis waren wie die meisten anderen Weinbauern Halbwinner – sie hatten die Hälfte des Ertrags an den Gutsbesitzer abzugeben, der andere Teil stand ihnen selbst zur Verfügung. Da der Bürgermeister das Leben auf dem Land liebte, kam er recht häufig auf den Hof, seit dem Tod seiner zweiten Frau noch häufiger als zuvor.

Flora sah ihn vor sich: groß, stattlich und beleibt. Es war ihm anzusehen, dass er gern üppig speiste und ebenso gern dem Rheinwein zusprach. In seiner Amtsführung zeigte er Strenge und Gerechtigkeit, gleichzeitig nahm er Anteil an den Sorgen und Nöten der Menschen. Und das tat er auch bei der Familie seines Pächters. So hatte er schon früh die außergewöhnliche Auffassungsgabe von Floras drei Jahre jüngerem Bruder erkannt. Da Laurenz sich nicht für den Beruf des Winzers eignete, ermöglichte Weinreiß dem begabten Jungen den

Besuch des Bonner Jesuitengymnasiums. Als er bemerkte, dass Floras Liebe dem Weinbau gehörte, hatte er sie darin bestärkt und ermutigt, Winzerin zu werden.

Flora liebte es, die Rebstöcke zu hegen und zu pflegen, aber seit der Vater sie in die Kunst der Weinbereitung eingeweiht hatte, galt ihre Leidenschaft ebenso der Arbeit im Weinkeller. Nach der Lese wurden die Rotweintrauben vergoren und gekeltert, dann wurde der junge Wein in Eichenfässer gefüllt. Danach begann die Zeit des Ausbaus, der Veredelung des Weins im Keller. Jeder Weinbauer tüftelte und probierte so lange, bis er das beste Ergebnis erzielte. Wie er das alles machte, war sein Geheimnis. Flora und der Vater nannten es »das Kellergeheimnis«.

Floras Wein war von Jahr zu Jahr ausgewogener geworden. Er schimmerte in sanftem Rot, schmeckte fein und würzig. Der Vater hatte angeregt, die Fässer mit ihrem Wein zu markieren. Flora entschied sich für eine besondere Kennzeichnung – den Jahrgang, die Anfangsbuchstaben ihres Namens und eine Rosenblüte.

Arcos Gebell riss Flora aus ihren Gedanken. Sie richtete ihren Blick auf den Hof ihrer Familie im Tal. Ihr Vater ging gerade zum Stall und kam nach einer Weile mit einem Korb voll Pferdemist den Weinberg herauf.

Als er bei ihr angekommen war, stellte er den Korb ab. »Wenn das Wetter so bleibt, werden die Trauben herrlich reifen. Ich fange jetzt mit dem Düngen an.« Er nickte anerkennend. »Wie ich sehe, bist du schon weit gekommen.« Er wandte sich ab und ging zum äußersten Rebstock der Reihe, um mit der Arbeit zu beginnen.

Flora sah ihm nach. So war der Vater. Immer wusste er, was wichtig und was gerade zu tun war. Er ruhte in sich selbst, es gab kaum etwas, das ihn aus dem Gleichgewicht bringen konnte. Auch nach dem Tod ihrer Mutter vor zwei Jahren hatte er nach einer Zeit der Trauer weitergemacht wie zuvor. Der Rhythmus seines Lebens und seiner Arbeit blieb stets derselbe, Gottvertrauen und tiefe Frömmigkeit trugen ihn durch sein arbeitsreiches Leben. Der Vater glaubte fest daran, dass alles, was im Himmel und auf Erden geschah, in Gottes Händen lag. Seine Glaubensstärke berührte Flora zutiefst. Auch sie hatte bis zum Tod der Mutter in kindlichem Gottvertrauen gelebt. Doch wann immer sie jetzt an die Mutter dachte, an ihre Schönheit, Sanftheit und ihre Ernsthaftigkeit in allen Dingen, fragte sie sich, warum Gott zugelassen hatte, dass sie so früh hatte von ihnen gehen müssen.

Ihre Gedanken kehrten zum Wein zurück. Seit vielen Jahren kam der Kölner Weinhändler Hieronymus Zilken zweimal im Jahr auf den Zennigshof. Im Sommer prüfte er die Trinkreife und die Qualität des Weins. Dann wurde vereinbart, wann die von ihm ausgewählten Fässer abgeholt werden konnten. Nach der Weinlese im Herbst kam er, um festzustellen, wie viele Fässer im Keller lagen und mit welchen Liefermengen er im Jahr darauf rechnen konnte. Floras Fortschritte bei der Weinbereitung verfolgte er bei seinen Besuchen mit ganz besonderer Aufmerksamkeit.

Als die Glocken von St. Johann Baptist die Mittagsstunde schlugen, sah Flora auf. Wie schnell die Zeit verging, wenn man im Weinberg war! Höchste Zeit, um für ein kleines Mahl auf den Hof zurückzukehren.

Ihr Vater war bereits im Aufbruch. »Ich geh schon hinunter, komm du bald nach!«, rief er.

Flora nickte. »Ich binde nur noch schnell die letzten Reben in dieser Reihe fest.«

Eine halbe Stunde später war die Arbeit getan. Flora steckte die Rebschere ein und machte sich gemeinsam mit Arco auf den Weg hinunter zum Hof. Von unterwegs sah sie von der

Höhe des Weinbergs aus einen Mann durch das Tor in den Hof gehen. Flora erkannte Hieronymus Zilken an seiner Statur, seiner Kleidung und an seinen energischen Schritten. Sie runzelte die Stirn. Für die Probe des Weins war es eigentlich noch etwas zu früh, er musste also auf der Durchreise sein. Flora freute sich, ihn zu sehen, und beschleunigte ihre Schritte. Sie war gespannt auf die Neuigkeiten, die er aus der Stadt mitbrachte!

Ihr Vater hatte den Besuch ebenfalls entdeckt und ging auf ihn zu, um ihn zu begrüßen. Die Männer waren so sehr ins Gespräch vertieft, dass sie gar nicht bemerkten, dass Flora sich ihnen näherte. Sie sprachen leise, ihre Mienen waren ernst.

Flora spürte, dass etwas Unangenehmes vorgefallen sein musste. Dennoch begrüßte sie den Weinhändler mit einem strahlenden Lächeln.

»Guten Tag, Herr Zilken. Wie schön, Sie hier auf dem Hof zu sehen. Was führt Sie zu uns?«

Anders als sonst erwiderte Hieronymus Zilken das Lächeln nicht. Stattdessen überreichte er ihr mit einem kurzen Kopfnicken ein Schreiben.

Flora öffnete es und blickte auf die zarte, schön geschwungene Handschrift. Es waren nur wenige Zeilen, doch diese enthielten entsetzliche Nachrichten.

2

Honnef, 8. Juli 1688

»Und am Tag des Weltenendes wird Jesus Christus erscheinen, um die Gerechten von den Ungerechten zu scheiden. Er möge auch der Seele von Jakob Weinreiß gnädig sein.«

Die Stimme des Pfarrers, der die Totenmesse in St. Johann Baptist zelebrierte, war bis in den letzten Winkel des Gotteshauses zu hören. Die prophetischen Worte vom Tag des Jüngsten Gerichts flößten der Gemeinde Furcht ein und verfehlten ihre Wirkung nicht. Schließlich sollten sie die Menschen zur Umkehr bewegen. Denn so stand es geschrieben: Für die Gerechten würde sich der Himmel auftun, für die Ungerechten der Schlund der Hölle öffnen. Ewige Verdammnis war die Strafe für ein gottloses und sündiges Leben.

Die Kirche war an diesem Tag bis auf den letzten Platz gefüllt. Das Begräbnis einer so hoch gestellten Persönlichkeit wie dem Bonner Bürgermeister wollte sich niemand entgehen lassen. Da auch Gäste von außerhalb erwartet wurden, sahen viele Honnefer die Totenmesse als Gelegenheit an, einer feierlichen Zeremonie beizuwohnen und so, wenn auch nur für eine kurze Zeit, die Mühsal des Alltags zu vergessen. Nach der Messe bot sich die Gelegenheit, Verwandte und Bekannte zu treffen und mit ihnen allerlei Neuigkeiten auszutauschen.

Flora und ihr Vater waren von Rhöndorf aus zu Fuß zur Kirche gekommen. Die Nachricht vom Tode des Jakob Weinreiß hatte sie hart getroffen. Sie würden nicht nur den großzügigen Menschen sehr vermissen. Auch die Zukunft des Hofes war nun auf einmal ungewiss. Würden Weinreiß' Erben den Hof mit Caspar Mentis als Pächter fortführen? Oder hatten sie andere Pläne? Vor dem Hauptportal der Kirche hatten Flora und ihr Vater noch einige Worte mit Weinhändler Zilken gewechselt, aber es drängten so viele Menschen ins Innere der Kirche, dass Flora die beiden Männer bald aus den Augen verloren hatte. Sie stand immer noch in der Nähe des Eingangs, lauschte gebannt den Worten des Predigers und versuchte zugleich, im Menschengewühl den Vater zu entdecken.

Die Stimme des Pfarrers nahm nun, während er um den ewigen Frieden aller menschlichen Seelen im Jenseits bat, einen sanfteren Tonfall an. Flora hoffte, dass auch Jakob Weinreiß' Seele an diesem Ort der ewigen Freuden ihren Platz finden würde. Und doch konnte und wollte sie noch immer nicht begreifen, nicht wahrhaben, was sie aus dem Munde des Weinhändlers erfahren hatte.

Vor einigen Tagen, früh am Morgen, hatte man den Bonner Bürgermeister leblos in seinem Bett gefunden. Nichts hatte zuvor auf sein baldiges Ableben hingedeutet. Er hatte, anders als der jüngst verstorbene Kurfürst, nie gekränkelt und sich noch am Abend zuvor voller Tatkraft gezeigt, üppig gespeist und getrunken wie immer. Daher konnte dieses schnelle und lautlose Ende nur Gottes unergründlicher Wille gewesen sein.

Flora seufzte. Gott hatte den Lebenden erneut ein Zeichen gegeben: Der Tod war unvorhersehbar, konnte jede und jeden zu jeder Stunde ereilen. *Memento mori* – bedenke, Mensch, dass du sterben musst.

Zur Überraschung vieler hatte Jakob Weinreiß in seinem Testament verfügt, dass er nach seinem Tod in der Honnefer Kirche aufgebahrt und anschließend auf dem Friedhof neben seiner ersten Frau zur Ruhe gebettet werden wollte. Ausdrücklich wünschte er keine großen Trauerfeierlichkeiten, aber es sollten alle Mitglieder der Familie zu seinem Begräbnis kommen. So waren seine sterblichen Überreste hierhergebracht worden, wo Pfarrer Franz Xaver Trips, der erst vor einigen Tagen wieder nach Honnef zurückgekehrt war, das Requiem für ihn zelebrierte.

Flora hielt es nicht länger auf ihrem Platz. Von allen Seiten fühlte sie sich bedrängt, zudem wollte sie den Pfarrer nicht nur hören, sondern auch sehen. Sie bahnte sich einen Weg durch die Menschen, bis sie beinahe den Altarraum erreichte. Dort entdeckte sie den Vater neben dem vordersten Pfeiler des Mittelschiffs. Erleichtert trat sie auf ihn zu, fasste seine Hand und fragte: »Ist Laurenz noch zur rechten Zeit gekommen?«

Der Vater nickte und zeigte zum dreiflügeligen Hauptaltar unter dem hohen, weiten Gewölbe. Flora lächelte. Ja, dort stand der Bruder ganz in der Nähe des Pfarrers, dessen Stimmgewalt sie so beeindruckt hatte. Zu ihrem Erstaunen war der Mann, der diese mächtig tönende Stimme besaß, von kleiner und gedrungener Statur. In diesem Augenblick wandte er sich um. Dabei streifte ein Lichtstrahl sein rundliches Gesicht und beleuchtete das überreich mit Goldfäden bestickte Gewand, das er trug. Mit gehobenen Brauen und scharfem Blick sah er auf die Gemeinde herab. Seine Ehrfurcht gebietende Erscheinung strahlte die Würde seines geistlichen Amtes aus.

Floras Augen wanderten zurück zu ihrem Bruder. Es erfüllte sie mit Stolz, ihn als Chorsänger neben dem Pfarrer stehen zu sehen. Laurenz war ganz anders als sie: groß, schmal und immer nachdenklich. Im nächsten Jahr würde er die Schule abschließen. Dann wollte er studieren und Arzt werden. Der Vater seines Bonner Schulfreundes war Dr. Paul Fabry. Dieser hatte Laurenz auf seinen Berufswunsch gebracht und den Jungen schon zu manchem Kranken mitgenommen.

Nach dem Requiem kamen Pfarrer Trips, die Geistlichen und die Chorsänger aus dem Altarraum und verließen die Kirche durch das Mittelschiff. Nun traten die Mitglieder der Familie des Verstorbenen aus den Bänken. Zuerst Dorothea Weinreiß. Sie war die einzige Tochter des Bürgermeisters, entstammte seiner zweiten Ehe. Die jahrelange Pflege ihrer schwer kranken Mutter hatte sie kaum gezeichnet, sie hatte nichts von ihrer Schönheit eingebüßt. Sie sah nur kurz auf den Toten und bekreuzigte sich. Ihr folgte ihr Bruder Tobias, der schweigend einen letzten Blick auf den Vater warf. Dann trat ein stattlicher, auffallend gut gekleideter Mann aus der Bank: Ferdinand Corvinus, der Schwager des Verstorbenen, zudem ein bedeutender Verleger und Buchdrucker in Köln, wie eine Frau neben Flora ihrer Freundin zutuschelte. Ihm folgten in kurzen Abständen seine Gemahlin und seine beiden Söhne. Erst dann erhielten alle anderen, die zur Totenmesse gekommen waren, die Gelegenheit, Jakob Weinreiß die letzte Ehre zu erweisen.

»Lass uns gehen«, flüsterte der Vater.

Flora schüttelte den Kopf. »Geh du vor. Ich komme gleich.«

Sie blickte ihm nach, als er sich in den Zug der Menschen einreihte. Erst als alle anderen die Kirche verlassen hatten, trat Flora selbst vor den Toten. Sofort wich sie entsetzt zurück. Sie hatte zwar mit einer Veränderung gerechnet, doch diese war stärker, als sie erwartet hatte. Das fleischige Gesicht mit den klugen Augen und dem immer zum Lachen bereiten Mund war eingefallen und zu einer wächsernen Maske erstarrt. Schon mehrmals in ihrem Leben hatte sie Tote gesehen. Vor zwei Jahren war es ihre Mutter gewesen, und nun war auch Weinreiß den Weg alles Irdischen gegangen. In diesem Moment verstand sie, warum es immer hieß, im Tod seien alle Menschen gleich. Sie sah ein letztes Mal auf den Verstorbenen, dann schlug sie die Hände vor das Gesicht.

»Was soll nun aus uns werden?«, schluchzte sie so verzweifelt, als könnte der Verstorbene ihr eine Antwort darauf geben.

* * *

Eine Stunde später trat Trips aus der Sakristei der Kirche. Er war erschöpft und dennoch mit sich und der Welt zufrieden, denn sie hatten eine überaus würdige Totenmesse zelebriert. Nun ruhte Jakob Weinreiß im Frieden Gottes auf dem Honnefer Kirchhof, wie er es sich gewünscht hatte. Und noch etwas erfüllte Trips mit Genugtuung: Während der Messe und auch beim anschließenden Gang zum Grab hatte es keine unliebsamen Zwischenfälle gegeben. Mit seinem gebieterischen Auftreten hatte er sich zu jeder Zeit Respekt verschafft.

So auch, als er vor achtzehn Jahren zum ersten Mal als Pfarrer nach Honnef gekommen war, bis der Kölner Kurfürst ihn als Kaplan und Bibliothekar nach Bonn berufen hatte. Mit dem Tod Maximilian Heinrichs war sein Dienst bei Hofe nun erloschen, und so hatte er auf die Honnefer Pfarrstelle zurückkehren müssen, die ihm freigehalten worden war. Wer auch immer der neue Kurfürst sein würde, er würde einen eigenen Kaplan und Bibliothekar mitbringen.

Er stand im Mittelschiff von St. Johann Baptist und wartete auf den jüngsten der Chorknaben, den er beauftragt hatte nachzusehen, ob sich wirklich niemand mehr in der Kirche aufhielt. Er wollte sicher sein, dass sich kein Gesindel an diesem heiligen Ort herumtrieb.

Als der Junge von seinem Rundgang zurückkehrte, versicherte er mit wichtiger Miene, dass er jeden Winkel der Kirche abgesucht habe. Trips sah ihn mit gerunzelter Stirn an. Mit seiner viel zu großen Hose aus grobem Stoff sah der Knabe zum Erbarmen aus. Widerstrebend steckte Trips ihm eine Münze in die schmutzige kleine Hand. Der Junge sah mit großen Augen zu ihm auf und strahlte über das ganze Gesicht. »Habt Dank, Herr Pfarrer!«

Trips blickte ihn mit strenger Miene an. »So, jetzt lauf schnell nach Hause und gib das Geld deiner Mutter. Dein Vater wird es doch nur ins Wirtshaus tragen und versaufen.«

Der Junge nickte und rannte davon.

Für Trips war es nun an der Zeit, sich ins Haus des Gerichtsschreibers Johann Steffens zu begeben, in dem der Leichenschmaus stattfinden sollte. Das repräsentative Gebäude aus Stein mit dem Giebel aus Fachwerk trug den Beinamen »Im steinernen Strunk«. Einer von Steffens Vorgängern im Amt hatte es erbauen lassen, als er sich in Honnef niederließ. Nur wohlhabende Bürger bewohnten Gebäude aus Stein; die Häuser der Weinbauern und Ackerbauern waren Fachwerkhäuser aus Holz, Stroh und Lehm. Das Gerichtsschreiberhaus befand sich in der Kirchstraße, in unmittelbarer Nachbarschaft des Pfarrhauses.

Trips schätzte Johann Steffens seit seinem ersten Amtsantritt in Honnef. Nach seiner Meinung war der Gerichtsschreiber der einzige gebildete Mensch im Ort, ein Menschenfreund und großzügig obendrein. Zudem war Steffens ein hervorragender Rechtsgelehrter. Trips und der Gerichtsschreiber hatten sich früher, so oft es möglich war, getroffen, um ihre Ansichten über Gott und die Welt auszutauschen. Auch wenn sie dabei nicht immer einer Meinung waren, die Abende mit Steffens waren für Trips immer anregend und fruchtbar gewesen. Trips hatte sie in den letzten Jahren vermisst. Er freute sich, ihn jetzt wieder öfter zu sehen. Mit den anderen Menschen hier wollte er so wenig wie möglich zu tun haben.

Bevor sich Trips auf den Weg zum Gerichtsschreiberhaus machte, sah er sich noch einmal in der Kirche um. Er blickte in den lichten gotischen Hallenraum, dann zu den Malereien des Gewölbes. In fein abgestufter Farbigkeit war dort eine Vielzahl von Tieren und Pflanzen zu sehen, die dem Betrachter eine Ahnung von der Schönheit und vom Glanz des Paradieses gaben. Dann fiel sein Blick in den Chorraum. Durch die hohen Fenster fiel mildes Licht herein. Ein Strahlenbündel streifte eine der Säulen.

Trips lächelte. Eines Tages würde er hier das Standbild des Täufers, des Kirchenpatrons, aufstellen und es mit der Inschrift *Stimme eines Rufenden* versehen lassen. Denn genau das war der Täufer damals gewesen: der Rufer in der Wüste. Er hatte nicht nachgelassen, die Menschen zur Umkehr aufzurufen, und genau das sollte auch der Prediger auf der Kanzel tun. Er selbst hatte sich den Täufer zum Vorbild genommen, hatte sich bei der Ausübung seines Amtes schon immer wie ein Rufer in der Wüste gefühlt.

Er blickte ein letztes Mal in den Chorraum, dann schritt er langsam durch das Mittelschiff zum Ausgang der Kirche. Am Hauptportal drückte er mit aller Kraft die Tür auf und trat ins Freie. Die Mittagssonne tauchte den Marktplatz mit den ihn umgebenden Häusern in ein klares Licht. Auf der rechten Seite lag das Wirtshaus. Im Vorbeigehen warf Trips einen Blick durch das Fenster. In der Gaststube hockten die Männer und Frauen, die eben noch seinen Worten gelauscht hatten, nun eng beieinander auf den Bänken. Zu eng, befand Trips.

Angewidert wollte er sich abwenden, als er vor der Tür des Wirtshauses einen hochgewachsenen Mann bemerkte, der trotz der Hitze einen dunklen Mantel trug. Es war offensichtlich ein Reisender, denn er hielt ein Gepäckstück in der Hand. Er wechselte einige Worte mit dem Wirt, der ihm, wie es Trips schien, einen Platz zur Übernachtung anbot. Der Fremde trat über die Schwelle und verschwand im Inneren des Hauses.

Von dieser Szene auf unerklärliche Weise gefesselt, beschloss Trips, nicht den kürzesten Weg zum Gerichtsschreiberhaus einzuschlagen, sondern den etwas längeren Weg, der am Rand des Marktplatzes entlangführte. So ging er langsam an den eng aneinander stehenden Häusern vorbei, die in sehr gutem Zustand waren. Auf der festgestampften Erde war keinerlei Unrat zu sehen. Gerade näherte sich vom unteren Ende des Marktes her ein Messerschleifer. Schon bald würde er von

Kunden umringt sein, die seine Dienste in Anspruch nahmen. Honnef, das musste Trips zugeben, war ein schöner Ort inmitten einer paradiesischen Landschaft, ein Ort, an dem es sich gut leben ließe, wenn nur die Menschen nicht so schwer zu ertragen wären. Er hatte sie wahrlich nicht vermisst in all den Jahren am kurfürstlichen Hof.

Kurze Zeit später erreichte Trips das untere Ende der Kirchstraße. Schon von Weitem sah er das repräsentative Haus des Gerichtsschreibers mit dem steil aufragenden Giebel und den hohen Fenstern im ersten Stock, die auch an trüben Tagen den dahinterliegenden Raum ausreichend erhellten. Vor der Eingangstür klopfte er sich den Staub aus dem Gewand und zupfte es ein wenig zurecht. Erst dann zog er die Klingel.

Bald darauf hörte er, wie jemand die Treppe herunterkam. Ein Hausdiener öffnete ihm die Tür.

»Ihr werdet schon sehnlichst erwartet, Herr Pfarrer«, sagte der junge Mann und führte Trips über die Wendeltreppe hinauf in den ersten Stock.

Dort befand sich der mit allem Komfort ausgestattete große Raum, in dem die Familie Feste feierte, aber auch mit Gästen zu speisen pflegte. Als Trips über die Schwelle trat, sah er einmal mehr bewundernd zu der mit Pflanzen und Rankenwerk verzierten Kassettendecke aus dunklem Holz hinauf, die das Meisterstück des Honnefer Zimmermanns Cornelius Mentis war.

Als Johann Steffens Trips sah, stand er auf und kam auf ihn zu. »Da seid Ihr ja endlich, mein lieber Trips«, sagte er lächelnd und geleitete ihn zum einzig noch frei gebliebenen Platz an der langen Tafel, auf der Weingläser, silberne Platten mit Rheinfischen und Schüsseln mit Gemüse und Brot standen. Alles schien noch unberührt zu sein.

Trips lächelte zufrieden. Man hatte auf ihn gewartet.

Während auf ein Zeichen des Hausherrn der Diener und

ein Hausmädchen Wein in die Gläser füllten, ließ Trips seinen Blick über die Tischgesellschaft schweifen.

Anwesend waren außer dem Gastgeber, dessen Frau Christina und der hübschen, siebzehnjährigen Enkeltochter Saskia auch Jakob Weinreiß' Kinder Dorothea und Tobias sowie einige Freunde und ein paar Honnefer Honoratioren.

Nun erhob der Gerichtsschreiber das Glas auf den Verstorbenen. »Lasst uns auf meinen lieben Freund Jakob Weinreiß trinken, der ein großherziger und gerechter Mann war. Er war in allem, was er tat, ein Vorbild für uns als Mensch und als Christ.«

Die Gäste kamen der Aufforderung gern nach und hoben ebenfalls das Glas, nur Dorothea Weinreiß rührte ihres nicht an, sondern starrte düster vor sich hin. Als Trips, der ihr gegenübersaß, verstohlen zu ihr hinübersah, bemerkte er erfreut, dass sie eine auffallend schöne Frau war. Üppiges rotes Haar umrahmte das schmale Gesicht mit den vollen Lippen. Schnell schob Trips die sündigen Gedanken beiseite. Er war froh, als sich sein Tischnachbar, Ferdinand Corvinus, an ihn wandte.

»Wir leben in bewegten Zeiten, mein lieber Trips«, sagte der Kölner Verleger, der, wie Trips wusste, seinem Schwager eng verbunden gewesen war. »Es heißt, dass Wilhelm von Fürstenberg unserem verstorbenen Kurfürsten im Amt nachfolgen will. Ihr habt die letzten Jahre am Bonner Hof verbracht. So sagt mir frei heraus: Was denkt Ihr über ihn?«

Trips, der insgeheim gehofft hatte, dass dieses unerfreuliche Thema nicht so schnell zur Sprache kommen würde, stellte sein Glas auf den Tisch. »Was soll ich über ihn sagen, da ich ihn bei Hofe kaum gesehen habe?«

Alle Welt wusste, dass Kardinal Fürstenberg ständig auf Reisen gewesen war, am liebsten hielt er sich in Frankreich in den Schlössern des Sonnenkönigs auf, wo er in vollen Zügen den Glanz und die Pracht genoss, die Ludwig XIV. umgab.

Dort gab es alles, was ihm der bescheidene Bonner Hof nicht bieten konnte. Gleichzeitig bestimmte er die Politik im Kurfürstentum, der schwache Max Heinrich hatte ihm kaum etwas entgegenzusetzen gehabt. Fürstenberg besaß überragende Fähigkeiten auf dem Feld der Diplomatie. Aber statt diese für Kaiser und Reich einzusetzen, hatte er sich in den Dienst Ludwigs XIV. gestellt, der durch ihn Einfluss auf die Politik im Reich nehmen wollte.

»Glaubt Ihr, er hat eine Chance, Kurfürst zu werden?«, fragte Corvinus.

»Der französische König wird es sich sehr viel kosten lassen, seinem Günstling bei der anstehenden Wahl zur Kurwürde zu verhelfen«, entgegnete Trips. »Seine Bemühungen werden von Erfolg gekrönt sein, da bin ich sicher – Geld regiert die Welt!«

Der Verleger sah Trips überrascht an. »Ihr seid sicher, dass Fürstenberg die Wahl am 19. Juli gewinnen wird?«

Trips nickte düster.

Corvinus war offensichtlich anderer Meinung. »Nun, es gibt doch einen aussichtsreichen Gegenkandidaten«, wandte er ein. »Joseph Clemens von Bayern wird vom Kaiser und von einigen Kurfürsten präferiert. Und wie es heißt, soll auch der Papst ihn favorisieren.«

Trips ließ sich Wein nachschenken, nahm einen kräftigen Schluck, dann faltete er die Hände vor seinem Bauch. »Vielleicht habt Ihr recht. Warten wir es ab. Es bleibt zu hoffen, dass die Wahlmänner, die frei nach Wissen und Gewissen entscheiden sollten, für den richtigen Kandidaten votieren.«

Seine Augen wanderten zum anderen Ende der Tafel. Er hatte endgültig genug von diesem leidigen Thema. Er runzelte die Stirn und fragte den Verleger, wer denn der elegante junge Mann sei, der in vertrautem Gespräch neben Saskia Steffens, der Enkeltochter des Hauses, saß.

»Das ist mein Sohn Florian«, sagte Ferdinand Corvinus. Sein Stolz war ihm anzusehen, denn er lächelte breit. »Ein überaus erfolgreicher Geschäftsmann. Er handelt mit Stoffen und kommt dabei recht weit in der Welt herum.«

Trips' Augen richteten sich auf das Paar, das die Köpfe eng zusammengesteckt hatte. »Die beiden scheinen sich gut zu verstehen«, bemerkte er trocken und mit Seitenblick auf den Gerichtsschreiber. »Vielleicht gibt es ja bald eine Hochzeit im Hause Corvinus. Das wäre doch höchst erfreulich und sicher auch im Sinne der Familie Steffens.«

Johann Steffens, dem Trips' Bemerkung nicht entgangen war, schüttelte den Kopf. »Die beiden kennen sich erst seit einer Stunde, und da sprecht Ihr schon von Heirat. Man sollte abwarten, wie sich die Dinge entwickeln, und dann die Kinder selbst entscheiden lassen.«

Trips sah ihn höchst erstaunt an und knurrte: »Abwarten? Selbst entscheiden lassen? Da bin ich anderer Meinung. Die Eltern sollten, wie es seit alters üblich ist, die Ehen ihrer Kinder stiften, nur dann kann man sicher sein, dass es eine gute Ehe wird. Außerdem führt zu viel Freiheit ins Verderben, und Frauen sollten ohnehin nichts allein entscheiden, wo kämen wir da hin?«

Steffens sah zu seiner Enkeltochter hinüber. Sie und Florian Corvinus waren einander sichtlich nähergekommen. Saskias Augen funkelten, und Florian Corvinus schien von ihrem Wesen und ihrer Ausstrahlung fasziniert zu sein.

»Ich gehe davon aus«, sagte der Gerichtsschreiber augenzwinkernd, »dass der zukünftige Ehemann meiner lieben Enkelin – wer auch immer es sein wird – sich darauf einstellen muss, dass sie vieles allein entscheidet, sie ist eine starke junge Frau.«

Trips schwieg, überzeugt davon, dass seine Meinung über die Rolle von Männern und Frauen in dieser Welt für alle Zeiten die Richtige war.

3

Honnef, 8. Juli 1688

Als die Teilnehmer des Leichenschmauses im Haus des Gerichtsschreibers nach und nach aufbrachen, sprach Johann Steffens Trips an. »Ich hoffe, Ihr bleibt noch ein Weilchen?«

Trips nickte. Die Einladung nahm er gern an. Sie war ihm nur allzu willkommen.

»Das freut mich.« Steffens wandte sich ab, um seine anderen Gäste gebührend zu verabschieden. Als er wenig später in den Raum zurückkehrte, setzte er sich Trips gegenüber. Sie waren allein. Saskia und ihre Großmutter hatten sich zurückgezogen. Trips dankte ihm für seine Gastfreundschaft und erklärte, er freue sich nun auf eine ruhige Stunde des Gesprächs, des gegenseitigen Gedankenaustauschs. Steffens' Miene verdüsterte sich.

»Es brennt mir etwas auf der Seele«, platzte er heraus, »und ich möchte gern Eure Meinung dazu hören. Denkt Ihr, mein Freund Jakob ist wirklich eines natürlichen Todes gestorben?«

Trips sah ihn überrascht an. »Nun, die Politik mag zwar ein Haifischbecken sein«, erwiderte er, »aber das heißt noch lange nicht, dass jeder darin umkommt. Jakob Weinreiß war sehr beliebt bei den Bonner Bürgern, er war angesehen bei Hofe, und er konnte sogar mit Fürstenberg umgehen, was man wahrlich nicht von jedem behaupten kann.« Er lächelte kurz und fuhr dann fort: »Zugleich hat er immer viel gegessen und getrunken, und es war wohl dieser Hang zur Völlerei, der seine Gesundheit angegriffen hat. Aber Feinde? Nein, Feinde hatte er nicht, soweit man hört.«

Johann Steffens war über diese Einschätzung sichtlich erleichtert. Er wechselte das Thema. »Nun, ich denke, ihm hätte die Totenmesse gefallen. Sie hätte würdevoller und feierlicher kaum sein können. Die Familie des Verstorbenen hat das gewiss ebenso empfunden.«

Trips sah den Gerichtsschreiber mit tiefer Zuneigung an. Er wusste, warum er diesen sanftmütigen und liebenswürdigen Menschen so sehr schätzte, doch musste er ihm in einem Punkt widersprechen. Er senkte die Stimme. »Wir wissen beide sehr gut, dass nicht alle Mitglieder der Familie anwesend waren.«

Der Gerichtsschreiber seufzte. »Ihr spielt auf den Sohn aus Weinreiß' erster Ehe an?«

Trips nickte.

»Ja«, sagte der Gerichtsschreiber, »das ist eine traurige Geschichte. Niemand weiß, wo Thomas Weinreiß ist und ob er überhaupt noch lebt.«

Die beiden Männer schwiegen. Trips sah zum Fenster hinaus. Schwarze Krähen saßen in einer langen Reihe auf dem Dachfirst des gegenüberliegenden Hauses. Es war ein unheimlicher, fast bedrohlicher Anblick.

Gerade als sich ein weiterer Vogel auf dem First niederließ, nahm der Gerichtsschreiber den Gesprächsfaden wieder auf. »Ich frage mich, wer den Zennigshof übernehmen wird. Jakob Weinreiß hat ihn schon vor vielen Jahren gekauft und in Caspar Mentis einen hervorragenden Pächter gefunden. Es wäre schade, wenn dieser die Pacht nun verlieren würde.«

Trips lachte hart und sah wieder auf den Dachfirst. »Ein solcher Pächter ist hier eine Seltenheit. Die meisten betrügen ihre Herren, wie oft habe ich Klagen von Weinlandbesitzern darüber gehört!«

Der Gerichtsschreiber seufzte. »Nun, mein lieber Trips, Ihr seid zurück in Honnef, aber scheinbar nicht gewillt, Eure schlechte Meinung über die Leute hier zu ändern.« Er sah ihn eindringlich an. »Ich bitte Euch inständig: Geht auf die Menschen zu, und ich versichere Euch, dass mindestens einer darunter sein wird, von dem Ihr eine gute Meinung haben werdet.«

Trips wandte seinen Blick von den Krähen ab. »Gut. Ich will es Euch zuliebe versuchen, aber ich habe wenig Hoffnung«, sagte er mit bitterer Stimme. »Meine Erfahrung hat mich zu meiner schlechten Meinung geführt. Als ich vor Jahren hierherkam, habe ich mich mit Strenge bemüht, die Menschen auf den Pfad des rechten Glaubens zurückzuführen, sie von dem Irrweg abzubringen, auf den sie durch Luther und Calvin geraten waren. Es war eine Herkulesaufgabe, die evangelische Ketzerei zu besiegen. Siebenundzwanzig Familien mussten sich entscheiden. Die Einsichtigen sind in den Schoß der Kirche zurückgekehrt, die Hartnäckigen mussten das Land verlassen. Ihr mögt Euch erinnern: Einer meiner Vorgänger hat sich ganz besonders schamlos verhalten. Er nahm sich eine Geliebte, zeugte Kinder, jeder wusste es, doch keiner schien etwas dabei zu finden. Auch die öffentliche Zurschaustellung der Mätresse eines Kaplans am Honnefer Pranger, bei der sie sogar ausgepeitscht wurde, schien niemanden hier abzuschrecken. Was waren das nur für Zustände, alles ging drunter und drüber! Und die Bauern hier sind, so fürchte ich, unbelehrbar geblieben. Sie sind immer noch stur wie Maulesel. So stur, dass nicht einmal Johannes der Täufer oder Jesus von Nazareth selbst bei ihnen etwas ausrichten könnten.«

Der Gerichtsschreiber lachte laut auf. »Aber vielleicht kann ein Franz Xaver Trips etwas ausrichten!« Er schmunzelte. »Ihr nehmt Eure Aufgabe allzu ernst – Ihr sollt nicht wie der Heilige Franz Xaver in Asien missionieren, sondern nur Pfarrer in Honnef sein.«

Trips stöhnte leise. »Nun, manchmal weiß ich wirklich nicht, was schwerer ist!«

Immer noch lachend, stand der Gerichtsschreiber auf und ging zu einem schmalen Schränkchen, das sich links neben der Tür befand. Er öffnete es und nahm eine Flasche heraus. Als er wieder zum Tisch zurückkehrte, hob er den Zeigefinger und sagte mit feierlichem Ernst: »Das hier ist der beste Wein in Honnef, und der ist nur für uns beide.«

Er füllte die Gläser bis zum Rand, eines davon reichte er Trips. Diesem stieg der leichte und dennoch würzige Duft sofort in die Nase. Der Wein war von zartem Rot und schimmerte wie feinster Samt.

Der Gerichtsschreiber trank Trips zu, dieser nahm einen kräftigen Schluck, dann schloss er die Augen. Selten in seinem Leben hatte er einen solch köstlichen Wein getrunken. »Vorzüglich!«, sagte er anerkennend und sah zu Steffens hinüber.

Dieser lächelte verschmitzt. »Nun muss ich Euch leider sagen, mein lieber Trips, dass dieser Wein von einer Frau gekeltert wurde, einer Meisterin ihres Fachs, das müsst selbst Ihr zugeben.«

»Tatsächlich?«

Trips konnte es nicht glauben. Er sah auf sein Glas, dann auf den Gerichtsschreiber, der ihm mit sichtlichem Vergnügen erklärte: »Ja, mein Lieber, das ist der Wein von Flora Mentis. Sie ist die Tochter des Pächters vom Zennigshof in Rhöndorf.«

Trips knurrte kurz, dann ließ er sich sogleich nachschenken. »Warum zum Teufel bereitet den Wein dort eine Frau?«

Steffens seufzte. »Mein lieber Trips, was habt Ihr nur gegen Frauen, die selbstständig im Leben stehen und arbeiten?«

»Nichts«, knurrte Trips, »aber Frauen sollen Männer nicht

übertreffen, sie sollen ihnen dienen – das ist ihre Rolle in dieser Welt, und das hat sich bisher bestens bewährt.«

* * *

Flora und ihr Bruder Laurenz verließen die Werkstatt ihres Onkels, des Zimmermanns und Möbeltischlers Cornelius Mentis, und gingen hinüber zu ihrem Fuhrwerk, das sie in der Nähe des Bischofshofs abgestellt hatten. Flora warf im Vorübergehen einen flüchtigen Blick auf den Hof des großen Weinguts. Sie wusste von ihrem Onkel, dass der Bischofshof samt den zahlreichen umliegenden Weingärten bereits seit Jahrhunderten im Besitz der Erzbischöfe von Köln war. Die hohen Mauern, die die Gebäude umgaben, verliehen dem Anwesen das Aussehen einer festen Burg. Ein hoher Turm, in dem sich die Wohnung des Verwalters befand, ragte aus der Anlage hervor. In den Hof hinein gelangte man durch einen weiten Torbogen, über dem das erzbischöfliche Wappen angebracht war.

Mit schnellen Schritten lief Laurenz auf das Fuhrwerk zu. Flora hatte alle Mühe, ihrem Bruder zu folgen. Er war noch immer wütend auf den Bruder seines Vaters, und Flora konnte ihn gut verstehen. Vor einigen Tagen hatte sich der Onkel beim Zuschneiden eines Holzbalkens so schwer verletzt, dass sein Geselle Philipp seither alle anfallenden Arbeiten allein erledigen musste. Die Wunde sah besorgniserregend aus, doch das wollte der eigensinnige Mensch nicht wahrhaben. Er hatte seiner Frau verboten, einen Arzt zu holen, weil er Ärzte für Scharlatane hielt, ja, ihr sogar befohlen, niemandem von seiner Verletzung zu erzählen. Ihre Tante Martha hatte sich jedoch über seinen Willen hinweggesetzt und Laurenz nach der Totenmesse von dem Unfall berichtet. Und obwohl dieser die ablehnende Haltung seines Onkels kannte, war er bereit gewesen zu kommen, um zu sehen, was er tun könne. Mit Verletzungen aller Art kannte er sich mittlerweile gut aus. Wie erwartet, hatte der Onkel ihm die Wunde nur widerwillig gezeigt und ihm nicht einmal gedankt, nachdem er diese sorgfältig gereinigt und verbunden hatte. Das fand Laurenz so empörend, dass er schnell und grußlos das Haus verlassen hatte.

Während der Fahrt zurück zum Zennigshof schwieg er beharrlich. Die innere Anspannung war ihm anzumerken. Flora blickte zum Himmel hinauf, wo die Wolkendecke zusehends dichter wurde. Schon fielen erste Regentropfen. Sie sah zu ihrem Bruder hinüber. »Was, glaubst du, wird geschehen?«

Laurenz wandte sich ihr zu. »Die Wunde wird erst nach einiger Zeit verheilt sein«, entgegnete er ernst. »Er wird nicht so bald wieder arbeiten können.«

Flora schüttelte den Kopf. »Das meine ich nicht«, sagte sie zaghaft. »Ich meine … Was wird nun aus uns werden? Jakob Weinreiß ist tot, seine Kinder Dorothea und Tobias haben sicher kein Interesse an dem Weingut. Sie werden es wohl so schnell wie möglich verkaufen.«

Laurenz lächelte besänftigend, während er die Zügel des Pferdes mit ruhiger Hand führte. Seine Unruhe schien auf einmal verflogen zu sein. »Nun, das werden wir wohl bald erfahren«, sagte er. »Er hat alles in seinem Testament festgelegt. Es hat also überhaupt keinen Sinn, sich den Kopf darüber zu zerbrechen. Wenn es so weit ist, wird man es uns sagen, und erst dann müssen wir den Tatsachen ins Auge sehen.«

Flora schwieg. Sie hatte gehofft, dass der Bruder ihr die Angst nehmen würde. Doch das konnte er nicht. Er war so gelassen und vernünftig wie immer. Sie wünschte, sie könnte es auch sein.

Als sie wenig später den Honnefer Marktplatz erreichten, fielen nur noch wenige Regentropfen. Laurenz lenkte den Wagen zum oberen Ende des Platzes auf die Kirche St. Johann

Baptist zu. Der mächtige Kirchenbau mit seinem massiven Turm überragte nicht nur die Häuser am Markt, streng und mahnend schien er auch auf sie herabzublicken. Plötzlich waren aus dem Wirtshaus lautes Gelächter und heftiges Gejohle zu hören. Die Tür wurde aufgestoßen, einige Männer kamen heraus, schleppten einen Betrunkenen wie einen nassen Sack hinter sich her und setzten ihn neben dem Gefängnis ab, das auf der anderen Seite des Platzes lag. Der junge Mann sank augenblicklich zu Boden.

Bestürzt erkannte Flora, dass es Philipp war, der Geselle ihres Onkels. Traurig sah sie zu ihm hinüber und überlegte kurz anzuhalten, um ihm zu helfen. Aber bevor sie ihren Bruder bitten konnte, den Wagen zum Stehen zu bringen, rollte ein Fuhrwerk heran, lud den Betrunkenen auf und bog kurze Zeit später in die Rommersdorfer Straße ein. Zornig sah Flora dem Gefährt nach. Das sind Philipps Freunde, dachte sie. Die meisten sind falsche Freunde. Sie verführen ihn zum Trinken und zum Würfelspiel, und er begreift nicht, dass er sein Talent mit diesem Verhalten verschleudert. In nüchternem Zustand war Philipp Mölgen ein begabter Handwerker, besonders seine Möbelstücke waren kleine Meisterwerke, die seine Kunstfertigkeit unter Beweis stellten. Flora wusste, dass er ein Auge auf sie geworfen hatte. Sie mutmaßte allerdings, dass es ihm weniger um sie ging als um die Werkstatt des Onkels. Cornelius Mentis und seine Frau hatten keine Kinder, und damit keinen Sohn, der die Tischlerei übernehmen konnte. Daher sollte er nach seiner Meisterprüfung die Werkstatt bekommen. Und wenn er Flora heiratete, bliebe das Gewerk in der Familie. Das war es auch, was der Onkel sich wünschte.

Zudem hatte Philipp ihr auf dem Weinlesefest im vorigen Jahr vor aller Augen den Hof gemacht. Ein wenig beschwipst und fröhlich hatte sie sich mit ihm auf dem Tanzboden gedreht und sie hatte sich sogar von ihm küssen lassen. Aber sie hatte diesen ersten Kuss nicht genossen – anders, als es ihr ihre Freundin Agnes kichernd versprochen hatte. Philipps Kuss schmeckte bitter und nicht süß. Er schmeckte nach billigem Wein. Erschrocken und ein wenig angewidert hatte sich Flora losgemacht und war davongelaufen. Doch seither betrachtete Philipp sie als seine rechtmäßige Braut.

Als Flora und Laurenz am Portal der Kirche vorbeifuhren, fasste sie kurz entschlossen ihren Bruder am Arm. »Lass mich absteigen!«

Laurenz zog die Zügel an, Pferd und Wagen blieben stehen. Fragend sah er sie an. »Was ist denn?«

Flora sprang vom Kutschbock. »Warte nicht auf mich, fahr nach Hause. Ich will noch einmal zum Grab der Familie Weinreiß.«

Erst als der Wagen außer Sichtweite war, ging Flora zum Eingang des Friedhofs, der auf der linken Seite an das Kirchengebäude angrenzte. Die Grabstätte lag im rückwärtigen Teil. Um dort hinzugelangen, musste Flora an der Längsseite der Kirche entlanggehen und ein Stück des Chors umrunden. Auf ihrem Weg dorthin verscheuchte sie einige Hühner und Schweine. Sie kamen oft von den umliegenden Höfen hierher, um in den frischen Gräbern zu wühlen. Am Beinhaus, das an diesem Platz stand, seit Flora denken konnte, beschlich sie wie jedes Mal auch jetzt ein Gefühl des Unwohlseins, als sie an die dort aufgestapelten Knochen und Schädel der Toten dachte. Das war alles, was vom Leib des Menschen übrig blieb. Die Seele war jedoch bei Gott im Himmel. Daran glaubte sie ganz fest.

Obwohl es nach dem kurzen Regenschauer kaum kühler geworden war, fröstelte es sie mit einem Mal. Sie spürte nicht nur die Anstrengungen des Tages, sondern auch die Anspannung, die sich seit der Nachricht vom Tod von Jakob Weinreiß ihrer bemächtigt hatte. Die Ungewissheit, die Angst vor der

Zukunft war schier unerträglich. Dass sie nichts tun konnte, war das Schlimmste. In diesem Augenblick fühlte sie sich wie ein Vogel, dem man die Flügel gestutzt hatte.

Jetzt kam die Grabstätte der Familie Weinreiß in Floras Blickfeld. Erschrocken blieb sie stehen. Vor dem Grab stand ein unbekannter Mann in einem dunklen Mantel. Plötzlich beugte er sich vor und machte sich an den frischen Kränzen zu schaffen. Wie gelähmt starrte Flora ihn an. Dann ging sie, so schnell sie konnte, auf das Grab zu, packte ihn am Arm und rief: »Wer seid Ihr und was wollt Ihr hier?«

Der Mann richtete sich auf und wandte sich langsam zu ihr um. Flora blickte in ein ebenmäßiges Gesicht mit klaren Zügen. Die grauen Augen sahen sie überrascht, aber mit festem Blick an. Dann wandte sich der Fremde ab und ging wortlos davon.

Flora blieb stehen und sah ihm nach, bis er hinter einer Gräberreihe verschwunden war.

4

Bonn, 17. Juli 1688

Mit schnellen Schritten ging Thomas Weinreiß die Bonner Rheingasse hinunter. Er war auf dem Weg zur Schiffsstation, die unten am Rhein, ganz in der Nähe des Zollgebäudes, lag. Er musste sich beeilen, auf keinen Fall durfte er das erste Schiff nach Köln versäumen.

Still und leise hatte er das Haus seiner Familie am Bonner Marktplatz verlassen, in das er nach mehrjähriger Abwesenheit erst vor wenigen Tagen wieder eingezogen war. Er hatte nur eine kurze schriftliche Notiz hinterlassen: Die nächsten Tage würde er in Köln verbringen und dabei im Haus des Onkels Ferdinand Corvinus wohnen. In der Domstadt stand ein bedeutendes politisches Ereignis bevor: die Wahl eines neuen Erzbischofs von Köln. Thomas' Interesse daran war beruflicher Natur. Er arbeitete für eine Hamburger Zeitung und berichtete über politische Geschehnisse aus ganz Europa. Er hatte in der Hansestadt bereits seine Koffer gepackt, als er die Nachricht vom Tod seines Vaters und der Beisetzung in Honnef erhalten hatte. Und obwohl er auf dem schnellsten Wege gereist war, war er nicht mehr rechtzeitig zum Begräbnis angekommen. Die Totenmesse war bereits gehalten gewesen, das Grab mit Erde zugedeckt.

Auf der Rheingasse herrschte um diese Zeit reges Treiben. Karren und Fuhrwerke rumpelten auf dem Weg zum Bonner Markt an Thomas vorbei. Einige waren mit Mehlsäcken beladen. Sie kamen vom Rhein herauf, von den Schiffsmühlen, in denen das Korn mit der Kraft des Wassers gemahlen wurde. Er ging gerade an einer Herberge vorbei, als ein Reisender aus der Tür trat. Ein Junge lud das Gepäck des Mannes auf einen bereitstehenden Wagen. Neben der Tür der Herberge saß ein Krüppel, der dem Reisenden eine Hand entgegenstreckte. Dieser sah ihn kurz an, nahm eine Münze aus seinem Beutel und legte sie in die knochige Hand des Bettlers. Thomas wandte seinen Blick ab und ging weiter.

Er war froh, einige Tage in Köln verbringen zu können, in der Stadt, an dessen berühmter Universität er einst die Rechte studiert hatte. Damals hatte er im Haus seines Onkels gelebt und seine Liebe zu den Büchern entdeckt. Oft und gern war er durch die Druckerei des Verlags gestreift, in der die Bücher hergestellt wurden. Darüber hinaus gab es im Wohnhaus eine umfangreiche Bibliothek, die den Gästen und Besuchern frei zugänglich war.

Thomas war froh, endlich fortzukommen. Bei seiner Familie in Bonn war er nicht willkommen gewesen. Vom ersten Augenblick an waren ihm seine Halbgeschwister Dorothea und Tobias mit Misstrauen begegnet. Er konnte ihre Gefühle gut verstehen. Seit seinem Streit mit dem Vater vor sieben Jahren hatte er das Haus nicht mehr betreten. Jetzt, nach dessen Tod, war er plötzlich aufgetaucht – in der Hoffnung, etwas zu erben. So jedenfalls musste es ihnen erscheinen. Besonders Dorothea gab ihm bei jeder Begegnung das Gefühl, dass er ihre Kreise störe und dass sie froh wäre, wenn er so bald wie möglich wieder abreiste.

Am Ende der Rheingasse lief Thomas auf das prächtige Zollgebäude zu, das mit seinem steilen Dach und den filigranen Türmchen ein Wahrzeichen der Stadt am Rheinufer war. Er passierte das Krantor und erreichte endlich die Schiffsanlegestelle. Erleichtert stellte er fest, dass das Schiff nach Köln gerade anlegte. Eine größere Zahl von Menschen stand bereits am Ufer. Thomas reihte sich in die Schlange der Wartenden ein. Er stellte seine Reisetasche neben sich ab und zog den Mantel an, den er über dem Arm getragen hatte. Kaum war das Schiff zum Einsteigen bereit, gerieten die Menschen in Bewegung, schoben und drängten. Jeder wollte der Erste sein. Vor ihm griff ein kleiner Junge nach der sicheren Hand seines Vaters. Thomas hatte gerade sein Gepäck in die Hand genommen, als er ganz in seiner Nähe eine Stimme hörte.

»Was ist das für ein entsetzliches Gedränge und Geschiebe, kann denn heutzutage kein Mensch mehr warten?«

Thomas wandte sich um und blickte in das Gesicht eines Mannes, der ihm verschmitzt zuzwinkerte. Er mochte etwa in seinem Alter sein. Was ihn jedoch deutlich von ihm unterschied, waren die noble Kleidung und die Selbstverständlichkeit, mit der er sie trug. Plötzlich schob ein kräftiger junger Mann eine Karre heran, auf der zwei große Gepäckstücke lagen.

»Da bist du ja endlich«, sagte der Mann und gab dem Burschen einige Münzen. »Ich dachte schon, ich müsste ohne meine Kleidung und ohne meine Bücher abfahren.« Er wandte sich wieder Thomas zu. »Darf ich mich vorstellen? Mein Name ist Victor Morel. Hättet Ihr die Güte, mir auf Deck Gesellschaft zu leisten? Es wäre mir ein Vergnügen!« Nicht nur sein Name, auch sein Akzent verrieten, dass er Franzose war.

Die Menschen drängten auf das Schiff, sodass Thomas den französischen Reisenden bald aus den Augen verlor. An Deck angekommen, konnte er ihn aufgrund seiner auffallenden Kleidung jedoch schnell ausmachen.

Der Franzose hatte Thomas ebenfalls entdeckt und winkte ihm mit seinem breitkrempigen Hut freundlich zu.

Kaum stand Thomas vor ihm, stellte er sich seinerseits vor. Dann deutete er auf die Gepäckstücke. »Es sieht ganz so aus, als ob Ihr eine längere Reise vor Euch habt.«

Victor Morel nickte. »Das kann man so sagen. Seitdem ich Frankreich verlassen habe, bin ich sehr oft auf Reisen, und ich muss sagen, es gefällt mir sehr gut.«

Thomas sah ihn fragend an. Er erfuhr, dass das eigentliche Reiseziel des Franzosen London war. Dort lebte er mit seiner Familie, seiner Frau und seinen beiden Kindern. Bevor er jedoch dorthin weiterfuhr, wollte er erst einmal ein paar Tage in Köln bleiben.

»Sicher habt Ihr gehört, dass dort ein neuer Erzbischof gewählt wird. Wer wird es wohl werden? Prinz Joseph Clemens von Bayern oder Wilhelm von Fürstenberg?« Widerwillig verzog er das Gesicht. »Es ist ein offenes Geheimnis, dass der Kardinal der intime Freund und tiefe Bewunderer des Sonnenkönigs ist.«

Thomas war der spöttische Unterton in seiner Stimme nicht entgangen. Überrascht sah er ihn an.

»Ich bin zwar ein stolzer Franzose von Geburt«, fügte Morel leise hinzu, »aber ich bin ebenso ein überzeugter Hugenotte.«

Thomas wusste sehr wohl, was das bedeutete.

Und nun erzählte ihm Victor Morel von seiner Flucht aus Frankreich. Wie seine evangelischen Glaubensbrüder war auch er dazu gezwungen gewesen, das Land zu verlassen. Ludwig XIV. hatte die religiöse Toleranz aufgehoben und den Hugenotten das Leben in Frankreich unerträglich gemacht.

»Ja, wir Hugenotten sind geflohen, aber wir wurden von unseren Glaubensbrüdern in ganz Europa aufgenommen. Mich hat es nach England verschlagen. Dort habe ich schon bald meine Frau kennengelernt. Sie ist Londonerin und sie hatte schon immer eine Schwäche für Franzosen.« Er lachte.

Thomas gefiel dieser Mensch, der Offenheit und Weltläufigkeit ausstrahlte. Nun war er an der Reihe und musste etwas über sich erzählen. Morel hörte ihm aufmerksam zu und stellte hin und wieder eine Frage. Ganz besonders freute er sich, dass auch Thomas die Absicht hatte, die nächsten Tage in Köln zu verbringen.

»Das ist ja wunderbar! Dann können wir gemeinsam durch die Stadt streifen.« Und wieder lachte er einnehmend. »In Köln gibt es nicht nur besonders schöne Frauen, wie ich gehört habe. Es soll dort auch süffiges Bier gebraut werden.« Schon im nächsten Augenblick verdüsterte sich seine Miene, seine Augen wurden schmal. »Was meint Ihr? Werden wir Menschen in Europa eines Tages in Frieden miteinander leben? Werden die Bürger eines Landes ihre Politik selbst bestimmen, ohne Kaiser und Könige? England hat einen Versuch unternommen, aber die Republik ist gescheitert, und nach dem Bürgerkrieg kamen wieder Könige an die Macht.« Morel griff in seine Westentasche und reichte Thomas eine Medaille mit einer fein ziselierten Kette. »Hier ist einer dieser Könige, Charles II. von England. Er liebte die Pracht ebenso wie schöne Frauen.«

Thomas betrachtete das Brustbild eines geharnischten Mannes mit Adlernase, wulstigen Lippen und stechendem Blick. Als er Morel das bis ins Detail fein gearbeitete Stück zurückgeben wollte, wehrte dieser freundlich ab.

»Ich schenke Euch dies zur Erinnerung an unsere Begegnung, die hoffentlich der Beginn einer Freundschaft ist.«

Nach ihrer Ankunft im Kölner Hafen verabredeten sich Thomas und Victor Morel für den nächsten Tag zu einem Gang durch Köln. Als Treffpunkt schlug Thomas ein Brauhaus vor, das er während seiner Studienzeit oft aufgesucht hatte. Morel war von dieser Idee auf Anhieb begeistert. Nachdem sie beschlossen hatten, sich von nun an zu duzen, verabschiedeten sie sich. Während Victor Ausschau nach einem Gepäckwagen hielt, nahm Thomas seine Reisetasche und machte sich auf den Weg in das Herz von Köln.

Die Jahre seiner Abwesenheit kamen ihm oft wie eine Ewigkeit vor. Doch als er jetzt auf die großartige Stadtkulisse blickte, kam es ihm vor, als sei er nie weg gewesen. Die Stadt hatte ihn immer fasziniert, geschäftig und weltoffen, wie sie war. Menschen aus aller Herren Länder kamen hier zusammen, um ihren Geschäften nachzugehen. Viele hatten in Köln eine neue Heimat gefunden. Auf der anderen Seite war die Stadt seit Jahrhunderten ein Zentrum kirchlicher Macht. Unzählige Kirchen, Stifte und Klöster stellten dies eindrucksvoll unter Beweis. Das bedeutendste Bauwerk war der Dom. Obwohl noch nicht vollendet, bewahrte er in seinen Mauern eine der ehrwürdigsten Reliquien der christlichen Welt auf: die Gebeine der Heiligen Drei Könige, die der Überlieferung nach dem neugeborenen Christus Gold, Weihrauch und Myrrhe gebracht hatten. Und wie es sich für solch kostbare Gebeine gehört, war zu ihrer Aufbewahrung ein goldener Schrein gefertigt worden. Der Dreikönigenschrein, im Dom zur Schau gestellt, lockte seit Jahrhunderten Ströme von Pilgern aus ganz Europa nach Köln. Die Wallfahrt brachte nun ein Volk von Gläubigen in die Stadt, sie verhalf den Wirten, Handwerkern und Gewerbetreibenden zu willkommenen Einnahmen.

Thomas blickte auf die Häuser, zwischen denen die Kirchtürme steil emporragten. Da war es! Weithin sichtbar für alle, die sich der Stadt zu Wasser und zu Lande näherten: das große, heilige Köln. Die weltoffene Handelsstadt hatte Thomas immer geliebt, die Macht der Kirche hingegen hatte er immer kritisch gesehen.

Die Schreie und Kommandos der Hafenarbeiter begleiteten ihn noch eine Weile auf seinem Weg. Als er auf der Höhe des Rathauses angelangt war, dessen mächtiger Turm über dem Häusermeer zu sehen war, ging er auf das Trankgassentor zu, vor dem sich die Menschen drängten, und so dauerte es eine ganze Weile, bis er eingelassen wurde. Die bevorstehende Wahl war ein Ereignis, das die Schaulust und die Vergnügungssucht der Menschen gleichermaßen befeuerte. Thomas hatte zunächst große Mühe durchzukommen, aber da er sich immer noch sehr gut auskannte, gelangte er schließlich über Schleichwege zum Verlagshaus seines Onkels Ferdinand Corvinus.

Er verharrte eine Weile vor dem imposanten Bauwerk. Die gewaltigen Ausmaße des steinernen Gebäudes erstaunten ihn ebenso wie früher. Sein Blick schweifte über die Fassade, die Stockwerke und das steil aufragende Dach mit den kleinen Gauben. Er sah zum Eingang des Verlagshauses hinüber. Über dem breiten Portal war das Firmenzeichen angebracht. Es zeigte einen auf einem Ast sitzenden schwarzen Raben, der ein Buch im Schnabel hielt. Verlagshaus und Wohnhaus befanden sich unter einem Dach und erstreckten sich bis hin zu den seitlich angrenzenden Straßen.

Wie früher herrschte im Verlag Hochbetrieb. Gerade kam ein voll beladener Wagen mit Druck-Erzeugnissen aus dem Hof heraus und fuhr an Thomas vorbei. Er blickte ihm nach, bis er hinter einer Häuserecke verschwunden war. Erst dann stieg er die Stufen zum Eingangsportal hinauf und ließ den Messingknopf auf die schwere Holztür fallen. Es dauerte nicht lange, da wurde ihm die Tür geöffnet.

Ein schmächtiger Mann mit schlohweißem Haar blickte ihm aus freundlichen braunen Augen entgegen. Feine Fältchen überzogen sein Gesicht, die Spuren des Alters waren deutlich zu erkennen. Der Mann runzelte die Stirn, dann strahlte er über das ganze Gesicht.

»Der junge Herr Weinreiß, wie schön! Ihr seid ja eine Ewigkeit nicht mehr bei uns gewesen.«

Thomas streckte dem ältesten Dienstboten des Hauses lachend die Hand entgegen.

»Mein lieber Muthesius, dann beträgt die Ewigkeit genau sieben Jahre. Und der junge Herr Weinreiß, der bin ich längst nicht mehr!« Er folgte dem Diener über die ausladende Treppe hinauf in den ersten Stock.

Als er in den Salon trat, kam ihm sein Onkel entgegen und umarmte ihn herzlich. »Schön, dass du da bist, Thomas! Wie lange haben wir uns nicht gesehen!« Muthesius erhielt einige Anweisungen, dann wandte Corvinus sich an seinen Neffen. »Komm, wir wollen es uns bequem machen. Gleich gibt es etwas zu trinken.«

Er zeigte auf eine Sitzgruppe mit Möbeln aus massivem Holz und weichen dunkelgrünen Polstern. Als beide dort Platz genommen hatten, betrachtete Thomas eine Weile die Einrichtung des Salons. Sie hatte sich seit seinem letzten Aufenthalt stark verändert. Ein in seinen Augen allzu pompöses Mobiliar – Schränke, Stühle und der Tisch waren mit üppigen Schnitzereien versehen – ersetzte die einst so schnörkellose Ausstattung. Wandteppiche aus flämischen Manufakturen hingen an den Wänden. Ihm gefiel diese Zurschaustellung von Reichtum nicht.

»Es war der Wunsch deiner Tante«, sagte der Onkel, der offenbar seine Gedanken erriet, lächelnd, »sie wollte, dass wir endlich standesgemäß leben und repräsentieren. Und das entspricht eben ihren Vorstellungen.«

Thomas nickte verdrießlich.

Eine junge Hausangestellte erschien mit einem Tablett mit zwei Tässchen und einer kleinen Kanne und setzte es auf dem Tisch ab. Sofort breitete sich ein aromatischer Kaffeeduft im Raum aus, der Thomas angenehm in die Nase stieg. Er ahnte, was der Onkel nun sagen würde, und er sollte recht behalten.

»Deine Tante ist ganz verrückt nach Kaffee. Obwohl manche seinen Genuss als unschicklich verpönen, weiß auch ich seine belebende Wirkung zu schätzen. Ich hoffe, du hast nichts dagegen?«

Thomas verneinte, griff nach einem der Tässchen und trank

einen Schluck. »Ich danke dir, dass ich einige Tage hier in Köln bleiben kann«, sagte er dann. »Nach der Wahl werde ich so schnell wie möglich nach Hamburg zurückkehren.«

Sein Onkel nickte. »Würdest du in Köln bleiben, wenn ich dir eine sehr gute Position in meinem Verlag anbieten würde?«

Thomas sah ihn erstaunt an. »Wie meinst du das?«

»Nicht irgendeine Position. Ich biete dir an, dass du mein Nachfolger als Leiter des Verlags wirst. Keiner aus der Familie ist befähigter für diese Aufgabe, als du es bist. Ich bin mir ganz sicher!«

»Du hast zwei Söhne, warum gerade ich?«

»Das stimmt! Aber Florian ist bereits als erfolgreicher Kaufmann im Tuchhandel tätig. Der Verlag war nie seine Sache. Und Gregor liebt zwar Bücher, doch er ist schweigsam und menschenscheu. Am liebsten würde er ein gottgefälliges Leben hinter Klostermauern führen. Du, Thomas, bist ein Mensch mit hoher Intelligenz, Verstand und Augenmaß. Was jedoch für die Leitung des Verlags am wichtigsten ist: Du kannst mit Menschen umgehen und hast eine große Leidenschaft für die Literatur, für Bücher und alles Gedruckte. Und wie du mir geschrieben hast, ist die Zeitung dazugekommen. Hamburg ist dabei, zu einem bedeutenden Standort dieser Branche zu werden.« Schmunzelnd setzte er hinzu: »Die Zeitung ist ein recht neues, ein kurzlebiges Medium. Ich werde mich wohl nicht mehr daran gewöhnen.«

Thomas sah ihn eine Weile schweigend an. Er war ihm dankbar für sein überaus großzügiges Angebot. Es war ihm klar, dass dieses mit einem hohen Maß an Vertrauen in ihn verbunden war.

»Ich fühle mich nicht nur geehrt, mehr noch bin ich tief berührt, mein lieber Onkel.« Er räusperte sich. »Dennoch muss ich dein Angebot ablehnen. Den Rest meines Lebens im Rheinland zu verbringen, das kann ich mir überhaupt nicht vorstellen.« Sein Onkel seufzte tief, und Thomas spürte seine Enttäuschung, aber er konnte seinem Wunsch beim besten Willen nicht entsprechen. »Hamburg, das ist meine Stadt«, fuhr er fort. »Dorthin werde ich zurückkehren und da will ich bleiben. In der Stadt weht ein frischer Wind, und es herrscht ein offener Geist. Und das Meer ist nicht weit. Ich liebe es, am Meer zu sitzen und in die unendlichen Weiten zu sehen. Hier ist mir alles zu eng. Das war schon immer so, wie du weißt.«

»Nun gut, du hast dich also entschieden. Aber mein Angebot steht, und wenn du es dir noch anders überlegst, dann lass es mich wissen«, erwiderte sein Onkel. »Ich danke dir jedenfalls für deine Offenheit. Aber da gibt es noch etwas zu besprechen, und zwar die testamentarischen Verfügungen, die dein Vater vor seinem Tod getroffen hat.«

Thomas, der seine Kaffeetasse in der Hand hielt, sah ihn verblüfft an. »Was habe ich mit dem Testament meines Vaters zu tun?« Er lachte bitter. »Dorothea und Tobias erben sein immenses Vermögen. Doch wohl kaum der Sohn, der sich dem Willen des Vaters nicht gebeugt hat.«

Sein Onkel nahm einen Schluck Kaffee und stellte das Tässchen wieder zurück.

»Ich kenne den eigentlichen Grund eures Zerwürfnisses nicht«, sagte er ruhig. »Dein Vater hat nie darüber gesprochen, und auch du hast Stillschweigen darüber bewahrt. Nun, bleiben wir beim letzten Willen deines Vaters. Dieser besagt klar und deutlich: Er hat sein Vermögen seinen drei Kindern zu gleichen Teilen vermacht.«

Thomas sah ihn entgeistert an. Er konnte nicht glauben, was er soeben gehört hatte.

»Das Vermögen deines Vaters besteht aus beträchtlichen Barmitteln sowie aus Weingütern im Rheinland und an der Mosel«, fuhr der Onkel in ebenso ruhigem Ton fort. »Jemand muss sich um das alles kümmern. Ich bitte dich hiermit, das zu tun. Das hieße jedoch für dich: Du musst zunächst noch eine Weile im Rheinland bleiben.«

Er sah Thomas an, der noch immer wie erstarrt auf seinem Platz saß. »Warum freust du dich nicht? Du bist nun ein vermögender Mann. Mit diesem Geld kannst du dir in Hamburg einen eigenen Verlag aufbauen. Das ist es doch, was du willst?«

Thomas, der das alles immer noch nicht glauben konnte, stand auf. Er ging zum Fenster und blickte auf die Straße hinunter, auf der reges Treiben herrschte. Nach einer kurzen Weile wandte er sich wieder um. »Gut, ich weiß, dass ich das tun muss, auch wenn Dorothea und Tobias es mir kaum danken werden.«

Sein Onkel nickte zufrieden. »Aber das ist noch nicht alles. Dein Vater hat testamentarisch verfügt, dass du den Zennigshof bekommen sollst. Das ist ein Weingut in Rhöndorf am Fuß des Siebengebirges. An diesem Ort hat sich dein Vater in den letzten Jahren oft und gern aufgehalten.«

Thomas glaubte, nicht richtig gehört zu haben. Fassungslos sah er zu seinem Onkel hinüber, der sich gerade eine Tasse Kaffee eingoss. Dann lachte er, aber es war ein bitteres Lachen. »Ich bin Besitzer eines Weinguts im Rheinland? So ist es der letzte Wille meines Vaters, dass ich Weinbauer werde, an einem Ort, den ich überhaupt nicht kenne, an dem ich nie in meinem Leben gewesen bin?« Er schlug mit der Hand auf die Fensterbank. »Weißt du, was ich tun werde?«

Der Onkel sah ihn ruhig und gleichzeitig fragend an.

Thomas kehrte zu seinem Sessel zurück. »Ich werde dieses Weingut verkaufen, und zwar so schnell wie möglich!«

»Du kannst mit deinem Besitz tun und lassen, was du willst. Und doch habe ich eine Bitte. Fahr vor dem Verkauf zum Zennigshof und sprich mit dem Pächter. Er soll ein fleißiger und rechtschaffener Mann sein. Er hat es nicht verdient, vor vollendete Tatsachen gestellt zu werden.«

Thomas versprach es, auch wenn er selbst keinen Sinn darin erkennen konnte, aber er wollte ihm den Gefallen tun. Dann stand er auf und sagte verlegen: »Es tut mir leid, dass ich so heftig war.«

Sein Onkel nickte verständnisvoll und begleitete ihn bis zur Tür.

Thomas wandte sich noch einmal zu ihm um. »Ich muss dir noch etwas sagen. Es gibt eine Frau in Hamburg, die ich, so wie es aussieht, heiraten werde. Sie ist die Tochter eines renommierten Verlegers. Eine Tochter aus gutem Hause. So sagt man doch?«

Sein Onkel war sichtlich überrascht. »Das ist eine großartige Nachricht, Thomas, ich freue mich sehr. Du bist längst im heiratsfähigen Alter. Dein Leben wird nun endlich in feste Bahnen gelenkt.«

»Sie ist schön und standesbewusst«, erwiderte Thomas. »Allerdings bin ich mir nicht sicher, ob sie die Richtige ist.«

Der Onkel sah ihn kopfschüttelnd an. »Das hätte ich mir denken können! Warst du dir in diesen Dingen jemals sicher? Aber du kannst doch nicht dein Leben lang allein bleiben. Du bist nicht mehr der Jüngste.«

Thomas lachte leise. »Das hat der gute Muthesius ganz anders gesehen. Für ihn bin ich immer noch der junge Herr Weinreiß.«

* * *

Flora war unterwegs zu ihrem Onkel Cornelius Mentis im Honnefer Ortsteil Beuel. Sie hatte ein kleines Fass Wein für ihn aufgeladen, über das er sich nach der unschönen letzten Begegnung mit Laurenz hoffentlich freuen würde. Der Unfall des Onkels lag bereits einen Monat zurück, sie hatte gehört, dass er bereits wieder arbeitete.

Flora sprang vom Wagen und band das Pferd fest. Dann überquerte sie die Gasse und ging geradewegs auf die Werkstatt und das sich anschließende Wohnhaus zu. Dabei kam sie am Eingangstor des Bischofshofs vorbei. Einen Augenblick lang blieb sie vor dem weiten Torbogen stehen und sah auf das Wappen der Kurfürsten von Köln, das dort angebracht war. Und wie immer flößte ihr diese große und altehrwürdige Hofanlage Respekt ein. Keines der Honnefer Anwesen war so groß wie der Bischofshof. Das Tor stand weit offen, kein Laut war zu hören. Niemand war zu sehen. Verwundert runzelte sie die Stirn. Es sah ganz so aus, als würde hier nicht gearbeitet. Sie riss sich los und ging weiter zum Haus ihres Onkels. Trotz heftigen Klopfens öffnete ihr niemand die Tür. Tante Martha war offenbar unterwegs und der Onkel vermutlich in der Werkstatt.

Dort fiel helles Licht durch die Fenster. Flora sah sich um, aber der Onkel war nirgends zu sehen. Sie wollte gerade umkehren, als sie vom anderen Ende des Raums her ein Klopfen und Hämmern hörte. *Tok, tok, tok.* Er war also doch da, er arbeitete im hintersten Winkel der Werkstatt. Während sie langsam durch den Raum schritt, sog sie den würzigen Duft von Holz, der in der Luft lag, tief in sich ein. Sie liebte diesen Geruch seit ihrer Kindheit, seit dem Tag, an dem sie der Vater zum ersten Mal hierher mitgenommen hatte. Über den Boden verstreut lagen Holzspäne, es knirschte bei jedem ihrer Schritte. An einer Seite des Raums lagen akkurat zurechtgeschnittene Dachbalken. Flora vermutete, dass sie für den Dachstuhl des Fachwerkhauses, an dem sie soeben vorbeigekommen war, vorgesehen waren. Flora lächelte. Was für einen schönen und wichtigen Beruf ihr Onkel hatte! Als Zimmermann sorgte er dafür, dass die Menschen ein Dach über dem Kopf hatten, und ebenso fertigte er Möbel für den alltäglichen Gebrauch. *Tok, tok, tok.* Sie kam dem Hämmern und Klopfen hinter einem Holzstapel immer näher. Noch konnte sie nicht sehen, wer dahinter arbeitete. Auf einmal verstummte das Geräusch.

»Onkel Cornelius«, rief sie in die Stille hinein, »ich habe dir ein Fass Wein mitgebracht.«

Hinter dem Stapel tauchte ein blonder Lockenkopf auf. Flora seufzte, als sie erkannte, dass es nicht der Onkel, sondern sein Geselle Philipp war. Der legte jetzt seinen Hammer beiseite und strahlte sie an.

»Flora, mein Herzblatt«, rief er. »Wir haben uns eine Ewigkeit nicht gesehen!« Mit schnellen Schritten eilte er auf sie zu, fasste sie an den Händen und wollte sie herumwirbeln.

Flora wehrte ihn energisch ab. »Lass das!«

Seufzend ließ er von ihr ab. »Nie bist du für einen Spaß zu haben!« Er wischte sich mit dem Ärmel über die feuchte Stirn. »Und dabei könnt ich gerade jetzt ein wenig Abwechslung brauchen. Es gibt so viel Arbeit hier!« Er zeigte auf die Dachbalken. »Die haben wir heute in aller Herrgottsfrühe zurechtgeschnitten.«

Flora sah ihn fragend an. »Sind die für das Fachwerkhaus an der Ecke?«

Philipp nickte. »Morgen soll der Dachstuhl aufgesetzt werden. Dein Onkel ist noch einmal zur Baustelle gegangen. Hast du ihn auf deinem Weg hierher nicht gesehen?«

Flora schüttelte den Kopf. Dann zeigte sie auf die Gasse hinaus. »Da draußen steht mein Wagen. Ich habe ein Fass Wein mitgebracht. Lade es doch bitte für mich ab.«

Philipp nahm ein paar Lederhandschuhe, die an einem Haken hingen.

»Das mach ich gern für dich, mein Augenstern.« Fröhlich pfeifend ging er hinaus.

Sie schaute ihm nach. Er war ansehnlich, und er hatte ein gutes Herz. Sie mochte ihn, aber mehr konnte sie nicht für ihn empfinden. Er hatte sie wieder sehr verliebt angeblickt, und das tat ihr weh. Offensichtlich machte er sich große Hoffnungen, sie zu heiraten. Plötzlich hörte sie von der Gasse her lautes Gepolter. Das war Philipp, der das Weinfass ablud und es über den Boden rollte. Dann war es wieder still. Bald darauf kehrte der Geselle in die Werkstatt zurück. Freudestrahlend rieb er sich die Hände.

»Da hast du uns aber ein schönes Fass mitgebracht.« Er kicherte vergnügt. »Meister Cornelius gibt mir immer ein Schlückchen ab. Aber was sage ich? Das ist kein Wein, Flora, das ist Göttertrank!« Rasch streifte er die Handschuhe ab und versuchte wieder, Floras Hände zu fassen.

Flora schüttelte den Kopf und sah ihn vorwurfsvoll an. »Wenn es nur bei einem Becher Wein bliebe, Philipp! Du trinkst zu viel, und immer wieder lässt du dich von deinen Kumpanen verführen. Du lädst sie ein, ihr zecht und würfelt. Ich habe euch erst neulich vor dem Wirtshaus am Markt gesehen.«

Philipp verzog das Gesicht und brummte mürrisch. »Du beschimpfst nicht nur mich, du beleidigst auch meine Freunde. Weißt du überhaupt, was sie sind? Es sind Holzfuhrknechte. Richtig arme Teufel sind das, das sag ich dir! Tag für Tag, bei Wind und Wetter müssen sie schuften.« Stolz klopfte er sich mit der Hand auf die Brust. »Ich bin eben ein großzügiger Mensch. Ich lade meine Freunde gern zu einem Schlückchen Wein ein. Und auch beim Würfelspiel haben wir unseren Spaß. Und dafür muss ich mir von dir nur Vorwürfe anhören!«

Flora hatte keine Lust mehr, weiter darauf einzugehen. Sie wollte nach Hause, vielleicht würde sie den Onkel auf der Baustelle noch antreffen. Sie wandte sich zum Gehen, doch Philipp hielt sie am Arm fest. »Sobald wir verheiratet sind, werde ich mich ändern«, raunte er. »Das verspreche ich dir.«

Flora streifte seine Hand ab und schüttelte den Kopf. »Such dir echte Freunde, Philipp. Echte Freunde stehen zusammen.

Und wenn du eine Familie gründen willst, musst du erst einmal lernen, Verantwortung zu tragen. Für andere und für dich selbst. Aber jetzt lassen wir es damit gut sein.« Sie sah den sehnsüchtigen Blick in seinen Augen. »Danke für deine Mühe mit dem Fass«, sagte sie und wandte sich um.

Philipp hielt sie erneut zurück. »Komm mit, ich zeig dir was, du wirst staunen.«

Erneut ergriff er ihre Hand und zog Flora mit sich zu seinem Arbeitsplatz. Dort stand, auf einem Gestell aufgebockt, eine Kleidertruhe. Daneben lagen die Werkzeuge, mit denen er gearbeitet hatte: Hammer und Stecheisen. Er hatte nicht zu viel versprochen. Flora staunte nicht schlecht, als sie auf den Deckel der Truhe sah. Dieser war überreich mit Ornamenten verziert, mit stilisierten Ranken von Weinreben und Rosen. Es war eine sehr feine und sorgfältig ausgeführte Arbeit. Flora betrachtete den Deckel eine ganze Weile mit ehrlicher Bewunderung. Dann berührte sie die Ornamente und zeichnete mit ihren Fingern die in sich verschlungenen Linien nach.

Flora schaute zu ihm und sah, wie gerührt er war. Sie nickte ihm zu. »Das ist eine wunderschöne Arbeit. Sie zeigt deine ganze Begabung, dein ganzes Können.«

Er strahlte über das ganze Gesicht. »Die Truhe ist noch nicht fertig«, sagte er und zwinkerte Flora vielsagend zu. »Es soll eine Hochzeitstruhe werden. Hier habe ich die Zeichnung. Du kannst erkennen, wie sie am Ende aussehen soll.« Philipp griff nach einer Rolle, die auf dem Holzstapel lag. Gerade als Flora die Zeichnung in die Hand nehmen wollte, kam ihr Onkel zur Tür herein.

»Flora!«, sagte er erfreut. »Da steht ein Fass auf meinem Hof, ist das für mich?«

»Natürlich, lieber Onkel!«, erwiderte Flora. »Lass dir meinen Wein schmecken.«

»Das werde ich, hab Dank! Willst du noch mit ins Haus

kommen? Martha wird sicher bald zurück sein. Sie hat eine kranke Freundin besucht.«

Flora schüttelte den Kopf. »Höchste Zeit, dass ich mich auf den Heimweg mache. Aber grüß Tante Martha schön von mir.«

Sie verabschiedete sich von den beiden und ging zu ihrem Fuhrwerk.

Als sie wieder am Bischofshof vorbeikam, packte sie plötzlich eine unbezwingbare Neugier. Das Hoftor stand wie zumeist weit offen, doch sie hatte den Hof noch nie betreten. Dazu hatte es bisher keinen Anlass gegeben. Sie nahm all ihren Mut zusammen und ging ein Stück in den Hof hinein. Auch jetzt war niemand zu sehen. Sie blickte auf den Turm. Dort wohnte der Verwalter, wie sie wusste. Hinter den Fenstern regte sich nichts. Sie ließ den Blick über die großzügigen Stallungen und das Kelterhaus gleiten, das um ein Vielfaches größer war als das des Zennigshofs. Plötzlich öffnete sich die Tür des Pferdestalls. Ein kräftiger Mann mit einer Reitgerte in der Hand trat heraus, der ein edles Pferd am Zügel führte. Als er Flora bemerkte, sah er sie fragend an. Flora wandte rasch den Kopf ab, machte auf der Stelle kehrt und eilte davon.

5

Köln, 18. Juli 1688

Am Tag vor der Wahl des neuen Erzbischofs glich Köln einem Bienenstock. Es wimmelte nur so von Menschen auf den Gassen und Plätzen der Stadt. Köln schien an diesem Tag aus allen Nähten zu platzen. Thomas hatte sich mit seinem neuen Freund Victor Morel im Brauhaus verabredet. Dorthin zu gelangen war heute gar nicht so einfach. Thomas hatte solche großen Ereignisse wie Wahlen, Kongresse und Friedensverhandlungen in Köln schon einige Male erlebt. Da sich dann auch zahlreiche auswärtige Gäste in der Stadt aufhielten, wurde jedes Quartier gebraucht, auch die privaten Unterkünfte.

Thomas' Onkel hatte ihm erzählt, dass der Graf von Kaunitz, Geheimrat am Wiener Hof und Verhandlungsführer des Kaisers, schon vor einigen Tagen nach Köln gekommen war. In einer eindringlichen Ansprache hatte er die Kölner Domherren davor gewarnt, für Fürstenberg zu stimmen. Wörtlich hatte er Fürstenberg vor dem illustren Kreis der Wahlmänner einen »Sklaven der französischen Krone« genannt. Thomas fragte sich, ob sie sich davon in ihrer Entscheidung leiten lassen würden. Morgen würde man es wissen, das Wahlergebnis sollte im Dom öffentlich bekannt gemacht werden.

Über der Stadt lag eine Dunstglocke, die Luft war unangenehm feucht. Thomas war froh, als er bei dem Brauhaus angekommen war. Kaum hatte er die Tür geöffnet, schlug ihm der süßliche Geruch von Bier und Schweiß entgegen. Am liebsten wäre er wieder umgekehrt, aber zuerst musste er Victor finden. Suchend blickte er sich um. Das trübe Sonnenlicht, das durch die Fenster hereinfiel, und der Dunstschleier, der über dem Raum hing, ließen ihn kaum etwas erkennen. Er ging durch die Reihen, und es dauerte eine ganze Weile, bis er Victor an einem der Tische entdeckte. Dieser saß frohgemut mit seinen Tischnachbarn beim Würfelspiel, und seiner heiteren Miene war anzumerken, dass er gerade gewonnen hatte. Thomas wunderte sich, dass sein Freund sich überhaupt an solch einem Spiel beteiligte. Doch wie er bereits wusste, war Victor ein sehr geselliger Mensch. Sicher hatten ihn seine Nachbarn gefragt, und er hatte sich nicht lange bitten lassen.

Thomas trat an den Tisch, und Victor hob den Kopf.

»Da bist du ja endlich! Ich hole dir ein Bier. Dieses kölsche Gebräu schmeckt in der Tat ganz vorzüglich.« Er stand auf und kehrte bald darauf mit zwei gefüllten Krügen zurück. Die Tischnachbarn waren aufgestanden und weggegangen, und so konnten sie in Ruhe besprechen, was sie unternehmen wollten.

Doch erst einmal setzte Thomas den Krug an seine Lippen und leerte die Hälfte des Inhalts in einem Zug.

Victor beobachtete ihn amüsiert.

»Die Hitze da draußen ist kaum zu ertragen«, sagte Thomas entschuldigend. Und lächelnd setzte er hinzu: »Keine Angst, ich kann Bier ganz gut vertragen.« Noch einmal nahm er einen kräftigen Schluck. »Ich schlage vor, dass wir uns gleich ins Gedränge da draußen begeben und dabei Augen und Ohren offen halten. Sicher können wir herausfinden, wie die allgemeine Stimmung in der Stadt ist, ob pro oder kontra Fürstenberg.«

Victor war mit diesem Vorschlag einverstanden. Er prostete Thomas zu und beide leerten ihre Krüge.

Dann verließen sie das Brauhaus und Thomas schlug den Weg zum Heumarkt ein. Er war der größte aller Kölner Marktplätze, und dort war sicher besonders viel los. Thomas sollte recht behalten. Als der Heumarkt in Sicht kam, drängten sich die Menschen dort wie auf einem Jahrmarkt. Von der anderen Seite des Platzes her war lautes Geschrei und Gejohle zu hören.

»Lass uns dorthin gehen«, bat Victor. »Ich möchte wissen, was die Menschen so sehr amüsiert.«

Thomas seufzte. Er vermutete, dass dort eine Schlägerei im Gange war, bei der sich die Parteien gegenseitig anfeuerten. Aber vielleicht, dachte er, begeistern sich die Menschen ja auch für ein Theaterstück fahrender Schauspieler. Bei solch großen Ereignissen wollten die Menschen unterhalten werden, und der Heumarkt war dafür ein sehr beliebter Platz. Und wenn es ein politisches Stück war, das gezeigt wurde, versprach es, interessant zu werden.

Und tatsächlich! Das Gejohle kam von einer Menschentraube her, die vor einer Bühne stand und darauf wartete, dass der Vorhang geöffnet wurde.

»In der ersten Reihe ist noch etwas frei«, raunte Victor, als sie von der Seite her an die Bühne herangekommen waren. Sie nahmen die Plätze ein und sahen hinauf.

Der Vorhang öffnete sich, das Spiel begann. In einer Kulisse aus Stellwänden, die ein Kabinett andeuteten, standen ein Schreibsekretär und ein kleiner Stuhl. Auf dem Stühlchen saß keuchend und schwitzend ein ziemlich massiger Mann. Er trug das scharlachrote Gewand eines Kardinals. Auf seinem Kopf saß der Kardinalshut, auf den zwei Flügelchen aufgesteckt waren. Das Stühlchen drohte unter dem Gewicht des Fettwanstes zusammenzubrechen. Eifrig beschrieb der falsche Kardinal ein weißes Zettelchen, da ertönte plötzlich ein gewaltiger Donnerschlag. Die Zuschauer zuckten zusammen. Wenige Sekunden später tänzelte eine Frau mit gespitzten, leuchtend roten Lippen herein und bewegte sich direkt auf den Mann zu. Er streckte beide Arme begierig nach ihr aus.

»Es ist so weit, meine liebste Katharina Charlotte!«, flötete er mit honigsüßer Stimme. »Schon morgen werde ich den Gipfel der Macht erklommen haben, ich werde Erzbischof und bald auch Kurfürst von Köln sein. Das haben wir uns doch immer gewünscht!«

Die Frau klatschte in die Hände, dann beugte sie sich zu dem Fettwanst hinunter und küsste ihn auf die wulstigen Lippen. Dieser umschlang sie so heftig, dass das Stühlchen nach hinten kippte und beide übereinander auf dem Boden lagen. Die Menge johlte und schrie.

Dann wurde es plötzlich mucksmäuschenstill. Ein groß gewachsener Jüngling hatte die Bühne betreten. In der linken Hand hielt er einen Vogelkäfig, in dem ein Hahn hin und her zappelte. Der Jüngling hielt den Käfig hoch und rief mit durchdringender Stimme:

Hört ihr Leut, was ich euch sage:
Der gallische Hahn, der stolze,
soll nicht auf deutschem Boden kräh'n.
Doch mit Fürstenberg wird das alsbald gescheh'n!

Er stellte den Käfig auf die Bühnenbretter, öffnete die Tür und zog den Hahn heraus. Das Tier geriet in Panik, flatterte über die Bühne und krähte dabei aus Leibeskräften. Die Menge lärmte und tobte. Der junge Mann setzte dem Hahn nach, schnappte ihn, steckte ihn wieder in den Käfig und verließ die Szene. Die Zuschauer klatschten und riefen durcheinander.

Thomas hatte genug. »Lass uns weitergehen«, raunte er Victor zu. »Die Stimmung hier ist gegen Fürstenberg, das ist ziemlich eindeutig. Und das Stück war alles in allem eine ziemlich derbe Posse.«

Victor stimmt ihm lachend zu und zupfte ihn am Ärmel. »Wer war die Frau? Hat Kardinal Fürstenberg tatsächlich eine Geliebte?«

Thomas zuckte mit den Schultern. »Böse Zungen behaupten es. Es soll die Frau seines Neffen Emanuel sein, die schöne Gräfin Katharina Charlotte von der Marck.«

Auch ein junger Mann hatte das Schauspiel verfolgt. Er trug ein Wams aus schwarzem Samt. Seinen Hut mit den schillernden Pfauenfedern hatte er tief in die Stirn gezogen. Als Thomas und Victor ihre Plätze verließen, sah er ihnen kurz nach. Dann wandte er sich wieder dem Geschehen auf der Bühne zu. Dort lagen sich die Frau und der Fettwanst noch immer in den Armen. Von diesem Anblick zutiefst angewidert, wandte sich Jeremias von Strasshof ab. Er schlüpfte zwischen den Zuschauern hindurch und ging über den Platz davon. Die Menschen in seinem Rücken johlten noch immer vor Vergnügen.

* * *

Es war der Tag nach der Wahl. In der Morgendämmerung stand Wilhelm von Fürstenberg am Fenster seines Schlafgemachs. Er sah hinaus. Nur verschwommen ragte der Dom vor ihm auf, da der Regen in feinen Rinnsalen über die Fensterscheibe lief. Fortdauernd und unaufhaltsam, wie ein nie enden wollender Strom von Tränen. Das Unerwartete, das Unvorstellbare war geschehen. Er hatte sein Ziel verfehlt. War er zu hochmütig gewesen, hatte Gott ihn dafür bestraft?

Mit Schaudern dachte er an den gestrigen Tag zurück. Nach der Heiligen Messe im Hohen Dom zu Köln hatte die Wahl in einem Raum zwischen Kapitelhaus und Domsakristei stattgefunden. Nur dreizehn der Domkapitulare hatten ihm ihre Stimme gegeben, neun hatten für Joseph Clemens von Bayern votiert, zwei für andere Bewerber. Mit dieser Stimmenzahl hatte er die erforderliche Zweidrittelmehrheit nicht erreicht, aber auch der bayerische Prinz hatte nicht genügend Stimmen bekommen. Keiner von beiden war als eindeutiger Sieger aus dieser Wahl hervorgegangen.

Nachdem das Ergebnis ermittelt war, hatte es heftige Auseinandersetzungen zwischen den Wahlmännern gegeben. Seine Anhänger hatten darauf bestanden, ihn trotz der verfehlten Mehrheit zum Erzbischof von Köln auszurufen, aber seine Gegner hatten sich diesem Vorschlag vehement widersetzt. Jetzt sollte die Entscheidung in Rom liegen, der Papst das letzte Wort in dieser Sache haben. Dennoch hatte er sich auf Drängen seiner Wahlmänner dazu bereit erklärt, bis zur endgültigen Entscheidung des Papstes die Regierungsgeschäfte im Kurfürstentum Köln fortzuführen. Nach seiner Wahlniederlage hatte er sofort ein Schreiben an den französischen König aufgesetzt und ihn über alles unterrichtet. Wie würde es weitergehen? Was würde Ludwig XIV. tun?

Mit schleppenden Schritten kehrte Fürstenberg in den Raum zurück und setzte sich auf einen der Stühle aus dunklem Holz. Er fühlte sich so niedergeschlagen wie seit Jahren nicht mehr. Und doch kannte er dieses Gefühl der Ohnmacht nur zu gut. Genauso hatte er sich vor vielen Jahren, in den ersten Wochen seiner Gefangenschaft, gefühlt. Wenn er daran zurückdachte, stiegen kalte Wut und Verbitterung in ihm auf. Warum nur hatte er damals alle Warnungen in den Wind geschlagen? Nun, er hatte es bitter bereut!

Begonnen hatte alles mit dem großen Friedenskongress in Köln, der den Krieg zwischen Frankreich und Holland beenden sollte. Er hatte damals all seine diplomatischen Fähigkeiten in die Waagschale geworfen, um den Frieden zu erreichen. Aber Kaiser Leopold misstraute ihm, hielt ihn für einen Quertreiber, unterstellte ihm gar, dass er den Frieden verhindern wollte. Der Kaiser beschloss, ihn so lange aus dem Verkehr zu ziehen, bis der Friede gesichert war. So überfielen auf kaiserlichen Befehl Offiziere seine Kutsche in Köln und verbrachten ihn nach

Bonn. Dann sollte ihm eine lange Reise bevorstehen: rheinaufwärts, durch Süddeutschland, schließlich durch Böhmen und Mähren nach Österreich. Dort schaffte man ihn in die alte Kaiserburg der Habsburger nach Wiener Neustadt. Die Gefangennahme des Reichsfürsten hatte seinerzeit für Empörung in ganz Europa gesorgt – genutzt hatte ihm dies jedoch nichts.

Fürstenberg sah wieder auf den Dom. Er lächelte.

In jenen Tagen glaubte er, dass sich sein Gemüt für immer verfinstern würde. Doch in den schlimmsten Stunden seines Lebens hatte sich plötzlich der Himmel aufgetan. Er schloss die Augen und sah alles wieder vor sich.

Die alte Burg in Wiener Neustadt, die mächtige Festung der Habsburger, war düster und abweisend gewesen. Manchmal hatte er seine Gemächer verlassen und war im Innenhof auf und ab gegangen. Aber am liebsten waren ihm die Stunden, die er während der Messe in der Hofkapelle verbringen durfte. Hier, am Grab des ehrwürdigen Kaisers Maximilian, den man auch den letzten Ritter nannte, hatte er Trost und Zuversicht verspürt.

Der Tag war strahlend schön gewesen. Langsam war er über den Hof in seine Gemächer zurückgekehrt. Diese waren komfortabel eingerichtet, er hätte sich darin wohlfühlen können, wäre ihm das Tor zur Freiheit nicht verschlossen gewesen. Er war in den Raum getreten und vor einem kleinen Tischchen stehen geblieben. Eine Weile hatte er das Gefäß betrachtet, das darauf stand. Es war eine Schale aus Bergkristall, ein Meisterwerk, gefertigt in einer böhmischen Manufaktur.

Immer wieder aufs Neue erregte diese kristallene Kostbarkeit seine Aufmerksamkeit und Bewunderung. Und während er das Gefäß betrachtet hatte, fragte er sich, wie es Menschenhänden möglich war, diesem rohen Material der Natur den Zauber solcher Reinheit und Schönheit zu entlocken.

Schließlich hatte er nach seinem Kammerdiener geklingelt,

denn er wollte sich mit ihm die schier endlos erscheinenden Stunden beim Kartenspiel vertreiben. Er hatte eine Weile gewartet, doch der Kammerdiener blieb aus. Er wurde ungeduldig und schließlich wütend. Warum kam der Bedienstete nicht, wenn er nach ihm rief? Nicht einmal er hörte mehr auf ihn. Auf ihn hörte niemand mehr!

Dann endlich war die Tür aufgegangen. Aber nicht der Kammerdiener erschien, es war ein Junge von etwa sieben Jahren. Ohne Scheu trat er in den Raum, direkt auf ihn zu. Ihm stockte der Atem. Der Junge war so schön wie ein Engel, seine Gestalt anmutig. Dichtes schwarzes Haar umgab sein Antlitz, seine Augen waren von strahlendem Blau.

»Ich bin gekommen, um mit Euch zu spielen, Monsieur«, hatte der Junge gesagt, ein Kartenblatt hervorgezogen und es mit einer einladenden Geste auf den Spieltisch gelegt. Und während des Spiels hatte ihm der Junge seine Geschichte erzählt, die so unwahrscheinlich war, dass sie nur erfunden sein konnte.

»In meinem jungen Leben habe ich mit meinen Eltern die halbe Welt bereist. Eines Tages sind wir in die Kaiserstadt Wien gelangt, diese große und so schöne Stadt. Hier habe ich meine Eltern einfach aus den Augen verloren. Doch ein edelmütiger Mann hat mich aufgelesen, mich mitgenommen und am Hof des Kaisers zum Pagen ausgebildet. Nun bin ich hier, um für immer in den Diensten des hochwohlgeborenen Wilhelm von Fürstenberg, eines sehr bedeutenden Mannes, wie man mir gesagt hatte, zu stehen.«

Er hatte dem Jungen ruhig und aufmerksam zugehört und ihn schließlich nach seinem Namen gefragt.

»Jeremias!«, war dessen Antwort. »Einen weiteren Namen habe ich nicht.«

Er hatte das anmutige Kind eine Weile angesehen und dabei den Entschluss gefasst, diesen fantasiebegabten Knaben unter seine Fittiche zu nehmen, ihn in seinem Sinne zu formen und zu leiten. So hatte er seine kleine Hand genommen und gesagt: »Jeremias ist ein schöner Name. Aber du musst auch einen Titel haben, wenn du bei mir bleiben willst. Daher sollst du ab heute Jeremias von Strasshof heißen.« In diesem Augenblick hatte er sich daran erinnert, dass er durch einen Ort dieses Namens hierhergelangt war.

Fürstenberg öffnete die Augen. Nach dem Friedensschluss wurde er in die Freiheit entlassen, er kehrte wieder nach Kurköln zurück. Seinen Pagen Jeremias nahm er als seinen persönlichen Vertrauten mit. Aus dem bezaubernden Kind war über die Jahre ein gewandter und gebildeter junger Mann geworden. Und auf eine bestimmte Weise erinnerte er ihn an den jungen französischen König, dem er im Feldlager von Sedan zum ersten Mal begegnet war und von dessen Selbstgewissheit und königlichem Wesen er sich so angezogen fühlte, dass er fortan nur noch in seinen Diensten stehen wollte.

Plötzlich klopfte es so heftig an der Tür, dass Fürstenberg zusammenzuckte. Er erhob sich, hüllte sich in seinen seidenen Morgenmantel und ging hinüber, um zu öffnen.

Strasshof stand vor ihm und strahlte ihn an. »Wann brechen wir auf, Eminenz?«

Fürstenberg lächelte und bat ihn herein. Strasshof schritt an ihm vorbei bis zu einem bequemen Sessel. Lässig ließ er sich hineinfallen und streckte die Beine aus. Er schien bester Laune und keineswegs beunruhigt über den Ausgang der Wahl.

Fürstenberg sah ihn erleichtert an. In seinem nach der neuesten französischen Mode gearbeiteten Justaucorps, einer eng anliegenden Jacke mit weiten Ärmelaufschlägen, Tressen und Borten, sah Jeremias einfach nur hinreißend aus. Fürstenberg klingelte nach seinem Diener. Es war Zeit, sich anzukleiden.

»Wir fahren sofort nach der Sitzung des Domkapitels, die ich einberufen habe«, sagte er. »Aber vorher musst du noch zwei Dinge für mich erledigen.« Fürstenberg ging zu seinem Kabinettschrank und kehrte mit einem Brief in der Hand zurück. »Dieser Brief ist für den französischen König bestimmt, ich will ihn persönlich über den Ausgang der Wahl in Kenntnis setzen. Lass dieses Schreiben durch den zuverlässigsten und schnellsten Kurier nach Frankreich bringen.«

Strasshofs Augen blitzten. Er sprang mit fast katzenhafter Geschmeidigkeit hoch und schnappte sich den Brief. »Und welchen Auftrag habt Ihr noch für mich, Eminenz?«

Fürstenberg blickte kurz in sein schönes Gesicht, dann sagte er es ihm.

* * *

Victor Morel war bereits früh am Morgen von Köln aus nach England weitergereist. Thomas hatte ihn zur Schiffsanlegestelle begleitet und ihm beim Abschied versprechen müssen, ihn so bald wie möglich in London zu besuchen.

Auf seinem Rückweg zum Verlagshaus musste Thomas sich sputen. Er hatte eine Verabredung mit seinem Vetter Florian Corvinus. Am Eingang zur Druckerei wollten sie sich treffen, um nach langer Zeit wieder einmal durch die Druckerei zu gehen. Das hatten sie früher häufiger getan. Thomas liebte diesen Rundgang. Die Druckwerkstatt war für ihn das schlagende Herz eines jeden Verlags. Er mochte den Geruch von Druckerschwärze und den Anblick der präzisen Abläufe, bei denen Menschen, vom Setzen der Bleilettern bis hin zum Druckvorgang an der Presse, unermüdlich Hand in Hand arbeiteten.

Gegen Mittag hatten Thomas und Florian ihren Rundgang beendet. Auf dem Weg zurück zum Wohnhaus berichtete Thomas dem Vetter von seinem Leben und seiner Arbeit in Hamburg. »Von dem geerbten Geld will ich einen eigenen Zeitschriftenverlag gründen«, schloss er.

Florian beglückwünschte ihm zu seinem Vorhaben. »Das ist ein Leben, wie es zu dir passt.« Er lachte. »Du hast schon immer gern gekämpft, aber nicht mit Dolch und Degen, sondern mit Tinte und Feder. Ein eigener Verlag, das war doch seit Langem dein Traum, und die Zeitung ist, so denke ich, in Zukunft ein sehr wichtiges Medium.«

Thomas fand, dass sich Florian über die Jahre kaum verändert hatte. Er war schon immer liebenswürdig und aufmerksam gewesen. Er sah zu ihm hinüber.

»Nun bist du an der Reihe«, sagte er. »Ich habe gehört, dass du ein sehr erfolgreicher Geschäftsmann bist, ständig unterwegs bis in die entferntesten Teile dieser Welt?«

Florian nickte. »Aber mein Leben soll in naher Zukunft in ruhigeren Bahnen verlaufen. Ich werde den Bund der Ehe schließen, und zwar mit Saskia Steffens, der Enkelin des Honnefer Gerichtsschreibers. Wir haben uns nach dem Requiem für deinen Vater in seinem Haus kennengelernt.«

Thomas war so erstaunt, dass er kein Wort herausbrachte. Er dachte an diesen Tag zurück. Zur Totenmesse war er zu spät gekommen, an der Grabstätte seiner Eltern war er dieser etwas unbeherrschten, wenngleich sehr hübschen jungen Frau begegnet.

Der Vetter deutete Thomas' Schweigen als Missbilligung seines Plans. »Offensichtlich lehnst du meine Entscheidung ab. Aber Saskia ist keine Landpomeranze, sie ist eine schöne und intelligente junge Frau.«

Thomas nickte. »Du hast dich richtig entschieden. Du heiratest die Frau, die du liebst.« Er seufzte. »Mich jedenfalls scheint dieser Ort auf der anderen Seite des Rheins zu verfolgen.«

Florian sah ihn verwundert an. »Wie soll ich das verstehen?«

Thomas lachte bitter. »Ich habe ein Weingut in Rhöndorf geerbt, und ich weiß nicht, was ich davon halten soll.«

Der Vetter runzelte die Stirn. »Soweit ich weiß, ist dein Vater oft und gern auf diesem, seinem Weingut, das er Zennigshof nannte, gewesen. Was also ist so seltsam daran?«

»Ich finde es seltsam, dass mein Vater mir überhaupt etwas vererbt hat. Auch wenn er dort neben meiner Mutter, an die ich mich nicht erinnere, begraben liegt: Ich werde das Weingut verkaufen, und zwar so schnell wie möglich!«

Florian sah Thomas eine Weile schweigend an. »Ich denke«, sagte er, »einen Käufer für den Zennigshof wirst du leicht finden.«

Wenig später waren sie vor der Tür des großen Salons angekommen. Da Thomas' Onkel an diesem Tag eine ganze Reihe von Gästen eingeladen hatte, drang ein Gewirr von Stimmen nach draußen. »Ich bin gespannt, wer da ist«, raunte Florian Thomas zu, bevor er die Tür öffnete.

Über den Raum verteilt standen Menschen in Gruppen zusammen. Es wurde nicht nur geredet, es wurde heftig gestritten, der Name Fürstenberg fiel dabei recht häufig.

Florian sah sich um, fasste Thomas am Arm und zeigte auf das gegenüberliegende Ende des Salons.

»Dort hinten am Fenster steht Rudolf von Falkenstein. Er gehört der Gesandtschaft des Grafen Kaunitz an. Ich habe ihn gestern Abend bei einem Bankett kennengelernt. Er wird dir gefallen. Er kann dir alles über die Wahl erzählen, die Fürstenberg verloren hat, obwohl dieser, wie Falkenstein mir versichert hat, sich nicht damit abfinden kann und wird. Komm, ich will Euch miteinander bekannt machen.«

Der Gesandte hatte Florian seinerseits bereits entdeckt und kam nun auf sie zu. Und tatsächlich hatte Rudolf von Falkenstein genau die Informationen, die Thomas sich erhofft hatte. Er erfuhr alles Wesentliche über den Ablauf der Wahl, über die Streitereien unter den Wahlmännern und dass der Papst nun entscheiden solle, wer Erzbischof von Köln werden würde, und dass Fürstenberg bis dahin erst einmal als Landesherr weiterregieren wollte.

Auf einmal verstummten die Stimmen im Salon. Offensichtlich war ein später Gast eingetreten. Florians Vater ging zur Tür, um ihn zu begrüßen.

Thomas konnte erst sehen, wer da gekommen war, als sein Onkel sich an seine Gäste wandte.

»Es ist mir eine Ehre, Ihnen allen Monsieur Strasshof vorzustellen«, sagte er. »Wie er mir soeben mitgeteilt hat, wurde er von Wilhelm von Fürstenberg persönlich hierher gesandt, um einige unserer geistlichen Bücher zu erwerben.«

Strasshof lächelte undurchsichtig wie eine Sphinx und sah selbstzufrieden auf die Menschen, die ihn noch immer anstarrten. Er verbeugte sich galant, und dabei fiel sein Blick auf Thomas, der mittlerweile neben seinen Onkel getreten war. Er sah ihn fragend und mit erhobenem Kopf an, ganz so, als erwarte er von ihm Zustimmung.

Doch Thomas dachte gar nicht daran, sich von diesem frechen Gebaren beeindrucken zu lassen. Hochmütig blickte er Strasshof an und sagte so laut, dass alle Umstehenden es hören konnten: »Nun, Monsieur Strasshof, Gebetbücher kann Wilhelm von Fürstenberg jetzt ganz besonders gut gebrauchen. Die Domherren haben die Warnung des Grafen Kaunitz wohl verstanden und ihm nicht genügend Stimmen gegeben. Jetzt kann Fürstenberg nur noch beten, dass der Papst ihn anerkennt.«

Strasshofs Lächeln erstarb auf der Stelle. Seine Mundwinkel zuckten, eine feine Röte überzog sein schönes Gesicht. Er nestelte an seinem seidenen Halstuch. Darunter kam ein Amulett mit einem Totenschädel zum Vorschein. Thomas konnte seine Augen nicht von dem seltsamen Halsschmuck abwenden.

Strasshof war sichtlich außer sich. »Der Heilige Vater wird Kardinal Fürstenberg ganz gewiss in seinem Amt bestätigen«, zischte er mit zornbebender Stimme. »Ihr werdet es sehen, Monsieur!«

Thomas stieg der Duft von Orangenblüten, der Strasshof umgab, unangenehm in die Nase. Angewidert trat er einen Schritt zurück. »Das ist Eure Hoffnung, Monsieur Strasshof.« Er lachte leise. »Ich bin sicher. Sie wird sich nicht erfüllen«, sagte er und wandte sich ab. Er hatte genug von diesem gezierten Höfling, dieser Fürstenbergischen Marionette! »Was für ein eitler, von sich selbst überzeugter Mensch«, flüsterte er Rudolf von Falkenstein zu, der neben ihm stand, und bemerkte erschrocken, dass dieser aschfahl geworden war. Der Gesandte bedeutete ihm, mit nach draußen zu kommen. »Ich will Euch eine Geschichte erzählen, Ihr werdet Euch wundern.«

Sie gingen zur Tür des Salons, und kaum waren sie in den Gang getreten, berichtete er Thomas von einer Begegnung, die bereits viele Jahre zurücklag.

»Als zehnjähriger Junge habe ich meinen Vater in die Wiener Hofburg begleitet. Er hatte eine Audienz beim Kaiser, und ich wartete im Vorzimmer auf ihn. Da kam ein Knabe herein, der mich mit seinen strahlend blauen Augen ansah. Sein Blick fiel auf das Amulett, das ich am Hals trug. Mein Vater hatte es mir geschenkt. Es war ein altes Erbstück aus Familienbesitz. Plötzlich griff der Junge danach und betrachtete es. ›Das will ich haben‹, sagte er, ›es gefällt mir, gib es her!‹ Als ich ihm erklärt habe, dass ich das Amulett niemals hergeben würde, hat er nur gelacht. ›Dann hole ich es mir eben!‹, rief er. Und schon hatte er mir die Kette vom Hals gerissen und lief davon. Ich habe den Jungen nie mehr gesehen«, schloss Falkenstein, »... bis heute. Jeremias von Strasshof trägt mein Amulett. Da bin ich mir ganz sicher. Es ist das Amulett meines lange verstorbenen Vaters.«

6

Rhöndorf, 24. Juli 1688

Schon seit Tagen lag eine unerträglich feuchte Hitze über dem Rheintal. Sehnlichst warteten die Menschen auf ein reinigendes Gewitter, doch es blieb weiter aus.

Flora hatte in der letzten Woche viele Stunden im kühlen Weinkeller verbracht, denn dort ließ es sich gut aushalten. Nun erwartete sie jeden Tag den Kölner Weinhändler Hieronymus Zilken. Sie war gespannt, was er zu ihrem Wein sagen würde. Auf sein Urteil legte sie ebenso großen Wert wie auf das des Vaters.

Sie stand in der Diele und sah Philipp dabei zu, wie er die Haustür bearbeitete, die sich nicht mehr richtig hatte schließen lassen. Als sie ihm einen Becher reichte, legte er den Hobel beiseite und wischte sich mit dem Hemdsärmel die Schweißperlen von der Stirn. Dann griff er nach dem Becher, nahm einen großen Schluck und verzog das Gesicht. Flora kannte den Grund: Sie hatte ihm keinen Wein eingeschenkt, sondern kühles Brunnenwasser. Philipp schnaubte und stellte den Becher ab. Wieder hobelte er eine Weile an der Tür herum. Schließlich nahm er diese in beide Hände und hob sie wieder in die Verankerung. Zufrieden drehte er sie hin und her und probierte, ob sie sich gut öffnen und schließen ließ.

»Die hält jetzt für die Ewigkeit!« Er ging auf Flora zu und versuchte, sie zu umarmen.

Unsanft stieß sie ihn zurück. »Lass das, Philipp, ich mag das nicht!«

»Du magst *mich* nicht«, seufzte der Geselle mit Leidensmiene.

Ohne darauf einzugehen, holte Flora einige Münzen aus ihrer Rocktasche und gab sie ihm. »Hier, nimm, das ist für deine gute Arbeit.« Sie legte eine Hand auf seine Schulter. »Du sollst wissen, dass ich dich mag. Aber mit dem Heiraten will ich mir noch Zeit lassen.«

Sie verabschiedeten sich, und der Geselle stapfte pfeifend über den Hof davon. Flora ging in die Küche und hatte gerade angefangen, das Mittagsmahl zuzubereiten, als der Vater hereinkam.

»Die Haustür ist ja wieder in Ordnung«, sagte er. »Gute Arbeit von Philipp.« Er trat neben seine Tochter. »Besuch ist da. Draußen auf dem Hof wartet jemand auf dich.«

Flora legte das Messer, mit dem sie gerade hantierte, beiseite und sah den Vater fragend an. Doch er lächelte nur vielsagend.

Sie seufzte. »Auch wenn du es mir nicht verraten willst. Ich weiß, dass Zilken gekommen ist«, erwiderte sie und eilte hinaus.

Der Kölner Weinhändler saß auf der Bank unter der Linde. Als er sie sah, stand er auf. »Schön, dich zu sehen, Flora«, sagte er und reichte ihr die Hand. Er kannte sie von Kindesbeinen an und duzte sie. »Ich bin schon sehr gespannt auf deinen Wein.« Augenzwinkernd fügte er hinzu: »Und außerdem habe ich großartige Neuigkeiten mitgebracht.«

Flora hielt den Atem an. Sie spürte, wie ihr das Herz bis zum Hals schlug, denn sie ahnte, was der Weinhändler nun sagen würde. »Ihr wisst, wer der neue Besitzer des Zennigshofs ist?«, platzte sie heraus.

Zilken bat Flora, neben ihm auf der Bank Platz zu nehmen, und berichtete ihr, was ihm der Schwager des Verstorbenen, der Kölner Verleger Ferdinand Corvinus, brieflich mitgeteilt hatte.

»Das Testament ist bereits eröffnet. Jakob Weinreiß hat sein stattliches Vermögen und seinen Besitz unter seinen drei Kindern aufgeteilt. Der Zennigshof ist dabei an den ältesten Sohn gegangen, wie Corvinus schreibt.«

Flora sah ihn überrascht an. »Drei? Ich kenne nur Dorothea und Tobias. Er hat uns nie etwas von einem weiteren Kind gesagt.«

Hieronymus Zilken räusperte sich. »Jakob hatte einen Sohn aus erster Ehe. Thomas heißt er, glaube ich. Ich habe ihn nie kennengelernt. Nach der Schulzeit ist er zum Studium nach Köln gegangen. Dann war er eines Tages plötzlich verschwunden. Sein Vater hüllte sich in Schweigen. Alles in allem ist das eine sehr merkwürdige Geschichte.« Er seufzte. »Nun, um sein Erbe anzutreten, wird dieser Herr wohl herkommen müssen. Mehr kann ich dir nicht sagen.«

Flora wunderte sich, warum der Bonner Bürgermeister nie etwas von einem Sohn aus seiner ersten Ehe erzählt hatte. Sicher hatte er seine Gründe dafür gehabt. Er erzählte hin und wieder etwas von der Frau, neben der er jetzt begraben lag, schwärmte von ihrer Schönheit und ihrem sanften Wesen. Flora hatte seine Trauer und seinen Schmerz gespürt – wie sehr musste er sie geliebt haben! Die Stimme des Weinhändlers holte sie aus ihren Gedanken.

»Schön ist es unter dem Baum hier. Die Hitze ist ja kaum auszuhalten«, stöhnte Zilken. »So, und jetzt verrate ich dir die Neuigkeiten, die ich mitgebracht habe.« Flora wandte ihm den Kopf zu. »Vorige Woche hat mich mein alter Freund, der Hamburger Weinhändler Christian Mathiesen, in Köln aufgesucht. Wir haben über ganz besondere Weine gesprochen, und ich habe ihm deinen Rotwein kredenzt. Er war vollkommen begeistert. Alles stimme daran, hat er gesagt, die Farbe, das Bukett, die Reife. Ein solches Lob aus dem Munde eines wirklichen Kenners kann gar nicht hoch genug geschätzt werden. In seinem Weingroßhandel Mathiesen & Söhne verkauft er nur edelste Tropfen, meist an wohlhabende Hamburger Bürger.«

Flora hatte schweigend zugehört. Sie konnte das alles kaum glauben und sah den Weinhändler mit großen Augen an.

»Viele Winzer können nur davon träumen, ihren Wein bei Mathiesen & Söhne in Hamburg zu verkaufen«, fuhr Zilken fort. »Christian möchte nun auch deinen Wein in sein Angebot aufnehmen. Und er will dich kennenlernen. Im nächsten Frühjahr wird er wieder in Köln sein, dann werde ich dich mit ihm bekannt machen.«

Flora saß wie benommen da. Das waren überraschende Neuigkeiten, die musste sie erst einmal verkraften. »Ich danke Euch«, sagte sie nach einer Weile leise. »Dass ich meinen Wein eines Tages bis nach Hamburg verkaufen würde, hätte ich mir niemals träumen lassen. Das wird nun noch mehr Ansporn für mich sein, mein Bestes zu geben.« Sie schluckte. »Aber erst einmal müssen wir wissen, wie es auf dem Zennigshof für uns weitergeht. Vielleicht wird aus dem Geschäft mit Eurem Freund ja gar nichts.«

Hieronymus Zilken erhob sich mit leisem Stöhnen und trat aus dem Schatten. Auch Flora stand auf. »Lass uns jetzt in den Keller gehen«, sagte er. »Ich bin ja hergekommen, um deinen Wein zu verkosten. Ich hoffe, er ist wieder so exzellent wie im letzten Jahr. Vielleicht sogar noch besser?«

»Wartet einen Moment, ich hole ein Talglicht«, sagte sie und ging ins Haus. Durch die Kellerluken fiel nicht genügend Licht herein. So würde es hell genug sein, um die Fässer zu erkennen.

Als sie zum Weinkeller hinübergingen, dachte Flora über Hamburg nach. Wo lag diese Stadt überhaupt? Sehr weit weg, wie sie annahm. Noch nie in ihrem Leben war sie in Köln gewesen, obwohl sie Hieronymus Zilken schon oft eingeladen hatte. Vielleicht würde sie eines Tages nicht nur in die Domstadt, sondern auch zu Christian Mathiesen nach Hamburg reisen.

Sie öffnete die Kellertür, und vorsichtig stiegen sie die steile Treppe hinab. Diese war meist feucht und glitschig, man musste sehr aufpassen, dass man nicht ausrutschte. Sie schritten die Reihe der Fässer ab, die dicht an dicht nebeneinanderlagen. Im Vorübergehen warf Hieronymus Zilken einen zufriedenen Blick auf die Anzahl der Fässer, die für ihn bestimmt waren und die er noch vor der nächsten Weinlese abtransportieren lassen würde. Es waren noch mehr als im letzten Jahr.

Plötzlich stutzte er und blieb stehen. Im Schein des Talglichts sah er Flora an. »1687 FM und eine Rose. Der Jahrgang, die Anfangsbuchstaben deines Namens und eine Rose, wie sie in jedem Weinberg steht. Hast du dir das ausgedacht?«

Flora nickte. »Ab jetzt kennzeichne ich alle meine Fässer auf diese Weise.«

Der Weinhändler war hellauf begeistert. »Das ist sehr schön und originell, und das wird auch Christian gut gefallen.«

Flora ging zu einem der gekennzeichneten Fässer und stellte das Talglicht ab. Dann schob sie dem Weinhändler einen Hocker hin. Sie öffnete das Spundloch, nahm einen Becher, der auf einem der Fässer stand, und ließ den Wein hineinlaufen. Sie reichte ihm das Gefäß, und mit geschlossenen Augen trank Zilken einen Schluck. Dann einen zweiten und einen dritten.

»Dein Wein wird von Jahr zu Jahr reifer und tiefgründiger«, bemerkte er anerkennend. »Aber ich habe nichts anderes erwartet. Auf dich und deinen Wein, Flora!«

Sie schenkte sich nun selbst einen Becher ein.

»Auf das Geschäft mit Mathiesen«, prostete ihr Hieronymus Zilken zu. »Ich bin mir sicher, dass es ein sehr gutes wird. Meine langjährige Erfahrung im Weinhandel hat mir gezeigt, dass die Hamburger besonders gern Rheinwein trinken, und das werden sie wohl auch weiterhin tun.« Flora wollte ihm nachschenken, doch er lehnte ab. »Ich muss noch weiter. Zuvor lass uns die üblichen Liefervereinbarungen treffen.«

Sie kehrten über den Hof ins Haus zurück, wo der Vater bereits auf sie wartete.

Eine Stunde später brach Hieronymus Zilken auf. Er kündigte an, im Spätherbst, nach der Weinlese, wieder den Zennigshof zu besuchen. Und er nahm Flora schon jetzt das Versprechen ab, im Frühjahr nach Köln zu kommen, wenn Christian Mathiesen in der Stadt sein würde.

Sie begleitete ihn auf die Gasse hinaus, wo seine Kutsche auf ihn wartete. »In einigen Tagen soll Wilhelm von Fürstenberg als regierender Landesherr ins Bonner Schloss einziehen«, sagte er. »Das wird eine prächtige Sache werden! Fürstenberg wird sich seinen Einzug wohl etwas kosten lassen, und es wird für alle etwas zu sehen geben. Ich nehme an, dass du dir dieses Ereignis nicht entgehen lassen willst.«

Flora schüttelte den Kopf. »Dafür habe ich keine Zeit. Im Weinberg ist sehr viel zu tun.«

Von ihrer Freundin Agnes wusste sie, dass die meisten Honnefer an diesem Tag nach Bonn fahren wollten. Agnes Litz arbeitete als Küchenmädchen im Haushalt von Johann Gottfried Wermers, dem größten Grundbesitzer in Honnef. Sie hatte Flora inständig gebeten mitzukommen, aber Flora war nicht sonderlich erpicht darauf und hatte ihr bereits abgesagt. Die Unsicherheit über die Zukunft des Zennigshofs machte ihr mehr zu schaffen, als sie sich eingestehen wollte. Vergnügungen jedweder Art belasteten sie eher, als dass sie sie von ihren Sorgen ablenkten. Sie wollte in Ruhe im Weinberg arbeiten. Das war im Augenblick das Schönste für sie.

Hieronymus Zilken ließ nicht locker. »Aber ein solcher Einzug ist ein herrliches Spektakel. Da gibt's doch etwas zu sehen. Gerade für junge Damen!«

Caspar Mentis war hinzugekommen. »Fahr ruhig mit den anderen jungen Leuten. Und mach dir keine Gedanken. Ich frage Peter Zirwes, ob er kommt und hilft.« Als er Floras erstauntes Gesicht sah, fügte er hinzu: »Und außerdem kannst du dich in Bonn mit Laurenz treffen.«

Der Vater hatte recht. Flora musste sich geschlagen geben. Agnes würde sich freuen, wenn sie mitkäme. Doch noch mehr war ihr daran gelegen, den geliebten Bruder wiederzusehen.

* * *

Eine Woche nach der Sitzung des Kölner Domkapitels, in der Wilhelm von Fürstenberg die Regierungsgeschäfte in Kurköln übernommen hatte, sollte er als Landesherr ins Bonner Schloss einziehen – und zwar mit allem Glanz und aller Pracht, wie es hieß. Daher waren nicht nur die Bewohner der Stadt auf den Beinen, aus den Städten und Dörfern der ganzen Region strömten die Menschen in die kurfürstliche Residenzstadt. Auch nicht wenige Kölner wollten diesem Ereignis beiwohnen.

Bonn hatte sich für diesen Tag herausgeputzt. Alle Häuser waren mit Blumengirlanden und bunten Fahnen geschmückt, um den neuen Landesherrn zu begrüßen. Schon seit den frühen Morgenstunden standen die Schaulustigen an den Straßen, Gassen und auf den Plätzen. Alle hofften, einen Blick auf die sechsspännige Kutsche Wilhelm von Fürstenbergs zu erhaschen, die durch das Sterntor hereinkommen und ihren Weg über den Münsterplatz zum Marktplatz und von da aus weiter bis zum kurfürstlichen Schloss nehmen sollte. Auch die meisten Honnefer machten sich auf den Weg nach Bonn. Sie hatten sich festlich gekleidet und reichlich Proviant mitgenommen. Sie wussten ja nicht, wann sie wieder nach Hause zurückkehren würden.

Flora saß neben Agnes auf einem der Honnefer Wagen. Wie die Freundin hatte sie sich sorgfältig zurechtgemacht. Beide trugen leichte Leinenkleider mit Stickereien am Mieder und hatten sich das Haar in Zöpfen um den Kopf gewunden.

Agnes freute sich, dass Flora nun doch mitgekommen war. Während der Fahrt redete sie fast ununterbrochen von dem außergewöhnlichen Erlebnis, das ihnen nun bald bevorstand. Flora lauschte dem fröhlichen Geplapper der Freundin, sie war erst einmal froh, nicht viel sagen zu müssen.

»Du hast dich richtig entschieden«, sagte Agnes. »Sicher wirst du heute einem Prinzen begegnen, vielleicht sogar deinem Traumprinzen.«

Flora musste über die lebhafte Fantasie der Freundin lachen. Dann wurde sie sofort wieder ernst und sagte: »Ich würde viel lieber Wilhelm von Fürstenberg höchstpersönlich begegnen.« Agnes verzog das Gesicht, aber Flora fuhr unbeirrt fort: »Ich frage mich, wie ein so mächtiger Mann wohl aussieht, was er trägt, was er isst und was er trinkt. Das ist es, was ich gerne wissen möchte.«

Agnes beugte sich zu ihr hinüber. »Das kann ich dir genau sagen. Er ist groß und stattlich und kleidet sich in Samt und Seide. Auf seinem Tisch stehen Speisen, die es nur im Schlaraffenland gibt. Er trinkt französischen Rotwein, und zwar nur den besten.« Sie richtete sich wieder auf und fügte im Brustton der Überzeugung hinzu: »Aber dein Wein ist noch viel besser, Flora. Er ist der beste von allen. Du solltest ihn in Zukunft an den kurfürstlichen Hof, an Wilhelm von Fürstenberg, liefern. Dann wirst du ihm auch begegnen.« Sie lehnte sich wieder zurück.

Während Agnes weiter auf sie einredete, blickte Flora versonnen auf den Rhein. Festlich geschmückte Schiffe fuhren an der Wagenkolonne vorbei, die sich am Ufer entlangzog. Sie alle waren auf dem Weg nach Bonn. Dann wandte sie sich Agnes zu, die noch immer munter plapperte und ihr in leuchtenden Farben ausmalte, wie großartig sie sich ein Leben im Bonner Schloss vorstellte. Sie beendete ihre farbenprächtigen Schilderungen mit der Bemerkung, dass im dortigen Keller bald Floras Weinfässer stehen würden.

Flora lächelte. Ja, so war ihre Freundin, und dafür mochte sie sie ganz besonders. Agnes konnte wunderbar erzählen, es machte Freude, ihr zuzuhören, und sie konnte die trübsten Gedanken vertreiben. Das war ihr jetzt wieder einmal gelungen. Aber Floras Wein im kurfürstlichen Keller? Diese Vorstellung war natürlich blanker Unsinn. Dazu würde es niemals kommen!

»Auch wenn du dir so viel Gedanken über meinen Wein machst, es sind nichts als Hirngespinste. Du kennst mich, und du weißt, dass ich mich an das halte, was ich erreichen kann, an das, was möglich ist. Der Wein für den Kölner Kurfürsten kommt schon seit alters vom Beueler Bischofshof. Ich habe nicht die Absicht, dem Verwalter dieses Privileg streitig zu machen. Wenn er jedoch zu mir kommt und meinen Wein für teures Geld kaufen will, dann habe ich nichts dagegen.«

Agnes lachte. Und da sie über alles Bescheid wusste, was sich im Honnef und seinen Ortsteilen ereignete, berichtete sie ihrer Freundin, dass der Verwalter des Bischofshofs vor einigen Tagen ganz plötzlich verschwunden sei.

»Er war sowieso ein Nichtsnutz, und keiner weint ihm eine Träne nach! Am liebsten ist er in seiner Kutsche durch Honnef gefahren oder am Rhein entlang spaziert, um sich allen in seinen schönsten Kleidern zu zeigen. Aus zuverlässiger Quelle weiß ich, dass er auf dem Bischofshof die schlimmsten Trinkgelage ausgerichtet hat. Der Wein ist in Strömen geflossen, Männer und Frauen sollen sich auf schamlose Weise vergnügt und sich nicht nur dem Glücksspiel hingegeben haben.«

Flora hielt das für üble Gerüchte, denen sie keinen Glauben

schenken wollte. Und wenn der Verwalter tatsächlich den Bischofshof verlassen hatte, hoffte sie, dass sein Nachfolger, den Fürstenberg auf den Bischofshof schicken würde, ein vernünftiger Mann wäre, der die schönen Weingärten und Äcker des weitläufigen Anwesens hegen und pflegen ließ.

Nach der Überfahrt mit der Rheinfähre und einer längeren Wartezeit vor dem Bonner Krantor gelangten Flora und Agnes in die Stadt hinein. Flora hoffte, dass Laurenz noch nicht allzu lange am Marktbrunnen auf sie wartete. Als Agnes und sie dort ankamen, war der Bruder nirgends zu sehen. Flora sah sich um. An den Fenstern der geschmückten Giebelhäuser standen die Bewohner und blickten gespannt auf den Platz hinunter. Nur im Haus des Bürgermeisters waren die Fenster geschlossen. Flora wunderte sich nicht darüber. Das Familienoberhaupt ist verstorben, dachte sie, niemand ist in der Zeit der Trauer fröhlich gestimmt.

* * *

Thomas und sein Onkel gingen im Salon des Weinreiß'schen Hauses auf und ab. Erst gestern waren sie aus Köln angekommen. Der Verleger wollte sich das farbenprächtige Schauspiel vom Einzug des neuen Landesherrn auf keinen Fall entgehen lassen. Thomas dagegen nannte es verächtlich ein scheinheiliges Spektakel. Nun warteten sie auf Dorothea und Tobias, um mit ihnen das Geschehen auf dem Platz und die Vorbeifahrt der Kutsche vom großen Mittelfenster aus zu beobachten. Thomas wollte gerade das Fenster öffnen, als ihn sein Onkel auf einen Brief ansprach, den Thomas am Morgen erhalten hatte.

»Du sagst, du hast also tatsächlich schon einen Käufer für den Zennigshof gefunden?«

Thomas nickte. »Ja, es ist ein wohlhabender Kölner Kaufmann. Er ist bereit, einen guten Preis für das Weingut und seine Lagen zu zahlen. In der nächsten Woche wird der Kaufvertrag unterzeichnet.«

Sein Onkel sah ihn betrübt an. »Du musst wissen, was du tust. Aber du hattest mir doch versprochen, dir den Hof anzusehen, damit du weißt, was du veräußerst und ob der Preis gerechtfertigt ist.«

Thomas seufzte. »Also gut, morgen reite ich nach Rhöndorf«, sagte er und bat ihn um eine Beschreibung des Wegs dorthin.

In diesem Moment trat sein Halbbruder Tobias in den Salon. Thomas sah ihn erstaunt an. »Kommt Dorothea nicht?«

»Nein, sie lässt sich entschuldigen, sie muss dringend einige Briefe schreiben. Du musst wissen, dass sie seit vielen Jahren die Korrespondenz für die Familie erledigt. Das lässt sie sich auch an diesem Tag nicht nehmen.«

Thomas dachte an seine Halbschwester, die sehr zurückgezogen lebte und nur das Nötigste mit ihm sprach. Briefe schienen ihr einziger Kontakt zur Außenwelt zu sein. Er hoffte insgeheim, dass sie eines Tages aus diesem selbst gewählten Käfig herausfinden würde.

* * *

Auf dem Bonner Marktplatz waren Flora und Agnes gerade auf den Beckenrand des Brunnens, den eine Säule mit der Figur der Justitia zierte, geklettert, als Flora in der Menschenmenge ihren Bruder ausmachte. Sie rief und winkte ihm zu. Während Laurenz näher kam, warf sie einen Blick zum Himmel, der sich zusehends bedrohlich verdüsterte. Erste Gewitterwolken zogen herauf. Sie half ihrem Bruder auf den Brunnenrand, und nachdem sie sich umarmt hatten, fiel ihr Blick auf das Weinreiß'sche Haus, wo sich mit einem Mal das Mittelfenster öffnete. Drei Männer erschienen und sahen auf den

Platz hinunter. Zwei kannte Flora vom Sehen: Tobias Weinreiß und dessen Onkel Ferdinand Corvinus. Als sie dann den Dritten etwas näher in den Blick nahm, stockte ihr der Atem. Es bestand kein Zweifel: Ihm war sie auf dem Honnefer Friedhof begegnet!

»Wer ist der Mann da in der Mitte?«, flüsterte sie ihrem Bruder zu und zeigte auf das Fenster.

Laurenz zuckte mit den Schultern. »Ich habe ihn noch nie im Hause Weinreiß gesehen. Wahrscheinlich ein Gast.«

Flora war sich jedoch sicher, dass er zur Familie gehörte, so vertraut, wie er mit dem Verleger sprach. War das der Sohn von Jakob Weinreiß, von dem Hieronymus Zilken gesprochen hatte, Thomas Weinreiß, der gekommen war, um sein Erbe anzutreten? In diesem Augenblick beugte sich Corvinus zu ihm hinüber und wechselte einige Worte mit ihm. Und plötzlich kam es Flora vor, als würde der Fremde zu ihr herüberschauen.

»Lasst uns gehen!«, schlug sie rasch vor. »Wir sollten versuchen, in der Nähe des Schlosseingangs einen Platz zu bekommen.«

Laurenz ging sofort darauf ein, Agnes wollte lieber auf dem Markt bleiben. Sie hatte eine Honneferin entdeckt, der sie sich anschließen wollte. Zum Eingang des kurfürstlichen Schlosses war es vom Marktplatz aus nicht weit. Auf dem Weg dorthin fielen bereits erste Tropfen. Der Himmel über Bonn verdunkelte sich, und schon bald setzte stärkerer Regen ein.

Als Flora und Laurenz vor dem Tor angekommen waren, blitzte es, kurz darauf folgte heftiges Donnergrollen. Das Gewitter ließ Unruhe bei den wartenden Menschen aufkommen.

»Das ist ein böses Zeichen!«, flüsterte jemand, der ganz in Floras Nähe stand.

In diesem Moment waren Kanonenschüsse zu hören, gleich darauf folgten Jubelrufe. »Vivat! Vivat!«, tönte es aus tausend Kehlen. Der feierliche Zug schien den Marktplatz erreicht zu haben. Flora hoffte, dass die Kutsche Fürstenbergs in den nächsten Minuten heranrollen würde. Die Menschen reckten schon die Hälse, und auch Flora trat neugierig einen Schritt nach vorn. Die Mitglieder des Hofstaats kamen in Sicht, es folgten die Domkapitulare, die Fürstenberg gewählt hatten und nun mit ihm ins Bonner Schloss einzogen. Dann tauchte es endlich auf, das prachtvolle Gefährt, in dem Wilhelm von Fürstenberg selbst saß. Flora war vom Anblick der golden glänzenden, von sechs edlen Rössern gezogenen Kutsche überwältigt. Als diese sich im Schritttempo dem Schlosstor näherte, fuhr ein greller Blitz über den Himmel, dem ein krachender Donnerschlag folgte. Die Menschen erschraken, schrien durcheinander und wollten weglaufen, doch die Wachsoldaten hielten sie zurück.

Eines der Kutschpferde geriet in Panik. Von den schreienden Menschen noch mehr verängstigt, stieg es hoch, wieherte und schnaubte. Floras Blick fiel auf ein kleines Mädchen, das in unmittelbarer Nähe des Pferdes auf dem regennassen Straßenpflaster lag. Das Kind war in höchster Gefahr! Sie zögerte keine Sekunde. Mit einem Satz war sie bei ihm und hob es auf ihren Arm. Im nächsten Augenblick wurde die Kutsche abrupt angehalten. Einer der Wachsoldaten kam wutschnaubend auf Flora zu, die Mühe hatte, die verängstigte Kleine zu beruhigen. Als sich der Schlag der Kutsche auftat, erstarrte Flora. Würde Fürstenberg selbst heraussteigen und sie dafür zur Rechenschaft ziehen, dass sie ihn in Gefahr gebracht hatte?

Es war jedoch nicht Wilhelm von Fürstenberg, sondern ein junger Mann. Kurz sah er sich um, dann ging er auf Flora und den schimpfenden Soldaten zu. Flora konnte ihre Augen nicht von dem Mann abwenden. In seinem hellen, mit Goldfäden durchwirkten Gewand erschien er ihr vor dem düsteren Gewitterhimmel wie eine Lichtgestalt aus einer anderen Welt.

Mit einem kurzen Wink machte er dem Soldaten klar, dass

er sich sofort zu entfernen habe. Dann wandte er sich lächelnd an Flora und verneigte sich kurz. »Madame, Ihr seid eine großartige Mutter!«, sagte er mit samtweicher Stimme. Er streckte die rechte Hand, die in einem goldschimmernden Handschuh steckte, aus und strich dem Kind zärtlich über den Kopf. »Lauf deiner *maman* nie wieder weg, *chérie*, hörst du!«

Für eine Sekunde hielten seine strahlend blauen Augen Floras Blick fest. Dann drehte er sich um und schritt zurück zur Kutsche Wilhelm von Fürstenbergs.

7

Auf dem Weg nach Rhöndorf, 29. Juli 1688

Nach den schweren Gewittern, die bis in die frühen Morgenstunden über dem Rheintal niedergegangen waren, kamen Pferd und Reiter auf dem aufgeweichten Boden nur mit Mühe voran. Thomas hatte in Bonn die Rheinfähre zum Beueler Ufer genommen, jetzt ritt er am rechtsrheinischen Ufer entlang in Richtung Süden. Die sanft geschwungene Silhouette des Siebengebirges breitete sich majestätisch vor ihm aus. Die Luft war frisch, die Umrisse der Berge klar zu erkennen. Nur wenige Fußgänger und Reiter kamen ihm auf dem unwegsamen Gelände entgegen.

Als hinter Königswinter die ersten Häuser und Höfe von Rhöndorf in Sicht kamen, stieg Thomas vom Pferd und ging zum Rhein hinunter. Einige Frachtschiffe fuhren stromabwärts. Sein Onkel hatte ihm bei einem Besuch des Kölner Hafens erklärt, dass solche Oberländer Schiffe auf dem Oberrhein und dem Mittelrhein verkehrten. Die Schiffe waren robust und konnten, auch bei schwerer Zuladung, gut durch die Stromschnellen manövriert werden. In Köln mussten die Waren ausgeladen und einige Tage im Stapelhaus zum Kauf angeboten werden. Erst dann konnte die Fracht auf den Niederländer Schiffen weiter den Rhein hinab transportiert werden.

Thomas ließ seinen Blick über die Landschaft schweifen. Im Norden ragte der steile Drachenfels auf. Von seinen Hängen aus reichten die Rebflächen bis zum Fluss hinunter. Der Anbau auf Terrassen an Steilhängen und in den Tallagen prägte das Bild.

Thomas saß wieder auf, und während er weiterritt, dachte er an den Tag, an dem er sich entschlossen hatte, das Rheinland für immer zu verlassen.

Von Köln aus, wo er das Studium der Rechte sehr erfolgreich beendet hatte, war er nach Bonn gekommen, um seinen Vater Jakob Weinreiß im Rathaus aufzusuchen. Das hatte er lange nicht mehr getan. Der Vater war sichtlich überrascht gewesen und hatte sich gefreut, ihn wiederzusehen. Nach einem längeren Gespräch über Familienangelegenheiten hatte Thomas ihm seine Zukunftspläne dargelegt.

»Auf keinen Fall will ich Bonner Bürgermeister werden oder gar Hofbeamter. Ich habe mir vorgenommen, erst einmal eine Weile aus dem Rheinland wegzugehen. Ich will etwas Neues erproben, etwas von der Welt sehen. Mein Blick war schon immer in die Ferne gerichtet.«

Der Vater hatte ihm schweigend zugehört, schließlich verständnislos den Kopf geschüttelt. »Ich habe dich gewiss nicht die Rechte studieren lassen, damit du tun und lassen kannst, was du willst. Vielleicht willst du ja Buchdrucker werden wie dein Onkel Ferdinand? Dafür hättest du kein solches Studium gebraucht. Es gibt nur einen Weg für dich, eine Laufbahn in der Politik. Und damit ist alles gesagt, was ich zu sagen habe!«

Thomas hatte eine Weile abgewartet, damit sich der Zorn des Vaters legte. »Es ist bereits entschieden, Vater«, sagte er dann ruhig. »Morgen früh fahre ich nach Hamburg und werde dort bei einem großen Zeitungsverlag arbeiten. Die Menschen aufklären, ihnen mitteilen, was in der Welt geschieht, das ist es, was ich machen möchte.«

Der Vater hatte ärgerlich die Stirn gerunzelt. »Deine Entscheidung steht also schon fest. Weißt du, wie ich das nenne?

Davonlaufen, nur an sich selbst denken. Nun, dann geh, in Gottes Namen, geh!«

Ohne ihn eines weiteren Blickes zu würdigen, hatte sich der Vater wieder in seine Amtsgeschäfte als Bürgermeister vertieft. Er wollte ihn nicht verstehen. Schweigend hatte Thomas den Raum verlassen. Er hatte seinen Vater nie wiedergesehen.

Als Thomas den Ortseingang von Rhöndorf erreichte, traf er auf einen alten Mann in einem groben Leinenkittel, der mit einem Eselskarren Fässer transportierte.

»Guten Tag«, sagte Thomas. »Seid Ihr ein Weinbauer? Und kennt Ihr den Zennigshof?«

»Nein, Herr, ich bin Küfer und bringe den Winzern die neuen Fässer«, krächzte der Alte. »Aber wo der Zennigshof ist, das weiß ich.« Er beschrieb Thomas den Weg. »Er liegt zwischen den Höfen der Jesuiten, zwischen den Fenstern ranken die schönsten Rosen. Das ist Floras Werk ... Ihr könnt ihn nicht verfehlen.«

»Habt Dank, ich wünsche Euch gute Geschäfte«, sagte Thomas und ritt weiter.

Den Hinweisen des Alten folgend kam er an einer Reihe von Häusern und Höfen vorbei und passierte eine Kapelle, hinter der er links auf einen geraden Weg einbog. Dieser führte an einem Weiher entlang bis hin an den Fuß der Rhöndorfer Weinberge. Schließlich gelangte er in eine Gasse, in der sich mehrere größere Hofstätten aneinanderreihten.

Sogleich entdeckte er den Zennigshof mit seinen üppig blühenden Rosenranken. Es war eine Pracht, die sein Herz berührte. Vor dem großen Hoftor angekommen, stieg Thomas vom Pferd und ließ seinen Blick über die Fassade des Fachwerkhauses schweifen. Hinter den Fenstern bewegte sich nichts. Er hoffte, dass überhaupt jemand da war. Er hatte es nicht für nötig befunden, sein Kommen anzukündigen.

Neben dem geöffneten Tor stand eine Tränke, und gerade als er sein Pferd dorthin führen wollte, trat ein Mann heraus und kam auf ihn zu. Sein Blick war freundlich und offen. Thomas wartete, bis er vor ihm stand. Dann stellte er sich ihm vor.

Der Mann fasste die Zügel des Pferdes und nickte ihm zu. »Und ich bin Caspar Mentis, der Pächter des Hofes. Kommt bitte mit mir in den Hof und wartet dort auf mich. Ihr könnt unter der alten Linde Platz nehmen. Ich bringe derweil Euer Pferd in den Stall.«

Thomas folgte dem Pächter und setzte sich auf die Bank unter der Linde. In aller Ruhe ließ er den Blick über die Gebäude schweifen. An das Wohnhaus schloss sich zur Südseite hin der Stall an. Auf der Nordseite lagen Kelterhaus und Weinkeller, vor dem einige Eichenfässer standen. Hinter dem Anwesen stieg der Weinberg bis zum Waldrand steil hinauf. Thomas staunte. Wie schwierig musste es sein, auf diesem Gelände zu arbeiten! Er war nie auf dem Land gewesen, der Bauernstand war ihm immer fremd geblieben. Dörfer und Höfe kannte er nur von der Durchreise. Er hatte viele gesehen, die von Kriegszügen verwüstet waren. Städte hatten Mauern, um ihre Bürger zu schützen, die Dorfbewohner jedoch waren den Soldaten schutzlos ausgeliefert.

Bald darauf kehrte der Pächter zurück. Sein Gesicht war dunkel und wettergegerbt wie das eines Seemanns. »Ihr werdet Euch alles hier ansehen wollen«, sagte er. »Bitte folgt mir!«

Thomas wunderte sich, wie selbstbewusst der Mann auftrat, doch das gefiel ihm. So beschloss er, sich alles zeigen zu lassen und erst einmal nichts von seinen Verkaufsabsichten zu sagen.

Caspar Mentis zeigte auf das Kelterhaus. »Dann beginnen wir hier.«

Er zeigte ihm das Handwerkszeug für den Weinbau, erklärte ihm die Funktion der Spindelkelter und ging mit ihm durch den Weinkeller, wo die großen Holzfässer Seite an Seite lagen. Thomas folgte den Erklärungen des Pächters mit wachsendem Interesse. Dessen Leidenschaft für den Wein beeindruckte ihn sehr, umso mehr, als er erfuhr, dass die Arbeit eines Winzers nicht nur aus Mühe und Plage im Weinberg bestand.

»Das Keltern und die Reifung im Fass gehören ebenso zu diesem uralten Handwerk«, erklärte Mentis. »Das alles erfordert Wissen und Erfahrung, und beides haben die Winzerfamilien seit alters von Generation zu Generation weitergegeben. Die Winzer vom Zennigshof hatten schon immer einen sehr guten Ruf, mein Vater wie auch mein Großvater. Meine Tochter Flora ist nun dabei, unseren Ruf zu festigen.«

Thomas kam aus dem Staunen nicht mehr heraus. Nie hätte er gedacht, dass der Weinbau solche Anforderungen stellte und dass es auch Frauen in diesem Beruf gab. Bisher hatte er Weinbauern, wie alle Bauern, für einfache und mitunter beschränkte Menschen gehalten, doch Caspar Mentis zeigte ihm nun, dass dies nicht so war.

Noch ins Gespräch vertieft traten sie ins Freie. Vom Haus her kam ein großer schwarzer Hund auf sie zu. Laut kläffend sprang er an Thomas hoch und schnappte nach ihm. Thomas ließ sich nicht beirren, packte ihn und hielt ihn fest. Der Hund zog den Schwanz ein und lief zum Wohnhaus zurück.

Im Eingang erschien eine junge Frau, die dem Tier einen ziemlich unfreundlichen Empfang bereitete. »Was fällt dir ein, Arco? Mach, dass du wegkommst!«, rief sie zornig.

Der Hund trottete mit gesenktem Kopf zu seiner Hütte und legte sich hin.

Thomas hatte diese Stimme sofort erkannt. Es bestand kein Zweifel! Das war die junge Frau, der er auf dem Friedhof begegnet war.

* * *

Flora hob den Kopf und sah den Vater über den Hof auf sich zukommen. An seiner Seite ging ein Mann. Sie traute ihren Augen kaum. Es war Thomas Weinreiß, der nach dem Begräbnis am Grab seiner Familie gestanden und den sie in Bonn am Fenster des Bürgermeisterhauses gesehen hatte.

Als die Männer bei ihr angekommen waren, stellte der Vater sie und Thomas Weinreiß einander vor.

»Er ist der neue Besitzer des Hofes«, sagte er dann. »Ich habe ihn gerade durch das Kelterhaus und den Keller geführt, und nun solltest du ihm die Aufzeichnungen über die Weinlieferungen sowie alle Einnahmen und Ausgaben zeigen.«

Oh Gott! Was sollte dieser Mann von ihr denken? Flora wandte sich ab. Am liebsten wäre sie weggelaufen, doch das war unmöglich. Sie musste die unangenehme Lage meistern. Sie fasste sich ein Herz und sah Weinreiß an. Nichts in seinem Blick verriet, dass er sie erkannt hatte.

Er schüttelte den Kopf. »Ich möchte zuerst auf den Weinberg hinauf.« Er nickte Flora zu. »Und Eure Tochter soll mich begleiten.«

Flora nahm all ihren Mut zusammen und schritt voraus. Als sie auf halber Höhe angelangt waren, blieb sie stehen und wartete darauf, dass Weinreiß sie einholte. Dann wandte sie sich um und wies mit einer ausladenden Handbewegung auf die weite Rebfläche. »Hier in der Honnefer Bucht wird schon seit Generationen Wein angebaut. Die meisten Winzer haben sich auf Weißwein verlegt. Aber wir auf dem Zennigshof kultivieren Spätburgundertrauben und bereiten daraus sehr guten Rotwein. Auf dem vulkanischen Boden unseres Weinbergs gedeiht diese Traubensorte besonders gut.« Floras Herz bebte vor Stolz. »Das Leben eines Weinbauern zu führen, bedeutet harte Arbeit, Tag für Tag, und trotz größter Umsicht gibt es Dinge, denen wir einfach ausgeliefert sind. Kälte, Stürme und Hagelschlag können die Ernte eines Jahres zunichtemachen.

Bisher hat das Wetter in diesem Jahr keine Kapriolen geschlagen. Wenn es so bleibt, dürfen Vater und ich auf eine gute und ertragreiche Weinlese hoffen.«

* * *

Thomas hatte Flora aufmerksam zugehört und bei ihr dieselbe Leidenschaft für den Weinbau gespürt, die ihr Vater gezeigt hatte. Und als er sie nun betrachtete, musste er sich eingestehen, dass er sich eine schwer arbeitende Bäuerin ganz anders vorgestellt hatte. Flora war zwar kräftig und leicht von der Sonne gebräunt, doch sie hatte ganz und gar nichts Derbes an sich. Im Gegenteil: Sie war eine anziehende junge Frau.

Sie stiegen weiter hinauf bis zur letzten Reihe der Rebstöcke. Plötzlich blieb er stehen und sah Flora an. »Wie weit reicht das Grundstück überhaupt?«

Sie deutete auf den Gipfel, wo eine Reihe von Bäumen hinter einem undurchdringlichen Gestrüpp hervorragten. »Bis dort oben.«

Thomas nickte. »Gut, lasst uns dahin gehen!«

Kaum hatten sie den höchsten Punkt erreicht, hielt er inne und wandte sich um. Der Blick von hier aus ins Rheintal war überwältigend. Unter ihm lag Rhöndorf mit seinen Häusern und Gehöften, zu seiner Rechten erhob sich der Drachenfels mit der Burgruine. Auf dem Rhein waren Boote und Schiffe und ein mit Baumstämmen beladenes Floß unterwegs.

Und plötzlich wusste er, dass er das alles schon einmal genau so gesehen hatte. Er wandte sich um und ging an Flora vorbei, die bisher schweigend neben ihm gestanden hatte. Sie folgte ihm bis zu dem Dickicht. Zwischen dem Gestrüpp und den Bäumen tauchte ein Giebel auf.

Thomas spürte, wie ihm das Blut aus dem Gesicht wich.

»Was ist das für ein Haus? Es scheint noch auf dem Gelände des Hofes zu stehen.«

Flora winkte ab. »Ach, das ist nur ein altes Holzhaus. Es steht schon immer dort. Es wurde nie benutzt, und inzwischen ist es wohl ziemlich verfallen.«

Thomas sah auf den Giebel, dann auf Flora. »Ich möchte es mir trotzdem ansehen. Wollt Ihr mitkommen oder hier auf mich warten?«

»Ich komme mit.«

Thomas ging auf das Dickicht zu und bog die Zweige auseinander. Das Geäst war so trocken und spröde, dass es schon nach einer leichten Berührung auseinanderfiel. Es dauerte nicht lange, und sie standen vor dem Holzhaus. Thomas sah wieder zum Giebel hinauf. Er war sich inzwischen ganz sicher, dass er schon einmal hier gewesen war. Nur war ihm das Haus damals viel größer vorgekommen. Die Perspektive eines Kindes war eben eine andere als die eines Erwachsenen. Sein Blick wanderte zur Tür, in der ein verrosteter Schlüssel steckte.

»Es sieht beinahe so aus, als hätte hier einmal jemand gewohnt«, flüsterte Flora ihm zu.

Thomas nickte. »Gehen wir hinein!«

Die Tür knarrte, als er sie aufzog. Sie traten in den Raum. Dichte Spinnweben spannten sich von einer Ecke bis zur anderen. Durch die Fenster drang etwas Licht herein. Plötzlich überfiel ihn die Erinnerung. Er sah seinen Vater und seine Mutter vor sich. Hier war er als Kind mit seinen Eltern gewesen. Aber wann und warum, wusste er nicht mehr. Langsam ging er weiter in den Raum hinein und schaute sich um. Die Wände waren in gutem Zustand, nur einige Dielen am Boden hätten dringend erneuert werden müssen.

Thomas drehte sich zu Flora um. »Dort hinten führt eine Treppe nach oben. Ich gehe hinauf, Ihr könnt hier auf mich warten.«

Flora nickte.

Oben betrachtete Thomas den Holzboden unterhalb des Giebelfensters. Er erinnerte sich gut. Hier hatten sie geschlafen. Vater, Mutter und er. Sein Blick fiel auf einige Latten, die an der Längswand des Dachbodens lagen. Er ging hinüber, nahm ein Stück in die Hand. Kleine Einkerbungen waren zu sehen – Teile eines Bettes. Er hatte nie ein klares Bild von seiner Mutter gehabt. Man hatte ihm gesagt, dass sie früh verstorben sei. Doch jetzt erinnerte er sich, dass sie in diesem Raum mit ihm und dem Vater gelebt hatte. Er würde Caspar Mentis fragen. Er musste etwas darüber wissen.

Voller Gedanken stieg er wieder die Stufen hinab. Flora stand unten an der Treppe und sah ihn mit ihren großen Augen fragend an.

»Ich habe nur ein paar Hölzer gefunden, sonst nichts«, sagte er leise. »Es sieht ganz danach aus, als ob dort oben einmal eine Schlafstatt gewesen ist.«

Flora wandte sich um und zeigte auf eine niedrige Tür. »Hier ist noch ein weiterer Raum.«

Thomas ging an ihr vorbei. Der Türrahmen war so niedrig, dass sie beim Betreten die Köpfe einziehen mussten. In dem kleinen Gelass war es angenehm kühl, nur wenig Licht fiel durch ein schmales Fenster. Der Boden war mit Steinen ausgelegt.

»Das scheint eine Vorratskammer gewesen zu sein«, murmelte Thomas.

Plötzlich raschelte es in einer Ecke, und gleich darauf huschte eine Maus über den Boden direkt über Floras Fuß. Erschrocken schrie sie auf und rannte zur Tür hinaus. Thomas sah ihr schmunzelnd nach. Er dachte an die Begegnung auf dem Friedhof. Wenn es darauf ankam, war Flora Mentis mutig, doch vor kleinen Tieren hatte sie offenbar Angst.

Sie verließen das Holzhaus und stiegen den Weinberg wieder hinab zum Hof. Floras Vater stand in der Tür des Wohnhauses, er hatte bereits auf sie gewartet. Freundlich bat er den neuen Besitzer hinein und führte ihn durch die Diele in die Stube.

Thomas sah sich um. Alles wirkte einladend und aufgeräumt. Das Licht fiel durch zwei Fenster. Ein großer Tisch mit acht Stühlen beherrschte den Raum, an einer Wand stand ein hoher Schrank aus hellem Holz mit geschnitzten Türen, gegenüber verströmten ein paar Rosen in einer tönernen Vase auf einer Kommode ihren zarten Duft. Auf einer Bank neben dem Kamin rekelte sich eine Katze.

Auf dem Tisch waren einige Schriftstücke ausgebreitet. Mentis lud Thomas ein, Platz zu nehmen, und setzte sich ihm gegenüber. Flora ließ sich neben ihrem Vater nieder.

»Meine Tochter hat genau aufgeschrieben, was für den Besitzer des Weinguts wichtig ist«, erklärte der Pächter. »Vor allem, welche Lieferungen es in den vergangenen Jahren an den Kölner Weinhändler Zilken gab, der den Wein für Euren Vater gehandelt hat. Und hier ist auch der Pachtvertrag. Im Herbst, nach der Weinlese, müsste er erneuert werden.«

Thomas nahm ein Blatt von dem Stapel und betrachtete es. Alles war sorgfältig und übersichtlich notiert. Caspar Mentis räusperte sich, und Thomas sah zu ihm hinüber.

»Flora hat hier die Schule besucht«, erklärte er, »aber das meiste hat ihr ihr Bruder Laurenz beigebracht. Er besucht das Bonner Jesuitengymnasium, wir haben es Eurem Vater zu verdanken, dass dies möglich ist.«

Thomas schaute kurz zu Flora, dann legte er das Blatt zurück auf den Stapel.

»Würdest du uns etwas Wein bringen, Flora?«, sagte Caspar Mentis.

»Natürlich, Vater.« Flora stand auf, verließ die Stube und kehrte mit einem großen bauchigen Krug zurück. Aus dem

Schrank holte sie drei Becher und schenkte sie voll. Ihre Hand zitterte, als sie einen davon vor Thomas hinstellte. Ihre Blicke trafen sich, er sah ein Flackern in ihren Augen.

»Ich will ganz offen sprechen«, sagte er. »Ich bin mit der Absicht hergekommen, mir den Hof anzusehen, für den ich bereits einen Käufer gefunden habe.« Er hielt inne und bemerkte, wie bestürzt Caspar Mentis ihn ansah. »Aber nun gibt es bestimmte Gründe, die mich von diesem Plan abhalten«, fuhr er fort. »Ich möchte mich nicht näher dazu äußern, nur so viel kann ich sagen: Ich werde den Zennigshof nicht verkaufen, und Ihr bleibt der Pächter. Und was Euren Sohn betrifft, müsst Ihr Euch keine Sorgen machen. Er wird weiterhin das Bonner Gymnasium besuchen.« Er schaute hinüber zu Flora, die ihn wie gebannt anstarrte.

Dann traten zu seinem Erstaunen Tränen in ihre Augen. Plötzlich stand sie auf und rannte hinaus. Thomas sah ihr verblüfft nach.

»Verzeiht meiner Tochter, sie ist manchmal ein wenig … sprunghaft«, murmelte Mentis. »Ich möchte Euch danken, Herr Weinreiß. Wir werden genauso hart für Euch arbeiten wie für Euren Vater.«

Thomas blickte noch einmal zur Tür, doch Flora schien sich entschlossen zu haben, nicht wiederzukommen. Er griff nach dem Weinbecher und nahm einen Schluck. Überrascht sah er den Pächter an. »Euer Rotwein ist ganz hervorragend. Ihr seid in der Tat ein Meister Eures Fachs.«

Caspar Mentis lächelte. »Das ist nicht mein Wein, sondern der meiner Tochter. Deshalb sagt Ihr ihr das am besten selbst.«

Thomas sah ein drittes Mal zur Tür. Er durfte offenbar nicht hoffen, Flora heute noch einmal zu sehen. Er wandte sich wieder an ihren Vater. »Ich habe unerwartet diesen Hof geerbt und hatte die feste Absicht, ihn zu verkaufen. Aber nun bin ich froh, ihn zu besitzen. Wer kann schon ein so gut geführtes Weingut und einen derart köstlichen Tropfen sein Eigen nennen?«

Mentis holte tief Luft. »Ihr macht uns stolz, Herr Weinreiß.«

»Bevor ich aufbreche, lieber Mentis, möchte ich Euch etwas fragen«, sagte Thomas. »Was wisst Ihr über das Holzhaus oben am Waldrand? Ich bin mir sicher, dass ich als Kind schon einmal dort war.«

Der Pächter sah ihn eine Weile schweigend an. Dann nickte er. »Ja, Ihr seid schon einmal hier gewesen, aber da wart Ihr noch sehr klein. Es war im Sommer während der Zeit der Pest vor etwas über zwanzig Jahren«, fuhr er fort. »Damals verließ Euer Vater wie so viele Bürger mit seiner Familie die Stadt. Die Luft hier auf dem Land war frisch, unser Brunnenwasser sauber. Ihr habt abgeschieden in dem Holzhaus gelebt, das mein Bruder, der Zimmermann Cornelius Mentis, gebaut hat. Es war mit allem Komfort eingerichtet. Doch die Pest ist eine teuflische Krankheit. Auch in Honnef hat sie viele Menschenleben gefordert.« Er stockte, bevor er weitersprach. »Eure Mutter ist daran gestorben. Danach habt Ihr, so hat es uns Euer Vater erzählt, für lange Zeit nicht mehr gesprochen.«

Mentis erhob sich, ging zu der Kommode und zog eine Schublade auf. Er nahm ein kleines gerahmtes Gemälde heraus und reichte es Thomas. »Dies ist ein Bildnis Eurer Mutter. Ich habe es in ehrendem Andenken aufbewahrt. Bitte nehmt es an Euch!«

Schweigend und tief bewegt betrachtete Thomas das Porträt einer schönen jungen Frau mit wachem Blick. »Ich werde noch eine Weile im Rheinland bleiben«, sagte er leise. »In dieser Zeit möchte ich so oft wie möglich hierherkommen und in diesem Holzhaus wohnen. Es müssen einige Reparaturen vorgenommen werden, aber als Mobiliar brauche ich nur ein Bett, einen Tisch und einen Stuhl. Könnt Ihr das veranlassen?«

Caspar Mentis lächelte. »Ich werde sofort mit meinem Bruder sprechen.«

* * *

Es war Mitte August. Brütende Hitze lag über dem Rheintal. Flora war froh, ihre Arbeit für den Tag geschafft zu haben. Was sie jetzt dringend brauchte, war eine Abkühlung. Sie konnte es kaum erwarten: hinunter zum Rhein und mit den Füßen ins Wasser! Dort hatte sie sich mit Agnes an ihrem gemeinsamen Lieblingsplatz verabredet, am Ufer des Flusses, zwischen den beiden alten Erlen. Seit ihrem Aufenthalt in Bonn anlässlich des Einzugs von Fürstenberg hatte sie Agnes nicht mehr gesehen. Sie hatten sich gewiss viel zu erzählen.

Flora ging über den Hof und hielt Ausschau nach Arco. Von der Hitze ermattet lag der Hund im Schatten der Linde. Als sie nun vor ihm stand, hob er den Kopf, hechelte einige Male, dann legte er sich wieder hin und döste weiter.

Flora beugte sich zu ihm hinunter und streichelte über das warme Fell. »Ich habe dich schon verstanden, du willst hierbleiben. Ich geb's zu: Heute gibt es keinen besseren Platz für dich als unter diesem Baum. Ich werde mich wohl allein auf den Weg machen müssen.«

Sie ging durch die Einfahrt und trat hinaus auf die Gasse. Auch auf dem Jesuitenhof nebenan war das Tagwerk schon beendet. Gerade schlich einer der Knechte über den Hof und verschwand gleich darauf im Kelterhaus. Dort war es schön kühl, der beste Ort, um es an Tagen wie diesen überhaupt auszuhalten. Wenig später erreichte Flora den von Weiden umstandenen Weiher. Ein fauliger Geruch stieg vom Grund des Wassers auf, Mückenschwärme tanzten auf der Oberfläche. Am Ende des Weihers lag die Rhöndorfer Kapelle. Flora überlegte kurz, ob sie hineingehen und ein Gebet sprechen sollte, aber sie wollte Agnes nicht warten lassen und ging daran vorbei. Bald erreichte sie den Ortsrand von Rhöndorf, folgte ein kleines Stück dem Fahrweg nach Königswinter, dann ging es zum Rhein hinunter.

Auf der Wiese breiteten einige Frauen große Laken zum Trocknen aus. Im Vorbeigehen winkte Flora ihnen zu, und sie grüßten freundlich zurück. Jetzt war es nur noch ein kurzes Stück bis zu den beiden Erlen. Als Flora dort ankam, war Agnes noch nicht da. Vielleicht durfte sie heute wieder nicht weg. Was hatte Agnes ihr nicht alles von der Arbeit bei Wermers erzählt, wie oft hatte sie gejammert. Schon kurz nach Tagesanbruch musste sie aufstehen, den ganzen Tag musste sie schuften. Sie wurde herumkommandiert, nie machte sie etwas richtig. Flora war sich sicher, dass Agnes' Geschichten über die Menschenschinderei auf Wermers Hof zwar maßlos übertrieben waren, aber ein Körnchen Wahrheit steckte wohl doch darin. Flora sah noch einmal in alle Richtungen, aber ihre Freundin war nirgends zu sehen. Sie zog Schuhe und Strümpfe aus und watete ein Stück ins Wasser hinein. Es war zwar warm, aber dennoch fand sie es sehr erfrischend.

Sie schaute hinüber zu der Insel Nonnenwerth. Hinter den Bäumen lugte das Klostergebäude hervor, in dem die Benediktinerinnen lebten und arbeiteten. Ziergärten dienten den Ordensfrauen zu Erbauung und Andacht, Nutzgärten versorgten die Klosterküche.

Plötzlich hörte Flora ein Rascheln und Keuchen hinter sich.

»Flora!«

Sie wandte sich um und sah Agnes, die über die Wiese auf sie zukam. Gleich darauf stand die Freundin mit erhitzten Wangen vor ihr. »Der Wermers wollte mich wieder nicht gehen lassen«, schimpfte sie, »aber damit soll so bald wie möglich Schluss sein!« Schnaufend ließ sie sich nieder. »Setz dich, ich habe Neuigkeiten für dich.«

Sie zog Flora neben sich ins Gras, öffnete einen Beutel und holte ein Stück Brot und eine Scheibe Schinken hervor. »Das habe ich mitgehen lassen, ich habe den ganzen Tag noch nichts gegessen. Möchtest du auch was?«

Flora lehnte dankend ab und sah zu, wie Agnes das Brot und das geräucherte Fleisch genüsslich verspeiste.

Als sie den letzten Bissen heruntergeschluckt hatte, wischte sich Agnes mit dem Schürzenzipfel den Mund ab. »So, jetzt sollst du's erfahren. Die Käthe, die auch bei Wermers hat schuften müssen, hat eine Stelle in einem Bonner Haushalt gefunden. Und sie hat mir fest versprochen, sich umzuhören. Sicher kann sie auch mir eine Anstellung verschaffen.«

Flora sah sie mit großen Augen an.

»Ja, ich will weg von hier«, gestand Agnes. »Bonn ist schön. Das habe ich wieder beim Einzug Fürstenbergs gemerkt. Auch wenn ich da viel arbeiten muss, in einer Stadt gibt es Abwechslung, und hier ist ja nie was los.« Als sie Floras bekümmerte Miene bemerkte, lächelte sie ihr zu. »Sei nicht schon jetzt traurig, es ist ja noch nicht so weit.« Sie verstaute den Beutel und setzte sich kerzengerade hin. »Aber nun zu dir. Was gibt es Neues? Wisst ihr schon, wer der neue Besitzer des Zennigshofs ist?«

Flora nickte und sah auf den Rhein, auf dem gerade ein Fischerkahn vorüberglitt. Was sollte sie über Thomas Weinreiß sagen? Beim Gang über den Weinberg und durch das Holzhaus hatten sie nicht viel miteinander gesprochen. Und doch hatten ihr seine ruhige und überlegte Art, seine Selbstsicherheit auf Anhieb gefallen. Aber das würde sie der Freundin gewiss nicht verraten.

Agnes kniff sie in den Arm. »Warum sagst du nichts?« Ihre Miene verriet, wie gespannt sie war.

»Der neue Besitzer heißt Thomas Weinreiß. Er ist gekommen, hat sich den Hof angesehen und sich über alles sehr lobend geäußert. Vater wird auch weiterhin Pächter bleiben, unsere Zukunft ist erst einmal gesichert. Mehr kann ich dir nicht sagen.«

Agnes ließ nicht locker. »Thomas Weinreiß … Von dem habe ich noch nie was gehört.«

»Er ist der älteste Sohn von Jakob Weinreiß aus erster Ehe«, erklärte Flora. »Das Weingut will er behalten. Mehr kann ich nicht über ihn sagen. Nun komm, lass uns ein Stück in Richtung Königswinter gehen.«

Sie reichte Agnes die Hand und half ihr auf. Sie wusste, dass die Freundin gern noch viel mehr über den neuen Besitzer des Hofes erfahren hätte.

Als Flora und Agnes sich gegen Abend auf den Rückweg nach Rhöndorf machten, war es merklich kühler geworden, aber das erhoffte Gewitter war ausgeblieben. Die Sonne stand am Horizont über dem linksrheinischen Ufer, ihre Strahlen glitzerten auf dem Wasser.

Plötzlich war vom Fahrweg her ein ratterndes Geräusch zu hören. Neugierig wandten sich Flora und Agnes um.

Bevor Flora sich fragen konnte, wer das wohl sein mochte, sah sie, dass es kein Pferdefuhrwerk, sondern eine schwarze Kutsche war, die von zwei edlen Pferden gezogen wurde. Der Kutscher schwang seine Peitsche, um die Rösser anzutreiben. Flora sah auf Agnes, die mit offenem Mund dastand. Als das glänzende Gefährt an ihnen vorbeifuhr, wurden die zuvor geschlossenen Vorhänge für einen kurzen Augenblick beiseitegeschoben. Wer auch immer in der Kutsche saß, wollte das milde Abendlicht nicht hereinlassen. Erst nachdem der Wagen hinter den ersten Häusern von Rhöndorf verschwunden war, fand Agnes ihre Sprache wieder. »Wer das wohl war? Eine solch edle Kutsche hat nicht mal der Gerichtsschreiber Johann Steffens.«

Flora hatte das Wappen an der Tür erkannt. »Die fährt ganz

sicher zum Bischofshof«, sagte sie. »Das war das Wappen der Erzbischöfe und Kurfürsten von Köln. Da Wilhelm von Fürstenberg sicher nicht drinsitzt, kann es eigentlich nur der neue Verwalter sein, den er hierherschickt.«

»In dieser prächtigen Kutsche?«

Flora nickte. »Ich hoffe nur, dass der Verwalter, falls er es wirklich ist, den Aufgaben, die auf ihn warten, gewachsen ist. In zwei Monaten beginnt die Weinlese. Bis dahin wird er noch viel zu tun haben, wenn er eine gute Ernte einfahren will.«

8

Honnef, 14. August 1688

Als er die Sakristei der Kirche St. Johann Baptist betrat, sandte Franz Xaver Trips einen Stoßseufzer zum Himmel. Mit einem Ruck zog er die schwere Holztür hinter sich zu und schloss sie ab. Hier war es angenehm kühl, er konnte die Hitze, die draußen herrschte, für eine Weile hinter sich lassen. Langsam ging er auf den Schrank zu, der am anderen Ende des Raums an der Wand stand. Über diesem aus Eichenholz gefertigten Möbel war ein Kruzifix angebracht, das den geschundenen Heiland mit den Wundmalen zeigte, aus denen das Blut strömte. Trips verabscheute solch drastische Darstellungen des Gekreuzigten aus tiefster Seele, aber er fühlte sich nicht berechtigt, das Kruzifix einfach zu entfernen.

Er öffnete eine der Seitentüren des Schranks. Dahinter verbarg sich etwas besonders Kostbares. Morgen, am Hochfest Mariä Himmelfahrt, wollte er diesen weit über die Grenzen Honnefs hinaus berühmten Kirchenschatz auf dem Altar aufstellen: die Löwenburger Monstranz. Behutsam holte er das Futteral hervor, in dem diese aufbewahrt wurde. Bevor er es öffnete, schloss er für einen Augenblick die Augen. Er wollte diesen besonderen Moment genießen. Unbekannte Künstler hatten diese herrliche Monstranz vor Jahrhunderten geschaffen, sie stammte aus einer Zeit, in der fester Glaube und tiefe Frömmigkeit dazu geführt hatten, dass wohlhabende Menschen solche Werke stifteten. Was er in Händen hielt, war eine kunstvoll gearbeitete Turmmonstranz aus der Zeit des späten

Mittelalters. In den gläsernen Schaubehälter würde er morgen die geweihte Hostie einsetzen, um sie den Gläubigen zu präsentieren.

Trips Augen wanderten von Figur zu Figur, von Detail zu Detail. Staunend betrachtete er die gekrönte Muttergottes mit dem Kind, Johannes den Täufer, die Märtyrer Katharina und Sebastian, die vier Evangelisten und schließlich, ganz oben angebracht, den auferstandenen Christus. Er nahm sich Zeit für seine Betrachtung. Wie wichtig war es doch für ihn, in diesem nichtigen und flüchtigen Dasein seinen Blick immer wieder auf das Wesentliche zu richten: auf das ewige Leben im Paradies, wo er mit Christus und allen Heiligen vereint sein würde. Der Anblick dieses überirdisch strahlenden und kostbaren Bildwerks gab ihm eine Ahnung von den Freuden, die das Paradies für ihn bereithielt.

Trips legte die Monstranz wieder in das Futteral und stellte es in den Schrank zurück. Dann setzte er sich auf einen Stuhl. Er wollte für einen Augenblick seine Gedanken sammeln. Morgen war das Hochfest der Aufnahme Mariens in den Himmel. Für ihn war dieser Tag ein Höhepunkt des Kirchenjahres. Seit Kindertagen verehrte er die Muttergottes, die Himmelskönigin, die so großes Leid auf sich nehmen musste, die ihren Sohn, den Retter der Welt, am Kreuz sterben sah. Morgen würde er der Gemeinde die Löwenburger Monstranz mit der geweihten Hostie zeigen, und vielleicht würde manch einer von den Bauern hier endlich begreifen, dass es dabei um die Begegnung mit Jesus Christus selbst ging.

Trips schloss die Augen. Der Weg seines Lebens, auf dem ihn Gott bisher gnädig und barmherzig geleitet hatte, auf dem er aber auch schweren Prüfungen und Anfechtungen ausgesetzt gewesen war, neigte sich, so fühlte er, dem Ende entgegen. Er war im neunundfünfzigsten Lebensjahr. Des Kämpfens müde, wollte er nur noch in Ruhe und Frieden und im

Einklang mit seinem Glauben leben. Vielleicht konnte er in den Jahren, die ihm noch verblieben, einige verirrte Schafe einsammeln und neue dazugewinnen. Und gleichzeitig hoffte er inständig, dass, solange er lebte, weder Pest noch Krieg das Rheinland heimsuchten. Denn von all den Plagen, die er erlitten hatte, waren diese die schlimmsten gewesen.

Als es klopfte, öffnete er die Augen und erhob sich. Stirnrunzelnd fragte er sich, wer das wohl sein mochte. Niemand außer seiner Haushälterin wusste, dass er hier in der Sakristei war. Es klopfte zum zweiten Mal, diesmal bedeutend heftiger. Es muss also etwas Dringendes sein, dachte er. Wahrscheinlich lag eine arme Seele im Sterben, und man rief ihn zur letzten Ölung. Langsam ging er zur Tür und schloss sie auf. Der Mann, der nun vor ihm stand, war ihm nicht unbekannt, doch ihn hier, vor der Tür der Sakristei von St. Johann Baptist in Honnef, zu sehen, brachte ihn aus der Fassung.

»Was zum Teufel wollt Ihr von mir?«, herrschte er ihn an.

* * *

Jeremias von Strasshof lachte noch immer, als er mit federndem Schritt zu seinem Pferd zurückging, das er an einen Baum auf dem Kirchhof angebunden hatte. Mit seinem plötzlichen Erscheinen hatte er den Pfarrer und Moralapostel Franz Xaver Trips beinahe zu Tode erschreckt. Er wusste nur zu gut, dass dieser ihn für eine lasterhafte Kreatur und damit für eine Ausgeburt der Hölle hielt. Die wenigen Male, die sie sich nach der Messe in der Bonner Hofkapelle begegnet waren, hatten genügt, dass er ein solches Urteil über ihn fällte. Und allzu gern hatte Trips in den Chor derjenigen eingestimmt, die in Strasshof nichts anderes als ein nichtsnutziges Anhängsel Fürstenbergs sahen. Er hatte ihn jedoch keineswegs in der Kirche aufgesucht, um ihn einzuschüchtern oder zu düpieren. Ganz im Gegenteil: Er hatte ihm den Grund seines Aufenthalts in Honnef erläutert, und danach hatte Trips sich zunehmend versöhnlich gezeigt, ihn durch die Kirche geführt und ihn für den nächsten Tag zur Messe eingeladen.

Jeremias warf einen letzten Blick hoch zum Kirchturm, dann schwang er sich in den Sattel und gab dem Pferd die Sporen. Er liebte es zu reiten, besonders hier in der freien Natur nutzte er jede sich bietende Gelegenheit. Leider konnte ihn die paradiesische Schönheit der Landschaft des Siebengebirges nicht über sein Leid hinwegtrösten. Und noch immer fragte er sich, warum Fürstenberg ihm das angetan hatte. Aber was sollte er tun? Er musste das Beste aus seiner Lage machen. Und während er dahinritt, führte er sich noch einmal vor Augen, wie alles gekommen war.

Eine Woche nach dem Einzug ins Bonner Schloss hatte Fürstenberg ihn zu sich in seine Gemächer rufen lassen und ihm mit ernster Miene mitgeteilt, dass er eine wichtige Aufgabe für ihn habe, die ihn für einige Zeit an einen anderen Ort am Rhein führen würde. Er hatte dies zunächst für einen Scherz gehalten. Und so war er in demütiger Haltung an Fürstenberg herangetreten, hatte seine Hand ergriffen, um diese ehrerbietig zu küssen. Der Kardinal hatte ihn abgewehrt und etwas gesagt, was ihn wütend und zugleich traurig gemacht hatte.

»Du musst nun endlich erwachsen werden, Jeremias!«

Er war tief getroffen gewesen, hatte jedoch versucht, sich nichts anmerken zu lassen. »Ich verstehe das nicht! Ich werde aber alles tun, was Ihr von mir verlangt. Sagt, wohin schickt Ihr mich?«

Fürstenberg hatte ihm aufmunternd zugelächelt. »Im Honnefer Ortsteil Beuel gibt es ein altes kurfürstliches Weingut, den Bischofshof«, sagte er. »Diesem sollst du ab sofort als Verwalter vorstehen und dafür sorgen, dass der Hof nach langer

Zeit wieder gut geführt wird und ich aus den Weingärten endlich den besten Wein zu trinken bekomme.«

Und so hatte sich Jeremias aus dem Bonner Schloss fort zu einem Ziel begeben, das für ihn in weiter Ferne zu liegen schien, obwohl es nur auf der anderen Seite des Rheins lag. Vor einigen Tagen war er in einer Kutsche an diesen Ort gereist, von dem er noch nie etwas gehört hatte. Mit dem wenigen Gepäck, das er aus Bonn mitgenommen hatte, war er in die Wohnung des Verwalters eingezogen. Diese befand sich im Turm des Bischofshofs, war durchaus komfortabel, wenn auch nicht unbedingt seinem Geschmack entsprechend.

In den ersten beiden Tagen hatte er seine Wohnung nicht verlassen, er wollte sich ganz und gar seiner Trauer und seiner Wut auf Gott, die Welt und vor allem auf Fürstenberg hingeben. In den Nächten wurde er von düsteren Träumen verfolgt. Als er am Morgen des dritten Tages erwachte, war ihm bewusst geworden, dass er handeln und das Beste aus seinem Aufenthalt an diesem Ort machen musste.

Er war aufgestanden, hatte sich sorgfältig angekleidet, war aus der Wohnung getreten, die Treppe hinabgestiegen und hatte sich auf die Suche nach Menschen gemacht, die ihm hier zu Diensten sein würden. Wie er bald herausgefunden hatte, waren dies neben dem Stallmeister Severin Merzig die dickliche Köchin Maria und deren halbwüchsige Tochter Anna. Sie waren sich über die Aufgaben schnell einig geworden. Merzig hatte dafür zu sorgen, dass er jederzeit ausreiten und in seiner Kutsche ausfahren konnte, die Frauen sollten den Haushalt führen. Doch was er dringend brauchte, waren neue Möbel, vor allem ein neues Bett. Und so hatte er Merzig nach einem erfahrenen Tischler im Ort gefragt, der ihm ein solches anfertigen konnte.

Als Jeremias nach der Begegnung mit Trips in der Kirche durch das Eingangstor mit dem kurfürstlichen Wappen in den

Bischofshof hineinritt, eilte ihm Merzig entgegen und teilte ihm mit, dass in Kürze ein Tischler aus der Werkstatt von Cornelius Mentis herkommen würde. Schnell übergab er dem Stallmeister das Pferd, dann stieg er eilig die Treppe zu seiner Wohnung hinauf, und gerade, als er sich erfrischt und die Kleider gewechselt hatte, kündigte ihm Anna die Ankunft des Handwerkers an.

»Sehr gut! Bring ihn herauf!«, befahl er dem Mädchen.

Kurze Zeit später trat ein junger Mann von kräftiger Statur in den Raum. Da er zögerte, näher zu kommen, ging Jeremias auf ihn zu, blieb jedoch augenblicklich stehen, als er den Geruch von Alkohol und billigem Duftwasser wahrnahm. Er hatte alle Mühe, seine Abscheu zu unterdrücken, aber er hatte keine andere Wahl. Die Zeit drängte, und der Handwerker war ihm empfohlen worden.

»Du bist der beste Möbeltischler im Ort?«

Der junge Mann nickte. Seine Miene drückte Stolz und Selbstbewusstsein aus.

»Wie heißt du?«

»Philipp Mölgen, Euer Fürstliche Gnaden.« Er verbeugte sich reichlich ungelenk.

Was für ein Tölpel, dachte Jeremias, der sich von der unpassenden Anrede jedoch durchaus geschmeichelt fühlte. »Ich brauche dringend ein neues Bett. Wann kannst du es liefern?«

Auf dem Gesicht des Tischlers erschien ein breites Lächeln. »Ich hab schon eines mitgebracht, das ich selbst gefertigt habe. Man hat doch nach mir geschickt, damit ich ein besonders schönes Bett herstelle.«

Jeremias stutzte. »Das ist ja großartig!«, rief er. »Bring es sofort herauf und stell es dort drüben auf!« Er zeigte zum anderen Ende des Raumes.

Binnen einer Stunde hatte Philipp Mölgen die Einzelteile nach oben getragen und sie am gewünschten Ort zusammengebaut. Sehr zu Jeremias' Erstaunen entsprach das Bett genau seinen Ansprüchen. Es war breit und ausladend und wirkte mit den kunstvoll gedrechselten Füßen durchaus repräsentativ. Bevor er sich jedoch lobend darüber äußern konnte, sagte der Tischler: »Als eine weitere Probe meines Könnens habe ich eine Kleidertruhe mitgebracht, Euer Gnaden.«

»Bringt sie herauf!«, rief Jeremias, der diesen Tag nun für einen Glückstag hielt. Und während Mölgen das schwere Möbelstück die Treppe heraufschleppte, überlegte Jeremias bereits, welche seiner schönsten und kostbarsten Kleidungsstücke er sich aus dem Bonner Schloss liefern lassen sollte, um sie darin aufzubewahren. Es war wunderbar, diesen Menschen hatte ihm der Himmel geschickt!

Mit einiger Mühe wuchtete Mölgen die Truhe von seinem Rücken. Dann stellte er sie in der Mitte des Raumes auf. Jeremias trat an das Möbelstück heran, um es zu betrachten. Es war so kunstvoll gearbeitet, dass sie nur ein Mensch mit großem handwerklichen Können gefertigt haben konnte. Den Deckel zierten ineinander verschlungene Ornamente, an den Seiten waren Reliefs mit vielfigurigen Szenen angebracht. Jeremias erkannte Leda mit dem Schwan, eine Figur, die der griechischen Mythologie entstammte. Der Schwanenhals ruhte auf dem grazilen Leib der Frauengestalt. An den Ecken der Truhe prangten weibliche Halbfiguren mit großen Brüsten.

Jeremias sah zu Mölgen hinüber. »Woher hast du diese Truhe?« Er konnte nicht glauben, dass dieser einfältig wirkende Mensch ein solches Meisterwerk geschaffen haben sollte. Er musste sie aus einem Schloss gestohlen haben, und nun gab er sie als sein Werk aus.

Mölgen sah ihn fast ein wenig empört an und versicherte ihm, die Truhe eigenhändig hergestellt zu haben. »Ich habe viele Stunden daran gearbeitet«, sagte er. »Die Vorlagen dazu hab ich in der Werkstatt meines Meisters gefunden.«

Das klang für Jeremias durchaus glaubwürdig. Warum sollte der Mann lügen? »Das ist eine großartige Arbeit«, sagte er. »Was verlangst du dafür?«

Der Tischler wurde bleich. »Ich … Ich kann diese Truhe nicht verkaufen, ich hab sie nur als Probestück mitgebracht«, stammelte er verlegen. »Sie ist ein Geschenk für meine Braut … zu unserer Hochzeit.« Sein Adamsapfel hüpfte, als er heftig schluckte. »Aber ich habe bereits eine weitere Truhe in Arbeit. Die will ich Euch geben, und sie soll noch schöner werden als diese hier, Euer Gnaden.«

Jeremias nickte. Seine Kleider mussten also noch etwas warten. Lächelnd sah er den Tischler an. »Du hast also eine Braut, wann soll die Hochzeit sein?«

Mölgen hob stolz den Kopf. »Im November werde ich den Meisterbrief bekommen, dann kann ich heiraten. Ich will meiner Braut ein ganz besonders schönes Nest bauen, und dafür muss ich erst genügend Geld beisammen haben …«

Jeremias wusste nicht, warum, doch plötzlich überkam ihn die Lust, den Wohltäter zu spielen. »Nun gut«, sagte er in salbungsvollem Ton, »dann fertige mir so schnell wie möglich eine ähnliche Truhe an. Ich werde dich fürstlich entlohnen, damit du deine Braut schon bald heimführen kannst. Aber nun lass mich allein, und komm erst wieder, wenn du die Truhe fertiggestellt hast!«

* * *

Am Morgen des Festes Mariä Himmelfahrt wurde es draußen gerade erst hell, als Franz Xaver Trips jäh aus seinem geruhsamen Schlaf gerissen wurde. Von unten aus der Küche drangen laute Geräusche an sein Ohr. Einem Scheppern und Klappern folgte heftiges Gezeter. Trips stöhnte und schloss die Augen. Das war seine Haushälterin, die sich offenbar wieder einmal beim Anzünden des Feuers im Herd die Finger verbrannt hatte, und dann war etwas umgefallen. Trips drehte sich von der Seite auf den Rücken, sein Bett knarrte. Hermine Harperath hatte schon in früheren Jahren den Honnefer Pfarrhaushalt geführt, und sie hatte sich nicht verändert, obwohl sie jetzt verheiratet war. Sie war noch immer tollpatschig, launisch und, wie zu vermuten war, nicht weniger klatschsüchtig. Trips fragte sich, wie es ihrem Ehemann gelang, sie zu ertragen. Und doch musste er zugeben, dass sie den Haushalt perfekt führte. Vor allem war sie eine ausgezeichnete Köchin. Trips runzelte die Stirn, als er nun Schritte auf der Treppe hörte. Ja, es war Zeit aufzustehen! Er streckte sich noch einmal genüsslich aus, dann schwang er sich aus dem Bett.

An diesem hohen Festtag hatten sich zahlreiche Honnefer zum Hochamt in St. Johann Baptist aufgemacht. Während Trips unter dem Glockengeläut vom Pfarrhaus zur Kirche hinüberging, bemerkte er, dass die Menschen auf dem Vorplatz eng beieinanderstanden und tuschelten. Trips ahnte, worum es in ihren Gesprächen ging. Es hatte sich in Honnef in Windeseile herumgesprochen, dass ein neuer Verwalter auf dem Bischofshof eingezogen war, und nun hoffte man, ihn an diesem hohen Festtag zu Gesicht zu bekommen.

Zu Beginn der Festmesse traten Trips, die weiteren Zelebranten und die Chorsänger aus der Sakristei in den Kirchenraum. Über diesem lag ein intensiver Geruch von Kräutern. Dies war ein alter Brauch, der auf eine Legende zurückging: Als Maria zum Himmel auffuhr, war dem offenen Grab ein wunderbarer Duft entstiegen. Zur Erinnerung daran brachten die Frauen Kräutersträuße mit, die dann im Laufe der Messe geweiht wurden.

Nach der Feier der heiligen Kommunion war der große Augenblick gekommen. Trips setzte die Löwenburger Monstranz mit der geweihten Hostie auf den Altartisch. Da stand sie nun, strahlte im Glanze ihres Goldes. Ein leises Raunen ging durch die Menge, gleich darauf trat andächtige Stille ein. Und während Trips das Segensgebet sprach, fielen die Gläubigen anbetend auf die Knie. Er blickte mit Freude und Genugtuung in die bis auf den letzten Platz besetzte Kirche. Nur einer in der vordersten Bank war leer geblieben, der für Jeremias von Strasshof. Er war also doch nicht zur Messe gekommen. Nun, er hatte nichts anderes von diesem Menschen erwartet.

Der sich dem Hochamt anschließende Gang über den Friedhof verlief in geordneten Bahnen. Trips hatte allen klargemacht, dass er keinerlei Fehlverhalten durchgehen lassen würde. Ein scharfer Blick genügte, um eine junge Frau, die mit einer Freundin tuschelte, sofort zum Schweigen zu bringen.

Als der Zug der Betenden schließlich durch das Hauptportal in die Kirche zurückkehrte, sah Trips einen Bettler neben der Tür sitzen. Er hatte seine Kapuze tief ins Gesicht gezogen und rührte sich nicht. Trips streifte ihn mit einem kurzen Blick und runzelte missbilligend die Stirn. Warum lungerte dieser Mensch vor seiner Kirche herum? Bedürftige wurden in seiner Gemeinde vom Armenpfleger ausreichend versorgt. Aber dieser war nicht einmal so schlecht gekleidet. Eher sah es danach aus, als ob er den Müßiggang der Arbeit vorziehe. Dass dies nicht zu dulden war, darauf hatte bereits der Apostel Paulus mit den Worten hingewiesen: Wer nicht arbeiten will, der soll auch nicht essen.

Nach der Messe war Trips wie gewohnt in das Haus des Gerichtsschreibers Johann Steffens eingeladen. Als er dort ankam, hatten sich der Bürgermeister und weitere Honoratioren des Ortes bereits um die reichlich gedeckte Tafel versammelt. Sehr zu seinem Ärger hatte man nicht auf ihn gewartet, sondern bereits damit begonnen, zu essen und zu trinken. Trips schluckte seinen Groll herunter, und, nachdem er sich Teller und Weinglas hatte füllen lassen, beteiligte er sich an den Gesprächen. Sie verliefen höflich und formell. Der Bürgermeister äußerte sich erfreut darüber, dass Trips nach all den Jahren in Bonn endlich nach Honnef zurückgekehrt war, um das kirchliche Leben wieder in strenge Bahnen zu lenken. Schließlich kam das Gespräch auf die Enkeltochter Saskia, die im nächsten Jahr in die angesehene Kölner Familie Corvinus einheiraten würde. Alle waren der Meinung, dass dies eine wahrhaft glückliche Verbindung für sie sei.

Johann Steffens lächelte hintersinnig. »Ganz besonders meine Frau ist über diese glänzende Partie erfreut«, sagte er. »Christina hat nun einmal eine gewisse Vorliebe für die Annehmlichkeiten des gehobenen Lebensstils. Saskia wird zur größten Freude der Großmama in den höchsten Kreisen der Kölner Gesellschaft ein und aus gehen.«

Trips fand, dass es dem Gerichtsschreiber gelungen war, seine Frau zutreffend zu charakterisieren, ohne sie bloßzustellen. Denn jeder, der sie kannte, wusste, dass sie eine genusssüchtige und durchaus eitle Person war. Am liebsten traf sie sich mit ihren Freundinnen zu einem Gläschen Likör, um über Neuigkeiten zu schwatzen.

Umso größer war das Erstaunen, als der Gerichtsschreiber nun allen Anwesenden Folgendes verkündete: »Meine Frau kann auch sehr selbstlos sein, sie ist im Grunde ihres Herzens, ganz wie es ihrem Namen entspricht, eine fromme Christin, denn sie denkt immer auch an die Armen. Und so ist ihr das Gebot der Nächstenliebe an einem Tag wie diesem ganz besonders wichtig.«

Trips runzelte die Stirn. Er fragte sich, wie die Nächstenliebe von Frau Steffens wohl aussehen würde. Doch noch ehe er sich weitere Gedanken darüber machen konnte, fuhr der Gerichtsschreiber mit hoheitsvoller Miene fort: »Um dies zu zeigen, hat meine Frau heute einen Bettler in unser Haus geladen. Er sitzt in der Küche und wird dort aufs Beste bewirtet.«

Ungläubiges Schweigen trat ein.

Als Erster ergriff der Bürgermeister das Wort. »Ja, das nenne auch ich wahre christliche Nächstenliebe«, pflichtete er Steffens bei, »aber ich möchte noch einen Schritt weiter gehen. Ich spreche mich dafür aus, dass wir den Bettler nicht in der Küche sitzen lassen, sondern dass wir ihn an unserem Tisch, in unserer Mitte, Platz nehmen lassen. Wir sollten das Brot mit ihm teilen, wie Christus selbst es mit seinen Jüngern geteilt hat.« Lächelnd wandte er sich an Trips. »Ich bin sicher, dass Ihr diesen Vorschlag billigen werdet.«

Trips hatte alle Mühe, die Fassung zu wahren. Die Vorstellung, mit einem womöglich übel riechenden Menschen am Tisch sitzen zu müssen, behagte ihm keineswegs, aber er wusste, dass er dem zustimmen musste. Er sah in die Runde und sagte mit fester Stimme: »Nun, so sei es!«

Der Bettler wurde gerufen. Trips erkannte ihn auf den ersten Blick. Es war der Mann, der neben dem Eingang zur Kirche gesessen hatte. Er trug denselben Umhang, die Kapuze hatte er tief in die Stirn gezogen. Christina Steffens bat ihn, den Mantel abzulegen, aber er verweigerte dies. Das Angebot, neben ihr Platz zu nehmen, schlug er jedoch nicht aus. Vor aller Augen bediente ihn die Frau des Gerichtsschreibers hingebungsvoll, was sich der Bettler gern gefallen ließ. Zur Verwunderung aller lehnte er es jedoch ab, den angebotenen Wein anzurühren.

Trips beobachtete das Geschehen mit wachsendem Unbehagen. Er griff gerade zu seinem Glas, als der Bettler plötzlich aufstand. Stille trat ein, alle Augen im Raum waren gebannt auf den ungewöhnlichen Gast gerichtet.

Mit einer schwungvollen Bewegung warf dieser seinen Umhang ab. Er lachte in die Runde und verbeugte sich galant vor seinem staunenden Publikum. »Ich darf die Gelegenheit ergreifen, mich Ihnen vorzustellen. Jeremias von Strasshof ist mein Name. Ich bin der neue Verwalter auf dem Bischofshof.«

Er sah er zu Trips herüber und lächelte mit unverkennbarer Hinterlist. »Das Leben hält viele Überraschungen bereit, Monsignore Trips. Den heutigen Tag habe ich als Bettler begonnen. Ich werde ihn nun als Wohltäter beschließen.« Mit diesen Worten zog er einen Samtbeutel aus seinem Wams und warf ihn auf den Tisch. »Ich wollte an diesem hohen Festtag der Gemeinde St. Johann Baptist eine überaus großzügige Spende zukommen lassen, aber als Bettler hatte ich keinen Zutritt zu der Kirche. Deshalb, Monsignore Trips, überreiche ich Euch das Geld auf diesem Wege!«

Mit diesem dreisten Auftritt hatte Strasshof den Bogen überspannt. Trips war nicht willens, diesen Menschen noch eine Sekunde länger zu ertragen. Er stand auf, ließ den Geldbeutel auf dem Tisch liegen und verabschiedete sich rasch.

Strasshof, der sich wieder gesetzt hatte, blickte lächelnd zur Frau des Gerichtsschreibers hinüber, die ihn mit offenem Mund anstarrte. »Nun dürft ihr mir ein Glas von dem Wein reichen, Madame«, sagte er mit strahlendem Lächeln.

Da seine Frau noch immer benommen dasaß und kein Wort hervorbrachte, sorgte der Hausherr persönlich dafür, dass dem außergewöhnlichen Gast ein angemessener Willkommenstrunk gereicht wurde. Strasshof setzte das Glas mit dem samtig schimmernden Rotwein an seine Lippen und genoss mit geschlossenen Lidern Schluck um Schluck.

* * *

Nach einer arbeitsreichen Zeit, in der er alle Dokumente, die das väterliche Erbe betrafen, durchgearbeitet hatte, machte sich Thomas auf den Weg nach Rhöndorf. Er hoffte, dass das Holzhaus so weit instand gesetzt worden war, dass er dort die Nacht verbringen konnte. Am nächsten Morgen ginge es für ihn weiter an die Mosel. Es galt einige Weingüter, die ihm und seinen Geschwistern gehörten, zu inspizieren. Sie mussten neu verpachtet oder verkauft werden. Da Thomas diesmal nicht reiten wollte, ließ er sich von Bonn aus in einem Boot zum Honnefer Hafen im Ortsteil Mülheim bringen.

Als er dort ankam, wurden einige Weinfässer von einem Fuhrwerk der Jesuiten abgeladen, um auf die Rampe eines bereitstehenden Schiffes gerollt zu werden. Ein Mann in grober Lederkleidung nahm gerade ein Fass in Empfang. Er gehörte dem Berufsstand der Schröter an, die Thomas aus dem Hamburger Hafen kannte. Ihre Aufgabe war es, die Weinfässer über Leitern aus den Kellern zu ziehen, sie auf Fuhrwerke zu laden, wieder abzuladen und schließlich zum Bestimmungsort zu bringen. Es war eine schwere Arbeit, und daher waren Schröter oft derbe Gesellen. Und wenn sie nichts zu tun hatten, saßen sie allzu gern in der Kneipe am Hafen und sprachen dem Wein zu. Thomas fiel auf, dass der Schröter schon ziemlich angetrunken wirkte, er wankte hin und her und konnte sich kaum auf den Beinen halten. Trotzdem schaffte er es, das Fass bis zur Hälfte der Rampe hinaufzurollen. Doch plötzlich kam er ins Rutschen und konnte es nicht mehr halten. Es prallte auf einen Stein, der Boden des Fasses wurde ausgeschlagen, und der gesamte Wein lief in den Rhein.

Schnell wie der Blitz sprang der Fuhrknecht vom Wagen, rannte wutschnaubend auf den Schröter zu, packte ihn an der Schulter und schüttelte ihn. »Du besoffener Schwachkopf!«, schrie er. »Das war der beste Jesuitenwein überhaupt, der da jetzt im Wasser schwimmt. Mein Dienstherr wird dich dafür vor Gericht bringen!«

Die Fischer auf den Booten, die ihre Netze reinigten und ebenso wie Thomas die Szene beobachtet hatten, schüttelten lachend die Köpfe. Thomas konnte sich gut vorstellen, dass sie solche Szenen schon öfter erlebt hatten.

Er nahm sein Gepäck, stieg die Uferböschung hinauf und

gelangte zu der Hafenkneipe, vor der Rheinschröter, Fischer und Fuhrleute aßen und tranken. Einer der Fuhrknechte versuchte, die dicke Wirtin in den Busen zu kneifen, was sich diese jedoch nicht gefallen ließ. Sie gab ihm eine solch schallende Ohrfeige, dass er sich jammernd die Backe hielt. Obwohl Thomas hungrig war, ging er weiter und beschloss, erst im Wirtshaus am Honnefer Markt, in dem er am Tag des Begräbnisses übernachtet hatte, einzukehren.

Als er dort ankam, waren Tische und Bänke gut gefüllt. Etwas abseits standen drei Männer um ein großes Weinfass herum, tranken und würfelten um Geld. Thomas sah sich nach einem freien Platz um. Kaum hatte er sich gesetzt, kam der Wirt und fragte ihn nach seinen Wünschen. Thomas bestellte Fleisch, Brot, Gemüse und ein Glas Wein, was ihm kurze Zeit später von einer hübschen Schankmagd gebracht wurde. Sie lächelte ihm zu, dann wandte sie sich ab und verschwand wieder in der Tür des Wirtshauses. Thomas hatte gerade zu essen begonnen, als unter den Würfelspielern ein Streit ausbrach.

Ein kräftiger junger Mann mit honigblondem Haar und dunkler Weste hatte das Spiel offenbar verloren. Er schleuderte den Würfelbecher von sich, stampfte mit dem Fuß auf und spuckte auf den Boden. »Ihr Schweine«, schrie er mit hochrotem Kopf, »ihr habt mich betrogen, ihr habt mir mein Geld gestohlen!«

Der Mitspieler zu seiner Linken ging auf ihn zu und legte ihm begütigend die Hand auf die Schulter. »Lass es gut sein, Philipp, du kannst eben nie genug vom Spiel bekommen. Das hast du nun davon!« Er schenkte ihm Wein nach und bemerkte spöttisch: »Was sagt eigentlich deine Braut zu deiner Trinkerei und deiner Spielleidenschaft? Wie willst du sie denn heiraten, wenn du alles versäufst und verspielst?«

Der junge Mann schniefte und wischte sich die Schweißperlen von der Stirn. Dann nahm er einen kräftigen Schluck aus seinem Becher. »Damit du's nur weißt: Sobald ich Meister bin und genug Geld beisammen hab, werden wir heiraten, und dabei bleibt's. Und ich werde bald sehr viel Geld haben, mehr, als du und ihr alle euch vorstellen könnt.« Damit packte er den Spötter am Kragen und schlug ihm mit solcher Wucht die Faust vor die Brust, dass dieser zu Boden fiel. Doch der Mann rappelte sich schnell wieder auf und holte zum Gegenschlag aus.

Thomas konnte nicht länger zusehen. Er stand auf und wollte auf die Kampfhähne zugehen, aber der Wirt hielt ihn zurück.

»Lasst sie«, sagte er, »die beruhigen sich schnell. Heute zanken und schlagen sie sich. Morgen sind sie wieder die besten Freunde, und das Spiel geht weiter.«

Und so war es. Die beiden Männer versöhnten sich. Der Dritte im Bunde hob den Würfelbecher vom Boden und legte ihn wieder auf das Fass.

Nach einem weiteren Fußweg über die Straße nach Rhöndorf, die an Weingärten und Obstgärten entlangführte, erreichte Thomas den Zennigshof. Das Tor stand offen. Er ging hinein, doch niemand war zu sehen. Nicht einmal der Hund lag vor seiner Hütte. Er überquerte den Hof und stieg den Weinberg hinauf. Und mit jedem Schritt fühlte er sich leichter und befreiter. Er spürte, wie die Last der vergangenen Wochen und Monate von ihm abfiel. Als er oben angekommen war, sah er, dass das Gestrüpp zurückgeschnitten worden war. Das Holzhaus war nun frei sichtbar. Er ging zur Tür, öffnete sie und trat hinein.

Keine Spinnwebe war zu sehen, alle beschädigten Bretter waren ersetzt. Unter einem der Fenster stand ein Holztisch mit kunstvoll gedrechselten Beinen, an den zwei Stühle herangeschoben waren. Thomas ließ sich auf einen Stuhl sinken, lehnte sich entspannt zurück und schloss die Augen. Nach einer Weile richtete er sich auf, nahm Papier, Schreibutensilien und einige Bücher aus seinem Gepäck und legte alles sorgfältig auf die Tischplatte. Dann stand er auf, ging zu der Treppe im rückwärtigen Teil des Raumes und stieg hinauf. Auf den Bohlen unter dem Giebel stand jetzt ein Bett. Rasch legte er sich hinein und schlief sofort ein.

Als er erwachte, wusste er nicht, wie lange er geschlafen hatte. Die Sonne, die durch das Giebelfenster fiel, schien ihm mitten ins Gesicht. Er stieg die Treppe hinab und ging durch die hintere Tür ins Freie. Unter der Regenrinne stand eine bis zum Rand mit Wasser gefüllte Tonne. Er schöpfte eine Handvoll Wasser, wusch sich Gesicht, Hände und Oberkörper. Erfrischt kehrte er ins Haus zurück und setzte sich an den Tisch. Er nahm ein Blatt Papier, tauchte die Feder in das Tintenfass und schrieb einen Brief nach England. Er teilte seinem Freund Victor Morel mit, dass er Besitzer eines Weinguts im Rheinland geworden sei, und versprach ihm, so bald wie möglich nach London zu kommen.

* * *

Flora war nach einem Besuch bei Agnes auf dem Rückweg zum Zennigshof. Agnes hatte einen freien Tag gehabt und diesen im Haus ihrer Eltern in Rommersdorf verbracht. Sie hatte gute Neuigkeiten zu verkünden gehabt, wie sie selbst sagte. Ab dem Herbst, nach der Weinlese, würde sie in Bonn einem Apotheker und seiner Frau den Haushalt führen. Flora war einerseits traurig über diese Nachricht, dennoch freute sie sich für ihre Freundin, die sich eine solche Stelle so sehr gewünscht hatte.

Als sie durch das Hoftor des Zennigshofs trat, dachte sie an Philipp, der heute letzte Hand an die Instandsetzung des Holzhauses legen, die vordere Tür reparieren und den Schlüssel bringen wollte. Gestern hatte er ein Bett, einen Tisch und zwei Stühle hinaufgetragen. Damit war das Haus nach den Wünschen von Thomas Weinreiß möbliert. Flora musste lächeln. Tisch, Stühle und ein Bett. Das hielt er für ein vollständiges Mobiliar. Mehr brauchte er, so schien es ihr, nicht zum Leben. Und dabei war er nicht der Sohn eines armen Mannes, sondern eines Bürgermeisters.

Flora stieg den Weinberg hinauf. Arco, der wieder einmal durch Rhöndorf gestreunt und gerade durch das Tor hereingekommen war, folgte ihr auf dem Fuß. Als sie das Holzhaus erreichte, bemerkte Flora, dass die Tür einen Spalt breit geöffnet war. Arco knurrte. Flora beugte sich zu ihm hinunter und strich ihm über das zottige Fell.

Als sie sich wieder aufrichtete, stand Thomas Weinreiß in der Tür. Sie hatte alle Mühe, ihre Verlegenheit zu verbergen. Er lächelte. Zum ersten Mal, wie sie feststellte. Und es war ein gewinnendes Lächeln.

»Nun, wie ich sehe«, sagte er, »habt Ihr auch eine zarte Seite. Auf dem Friedhof musste ich ja beinahe um mein Leben fürchten.« Er trat einen Schritt zurück. »Kommt herein!«

Flora rührte sich nicht von der Stelle. Sie konnte es nicht fassen. Thomas Weinreiß hatte sie also doch wiedererkannt und sich nichts anmerken lassen. »Ich … Ich wollte Euch nicht stören … Ich wollte nur nachsehen, ob die Tür repariert ist«, stammelte sie.

Weinreiß nickte. »Alles ist bestens. Ihr habt einen sehr fähigen Handwerker beauftragt. Kommt herein und seht selbst.«

Flora, die immer noch sehr verlegen war, trat zögernd ins Haus.

Weinreiß bat sie, auf einem der Stühle Platz zu nehmen, und setzte sich ihr gegenüber. »Ihr seid noch jung, das Leben liegt vor Euch. Wie stellt Ihr Euch Euer Leben und Eure Zukunft vor?«, fragte er plötzlich.

Flora sah ihn verwundert an. Auf eine so direkte und persönliche Frage eines Menschen, den sie kaum kannte, war sie nicht gefasst gewesen. Zum Glück musste sie über die Antwort nicht lange nachdenken. »Ich bin die Tochter eines Weinbauern. Schon als Kind wollte ich nichts anderes werden als Winzerin, ich wollte den besten Wein des Rheinlands anbauen.« Sie hielt inne, bemerkte, wie aufmerksam seine Augen auf ihr ruhten. Mit fester Stimme fügte sie hinzu: »Der Wein ist mein Leben, ich kann mir gar nichts anderes vorstellen.«

»Ihr wisst, was Ihr wollt, und Ihr habt ein Ziel«, sagte er nachdenklich. »Das hatte ich in Eurem Alter auch, aber ich wollte nicht im Rheinland bleiben, ich wollte hinaus in die Welt. Deshalb bin ich nach Hamburg zu einem Verlag gegangen.«

Flora hatte alle Mühe, ihre Überraschung zu verbergen. Er lebte in Hamburg? Und sie würde ihren Wein vielleicht schon bald dorthin verkaufen! Was für ein seltsamer Zufall, dachte sie. Sollte sie ihn nach dem Weinhändler Mathiesen fragen? Sie beschloss, es nicht zu tun, erst einmal musste das Geschäft unter Dach und Fach sein. Stattdessen bemerkte sie: »Einem Verlag, wie Euer Onkel Corvinus ihn besitzt?«

»Ja«, erwiderte er, »aber ich habe nichts mit Büchern zu tun, sondern mit Zeitungen und Zeitschriften. Meine Aufgabe ist es, über politische Ereignisse in Deutschland und Europa zu berichten, die dann sehr schnell verbreitet werden.« Er zeigte auf ein großformatiges Blatt, das vor ihm auf dem Tisch lag. Er nahm es und reichte es Flora. »Hier ist alles Wichtige über die Wahl in Köln zu lesen. Das habe ich geschrieben.«

»Über die Wahl …«, murmelte Flora, während sie auf das dicht bedruckte Blatt sah. Sie las einen Abschnitt, dann betrachtete sie die beiden Abbildungen. Sie zeigten die Porträts der Bewerber. Links war Wilhelm von Fürstenberg zu sehen, rechts Joseph Clemens von Bayern. So stand es darunter. Flora blickte auf das Abbild Fürstenbergs. So also sah er aus, der mächtige Mann. Und plötzlich erinnerte sie sich an den außergewöhnlich schönen jungen Mann, der ihr beim Einzug des Kardinals ins Bonner Schloss begegnet war. In welcher Beziehung stand er wohl zu ihm?

Ein Sonnenstrahl fiel durch das Seitenfenster herein und tauchte den Raum in klares Licht. Flora sah Thomas Weinreiß an. Sie befand, dass sie nun doch die Gelegenheit ergreifen musste, wenn sie etwas über Hamburg erfahren wollte.

In der folgenden Stunde ging er nicht nur bereitwillig auf ihre Fragen ein. Er nahm sie in seinen Erzählungen mit in die bedeutende Handelsstadt mit dem großen Hafen, führte ihr das geschäftige Treiben lebhaft vor Augen. Das Meer war nicht weit, und wie er ihr erklärte, liebte er nichts mehr, als am Strand zu sitzen und in die unendlichen Weiten der See hinauszusehen. Auf einmal spürte Flora, die ihr Leben im engen Rheintal verbracht hatte, dass sie gern auch einmal dort sitzen würde.

Wieder bemerkte sie, wie intensiv Thomas sie musterte. Verlegen stand sie auf. »Ich muss jetzt gehen, ich habe noch viel zu tun.«

Er erhob sich ebenfalls. Er begleitete sie zur Tür und kam ihr dabei sehr nahe. »Ich werde morgen für längere Zeit verreisen«, sagte er leise, »aber ich werde so bald wie möglich wiederkommen.«

Während Flora den Weinberg hinunterlief, versuchte sie, ihre Gedanken zu ordnen. Die Begegnung mit dem jungen Weinreiß hatte sie sehr verwirrt, ihre Gefühle durcheinandergebracht. Und obwohl sie sich kaum kannten, hatten sie sehr vertraut miteinander gesprochen.

Als sie auf halber Höhe des Weinbergs angekommen war, trat Philipp zwischen zwei Rebstöcken hervor und versperrte ihr den Weg. Er schien hier auf sie gewartet zu haben.

»Ich hoffe, das Holzhaus ist zur Zufriedenheit seines Besitzers ausgefallen«, fuhr er sie an. »Er ist doch da oben, oder etwa nicht?« Er packte Flora an den Schultern.

Sie schüttelte ihn ab. »Ja, und er ist sehr zufrieden mit deiner Arbeit. Nun komm, ich will dir deinen Lohn auszahlen.«

Sie wollte an ihm vorbeigehen, aber Philipp setzte ihr nach, fasste sie am Arm und hielt sie zurück. Als sie sich zu ihm umdrehte, war sein Blick starr, seine Augen schimmerten glasig.

»Du gibst es also zu!«, knurrte er. »Du warst mit dem feinen Herrn allein im Holzhaus. Über eine Stunde. Ich habe gesehen, wann du da reingegangen bist. Und, was habt ihr gemacht, ihr beiden? Raus mit der Sprache!«

Flora sah ihn an, entgeistert und wütend zugleich. »Ich weiß nicht, was du mir sagen willst, Philipp. Nur eines weiß ich ganz gewiss: Thomas Weinreiß ist ein feinfühliger Mann und kein grober Kerl wie du!«

Sie drehte sich um und lief zum Hof hinunter, während Philipp, außer sich vor Zorn und mit bebender Stimme, hinter ihr herrief: »Du weißt, dass du meine Braut bist, Flora, vergiss das nicht!«

9

Honnef, 20. August 1688

Um die Mittagszeit verließ Jeremias mit dem Winzer und Kellermeister Heinrich Esser, den Wilhelm von Fürstenberg erst vor ein paar Tagen eingestellt hatte, die Mauern des Bischofshofs, um die umliegenden Weingärten zu inspizieren. Esser hatte sein Leben lang Weinbau betrieben, und nun sollte er seine gesamte Erfahrung einbringen, um aus den kurfürstlichen Weinlagen den größtmöglichen Ertrag herauszuholen.

Kaum waren die Männer an der ersten Reihe der Reben angelangt, warf er einen prüfenden Blick auf die Rebstöcke und die Trauben. Dann ging er in die Knie und berührte das Erdreich. Schnell erhob er sich wieder. »In zwei Monaten ist Weinlese«, sagte er mit besorgter Miene, »aber die Früchte an diesen Rebstöcken sind noch viel zu klein.«

Jeremias sah ihn erschrocken an. War der besondere Wein, den er für Fürstenberg keltern lassen wollte, in Gefahr? Nicht auszudenken!

»Der Boden ist sehr trocken«, fuhr Esser fort. »Hier wurde längere Zeit nicht mehr gewässert. Das heißt, dass so schnell wie möglich für genügend Wasser gesorgt werden muss. Wie viele Brunnen gibt es hier auf dem Gelände?«

»Das weiß ich nicht«, erwiderte Jeremias. »Und ich besitze auch weder Kenntnisse über den Weinbau, noch habe ich die Absicht, mir solche anzueignen.«

Schweigend gingen die Männer weiter, bis sie zu der nächsten Rebfläche kamen. Hier bot sich ihnen dasselbe Bild. Die

Weintrauben waren klein, und auch die überflüssigen Triebe waren nicht herausgeschnitten worden.

Schließlich schritten Jeremias und der Winzer auf einen Grenzstein zu, der den Bischofshof vom Ortsteil Beuel trennte.

Heinrich Esser blieb stehen und zeigte in die Richtung des Steins. »Dort drüben scheint es einen Brunnen zu geben, und es sieht ganz so aus, als ob dieser gerade noch auf dem Gelände des Bischofshofs steht.«

Jeremias schöpfte neue Hoffnung. »Mit einem zusätzlichen Brunnen und damit mehr Wasser könnte der Schaden behoben werden?«

Esser nickte. »Es ist zwar noch erheblich mehr zu tun, aber das wäre schon einmal ein Anfang.«

Während sie auf den Brunnen zugingen, näherten sich von Beuel her zwei Männer. Neben einem Alten, der sich mithilfe von Krücken fortbewegte, lief ein junger Mann, der ein Joch mit zwei Eimern auf seinen Schultern trug. Er wollte es gerade absetzen, als Heinrich Esser auf ihn zutrat.

»Ihr holt hier Wasser«, fragte Esser ihn, »obwohl der Brunnen zum Gelände des Bischofshofs gehört?«

Aber nicht der junge Mann antwortete, sondern der Alte. »Ja, wir Beueler tun das schon seit Jahrhunderten«, erklärte er mit einem feinen Lächeln. »Wir machen damit von einem alten Gewohnheitsrecht Gebrauch.«

Jeremias blickte mit hochgezogenen Brauen von einem Mann zum anderen. »Ein Gewohnheitsrecht, soso.« Er verschränkte die Arme vor der Brust. »Nun, ich bin der neue Verwalter des Bischofshofs«, fuhr er fort, »und ich muss Euch sagen, dass ein solches Recht für mich keinerlei Bedeutung hat. Ich erkläre es im Namen des Landesherrn Wilhelm von Fürstenberg ab sofort für null und nichtig.«

Der alte Mann zuckte zusammen, doch der junge zeigte sich von Jeremias' Worten keineswegs beeindruckt. »Lass uns gehen, Väterchen«, sagte er. »Ich werde das Wasser woanders schöpfen.«

Er wollte das Joch ergreifen, aber Jeremias trat vor ihn hin und sah ihn herausfordernd an. »Warum trägst du Wassereimer wie ein Lastesel?«

Der junge Mann lachte gereizt. »Warum? Ich trage Wasser, weil unser Nachbar mich damit beauftragt hat und weil er mich dafür entlohnt. Habt Ihr noch weitere Fragen? Ich hoffe nicht. Wir müssen jetzt gehen!«

Jeremias, dem dieser selbstbewusste Auftritt gefiel, konnte nicht glauben, was er soeben gehört hatte. »Du trägst im Auftrag Wasser?«

Der junge Mann sah ihn an. »Ihr seid ein vornehmer Herr«, sagte er. »Das erkenne ich an Eurer feinen Kleidung und an Eurem überheblichen Benehmen. Ihr müsst nur Befehle geben, dann arbeiten andere für Euch.« Er trat einen Schritt zurück und musterte ihn von Kopf bis Fuß. »Glaubt Ihr nicht, dass mich dieser elegante Aufzug ebenso gut kleiden würde wie Euch? Aber ich bin als der Sohn eines armen Mannes geboren. Deshalb trage ich Wasser für andere und finde nichts Unehrenhaftes daran. Wisst Ihr vielleicht etwas Besseres für mich? Sagt es mir, dann werde ich für Euch arbeiten.«

Jeremias' Augen blitzten vor Vergnügen. »Ich bin sicher, dass ich eine Aufgabe für dich finden werde. Komm morgen zum Bischofshof.«

Am nächsten Morgen erwachte Jeremias aus einem traumlosen Schlaf. Als er die Augen aufschlug, war es ihm, als ob er viele Stimmen hörte. Erst war es nur ein leises Gemurmel, doch zunehmend wurde es lauter. Es bestand kein Zweifel. Die Stimmen kamen vom Hof her. Schnell stand er auf und trat ans Fenster, aber von hier aus war nichts zu erkennen. Er würde also hinuntergehen müssen. Er wusch sich, kleidete sich an, und obwohl er an diesem Ort weniger Sorgfalt auf sein Äußeres hätte verwenden können, wollte er die Dinge, die ihm ganz besonders wichtig waren, keinesfalls vernachlässigen. Und das waren nun einmal sein Körper und seine Kleidung. Bevor er den Raum verließ, warf er noch einen Blick in den Spiegel. Er lächelte selbstzufrieden. Dann sprang er leichtfüßig die Treppe hinab und trat hinaus auf den Hof.

Dort hatte sich in der Nähe des Eingangs eine beachtliche Menge von Menschen versammelt, es wurde heftig gestikuliert und durcheinandergerufen. Verärgert blickte Jeremias zu der, wie er es empfand, wilden Horde hinüber und entdeckte Heinrich Esser, der auf eine besonders dicke Frau einredete. Sie schien die Anführerin der Aufrührer zu sein. Sie ließ sich offensichtlich nicht besänftigen, sondern geriet nur noch mehr in Wut, stemmte die Hände in ihre breiten Hüften und keifte den Kellermeister mit sich überschlagender Stimme an. Plötzlich trat der Wasserträger von hinten an die Rädelsführerin heran und schob sie beiseite. Er wechselte einige Worte mit Heinrich Esser, woraufhin dieser nickte. Aber was auch gesprochen worden war, es schien dem aufgebrachten Weib ganz und gar nicht zu gefallen. Sie packte den jungen Mann am Kragen und zog ihn mit aller Kraft zurück in die zweite Reihe.

Mit zorniger Miene wandte sich Esser ab und verließ den Schauplatz des Geschehens. Jeremias ging ihm entgegen. Als sie sich trafen, glühten die Augen des Winzers vor Empörung. »Diese furchtbare Alte«, stieß er hervor, »ich kann nichts gegen sie ausrichten!«

Jeremias sah ihn amüsiert an. »Nun, dann werde ich Euch zeigen, wie mit solchen Frauen umzugehen ist!« Er ließ ihn stehen und stolzierte auf die Menschen zu, die ihn kommen sahen und augenblicklich still wurden.

Er schenkte ihnen keine Beachtung, seine Augen suchten den Wasserträger.

»Da bist du ja, mein Lieber«, sagte er lächelnd, als er vor ihm stand. »Sag mir, was das hier zu bedeuten hat!«

Der junge Mann sah ihn an. »Es geht um den Brunnen und das Verbot, Wasser daraus zu schöpfen. Sie sind alle sehr aufgebracht deswegen.«

Jeremias nickte. »Und mit wem sollte ich deiner Meinung nach darüber sprechen?«

»Mit meiner Tante Hermine Harperath«, erwiderte der junge Mann und zeigte auf die Anführerin.

Jeremias versuchte, die Fassung zu wahren. Selten hatte er in ein so unansehnliches Gesicht geblickt. Doch er nahm sich zusammen und verneigte sich galant. »Nun, Madame, der Brunnen steht erwiesenermaßen auf dem Gelände des Bischofshofs. Als dessen Verwalter muss ich auf meinem alleinigen Schöpfrecht bestehen. Wenn Ihr Wasser daraus genommen habt, war dies widerrechtlich. Mein Vorgänger hat es vielleicht geduldet. Ich jedoch werde es nicht zulassen.«

Hermine Harperath starrte ihn an, schnappte nach Luft und nickte stumm.

Aus der Menge trat ein Mann vor. Er zog sich die Kappe vom Kopf und verbeugte sich vor Jeremias. »Euer Gnaden«, sagte er mit stockender Stimme, »wir wissen sehr wohl, dass der Brunnen zum Bischofshof gehört. Aber seit vielen Hundert Jahren schöpfen die Beueler Wasser aus diesem Brunnen, und keiner der Verwalter hatte bisher etwas dagegen.«

Jeremias hob die Augenbrauen. »Warum sollte ich das zulassen? Gibt es ein Dokument, das Ihr vorweisen könnt? Ein verbrieftes Recht?«

»Nein«, erwiderte der Mann, »die Erlaubnis wurde immer nur mündlich erteilt.«

»Ja … Ja, das stimmt, es gibt keine Urkunde«, stammelte Hermine Harperath. Sie hatte sich wohl dazu entschlossen, das Gespräch wieder an sich zu ziehen.

Der Mann starrte auf seine Kappe, dann blickte er Jeremias an. »Wir brauchen diesen Brunnen«, stieß er flehentlich hervor. »Wir brauchen das gute Trinkwasser für unsere Familien, für unsere Kinder.«

Jeremias sah ihn kühl an. Er wusste, dass er jetzt nicht nachgeben durfte, er musste sich Respekt verschaffen. Sonst würden diese Leute ihm auf der Nase herumtanzen.

»Ich halte ganz und gar nichts von Gewohnheitsrechten, die sich die Bauern hier offenbar nach Gutdünken herausnehmen«, erwiderte er. »Und dann behaupten sie noch frech, der Landesherr habe ihnen solche Privilegien zugestanden.« Seine Augen wanderten durch die Reihen. »Ich sehe hier einige kräftige junge Männer. Sie können in kürzester Zeit einen neuen Brunnen auf Beueler Land ausheben. Es bleibt dabei: Das Gewohnheitsrecht ist aufgehoben. Ihr dürft den Brunnen ab sofort nicht mehr nutzen. Eine Wache bei Tag und bei Nacht wird dafür sorgen, dass ich nicht bestohlen werde.«

»Das könnt Ihr nicht tun!«, riefen einige Stimmen aufgebracht.

Jeremias hatte genug von dieser Auseinandersetzung. Er gab dem Wasserträger ein Zeichen. »Lass uns gehen, wir haben heute noch viel zu besprechen. Du wirst fortan in meinen Diensten stehen. Wie ist dein Name?«

»Valentin«, entgegnete der junge Mann. »Ich bin bereit, Herr.«

* * *

Franz Xaver Trips war in der frischen Morgenluft unterwegs zum Bischofshof. Nach den heftigen Regenfällen in der Nacht hatten sich überall Pfützen gebildet, und er musste ständig auf den Boden schauen, um ihnen auszuweichen. Mit mürrischem Gesicht kämpfte er sich voran. Er hatte eine Aufgabe übernommen, die ihm tiefstes Unbehagen bereitete, die ihm aufs Äußerste missfiel. Er war überrumpelt worden, sein Gewissen hatte sich geregt, und dann hatte er nicht mehr zurückgekonnt. Wütend dachte er daran, wie er in diese Sache hineingeraten war.

Begonnen hatte alles am Vortag. Er hatte in seinem Studierzimmer gesessen, um an wichtigen Aufzeichnungen für ein Buch zu arbeiten. Es behandelte Geschehnisse, die sich vor einigen Jahren in der Stadt Köln zugetragen hatten. Der Kaufmann Nikolaus Gülich hatte zu einer Revolte aufgerufen und mithilfe seiner Gefolgsleute die Stadtregierung gestürzt. Kaiser Leopold I. hatte diesem Treiben ein Ende bereitet, den Kaufmann in die Reichsacht gesetzt und ihn nach Recht und Gesetz wegen Landfriedensbruch verurteilen und hinrichten lassen. Die neue Stadtregierung hatte Trips damit beauftragt, den Text für die Schandsäule am Richtplatz zu verfassen. Trips hatte eingewilligt. Allein der Kaiser war für ihn der Garant für Ordnung und Frieden.

Trips hatte gerade über eine passende Formulierung nachgedacht, als seine Haushälterin mit hochrotem Kopf zur Tür hereingestürzt kam.

»Dieses Mannsbild!«, hatte sie gekeucht und geschnieft. »Warum nur bin ich auf seine schönen Augen hereingefallen?«

Er hatte die Feder beiseitegelegt und sie mit dem Ausdruck äußerster Missbilligung angeschaut. Hermine Harperath so außer sich zu sehen war ihm schon zuwider! Doch die Vorstellung, dass ein anderer Mann als der ihre zum Objekt ihrer Begierde geworden war, war ihm vollkommen unerträglich.

»Was fällt Euch ein, hier einfach so hereinzuplatzen?«, hatte er sie angeherrscht.

Ganz gegen ihre sonstige Gewohnheit hatte sie ihm einen flehentlichen Blick zugeworfen. »Ihr müsst helfen, Herr Pfarrer!«

Wahrlich, er hatte alle Mühe gehabt, sich zu beherrschen. Er war zwar Seelsorger, aber für sündhaft verliebte Weiber, die sich wie verrückt gebärdeten, hatte er nicht das geringste Verständnis. »Verlasst auf der Stelle diesen Raum, ich will nicht wissen, welcher Mann Euch den Kopf verdreht hat!«

Die Haushälterin war zusammengezuckt, hatte laut aufgelacht und ihm dann in allen Einzelheiten erzählt, was am Tag zuvor auf dem Bischofshof vorgefallen war.

»Der neue Verwalter hat den Brunnen beschlagnahmt, aus dem die Beueler ihr Wasser schöpfen. Und außerdem hat er meinen Neffen Valentin in seine Gewalt gebracht. Nur Ihr könnt in dieser Sache etwas ausrichten!« Sie sah ihn flehend an. »Ihr müsst sofort zum Bischofshof gehen und dem Verwalter klarmachen, dass er den Brunnen öffnen und Valentin herausgeben muss. Auf Euch wird dieses Scheusal hören«, hatte sie weitergejammert. »Ihr seid eine Respektsperson. Und der einzige Mensch in Honnef, der in dieser Sache etwas ausrichten kann.«

Trips war sich zwar alles andere als sicher. Doch er musste es zumindest versuchen. Und er wollte sich vor seiner Haushälterin keine Blöße geben. »Gut, ich werde mit Jeremias von Strasshof sprechen.«

* * *

In seinem Gemach im Turm des Bischofshofs legte Jeremias mit Hilfe seines neuen Leibdieners Valentin seine Reitkleidung ab. In der angenehm kühlen Morgenluft war er ausgeritten, durch Wald und Flur galoppiert und erst vor einer halben Stunde zum Hof zurückgekehrt. Er fühlte sich so erfrischt wie schon lange nicht mehr. Valentin hatte das brombeerrote Wams mit den Zierknöpfen und die passende, knielange Hose herausgesucht und ihm die Sachen gereicht. Jetzt trat Jeremias vor den Spiegel, zupfte sein Halstuch zurecht und betrachtete sich mit Wohlgefallen.

Er setzte sich in seinem Speisezimmer zu Tisch und ließ genüsslich den Blick über die Köstlichkeiten schweifen, die Valentin und Anna ihm auftrugen. Scheiben von duftendem Brot mit schimmernder brauner Kruste, eine Schale mit Erdbeeren aus dem Garten des Hofes, ein Teller mit in mundgerechte Stücke geschnittener Birne, die saftig glänzten, ein Stück Ziegenkäse aus der hiesigen Gegend, der mit Kräutern verfeinert war … Sein Blick fiel auf eine mit hellgelbem Wein gefüllte Karaffe und ein fein geschliffenes Glas aus Kristall. Stirnrunzelnd sah er Valentin an.

»Was ist das für Wein? Ich dachte, es wäre kein einziges Fass mehr im Keller.«

Valentin beugte sich zu ihm hinunter.

»Der Kellermeister hat in der hintersten Ecke noch ein kleines Fass gefunden«, sagte er höflich. »Er bittet Euch, es zu probieren.«

Jeremias nickte, griff nach dem Glas und hielt es dem Diener entgegen. »Dann schenk mir ein!«

Valentin füllte es bis zum Rand, und Jeremias nahm einen kräftigen Schluck. Sofort verzog er angewidert das Gesicht. »Ganz und gar ungenießbar!«, schimpfte er. Seufzend lehnte er sich zurück. In diesem Augenblick klopfte es an der Tür.

Jeremias sah hinüber zu Valentin, der das Glas und die Karaffe auf ein Tablett gestellt hatte, das er gerade wegtragen wollte. »Öffne die Tür, mein Lieber!«

Jeremias ärgerte sich über die Störung. Er hatte nicht die geringste Lust, jemanden zu empfangen. Er wollte in Ruhe und mit Genuss im Beisein von Valentin frühstücken. Als jedoch Anna erschien und meldete, dass der Pfarrer im Hof stehe und ihn zu sprechen wünsche, war sein Ärger sogleich verflogen. Es musste etwas sehr Wichtiges sein, das den Pfarrer zu so früher Stunde zu ihm führte. Er schnippte mit dem Finger.

»Bring ihn herauf!«

Er hörte, wie Trips ächzend und stöhnend die steile Treppe heraufstapfte. Als der Pfarrer den Raum betreten hatte, erhob er sich, ging ihm mit einem strahlenden Lächeln entgegen und verbeugte sich leicht. »Welche Überraschung! Die hohe Geistlichkeit beehrt mich.« Er bot Trips einen Stuhl an. »Was kann ich für Euch tun?« Er bemerkte, dass der Pfarrer immer wieder zu Valentin hinüberschaute. »Das ist Valentin, mein neuer Leibdiener«, stellte er ihn vor.

Trips stutzte und schien überrascht. »Gebt den Beuelern ihren Brunnen zurück!«, sagte er dann. Statt zu bitten, sprach er im Befehlston. »Ich fordere Euch dazu auf, als Mensch und als Christ!«

Jeremias hob die Augenbrauen. »Deshalb seid Ihr also gekommen. Ich sage Euch nur Folgendes: Als Verwalter des Bischofshofs vertrete ich die Interessen des Landesherrn Wilhelm von Fürstenberg. Dazu gehört, dass ich keinerlei Rücksicht darauf nehmen kann, wenn die Bewohner hier von Gewohnheitsrechten reden.« Mit ruhiger Hand griff er nach einem Schriftstück, das vor ihm auf dem Tisch lag. »Dies sind die Statuten, die den Bischofshof betreffen. Ich habe sie genauestens studiert, und da gibt es etwas, was mir sehr bemerkenswert erscheint.« Er blätterte in dem dicken, in dunkelbraunes Leder eingebundenen Buch. Als er die Seite gefunden hatte, zeigte er darauf. »Hier steht es geschrieben, schwarz auf weiß. ›Der Pfarrer des Ortes ist dazu angehalten, dem Kölner Kurfürsten jährlich ein Fass Wein zu liefern‹«, las er vor und hob den Kopf. »Wann habt Ihr die Absicht, den Wein zu liefern? Ich hoffe, so bald wie möglich.«

Trips sah ihn düster an. »Die Weinlieferung wird der Kölner Kurfürst wie in jedem Jahr pünktlich erhalten«, erwiderte er mit tonloser Stimme.

Jeremias nickte. »Davon gehe ich aus. Hier steht ein Datum. Soll ich es Euch nennen?«

Der Pfarrer schüttelte den Kopf. »Nein, das müsst Ihr nicht, ich kenne das Datum sehr wohl. Aber ich werde den Wein nur an den rechtmäßigen Erzbischof und Kurfürsten liefern und mich auch nur ihm verpflichtet fühlen. Da ich Fürstenberg nicht als solchen anerkenne, brauche ich ihm auch keinen Wein zu liefern.« Er stand auf, ging zur Tür und wandte sich noch einmal um. »Zum allerletzten Mal fordere ich Euch auf, den Brunnen für die Beueler freizugeben. Wenn Ihr das tut, werdet Ihr als Wohltäter gelten. Wenn nicht, werdet Ihr im Ruf stehen, ein Unmensch zu sein. Wollt Ihr das wirklich?«

Trips drückte schon die Klinke herunter, als Jeremias plötzlich eine, wie er fand, vorzügliche Idee kam. »Wartet einen Augenblick«, bat er lächelnd. »Im Haus des Gerichtsschreibers habe ich einen vorzüglichen Rotwein getrunken. Besorgt mir ein Fass davon, dann werde ich den Beuelern den Brunnen nach der Weinlese freigeben. Das ist ein mehr als großzügiges Angebot.«

Der Pfarrer sah ihn fassungslos an. »Ich werde mich auf solch einen Kuhhandel auf keinen Fall einlassen«, schnaubte er. »Wenn Ihr ein Fass Wein vom Zennigshof wollt, dann müsst Ihr Euch das schon selbst besorgen.« Er trat durch die Tür und ließ diese mit einem lauten Knall hinter sich ins Schloss fallen.

Jeremias seufzte, wandte sich um und blickte auf das Glas mit dem sauren Wein auf Valentins Tablett und murmelte: »Zennigshof, ein hübscher Name und ein exzellenter Wein.«

* * *

Schnellen Schrittes kehrte Trips zum Pfarrhaus zurück. Er schäumte vor Wut. Dieser schamlose, gewissenlose und eigensüchtige Mensch! Fegefeuer und Hölle sollten ihm sicher sein!

Zu Hause angekommen, begab er sich geradewegs in sein Studierzimmer. Er wollte niemanden sehen, wollte nichts, als in Ruhe weiterarbeiten.

Er betrat den Raum und traute seinen Augen nicht. Vor einem seiner Bücherregale stand eine junge Frau. Sie hielt ein Buch in der Hand und blätterte seelenruhig darin. Trips starrte sie an. Was war das nur für ein Tag! Erst musste er sich mit einem Menschen wie Strasshof auseinandersetzen, und nun verschafften sich wildfremde Menschen Einlass in sein Studierzimmer und lasen in seinen Büchern!

»Was wollt Ihr hier? Und wie kommt Ihr überhaupt hier herein?«, herrschte er die junge Frau an.

Sie ließ sich durch sein mehr als unfreundliches Benehmen nicht beirren. Gelassen schlug sie das Buch zu und stellte es zurück ins Regal. »Ich bitte um Verzeihung, Herr Pfarrer, ich habe Euch ein Fass von meinem Rotwein mitgebracht. Lasst ihn Euch schmecken.« Sie lächelte. »Ihr habt ihn ja schon im Gerichtsschreiberhaus probiert, wie ich gehört habe.« Sie hielt kurz inne. »Das Hochamt zu Mariä Himmelfahrt war wunderbar, die Messe hat mich sehr berührt.«

Trips musste zugeben, dass er sich von dem Lob geschmeichelt fühlte. Er sah die selbstbewusst auftretende junge Dame an. »Ihr seid vom Zennigshof?«

»Ja, ich bin Flora, die Tochter des Pächters Caspar Mentis.«

Trips hatte sich rasch wieder beruhigt. Er bat die junge Frau, Platz zu nehmen, setzte sich ihr gegenüber an den Schreibtisch. Hübsch war sie, das musste er zugeben. »Als ich Honnef verlassen habe, um an den kurfürstlichen Hof zu gehen, wart Ihr noch ein Kind«, sagte er. »Aber an Euren Vater kann ich mich gut erinnern.« Er dachte an die Unverfrorenheit Strasshofs und fügte knurrend hinzu: »Der Wein vom Zennigshof hat mich gerade in ziemliche Schwierigkeiten gebracht. Er hat, wie es scheint, einen besonderen Liebhaber gefunden!«

Mit seinen Worten hatte Trips die Neugier der jungen Frau geweckt. Sie ließ nicht locker, und so musste er ihr jede Einzelheit über den Konflikt der Beueler mit dem neuen Verwalter des Bischofshofs, in den auch er hineingeraten war, berichten. »Ich bin aufs Höchste empört über die Dreistigkeit dieses niederträchtigen Menschen, der für die Brunnenfreigabe ein Fass von Eurem Rotwein herausschlagen wollte!«

»Ich traue meinen Ohren kaum«, erwiderte Flora Mentis. »Über den neuen Verwalter des Bischofshofs sind in Rhöndorf allerlei Gerüchte in Umlauf, er scheint wahrhaftig noch viel schlimmer zu sein als sein Vorgänger. Und doch werde ich ihm das Fass liefern … allerdings nicht umsonst.« Sie sah Trips an und stand auf. »Ich will den Beuelern helfen. Aber auch ich werde mich nicht erpressen lassen. Der Verwalter soll mir den Wein, wenn er ihn unbedingt haben will, teuer bezahlen. Ich habe ein weiteres Fass aufgeladen, das kann ich ihm bringen.«

Trips sah sie entgeistert an, aber er erwiderte nichts. Vielleicht war diese junge Frau tatsächlich in der Lage, Strasshof umzustimmen. Willensstark, wie sie war, würde sich Flora Mentis wohl nie von etwas abbringen lassen, was sie sich in den Kopf gesetzt hatte.

* * *

Als Flora kurz darauf den Wagen durch das Eingangstor des Bischofshofs lenkte, spürte sie, wie ihr Mut sank. Worauf hatte sie sich da in ihrem Eifer nur eingelassen? Am liebsten wäre sie umgekehrt. Aber nun war es zu spät, denn in diesem Augenblick öffnete sich die Tür des Turmgebäudes und ein junger Mann trat heraus. Als er Flora sah, kam er mit schnellen Schritten auf sie zu.

Flora stieg vom Wagen. Das musste der neue Verwalter

sein. Sie wartete, bis er vor ihr stand. »Ich bringe Euch den gewünschten Wein vom Zennigshof«, sagte sie zaghaft.

»Sicher wollt Ihr mit Jeremias von Strasshof, dem Verwalter des Bischofshofs, sprechen. Ich bin sein Diener Valentin und werde Euch gleich zu ihm bringen.«

Nun gab es für Flora kein Entrinnen mehr. Sie stieg hinter Valentin die steile Treppe zum Turm hinauf. Er öffnete die Tür. Jeremias von Strasshof stand am Fenster und sah hinaus. Als er gehört hatte, dass jemand eingetreten war, wandte er sich um. Flora stockte der Atem. Sie konnte es nicht fassen, wer da am Fenster stand. Jetzt hörte sie die ihr bekannte Stimme.

»Madame, was darf ich für Euch tun?« Langsam kam er auf sie zu.

Er trug einen Anzug aus glänzender hellblauer Seide, es war das Blau seiner Augen. Flora sah ihm entgegen, wie er näher und näher kam, bis er direkt vor ihr stand. »Habt Ihr Euer Kind nicht mitgebracht?«

Flora trat einen Schritt zurück und schüttelte den Kopf. »Das … Das war nicht mein Kind«, stammelte sie. »Ich habe es nur gerettet.«

»Ja, vor dem sicheren Tod. Ihr seid eine Heldin! Tapfer und mutig.« Strasshof strich mit einer Hand eine schwarze Locke zurück, die ihm in die Stirn gefallen war.

Flora folgte seiner Bewegung und sah auf seinen blütenweißen Spitzenhandschuh.

»Und wie ist der Name der bezaubernden Retterin eines Kindes?«

Flora spürte, dass sie ihr Anliegen vortragen musste, um nicht vollends die Fassung zu verlieren. »Ich bin Flora Mentis, die Winzerin vom Zennigshof in Rhöndorf. Ich habe Euch ein Fass von meinem Wein mitgebracht und erwarte, dass Ihr zu Eurer Zusage steht und den Beuelern den Brunnen freigebt. Aber mein Wein ist nicht umsonst, denn ich mache nur ehrliche Geschäfte, und ich fordere einen angemessenen Preis dafür.«

Er musterte sie lächelnd. »Nun«, seufzte er, »da ich einer schönen und mutigen Frau nun einmal keinen Wunsch abschlagen kann, werde ich tun, was Ihr von mir verlangt. Ich bezahle Euch das Fass und werde den Brunnen für die Bewohner Beuels nach der Weinlese wieder zugänglich machen. Ihr habt mein Wort darauf.« Er ging zum anderen Ende des Raums zu einer Kommode und kehrte mit einer Geldkatze aus rotem Samt zu ihr zurück »Das ist für Euren Wein.«

Zögernd nahm Flora den Beutel entgegen. Er war prall mit Münzen gefüllt.

Bevor Flora etwas sagen konnte, wandte sich Strasshof an Valentin. »Geleite meine schöne Besucherin hinaus. Ich hoffe, ich werde sie sehr bald wiedersehen!«

10

Honnef, 28. August 1688

Die Glocken von St. Johann Baptist verkündeten die Mittagsstunde, als Flora über den Weinberg zum Hof hinunterging. Auf dem Rücken trug sie einen Korb, der bis oben hin mit Weinlaub gefüllt war. Schon früh am Morgen hatten der Vater und sie damit begonnen, das Blattwerk abzuschneiden, damit die Trauben mehr Luft und Licht bekamen. Kaum war sie auf dem Hof angekommen, lenkte Philipp ein Fuhrwerk durch die Toreinfahrt. Flora fragte sich, was er von ihr wollte, schließlich waren sie im Streit geschieden. Sie nahm ihre Kappe vom Kopf und ging auf den Wagen zu.

Als Philipp sie kommen sah, verzog er missbilligend das Gesicht. »Wie kannst du nur in Männerkleidung herumlaufen, Flora. Wenn wir verheiratet sind, ist endgültig Schluss damit.« Er sprang vom Wagen und versuchte, sie zu umarmen, aber Flora schob ihn sanft von sich. »Ich will dir was zeigen«, sagte er und deutete auf das Fuhrwerk. »Ich hab einen wichtigen Auftrag für den Bischofshof ausgeführt, eine Truhe für die feinen Kleider des fürstlichen Herrn von Strasshof. Komm, sieh sie dir an, bevor ich sie ihm bringe.«

Er stieg auf den Wagen und reichte ihr die Hand, um ihr hinaufzuhelfen. Dann löste er die Gurte, mit denen die Truhe festgezurrt war. Mit feierlicher Miene schlug er das Leintuch zurück, mit dem das Möbelstück bedeckt war. Flora lief beim Anblick des Stoffes, mit dem die Toten eingehüllt wurden, ein Schauer über den Rücken.

Philipp sah sie erwartungsvoll an. »Nun, was sagst du?«

Sie betrachtete die Truhe eine ganze Weile und staunte über die Kunstfertigkeit, mit der sie ausgeführt war. Es war eine meisterliche Arbeit, das musste sie zugeben.

»Du kannst stolz auf dich sein, Philipp! Strasshof wird dich gut bezahlen, da bin ich mir ganz sicher.«

Er sah Flora mit selbstbewusstem Blick an. »Nein, er wird mich nicht gut, er wird mich fürstlich bezahlen. Du wirst sehen.«

»Habt ihr schon einen Preis ausgehandelt?«, wollte Flora wissen.

Philipp schüttelte den Kopf. »Wo denkst du hin? Jeremias von Strasshof ist ein Ehrenmann. Er hat mir sein Wort gegeben, dass er mich mehr als angemessen bezahlen wird, das genügt mir.« Er bedeckt die Truhe mit dem Tuch und band sie wieder fest. Dann sprang er vom Wagen, reichte Flora die Hand und half ihr herunter. Erneut versuchte er, sie an sich zu ziehen.

Wieder drehte sie sich schnell weg. »Du musst jetzt los, dein Gönner erwartet dich.«

Philipp nickte und stieg auf den Kutschbock. Flora sah ihm nach, bis das Gefährt auf der Gasse verschwunden war.

* * *

Jeremias war mit sich und der Welt im Reinen. Im Brunnenkonflikt mit den Bewohnern Beuels war er zunächst unnachgiebig geblieben. Damit hatte er sich Respekt verschafft. Doch auf Bitten einer schönen Frau hatte er sich großmütig gezeigt. Und so hatte er den Beuelern verkündet, dass sie nach der Weinlese wieder Wasser aus dem Brunnen schöpfen durften. Er dachte mit Vergnügen an seine Begegnungen mit Flora Mentis. Vor dem Bonner Schloss hatte sie das Kind vor dem sicheren Tod gerettet. Und hier in seinem Gemach hatte sie ihn dazu aufgefordert, ihren Wein zu bezahlen. Er liebte starke und mutige Frauen. Hätte sie sich unterwürfig gezeigt, hätte er sie schnell vergessen.

Er sah von einem der Fenster aus auf die Weingärten des Bischofshofs hinab. Vor wenigen Minuten hatte ihm ein Kurier eine Nachricht von Wilhelm von Fürstenberg überbracht. Dieser war gestern nach längerer Abwesenheit ins Bonner Schloss zurückgekehrt, und nun wünschte er ihn dringend zu sprechen. Der Brief war kurz und unpersönlich abgefasst. Und genau das beunruhigte ihn. In allen Briefen, die an ihn gerichtet waren, hatte Fürstenberg bisher einen sehr vertrauten Ton angeschlagen. Diesmal war es anders. Es musste etwas geschehen sein.

Ein leises Klopfen riss ihn aus seinen Gedanken. Valentin war noch nicht von seinen Aufträgen für ihn zurück. So ging er selbst zur Tür und öffnete sie. Vor ihm stand der Möbeltischler. Ihn hatte er bei all den Streitigkeiten der letzten Tage beinahe vergessen.

»Ich bringe die Truhe, Euer Gnaden«, sagte Mölgen zaghaft.

Jeremias' trübe Gedanken waren mit einem Mal verflogen. Er trat wieder in den Raum zurück. »Das ist ja großartig, bring sie herauf!«

Mölgen nickte und stieg die Treppe hinab. Gleich darauf sah Jeremias ihm in gespannter Erwartung zu, wie er das schwere Möbelstück auf dem Rücken die Treppe heraufschleppte.

»Stell die Truhe dort hinten neben mein Bett«, befahl er, entschied sich jedoch schon im nächsten Augenblick anders. »Nein, stell sie gleich hier an die Wand, damit jeder, der hereinkommt, sie sofort sehen und bewundern kann.«

Mölgen nickte, wuchtete die Truhe vom Rücken und wischte sich den Schweiß von der Stirn. Jeremias sah ihn an. Heute hatte der Tischler nichts getrunken. In diesem Zustand war er mehr als passabel. Jeremias trat vor die Truhe, ging um sie herum und betrachtete sie eingehend. Das Möbel glich dem Probestück, aber dieses war noch sorgfältiger gearbeitet, und die nackten Oberkörper der Frauen waren züchtig verhüllt.

Er sah zu Mölgen hinüber. »Du hast deine Sache sehr gut gemacht.«

Der Tischler kicherte. »Es ist schließlich keine Hochzeitstruhe.«

Jeremias ging nicht weiter darauf ein. Er fand die Bemerkung despektierlich. Dennoch musste er zugeben, dass dieser Mann mit dem einfachen und wohl auch ehrlichen Gemüt ein geradezu begnadetes Talent besaß. Nicht immer waren große Künstler auch feinfühlige Menschen. »Du wirst einen fürstlichen Lohn dafür erhalten«, sagte er, »aber so viel Geld habe ich im Augenblick nicht hier. Sobald ich es habe, werde ich dich rufen lassen. Nun kannst du gehen!«

Mölgen nickte, aber seine Enttäuschung war nicht zu übersehen. »Dann … dann muss ich meiner Flora also sagen, dass wir noch nicht so bald … heiraten können?«, stammelte er.

Jeremias sah ihn überrascht an. »Deine Braut heißt Flora?«

»Ja, Flora Mentis. Sie ist die Tochter des Pächters auf dem Zennigshof.«

Jeremias musste sich eingestehen, dass ihm diese Auskunft ganz und gar nicht gefiel. Doch sosehr er sich innerlich gegen diesen Gedanken wehrte: Es bestand kein Grund, an der Behauptung zu zweifeln. Philipp Mölgen war ein ansehnlicher Mann und verstand sein Handwerk. Und hier auf dem Land war die Welt klein. Man blieb unter sich, man heiratete untereinander.

»Aber ich weiß nicht, ob Flora mich überhaupt noch will«, fuhr der Tischler mit weinerlicher Stimme fort. »Ich glaube, sie liebt einen anderen.«

Jeremias waren zwar Klatsch und Gerüchte über Liebesdinge zuwider, aber plötzlich packte ihn die Neugier, und er wollte herausfinden, was hinter dieser Sache steckte. Er sah Mölgen fragend an, und dieser fühlte sich aufgefordert weiterzureden.

»Seit der neue Besitzer des Zennigshofs aufgetaucht ist, lehnt Flora mich ab. Sie meint, er sei was Besseres, und sie scheint sich Hoffnungen zu machen. Aber was weiß sie schon von Männern. Ich hab einfach Angst um sie!«

Jeremias dachte kurz nach. »Nun, dann musst du deiner Braut eben beweisen, dass er kein Ehrenmann ist. Sag ihr, dass er nur sein Vergnügen sucht, so wie alle feinen Herren.«

»Und wie soll ich das anfangen?«

Der jammernde Ton des Tischlers brachte Jeremias zur Verzweiflung. »Du musst ihr Beweise dafür liefern!«, rief er heftig.

Mölgen hob den Kopf. Ein kurzes Lächeln huschte über sein Gesicht. Gleich darauf sah er wieder unglücklich drein. »Und wie soll ich das herausfinden?«

Jeremias spürte, wie ihm langsam, aber sicher der Geduldsfaden riss. »Stell ihn zur Rede, am besten vor deiner Braut!« Gleichzeitig wusste er, dass der Tischler genau das niemals tun würde.

Mölgen stand immer noch regungslos da, schniefte und wischte sich die Augen. »Der Besitzer ist ein hoher Herr«, sagte er, als er sich schließlich etwas gefasst hatte »Was kann einer wie ich gegen ihn ausrichten? Sein Vater war schließlich der hoch angesehene Bonner Bürgermeister.«

Jeremias stutzte. Der Besitzer war der Sohn von Jakob Weinreiß? Er war dem verstorbenen Bürgermeister hin und wieder bei Hof begegnet.

»Ich muss jetzt gehen«, sagte Mölgen leise.

Jeremias nickte ihm aufmunternd zu. »Niemals aufgeben, hörst du! Das ist mein Wahlspruch. Ich will sehen, was ich in dieser Sache für dich tun kann.«

Als der Tischler den Raum verlassen hatte, trat er wieder ans Fenster und blickte hinaus. Seine innere Unruhe kehrte zurück. Er ging im Raum auf und ab, schließlich ließ er sich auf sein Bett fallen und schloss die Augen. Er fühlte sich plötzlich unendlich einsam.

Fast sein ganzes Leben hatte er mit Fürstenberg verbracht. Was wäre, wenn er schlechte Nachrichten für ihn hätte? Fürstenberg war in den letzten Jahren häufiger krank gewesen. Gemeinsam hatten sie die Bäder in Aachen aufgesucht, die Fürstenberg für einige Zeit Linderung verschafft hatten. Was, wenn er ihm sagen würde, dass er schwer krank wäre und bald sterben müsse? Er mochte sich das Schlimmste nicht vorstellen. Er schlug die Augen auf, erhob sich, ging wieder zum Fenster und sah hinaus. Wie ein riesiger Ball stand der Mond am Himmel, es war ein bedrohlicher Anblick. War das ein schlechtes Zeichen?

Jeremias' Gedanken wanderten zurück in seine Kindheit. In den ersten Jahren seines Lebens war er unablässig unterwegs gewesen, von einem Ort zum anderen gereist, ganz Europa war sein Zuhause. Seine Eltern, an die er sich kaum noch erinnern konnte, waren Mitglieder einer Kompagnie von fahrenden Komödianten gewesen, die auf den Stadtplätzen ihre übel beleumundete Kunst zum Besten gegeben hatten. Sein Vater stammte aus Bayern, seine Mutter war eine zierliche Französin mit pechschwarzem Haar und einem hinreißenden Lächeln. Beide hatten sich so gut wie gar nicht um ihn gekümmert. Oft hatte er sich einsam gefühlt und Hunger gelitten. Sobald er hatte laufen können, musste er nach den Vorstellungen mit dem Hut herumgehen und das Geld einsammeln. Als er älter geworden war, durfte er kleine Rollen übernehmen. Die Leute sahen ihn gern dort oben auf der Bühne, den hübschen Knaben mit dem Engelsgesicht. Eines Tages waren die Schauspieler in die Kaiserstadt Wien an der Donau gekommen. Diese Stadt war schön mit ihren herrschaftlichen Gebäuden, den noblen Kutschen und edlen Pferden. Wien mit seinem Glanz hatte ihn sofort in seinen Bann gezogen.

Nach einer der Vorstellungen war er wie immer herumgegangen und hatte das Geld eingesammelt. Auch einem besonders gut gekleideten Herrn hatte er den Hut hingehalten. Dieser hatte ihn angesehen. In seinem Blick lag keine Verachtung, sondern Bewunderung und Respekt. »Willst du mit mir an den kaiserlichen Hof kommen? Du bist nichts für dieses Theater hier. Wenn du möchtest, spreche ich nach der Vorstellung mit deinen Eltern.«

Er hatte den Mann angesehen und instinktiv gespürt, dass dies seine Rettung war. So blieb ihm nur eine Antwort: »Mein Herr, ich habe keine Eltern mehr.« Mit einem Kopfnicken, mit dem er sein Einverständnis gab, hatte er dem vornehmen Herrn seine Hand gereicht, und beide hatten, schweigend nebeneinanderher gehend, den Platz verlassen. Das war der Augenblick gewesen, in dem Jeremias, das Kind fahrender Komödianten, sein altes, elendes Leben gegen ein neues eingetauscht hatte. An der Seite eines kaiserlichen Kammerherrn war er zur Wiener Hofburg gegangen. Einige Wochen später sollte er der Page des berühmtesten Staatsgefangenen Europas werden, des ehemaligen kurkölnischen Ministers Wilhelm von Fürstenberg.

Am nächsten Morgen wollte sich Jeremias in seiner Kutsche zur kurfürstlichen Residenz nach Bonn fahren lassen. Für die bevorstehende Begegnung mit dem Kardinal hatte er seine Kleidung mit besonderer Sorgfalt ausgewählt. Er trug ein pastellgrünes Justaucorps, dazu eine Kniehose, Seidenstrümpfe und Schnallenschuhe. Die Wahl dieser Kleidung sollte Fürstenberg erfreuen, ihn auf andere Gedanken bringen – das war das Mindeste, was er für ihn tun konnte. Bevor Jeremias sein

Gemach verließ, reichte ihm Valentin seinen Hut mit der schillernden Pfauenfeder. Jeremias dankte ihm und versprach, so bald wie möglich wieder zurück zu sein.

Während der Fahrt am Rheinufer entlang streckte er seine Beine aus, döste vor sich hin und genoss dabei das leichte Schaukeln der Kutsche. Plötzlich ließ ihn lautes Geschrei, das von außen kam, aufschrecken. Verärgert setzte er sich auf, schob den Vorhang beiseite und sah hinaus. Einige Bauernjungen liefen johlend auf die Kutsche zu. Er seufzte, ließ den Wagen anhalten, stieg aus und warf den Kindern einige Münzen hin, die sich gleich darauf lautstark darum balgten. Was sind das für arme kleine Teufel, dachte er, als er ihnen dabei zusah.

Während der Überfahrt über den Rhein zum Bonner Ufer blieb er in der Kutsche sitzen. Mit geschlossenen Augen lauschte er den Stimmen und den Geräuschen, die zu ihm hereindrangen. In diesem Augenblick wünschte er sich, dass die Zeit stehen bleiben möge, dass er die Fähigkeit besäße, alle Uhren auf dieser Welt einfach anzuhalten. Erst als der Wagen das Stadttor passiert hatte und wenig später in den Hof der kurfürstlichen Residenz hineinfuhr, schob er die Vorhänge wieder beiseite und sah zu dem wolkenlosen Himmel hinauf. Der Kutscher öffnete den Schlag, Jeremias stieg aus und schaute sich um.

Die Gebäude des Bonner Schlosses, die den Innenhof umgaben, glänzten im klaren Licht der Mittagssonne. Zahlreiche Pomeranzenbäumchen in üppig verzierten Gefäßen verliehen der Residenz des Kölner Kurfürsten zu dieser Jahreszeit ein heiteres, fast südländisches Gepräge. Jeremias blinzelte in die Sonne, dann ging er auf den Springbrunnen zu, der in der Mitte des Hofes stand. Er hielt sein Spitzentaschentuch unter den Wasserstrahl, der aus einem der Löwenköpfe hervorkam, und befeuchtete damit seine erhitzten Wangen. Erfrischt und gewappnet für das, was auf ihn zukommen würde, strebte er auf die Säulenhalle zu, unter der Fürstenberg, wie er ihm mitgeteilt hatte, an diesem Tag sein Mittagsmahl einzunehmen gedachte.

Kaum hatte Jeremias die Loggia betreten, fiel sein Blick auf das Muschelgewölbe und auf die mannshohen Statuen antiker Gottheiten, die Teile einer raffiniert gestalteten Brunnenanlage waren. Das zirkulierende Wasser sorgte für die kühle und feuchte Luft in der Säulenhalle. An so heißen Tagen wie diesem konnte man es hier sehr gut aushalten.

Fürstenberg saß an einem reich gedeckten Tisch. Aber er war nicht allein. Neben ihm hatte sich die Gräfin Katharina Charlotte niedergelassen. Sie trug ein leichtes, silbrig schimmerndes Seidenkleid und blätterte in einem Pariser Modejournal. Auf ihrem Schoß lag ihr Hündchen Fifi. Sie würdigte Jeremias keines Blickes. Fürstenberg hob den Kopf. Er sah keineswegs krank aus. Jeremias spürte grenzenlose Erleichterung.

»Da bist du ja endlich, mein Lieber«, begrüßte ihn der Kardinal. »Komm, setz dich zu uns!«

Jeremias folgte seiner Aufforderung. Dabei entging ihm nicht, dass er ihn aufmerksam ansah.

»Du siehst großartig aus, das Leben auf dem Lande scheint dir sehr gut zu bekommen«, fuhr Fürstenberg lächelnd fort. »Nun, lass hören, wie ergeht es dir in der Fremde?«

Jeremias nahm das Weinglas entgegen, das ein Bediensteter ihm reichte. »Meine Wohnung im Bischofshof ist nicht ganz nach meinem Geschmack eingerichtet, aber es lässt sich dort angenehm leben. Gute Geister sorgen rund um die Uhr für meine Bequemlichkeit. Ich habe eine Köchin, ein Hausmädchen, einen Kutscher und einen neuen Leibdiener. Alles in allem kann ich also nicht klagen.« Wilhelm von Fürstenberg nickte wohlwollend und schob sich mit spitzen Fingern eine Erdbeere in den Mund. »Mit Franz Xaver Trips, der jetzt Pfarrer in Honnef ist, habe ich mir einige amüsante Scharmützel geliefert. Und was schließlich den Wein betrifft …«, Jeremias machte eine Pause und nippte an seinem Glas.

»Ja?« Der Kardinal hatte sich vorgebeugt.

»Ich bin mir sicher«, fuhr Jeremias fort, »dass Heinrich Esser ein ausgezeichneter Kellermeister ist und für einen außergewöhnlichen Wein sorgen wird. Schon jetzt unternimmt er alle Anstrengungen dafür, aber …« Wieder unterbrach er sich.

»Was aber?«, fragte Fürstenberg ungeduldig.

»Aber es ist ungewiss, ob sich dieser jemals mit dem Rotwein der Rhöndorfer Winzerstochter Flora Mentis wird messen können. Ihr Wein ist der Maßstab für mich selbst, er ist von höchster Qualität.«

Die Gräfin hob die Augenbrauen, dann beugte sie sich zu Fürstenberg hinüber. »Es sieht ganz so aus, als ob Euer Liebling sich mit Weinbäuerinnen vergnügen muss«, bemerkte sie spitz. »Nun, wie wir wissen, lässt er ja nichts aus. Und sicher ist es für ihn eine willkommene Abwechslung.« Sie lachte leise. »Aber was haltet Ihr von solchem würdelosen Treiben, Eminenz?«

Jeremias warf der Gräfin einen wütenden Blick zu, doch Fürstenberg schien ihre Bemerkungen überhört zu haben. Er war offensichtlich froh, Jeremias wiederzusehen.

Katharina Charlotte erhob sich und blickte beide Männer an. »Dann lasse ich euch jetzt allein!« Sie raffte ihr Kleid und rauschte mit hoch erhobenem Kopf davon.

Jeremias schaute ihr nach.

»Treib es nicht zu weit mit Trips«, ermahnte Fürstenberg ihn. »Der Pfarrer ist ein mächtiger Mann in seiner Landgemeinde, sein Wort hat dort besonderes Gewicht. Mehr noch, er ist für die Menschen eine moralische Instanz.«

Jeremias nickte. »Das verspreche ich Euch, Eminenz. Aber nun sagt mir bitte, warum Ihr mich habt rufen lassen. Gibt es vielleicht schlechte Nachrichten?«

Fürstenberg schwieg. Er nahm einen Brief vom Tisch und reichte ihn ihm. »Ein Schreiben des französischen Königs. Er gibt mir deutlich zu verstehen, dass er weiterhin auf meiner Seite steht. Und solange er das tut, werde ich regieren.« Er winkte einen Diener herbei und ließ sich Wein nachschenken. »Um seine Unterstützung für mich vor aller Welt zu zeigen, wird er mir militärische Hilfe leisten und auch die Rheinfestungen ausbauen, um sie auf den neuesten Stand der Verteidigungsanlagen bringen zu lassen. Er hat bereits Truppen in Marsch gesetzt und Festungsbaumeister losgeschickt. Sie werden bald hier eintreffen.«

Jeremias schaute ihn beunruhigt an. »Und wenn der Papst eine Entscheidung trifft, die nicht zu Euren, sondern zugunsten des Bayernprinzen ausgeht, werden dann die Franzosen Euren Anspruch auf Kurköln mit Waffengewalt durchsetzen?«

Der Kardinal blickte zu der Brunnenfigur des Herkules hinüber. »In diesem Fall würden uns unruhige Zeiten bevorstehen. Aber was immer auch geschehen mag – komm zu mir zurück, Jeremias, ich brauche dich an meiner Seite! Du kannst sofort einige sehr komfortable Gemächer hier im Schloss beziehen. Ich habe sie für dich und ganz nach deinem Geschmack herrichten lassen.«

Jeremias sah ihn an und schüttelte den Kopf. »Nein, Eminenz, ich werde noch heute auf den Bischofshof zurückkehren, und ich werde bis zum Ende der Weinlese dortbleiben. Was ich begonnen habe, möchte ich jetzt zu Ende bringen.«

Fürstenberg betrachtete ihn nachdenklich. »Du bist also fest entschlossen, wie ich sehe. Das zeigt mir, dass du erwachsen geworden bist. Nun gut, ich habe es ja nicht anders gewollt.«

Jeremias erhob sich, trat zu dem Kardinal und warf einen flüchtigen Kuss auf die Hand, die dieser ihm entgegenstreckte. Dann verbeugte er sich elegant und verließ mit federnden

Schritten die Säulenhalle. Er ging über den Hof am Brunnen vorbei auf die Kutsche zu, die dort auf ihn wartete. Doch statt einzusteigen, wechselte er einige Worte mit dem Kutscher. Dann durchquerte er das Schlosstor und trat auf die Straße hinaus.

Vom Schloss bis zum Bonner Marktplatz war es nur ein kurzer Fußweg. An einer Häuserecke stand eine junge Frau, die ihn herausfordernd anlächelte. Jeremias lächelte zurück, aber als die Frau nach seiner Hand greifen wollte, um ihn in eine Gasse zu ziehen, schüttelte er sie ab. Sein Plan duldete keinen Aufschub. Er gab ihr einige Münzen und schritt weiter aus.

Auf dem Marktplatz angekommen, hielt er auf das Haus des Bürgermeisters zu. Er hatte es anhand der Beschreibungen des Kutschers sofort ausgemacht. Er zupfte seine Jacke zurecht, nahm den Hut ab und strich sich das feuchte Haar aus der Stirn. Zwei junge Frauen, die aus dem Nachbarhaus heraustraten, beäugten ihn mit unverhohlener Neugier. Er lächelte ihnen kurz zu, dann klopfte er an die Tür, die schon Augenblicke später geöffnet wurde.

Vor ihm stand kein Bediensteter, sondern eine junge Frau in Trauerkleidung. Üppiges rotes Haar umrahmte ihr blasses Gesicht. Ihre grünen Augen starrten ihn misstrauisch an.

Ihre eigentümliche Schönheit irritierte Jeremias, sie zog ihn magisch an. Formvollendet verbeugte er sich vor ihr. »Ich möchte den Herrn des Hauses in einer dringenden Angelegenheit sprechen, Mademoiselle.«

»Wen darf ich melden?« Ihre Stimme war wärmer, als er erwartet hatte.

»Mein Name ist Jeremias von Strasshof.«

»Folgen Sie mir, mein Bruder ist oben in seinem Zimmer.«

Während Jeremias hinter ihr die Treppe hinaufstieg, bemerkte er, wie zart und zerbrechlich die junge Frau war. Jeder Schritt schien ihr Mühe zu bereiten. Sie war wie ein Schatten, der durch dieses Haus huschte und sich lautlos zwischen all den Möbelstücken, den Wandteppichen und den Gemälden, die das Haus bis in den letzten Winkel füllten, bewegte.

* * *

Thomas Weinreiß faltete einige Kleidungsstücke zusammen, die er auf dem Bett in seinem Zimmer ausgebreitet hatte, und legte sie in seinen Koffer. Am nächsten Tag würde er wiederum in Erbschaftsangelegenheiten verreisen müssen. Er hoffte, dass es das letzte Mal sein würde. Und dann? Zurück nach Hamburg? Nach der Begegnung mit Flora Mentis hatte er plötzlich keine Eile mehr. Sie gefiel ihm, wie ihm nie zuvor eine Frau gefallen hatte. Und mit einem Mal war er sich ganz sicher: Die Hamburgerin Caroline, die ihn zum Mann wollte, würde er niemals heiraten.

Gerade hatte er den Deckel des Koffers geschlossen, als es klopfte und Dorothea unaufgefordert ins Zimmer trat.

»Besuch für dich«, sagte sie, ohne ihn auch nur eines Blickes zu würdigen. Und ebenso schnell, wie sie hereingekommen war, war sie auch wieder verschwunden.

Er sah zur Tür, wo Strasshof stand, und wartete, bis er hereingebeten wurde. Und obwohl es ihm nicht leichtfiel, versuchte Thomas, sich seine Verwunderung nicht anmerken zu lassen. Kühl sah er dem ungebetenen Gast entgegen und hatte nur einen Wunsch: Dieser Mann sollte so schnell wie möglich wieder verschwinden. »Was kann ich für Euch tun, mein Herr?«, fragte er, um einen gleichgültigen Tonfall bemüht.

Strasshof trat in den Raum und blieb vor Thomas stehen. »Wir sind uns in Köln im Verlagshaus Corvinus begegnet, nicht wahr, Monsieur Weinreiß? Ich erinnere mich noch sehr gut daran.« Er kniff die Augen zusammen. »Es war eine ganz und gar unerfreuliche Begegnung. Doch ich bin bereit, diesen unangenehmen Disput zu vergessen. Er hat für mich nie stattgefunden.« Strasshof sah auf seinen Hut und strich sachte über die Pfauenfeder. »Zweifellos seid Ihr überrascht, dass ich Euch aufsuche«, fuhr er fort. »Nun, ich bin gekommen, um Euch ein überaus großzügiges Angebot zu unterbreiten. Ihr seid der Besitzer des Zennigshofs in Rhöndorf. Und ich möchte Euch diesen Hof abkaufen.« Er nannte Thomas einen ungewöhnlich hohen Kaufpreis.

Thomas sah ihn mit ausdrucksloser Miene an. »Warum sollte ich auf das Angebot eingehen und ausgerechnet Euch meinen Hof verkaufen?«

Strasshof lachte. »Weil jeder vernünftige Mensch es tun würde.« Mit einer geschmeidigen Bewegung strich er sich das schwarze Haar aus der Stirn. »Ich will Euch meine Gründe nennen«, sagte er. »Da ich der Verwalter des Beueler Bischofshofs bin, habe ich die Absicht, weitere Winzerhöfe zu erwerben. Der Wein des Zennigshofs in Rhöndorf ist der beste. Mein Urteil sollte Euch schmeicheln. Ich lege nämlich den allergrößten Wert darauf, nur das Beste zu bekommen!«

Thomas sah das Flackern in seinen Augen. Aber er spürte auch seine Unsicherheit. »Nun«, entgegnete er, »ich habe keineswegs die Absicht, den Zennigshof zu verkaufen. Und wenn ich sie hätte, dann sicher nicht an Euch. Und nun entschuldigt mich, ich habe wichtige Dinge zu erledigen. Ich werde morgen geschäftlich verreisen, denn im Gegensatz zu Euch muss ich arbeiten.« Damit wandte er sich ab und ging zu seinem Koffer hinüber.

»Es geht Euch gar nicht um den Hof, Monsieur«, erwiderte Strasshof spitz. »Wie ich aus zuverlässiger Quelle erfahren habe, geht es Euch vor allem um Flora Mentis, die hübsche Tochter des Pächters. Sie muss Euch sehr viel bedeuten, dass Ihr mein außerordentlich großzügiges Angebot so einfach ablehnt.«

Thomas wandte sich um, sah das triumphierende Lächeln in Strasshofs Gesicht. Doch er hatte nicht die Absicht, sich von ihm herausfordern zu lassen. »Verlasst auf der Stelle das Haus«, sagte er mit schneidender Stimme, »und lasst Euch hier nie wieder blicken!«

* * *

Jeremias machte auf der Stelle kehrt und verließ den Raum. Er verstand die Welt nicht mehr. Er war sich seiner Sache so sicher gewesen. Er war davon ausgegangen, dass der Zennigshof bald ihm gehören und dass er Fürstenberg sofort den besten Wein liefern können würde. Aber sein Plan war nicht aufgegangen. Niedergeschlagen und mit gesenktem Kopf stieg er die Treppe hinab. Die Stufen knarrten bei jedem Schritt. Unten in der Diele hob er den Kopf und sah Dorothea Weinreiß vor sich stehen. »Ich habe nichts erreicht, Madame«, sagte er. »All meine Hoffnung ist dahin.«

Sie trat auf ihn zu. »Bei meinem Bruder werdet Ihr nie etwas erreichen«, flüsterte sie. »Er ist ein Scheusal!«

Jeremias hob verwundert die Augenbrauen. Solche Worte aus dem Mund der Schwester verwirrten ihn.

Sie legte eine Hand auf seinen Arm. »Sagt mir, was dort oben geschehen ist!«

Jeremias berichtete ihr von seinem fehlgeschlagenen Plan, und er spürte, dass er in dieser schönen Frau eine Verbündete gegen Thomas Weinreiß hatte.

»Ich hoffe, dass mein Bruder bald von hier verschwindet«, sagte sie leise. »Seine Braut in Hamburg schreibt ihm unentwegt Briefe. Soeben ist wieder einer eingetroffen.«

Jeremias konnte sein Glück kaum fassen. Er sah sie an. Was für eine wunderbare Frau sie doch war. Und nicht nur das – für ihn war sie die Schicksalsgöttin Fortuna. »Gebt mir diesen

Brief«, raunte er, »und ich werde dafür sorgen, dass Euer Bruder das Rheinland für immer verlässt.«

Dorothea Weinreiß ging zu einem kleinen Tisch, nahm einen zusammengefalteten und mit einem Siegel versehenen Bogen, der auf einem silbernen Tablett lag, und reichte ihn ihm. »Und was bekomme ich dafür?« Ihre schönen grünen Augen glänzten.

Jeremias steckte den Brief ein, ergriff ihre Hand und küsste diese. »Alles, was Ihr wollt, meine Liebe! Ich werde Euch jeden Wunsch erfüllen, soweit es in meiner Macht steht.«

Sie entzog ihm sanft ihre Hand. »Ich will fort von hier, fort aus diesem Haus, für immer!«

»Nun«, entgegnete Jeremias, »dann werde ich dafür sorgen, dass Ihr Euer Leben künftig am kurfürstlichen Hof in Bonn verbringt. Eine Frau wie Ihr ist für ein Leben als Hofdame wie geschaffen.« Wieder nahm er ihre Hand und küsste diese. »Ihr könnt Euch auf mein Wort verlassen.«

Auf der Fahrt zurück zum Bischofshof dachte Jeremias an die Begegnung mit Dorothea Weinreiß und malte sich aus, wie er vorgehen würde. Gleich nach seiner endgültigen Rückkehr ins Bonner Schloss würde er sie zu sich holen und sie zu seiner Geliebten machen. Er fasste in seine Jackentasche und lächelte zufrieden. Ja, da war der Brief, die Waffe gegen Thomas Weinreiß. Er wollte Rache, nichts als Rache. Denn dieser hochmütige Mensch hatte nicht nur den Verkauf des Weinguts abgelehnt, er hatte ihn schon im Salon des Verlegers in Köln seine Geringschätzung spüren lassen, die ihn zutiefst verletzt hatte. Thomas Weinreiß glaubte, ihm überlegen zu sein, doch mit diesem Brief hatte er ihn in der Hand. Und auch Flora Mentis sollte erkennen, dass der junge Weinreiß ein Lügner und Betrüger war. Entspannt lehnte Jeremias sich in sein Polster zurück, schloss die Augen und schlief ein. Plötzlich ließen ihn laute Stimmen aufschrecken, ein gellender Schrei ließ ihn erschauern.

Er befahl dem Kutscher, sofort anzuhalten. Als er ausgestiegen war, sah er in unmittelbarer Nähe am Wegesrand eine Frau, die mit aller Kraft versuchte, sich aus der Umklammerung zweier Männer zu befreien. Sie schrie und schlug wild um sich. Ihr Kleid war zerrissen.

Jeremias hatte keinen Zweifel daran, was die Schurken mit ihr vorhatten. Ohne zu zögern, rannte er auf die Männer zu, zog seinen Degen und schrie: »Lasst sie auf der Stelle los, sonst war das die letzte Frau, die Ihr in Eurem elenden Leben zu Gesicht bekommen habt!«

Die beiden zerlumpten Gestalten starrten ihn mit schreckgeweiteten Augen an, dann rannten sie davon. Jeremias blickte ihnen angewidert nach. Was waren das nur für verrohte Kreaturen! Er ging zu der Frau hinüber, die zusammengekauert dasaß. Er beugte sich zu ihr hinunter. Sie hob den Kopf und sah ihn dankbar an. Ihre nackten Brüste hielt sie mit den Fetzen des Kleides notdürftig bedeckt.

»Geht jetzt nach Hause«, sagte er ruhig. »Sie werden Euch nichts mehr tun.«

Die junge Frau schüttelte den Kopf. »Ich habe kein Zuhause mehr.«

Jeremias sah sie an. »Dann werde ich dich mitnehmen«, sagte er sanft und reichte ihr die Hand. »Wie heißt du?«

»Mariana«, flüsterte sie.

Kaum war die Kutsche angefahren, schmiegte sie sich an ihn, und Jeremias zog sie in seine Arme.

11

Pützchen, 8. September 1688

Schon in den frühen Morgenstunden machten sich Pilger aus allen Dörfern und Städten am Rhein zu der großen und bedeutenden Wallfahrt nach Pützchen auf, einem Wallfahrtsort in der Nähe der kurfürstlichen Residenzstadt Bonn.

Flora und ihr Vater hatten Pfarrer Trips angeboten, ihn bis zum Hafen im Ortsteil Mülheim auf dem Pferdewagen mitzunehmen. Dort standen Schiffe nach Oberkassel bereit. Von da aus ging die Wallfahrt dann auf einem Pilgerweg zu Fuß weiter bis nach Pützchen.

Während sie auf dem Fuhrwerk vor dem Pfarrhaus auf Trips warteten, blickte Flora zum Himmel hinauf. Kein Wölkchen war zu sehen. Sie nickte zufrieden. Weder Sturm noch Regen würden die Wallfahrt beeinträchtigen. Und das war sehr wichtig, denn da die Wirte und Weinbauern dort in diesem Jahr zum ersten Mal ausschenken durften, hatte sich auch ihr Vater um eine Lizenz bemüht. Auch wenn diese teuer gewesen war. Bei so vielen Pilgern sollte sich ein Stand auf jeden Fall bezahlt machen. Der immer zuverlässige Peter Zirwes würde für einen guten Lohn beim Ausschank mithelfen. Schon früh war er nach Pützchen gefahren, um den Stand vorzubereiten.

Um sich die Zeit des Wartens zu verkürzen, bat sie den Vater, ihr noch einmal die Legende von der heiligen Adelheidis zu erzählen, obwohl sie diese in- und auswendig kannte.

Er ließ sich nicht lange bitten. »Um das Jahr 1000 nach

Christi Geburt wurde das Rheinland von einer furchtbaren Dürre heimgesucht«, begann er. »Adelheidis verteilte Brot an die Hungrigen und stillte die Durstigen auf wundersame Weise. Sie stieß ihren Äbtissinnenstab in das staubtrockene Erdreich, Wasser sprudelte hervor, und die Not der Menschen hatte ein Ende. Später wurde an dieser Stelle ein Brunnen, ein Pützchen, errichtet, und die Wallfahrt zu diesem heiligen Ort begann. Da Adelheidis auch Äbtissin in Köln und zudem dort verstorben war, nehmen besonders viele Kölner an der Adelheidis-Wallfahrt teil.«

Flora warf ihm einen liebevollen Blick zu. Sie wusste, dass es noch einen weiteren Grund gab, weshalb die Wallfahrt so beliebt war. Auf der Wiese neben der Kapelle und dem Brunnen fand in diesen Tagen ein großer Jahrmarkt statt. Nach dem frommen Bußgang und der inneren Einkehr durften es sich die Pilger auf dem Markt so richtig gut gehen lassen.

»In früheren Zeiten wurden auf Pützchens Markt ausschließlich gebrauchte Waren feilgeboten«, fuhr der Vater fort. »Aber jetzt gibt es zumeist nur noch neuwertige Erzeugnisse für den täglichen Gebrauch. Gerade Pilger aus den kleineren Orten am Rhein wie wir schätzen dieses Angebot ganz besonders. Du weißt es ja, wir können dort Dinge kaufen, die wir zu Hause nicht bekommen.«

Flora blickte zum Pfarrhaus hinüber. Endlich öffnete sich die Tür und Trips erschien auf der Schwelle. Langsam schritt er über den schmalen Weg dem Ausgang des Pfarrhofs zu. Er trug eine schwarze Soutane, ein goldenes Kreuz hing an einer Kette um seinen Hals. Flora runzelte die Stirn. Warum sah er so missmutig aus? An solch einem Tag musste man doch einfach nur fröhlich sein! Erst als Trips den Wagen erblickte, hellte sich seine Miene etwas auf. Laurenz, der den Wagen lenkte, half ihm beim Aufsteigen. Leise stöhnend ließ sich der Pfarrer Flora gegenüber neben dem Vater nieder.

»Freut Ihr Euch denn gar nicht auf die große Wallfahrt, Herr Pfarrer?«, fragte Flora.

»Wallfahrten sind meine Sache nicht«, antwortete er brummig. »Als Pfarrer des Ortes muss ich mich, ob ich will oder nicht, mit dem Honnefer Kirchenvolk auf den Weg machen.« Er lehnte sich zurück. »Ich habe schon immer eine tiefe Abneigung gegen Wallfahrten gehegt. Ich halte sie für reine Vergnügungsreisen, die keineswegs der religiösen Erbauung dienen. Statt mit Reue und Andacht auf dem Pfad der inneren Einkehr zu wandeln, treiben sich die zügellosesten Männer und Weiber am Wegesrand hinter den Büschen herum. Und das Ergebnis zeigt sich dann nach neun Monaten. Jahrmärkte mag ich schon gar nicht«, entgegnete er. »Da wird den Menschen von betrügerischen Kaufleuten und Dieben nur das Geld aus der Tasche gezogen.« Er schnaubte ungehalten.

Flora konnte seinen Unwillen nicht verstehen. Wie auf jedem Jahrmarkt wollen die Menschen auch auf Pützchens Markt unterhalten werden, dachte sie. Daher fand sich fahrendes Volk ein, Spielleute und Bänkelsänger, Menschen, die ihr täglich Brot auf Jahrmärkten verdienten. Trips hatte recht, wo viele Menschen zusammenkamen, trieb sich auch gern Gesindel herum. Und so gab es nicht wenige Diebe und Taschendiebe auf Pützchens Markt. Für Ruhe und Ordnung während des Markttreibens sorgten die Kugelschützen, die an ihrer auffälligen Kleidung gut zu erkennen waren. Sie trugen knielange Jacken, ihre Kopfbedeckung bestand aus einem bis zur Schulter herabreichenden Tuch, das mit farbigen Bändern geschmückt war.

Flora versuchte Trips aufzuheitern. »Die Wallfahrt nach Pützchen ist für mich einer der Höhepunkte des Jahres«, sagte sie. »Sie bringt so viele Menschen zusammen, und nach der Messe genießen alle den großen Jahrmarkt. So manches Paar hat sich gefunden, schon viele Ehen wurden hier gestiftet.«

Trips seufzte. Dann griff er in seine Soutane, zog ein Blatt hervor und reichte es ihr. »Dies hier wird Euch gefallen, es ist ein besonders schöner Pilgerzettel. Er wurde für die heutige Wallfahrt gedruckt.«

Dankend nahm Flora das Papier entgegen und vertiefte sich in die Abbildungen. Mit großen Augen sah sie auf die heilige Adelheidis. Erhaben und königlich erschien sie ihr, ganz so wie die heilige Maria, die Muttergottes selbst. Und gleich Maria war Adelheidis in einen kostbaren Mantel gehüllt und trug eine Krone auf dem Haupt. Diese hoheitsvolle Figur der Heiligen umgaben kleine Szenen, die allesamt Wunderheilungen von Blinden, Lahmen und Aussätzigen bezeugten.

Flora las die Texte aufmerksam. Plötzlich lachte sie laut auf und sah zu Trips und ihrem Vater.

»Das hier soll der Bertram Hinz aus Rommersdorf sein? Hört euch das an, was hier steht. Er hatte ein lahmes Bein. Dreimal ist er in den Brunnen gestiegen, dann konnte er wieder laufen.« Belustigt schüttelte sie den Kopf. »Der Bertram Hinz übertreibt oft und gern. Aber vielleicht stimmt es ja.«

Einen weiteren Zeugenbericht einer Wunderheilung las Flora allen laut vor. »Eine Bäckersfrau aus Königswinter hatte so schwache Augen, dass sie schon fast blind war. Das Wasser des heilkräftigen Brunnens hatte sie wieder sehend gemacht.«

Trips hörte sich das alles schweigend an. »Anders als die meisten meiner Mitbrüder des geistlichen Standes tue ich mich schwer, an solche Wunderheilungen zu glauben«, sagte er dann. »Für mich können nur Gebet und fester Glaube Wunder bewirken.«

Laurenz wandte sich auf dem Kutschbock um. »Und ich vertraue nur der medizinischen Kunst, nicht der Quacksalberei und dem Aberglauben. Deshalb nehme ich auch nicht an der Wallfahrt teil.« Kurz darauf erreichten sie Mülheim und verabschiedeten sich von Laurenz, der zum Hof zurückfahren würde.

* * *

Nach etwas über einer Stunde erreichten die Rhöndorfer und Honnefer Pilger glücklich die Kapelle und den Brunnen am Wallfahrtsort. Trips hatte die Schar der Gläubigen angeführt. An seiner Seite war ein junger Mann gegangen, der das große Kreuz getragen hatte. Mit lauter Stimme hatte Trips die Gebete gesprochen und die Wallfahrtslieder – wie er zugeben musste, eher schlecht als recht – angestimmt. Daher war er froh gewesen, dass Flora hinter ihm ging. Mit Wonne hatte er ihrer glockenhellen Sopranstimme gelauscht und sich besonders darüber gefreut, sein Lieblingslied zu hören.

Ave Maria zart
du edler Rosengart
Lilien weiß ganz ohne Dornen:
Ich grüße dich zur Stund
mit Gabrielis Mund
Ave die du bist voller Gnaden.

Trips sprach nun noch ein Gebet und erteilte der Pilgerschar den Segen. Dann schritt er geradewegs auf die Kapelle zu. Ein Ordensbruder der Karmeliter, die die Wallfahrer betreuten, stieg gerade die Stufen zu dem kleinen Gotteshaus hinauf. Trips folgte ihm, nachdem er festgestellt hatte, dass er den Bruder kannte. Er hatte im vergangenen Jahr am wundertätigen Brunnen einen anregenden theologischen Disput mit ihm geführt. Albrecht hieß er, und Trips bewunderte ihn. Er ahnte, wie viel Arbeit und Mühe es bedeutete, alljährlich eine so große Zahl von Pilgern zu betreuen. Trips betrat gerade die

Kapelle, da wandte sich der kleine, rundliche Mann um. Als er Trips erkannt hatte, kam er lächelnd auf ihn zu und reichte ihm die Hand. Nun schritten beide betend und mit gesenkten Häuptern auf den Altar zu. Dort stand das kostbare, mit Gold und Edelsteinen verzierte Reliquiar, das die Gebeine der Heiligen Adelheidis enthielt. Nach Andacht und Gebet gingen sie zu einem der fast bis zum Boden reichenden seitlichen Fenster und sahen hinaus.

Die Pilger drängten sich nach und nach um den Brunnen. Es waren zahlreiche Gebrechliche darunter, die sich nur auf Krücken fortbewegen konnten. Einige wurden in Karren gefahren. Auffallend groß war die Zahl der Blinden, die zur Heilquelle geführt wurden. Der Ordensbruder und Trips beobachteten die Menschen eine Weile schweigend.

Schließlich schüttelte Trips den Kopf und seufzte. »Ich bewundere Euch, lieber Bruder, wie Ihr es schafft, die Ruhe zu bewahren. Jedes Jahr aufs Neue, und es scheint, Ihr freut euch sogar darüber, dass die Menschen in solchen Scharen zur Wallfahrt kommen.«

Bruder Albrecht nickte, und dabei erschien ein feines Lächeln auf seinem Gesicht.

»Ihr habt recht«, sagte er. »Für mich stehen die Gläubigen dort draußen für das Gottesvolk, welches das Heil sucht, nach Erlösung strebt. Die Menschen, die Ihr dort seht, sind so verschieden, es sind Kranke und Gesunde, Junge und Alte, Reiche und Arme. Doch sie eint der Glaube an den Allmächtigen, den Schöpfer des Himmels und der Erde. Gott liebt sie alle und hat Wohlgefallen an ihnen. Ist das nicht wunderbar?« Bruder Albrecht räusperte sich, dann sah er mit mildem Lächeln auf Trips. »Ja, das ist immer wieder eine Herausforderung, vor so einer so großen Zahl von Menschen die Messe zu lesen. Aber ich werde sie auch in diesem Jahr bewältigen. Ihr werdet sehen. Und gerade jetzt ist es besonders nötig, den Menschen Mut zu machen, ihnen Hoffnung zu geben, ihr Gottvertrauen zu stärken.«

Trips sah ihn fragend an. »Ich kann Euch nicht ganz folgen. Warum sollte es jetzt nötiger sein als sonst?«

Die Miene des Mönchs verdüsterte sich. »Offenbar wisst Ihr es noch nicht?«

Trips schüttelte den Kopf. Und plötzlich überfielen ihn die schwärzesten Gedanken. Es konnte nur etwas ganz Entsetzliches sein. Wie Gespenster in einem bösen Traum drangen die Worte des Karmeliters an sein Ohr.

»Habt Ihr es noch nicht gehört? Die Franzosen sind auf dem Vormarsch, um wieder einmal die kurkölnischen Lande zu besetzen. Soldaten und Regimenter sind noch auf dem Weg, ein General und ein Festungsbaumeister sind bereits in Bonn eingetroffen.«

Trips wurde leichenblass. »Dann ist es also wieder so weit«, murmelte er, »es wird wieder Krieg geben. Aber werde ich noch die Kraft dazu haben, das Schlimmste zu verhindern?« Er wankte, er musste sich setzen! Bruder Albrecht führte ihn zu einer Bank und sah ihn besorgt an. Trips nickte ihm dankbar zu, dann erzählte er ihm, welches Grauen er einst durchlebt hatte.

»Im Jahre 1673, als die Franzosen gegen die Holländer Krieg führten, ist der französische General Turenne mit seiner Soldateska auch durch Honnef gezogen. Die Franzosen drohten mit Plünderungen und Brandschatzungen. Und ich darf sagen: Nur meinem Verhandlungsgeschick war es zu verdanken, dass der Ort verschont blieb. Keines der Häuser und ebenso wenig die Kirche St. Johann Baptist haben Schaden genommen.« Er schloss für einen Moment die Augen. »Und nun kommen die Franzosen wieder ins Land. Aber was auch geschieht, ich werde wieder versuchen, meinen Einfluss geltend zu machen, um das Schlimmste zu verhindern.«

Der Mönch sah Trips bewundernd an. »Ich muss nun nach draußen zu den Menschen gehen. Die heilige Messe beginnt gleich.« Er verneigte sich und ging hinaus.

* * *

Nach der Messe verließen die Wallfahrer nach und nach den Platz am Brunnen. Pützchens Markt war nun für alle Besucher geöffnet.

Flora, die noch immer neben ihrem Vater am Brunnen stand, sah sich suchend um. Während des Gottesdienstes hatte sie Agnes in der Nähe des Kapellenportals gesehen, aber jetzt konnte sie sie nirgends entdecken. Sie wartete noch einen kurzen Augenblick, dann nickte sie ihrem Vater zu, und beide gingen zum Stand, der am Rand der großen Festwiese aufgebaut war. Schon von Weitem sah sie, dass nicht wenige Menschen davorstanden. Hinter dem Schanktisch flitzte Peter Zirwes, der mit dem Ausschenken kaum nachkam, hin und her.

Flora sah ihren Vater an. »Komm, wir müssen uns beeilen, der arme Peter braucht dringend Hilfe!«

Gerade hatte sie Wein an einen jungen Bauernburschen ausgeschenkt, als sich ein älteres Ehepaar dem Stand näherte. Die Frau hielt sich am Arm ihres Mannes fest, sie setzte dabei vorsichtig Schritt vor Schritt. Der Mann holte einige Münzen aus seiner Tasche und bat Flora um einen Becher Wein. Während er ihn leerte, hielt die Frau den Kopf gesenkt und wischte sich mit einem kleinen Tuch über die Augen. Flora konnte ihr Gesicht kaum erkennen, es war fast völlig unter der großen Haube verborgen. Der Kleidung nach waren es vornehme Leute, und sie wirkten niedergeschlagen.

Der Mann bemerkte offenbar, dass Flora seine Frau musterte. »Sie hat schon lange ein Augenleiden«, erklärte er. »Das Brunnenwasser helfe ihr, nicht vollends zu erblinden, so sagt sie, und ich muss es glauben. Für mich ist die Wallfahrt nach Pützchen eine Tortur, aber wenn das Wasser meiner Frau hilft. Was soll ich tun?«

Die beiden verließen den Stand, und Flora blickte ihnen nach. Ihr tat die Frau leid, die wohl niemals mehr richtig würde sehen können. Wenn sie daran glaubte, warum sollte ihr das Wasser nicht helfen? Manche hielten die Wunderheilung durch das Wasser des Brunnens für Unsinn, so wie ihr Bruder Laurenz.

An ihrem Stand war es inzwischen etwas ruhiger geworden. Als Flora gerade einen der Becher reinigte, tauchte Agnes neben ihr auf. An sie hatte Flora schon gar nicht mehr gedacht.

»Hab ich einen Durst!«, stöhnte die Freundin. »Ich bin schon eine ganze Weile auf dem Markt unterwegs und hab noch gar nichts getrunken.«

Flora schenkte ihr einen Becher Wein ein. »Warum bist du nicht schon früher gekommen?«, fragte sie.

»Bin ich doch«, erwiderte Agnes. »Ich war schon ein paarmal hier, aber du warst immer so beschäftigt, dass ich wieder losgezogen bin.« Sie stemmte eine Hand in ihre Hüfte und fuhr augenzwinkernd fort: »So hab ich mich eben allein belustigen müssen. Aber jetzt komm endlich mit!«

Flora lächelte. Ihre Freundin sah einfach hinreißend aus in ihrem veilchenblauen Kleid mit dem Spitzenkragen, das sich eng an ihren rundlichen Körper schmiegte. Sicher hatten schon einige junge Männer auf dem Markt ein Auge auf sie geworfen. Flora musste es zugeben: Im Gegensatz zu ihr tat sich Agnes leicht mit solchen Dingen. Und plötzlich musste sie an Thomas Weinreiß denken. Wann würde sie ihn wohl wiedersehen?

Agnes trat hinter den Schanktisch und zupfte Flora ungeduldig am Ärmel. »Komm jetzt endlich mit. Ich habe schon eine Runde gedreht, bin einmal von Stand zu Stand gegangen. Ich hab mir alles angeschaut, was es hier so gibt.«

Flora gab ihrem Vater Bescheid, dann schlenderten sie Arm in Arm los. Als Flora sich noch einmal umdrehte, sah sie, dass sich an ihrem Ausschank schon wieder eine Warteschlange gebildet hatte.

»Komm jetzt«, drängte Agnes, die offenbar Floras besorgte Blicke bemerkt hatte. »Die beiden Männer werden das schon allein schaffen. Worauf hast du Lust, sollen wir tanzen gehen?«

Soeben waren sie am Tanzboden vorbeigekommen und hatten einige gut aussehende Männer gesehen. Sicher würden sie sich über zwei hübsche Tanzpartnerinnen freuen.

Flora schüttelte den Kopf. »Ich will als Erstes zum Stand des Tuchhändlers aus Hückeswagen«, sagte sie. »Bei ihm habe ich im letzten Jahr schon eingekauft. Die Qualität seiner Stoffe ist ganz hervorragend. Vater brauchte dringend eine neue Jacke.«

Es dauerte nicht lange, bis sie an der Überdachung eines Standes die Aufschrift *Feine Tuchwaren aus Hückeswagen, Fabrikation Erasmus Selbach* entdeckt hatte. Einige Frauen wurden bereits bedient, andere warteten darauf, beraten zu werden. Zu den Letzteren gehörten zwei Kölner Patrizierinnen, die durch ihre exquisite Garderobe Aufsehen erregten. Flora hörte, wie hinter ihr über die beiden getuschelt wurde.

»Jetzt sieh dir mal diese Kölnerinnen an, die haben sich aber herausgeputzt für die Wallfahrt. Röcke aus schwarzer Atlasseide und aufwendig gefertigte Hauben! Und dann erst die auffälligen Kreuze, die sie um den Hals tragen, aus reinem Gold!«

Eine ebenso gehässige Antwort ließ nicht lange auf sich warten. »Und da kommen sie wahrhaftig zu uns nach Pützchen und kaufen den Marktstand des Tuchhändlers leer, schnappen uns die feinen Stoffe weg, als ob es in ihrer Stadt nichts gäbe. Sie sollen gefälligst bleiben, wo sie herkommen!«

Flora drehte sich wütend um. Sie konnte das Geschwätz nicht länger ertragen. Aber die boshaften Weiber, die sich so abfällig geäußert hatten, waren bereits in der Menge verschwunden.

Die Kölner Patrizierinnen gingen weiter, nun kamen Flora und Agnes an die Reihe. Ein mittelgroßer Mann mit grauem Backenbart nickte ihnen zu. Er trug einen nach der neuesten Mode gearbeiteten Anzug aus feinstem Tuch. Flora erkannte den Tuchhändler, der sie schon im letzten Jahr bedient hatte, wieder.

»Womit kann ich den Damen dienen?«, fragte er freundlich. Fachmännisch musterte er ihre Kleidung.

»Ich hätte gern einen Wollstoff für eine Herrenjacke für die kalte Jahreszeit«, gab Flora ebenso freundlich zurück.

Der Tuchhändler nickte und wies auf einige Stoffballen, die in seiner Nähe auf dem Tisch lagen. »Das hier ist eine sehr gute Qualität.« Er legte sie zur Auswahl nebeneinander und bat Flora, die feine Ware mit ihren Fingern zu prüfen. Es dauerte nicht lange, und sie hatte sich für einen Stoff entschieden. Doch er war teurer, als sie gedacht hatte.

»Ich habe leider nicht genügend Geld bei mir«, sagte sie bedauernd.

»Ich lege den Stoff für Euch zurück«, bot der Tuchhändler an. »Ihr könnt ihn, solange der Markt geöffnet ist, jederzeit abholen und bezahlen.«

»Das werde ich«, entgegnete sie erleichtert.

Dann setzten Flora und Agnes ihren Rundgang fort. Sie wanderten von einem Stand zum anderen, bewunderten die Gewänder vornehmer Damen und lachten über die Kleider wenig vornehmer Weiber. Gebannt sahen sie eine Weile einem Jongleur zu, der eine schier unübersehbare Anzahl von Bällen durch die Luft kreisen ließ und sein Kunststück mit einem akrobatischen Salto beendete.

Kaum waren sie weitergegangen, kam ihnen eine Gruppe von Musikanten entgegen, die auf dem Weg zum Tanzboden waren, um dort aufzuspielen. Agnes sah ihnen wehmütig nach, aber Flora, die immer noch nicht zum Tanzen aufgelegt war, zog sie schnell weiter. An einem der Stände wurde frisch gebackenes Brot verkauft. Sie mussten eine Weile dafür anstehen, aber das Warten lohnte sich. Das Brot schmeckte ausgezeichnet, und es hob Agnes' Stimmung. Kauend schlenderten sie weiter.

Von der Mitte des Platzes aus kam ihnen ein junger Mann entgegen, der die Uniform und die Kopfbedeckung eines Kugelschützen trug.

»Grüß dich, Albert«, sagte Agnes. »Was für eine flotte Mütze!«

Albert grinste. »Schade, ihr beiden Hübschen! Ich bin gerade zu einer Prügelei gerufen worden, wo ich für Ordnung sorgen muss.« Damit eilte er davon.

Floras Blick fiel auf einen Mann, der einen großen Korb auf dem Rücken trug.

Agnes, die den Mann ebenfalls bemerkt hatte, raunte Flora zu: »Schau dir den an. Gewiss hat er sich für die nächsten Monate mit Waren eingedeckt. Wahrscheinlich hat er sein ganzes Geld ausgegeben, denn er sieht nicht gerade glücklich aus.«

Flora stutzte, als sie sah, dass der Mann ängstliche Blicke in alle Richtungen warf. Irgendetwas stimmte nicht mit ihm! Sicher hatte er den Korb gestohlen und hatte nun Angst, entdeckt zu werden. Plötzlich hob er ihn von seinem Rücken und setzte ihn ab. Er öffnete den Deckel und blickte hinein. Aus dem Inneren war ein Wimmern zu hören. Der Mann wollte sich schnell davonmachen. Flora war mit einem Satz bei ihm und packte ihn am Arm. Als sie in den Korb hineinsah, konnte sie es kaum glauben. Auf einer Decke lag ein Säugling, der nun aus Leibeskräften zu schreien begann.

»Was fällt Euch ein! Wolltet Ihr Euer Kind hier einfach zurücklassen?«, herrschte Flora den Mann an.

Einen Moment stand er da wie gelähmt und starrte auf das Kind. Dann riss er sich auf einmal los und lief davon. Er kam jedoch nicht weit. Einige Marktbesucher packten ihn und hielten ihn fest. Flora nahm den Säugling auf den Arm und beruhigte ihn.

Aus der Menge eilte eine Frau auf sie zu. »Mein Sohn, mein Sohn, sie hat meinen Sohn gestohlen!«, schrie sie, zeigte auf Flora und versuchte, ihr den Säugling zu entreißen.

Flora blieb ruhig, übergab ihr das Kind und wies auf den Mann, den sie als den Dieb entlarvt hatte. Mit ruhigen Worten erklärte sie der Mutter, was geschehen war. Während der Dieb wild um sich schlug und versuchte, sich aus der Umklammerung mehrerer Männer zu befreien, blickte Flora in die Runde der Schaulustigen und forderte sie auf, endlich einen Kugelschützen zu holen. Kurze Zeit darauf kam Albert angerannt, und Flora berichtete ihm, was vorgefallen war. Der Kinderdieb wurde festgenommen und abgeführt.

Die Mutter trat vor Flora hin und sagte so laut, dass es alle hören konnten: »Ihr seid eine gute und mutige Frau, Ihr kennt die Angst, die jede Mutter hat, wenn ihr ein Kind abhandenkommt. Gott schütze Euch!« Sie legte ihr den Säugling, der in ihren Armen eingeschlafen war, zurück in den Korb, setzte diesen auf den Rücken und ging davon.

Flora sah ihr nach. Sie konnte die Not der Frau gut nachempfinden, auch wenn sie selbst kein Kind hatte. Noch nicht ...

Agnes und Flora streiften weiter über Pützchens Markt. Dabei redete Agnes fortwährend auf Flora ein. Was für eine Heldin sie sei und dass der feige Kinderdieb ein Leben lang hinter Schloss und Riegel gehöre! Flora hörte sich das muntere Geplapper der Freundin heute besonders gern an. Wie sehr würde sie es vermissen, wenn Agnes erst in Bonn lebte, um den Haushalt des Richters zu führen!

Sie waren auf dem Rückweg zum Stand des Zennigshofs,

als ganz in ihrer Nähe eine laute Stimme ertönte. Wenig später folgte schallendes Gelächter.

Agnes sah Flora an. »Lass uns erst noch dahin gehen«, bettelte sie. »Bestimmt gibt's da was Lustiges zu hören und zu sehen. Das wäre doch ein schöner Abschluss für unseren Spaziergang über den Jahrmarkt. Dann will ich zufrieden sein.«

Flora konnte ihrer Freundin diese Bitte nicht abschlagen. Und so folgten sie der lauten Männerstimme, die vom Ende einer der Budengassen herkam. Ein kräftiger Mann mit einem riesigen Hut stand dort auf einer Bank. Mit weit ausgreifenden Gesten und wohl einstudierter Mimik trug er etwas vor. Dabei zeigte mit einem Stock auf eine Zeichnung, die an eine Tafel geheftet war. Es war eine Darstellung in einer Reihe von Abbildungen, mit deren Hilfe der Mann seine Geschichte eindrücklich illustrierte. Der Bänkelsänger war bereits beim letzten Bild angekommen. Eine sterbende Frau lag in einem breiten Bett, ein Messer steckte in ihrer Brust, Blut quoll aus der Wunde. Ihr Mörder hatte sich über sie gebeugt und lachte triumphierend. Dieser Ausgang der Geschichte ergötzte die Zuschauer sichtlich.

Während sie heftig applaudierten, fiel Floras Blick auf einen kleinen Jungen, der am Fuß des Bänkchens saß. Mit ausdrucksloser Miene starrte er auf die johlende Menge. Flora nahm an, dass das der Sohn des Bänkelsängers war, und sie stellte sich vor, wie das Leben dieses Kindes wohl aussehen mochte. Er musste mit seinem Vater über die Jahrmärkte ziehen und hörte Tag für Tag nur schauerliche Geschichten. Bevor sie weiter über das Schicksal dieses Jungen nachdenken konnte, stand dieser auf, nahm seinen Hut und ging herum, um das Geld für die Vorstellung einzusammeln.

Flora kehrte zum Stand zurück. Sie konnte den Vater und Peter Zirwes nicht länger allein lassen. Sie freute sich, als sie Pfarrer Trips davorstehen sah. Neben ihm stand ein Mann, der ihm zuprostete. Als sie nähertrat, stellte er sie einander vor. »Diese junge Frau ist die Winzerin Flora Mentis vom Zennigshof, und das ist der Kölner Verleger Ferdinand Corvinus.«.

Corvinus sah Flora überrascht an. »Seid Ihr nicht die junge Frau, die den Kinderdieb überführt hat? Ich habe alles mit angesehen. Ich darf Euch gratulieren, Ihr habt die Sache großartig gemeistert.«

12

Nach seiner Reise an die Mosel kehrte Thomas ins Weinreiß'sche Haus am Bonner Markt zurück. Auf seinem Weg hatte er erfahren, was mittlerweile geschehen war, und so wunderte er sich nicht, überall in der Stadt französische Soldaten zu sehen. Dennoch war er froh, wieder in Bonn zu sein. Die Gespräche mit den Pächtern waren mühevoll, aber von Erfolg gekrönt gewesen. Schon morgen in aller Frühe wollte er sich nach Rhöndorf aufmachen, um die Mentis über die Lage im Rheinland in Kenntnis zu setzen. Vor allem jedoch wollte er eines: Er wollte Flora wiedersehen.

Während er seinen Koffer auspackte, hörte er Schritte im Treppenhaus. Er nahm an, dass es Dorothea war, die ihn, wie jeden Tag um diese Stunde, aufforderte, zum Essen zu kommen. Als er gleich darauf die Tür öffnete, stand sie vor ihm.

»Wir haben Besuch«, erklärte sie. Dabei wirkte sie äußerst beunruhigt.

Thomas klappte den Deckel des Koffers zu. »Ich komme!«

Er trat kurz vor den Spiegel und strich sich das Haar glatt, dann folgte er seiner Halbschwester die Treppe hinunter. In der Diele standen drei Männer in Uniform. Thomas erkannte auf den ersten Blick, dass es französische Soldaten waren. Einer trug die Uniform eines Offiziers der Infanterie.

Er kam auf Thomas zu, verbeugte sich und sagte in gebrochenem Deutsch: »Monsieur! Isch bitte um Vergebung für unser Eindringen.«

Thomas schlug vor, ins Französische zu wechseln. Der Offizier lächelte dankbar. Dann erklärte er ihm, weshalb sie hier waren. Er und die beiden Soldaten gehörten dem Infanterieregiment an, das in den nächsten Wochen und Monaten die kurfürstliche Residenzstadt Bonn zu einer wehrhaften Festung ausbauen sollte. Er warf einen Seitenblick auf die beiden Infanteristen, die ihm vom Rang her nachgeordnet waren. Dann wandte er sich noch einmal mit ausgesuchter Höflichkeit an Thomas: »Ich bin hierhergekommen, Monsieur, um Quartier in Eurem Hause zu nehmen, für mich und diese beiden Männer hier. Ich bitte Euch dringend, keinen Widerstand zu leisten. Es wird siebentausend Einquartierungen in Bonn geben. Nicht nur Euer Haus wird davon betroffen sein.«

Thomas sah kurz zu Dorothea hinüber, die ihn mit flehenden Blicken ansah. Dann wandte er sich ebenso höflich an den Offizier: »Ich weiß, dass ich dieser Bitte entsprechen muss.« Er zeigte auf eine Tür. »Euer Zimmer, Monsieur, ist dieser Raum. Ich lasse ihn sofort für Euch herrichten. Die beiden Soldaten werden im hinteren Teil des Hauses untergebracht. Und von Euch als Ehrenmann erwarte ich, dass Ihr dafür sorgt, dass niemand den oberen Stock des Hauses mit unseren Wohnräumen betritt.«

Der Offizier nickte, dann verließen die Soldaten das Haus, um ihr Gepäck zu holen. Thomas ging langsam die Treppe hinauf in sein Zimmer zurück. Er fragte sich, was jetzt geschehen und wie das alles enden würde. Und doch empfand er es als Wink des Schicksals. Er musste hierbleiben, abwarten, wie sich die Dinge entwickelten. Er konnte Dorothea und Tobias in diesen Zeiten nicht allein lassen. Und auch Flora und ihre Familie nicht. Flora war mutig. Sie würde versuchen, sich gegen jedermann zur Wehr zu setzen. Aber genau das könnte mehr schaden als nützen.

* * *

Franz Xaver Trips traute seinen Augen kaum. Ein kurzer Blick in das Kirchenschiff von St. Johann Baptist genügte, um festzustellen, dass die Kirche an diesem Morgen so gut wie menschenleer war. Kaum jemand war zur Frühmesse gekommen. Trips ahnte, warum das so war, und er hatte alle Mühe, vor dem Angesicht des Höchsten seinen Zorn darüber zu mäßigen. Statt sich in unruhigen Zeiten wie diesen noch stärker dem Glauben zuzuwenden, gaben sich die Menschen noch hemmungsloser ihren Trieben und Vergnügungen hin. Und heute hatte die pure Sensationslust die Honnefer schon im Morgengrauen in Scharen hinunter an den Rhein gelockt.

Seitdem die Franzosen Bonn besetzt hielten, machten wilde Gerüchte von Gräueltaten die Runde. Gerüchte, die allerdings so haarsträubend waren, dass sie gar nichts anderes als Lügengeschichten sein konnten. Jüngst war wieder eine solche in die Welt gesetzt worden, die nach seiner Ansicht zu nichts anderem dienen sollte, als die Menschen in Angst und Schrecken zu versetzen. Wahrhaftig hatte jemand behauptet, im Rhein bei Köln ein riesiges Ungeheuer gesehen zu haben, das nun schon seit Tagen brüllend und schnaubend rheinaufwärts schwamm. Dieses Untier konnte, so dachte man, nichts anderes sein als das Zeichen eines heraufziehenden Unglücks, eines drohenden Krieges. Die Menschen schwankten zwischen der unbezähmbaren Neugier, dieses Tier mit eigenen Augen zu sehen, und der Furcht, damit das Böse schlechthin, den Teufel, herauszufordern. Und gerade am heutigen Tag sollte dieses Riesentier an Honnef vorbeischwimmen.

Dummheit und Aberglaube waren etwas, das Trips zutiefst verabscheute. Und so ging er in seiner Predigt ausschließlich auf diese Geschichte ein. Das Ungeheuer im Rhein, so machte er den wenigen Anwesenden unmissverständlich klar, sei nichts als ein Hirngespinst, ein Trugbild, das nur in den Köpfen der Menschen existiere.

»Und diejenigen, die es gar als ein böses Omen, als ein Zeichen eines bevorstehenden Krieges sehen«, wetterte er von der Kanzel, »haben die Ursache des Krieges ganz und gar nicht verstanden. Kriege wurden und werden immer nur von Menschen selbst verursacht, und daher sind die Menschen die eigentlichen Ungeheuer auf dieser Erde. Die Gier nach Macht und irdischen Reichtümern lassen sie Gottes Gebote missachten. Sie rauben und morden ohne Furcht vor dem Jüngsten Tag, an dem sie für ihre Untaten gerichtet werden. Am allerschlimmsten sind die Menschen, die nur an sich selbst glauben, keine Verantwortung tragen wollen, die sich nur von ihrem eigenen Willen leiten lassen, die Gott und die heilige Kirche verachten. Ja, das sind die Verwerflichsten: diejenigen, die glauben, Gott überhaupt nicht zu brauchen.«

Flora, die allein zur Messe gekommen war, spürte, dass sie zunehmend wütender auf Trips wurde. Sie verstand nicht, wie er solche Dinge sagen konnte, warum er den Leuten Angst machte, statt ihnen Mut zuzusprechen. Und außerdem wollte sie nicht glauben, dass alle von Natur aus Ungeheuer waren. Niemand war das. Und auch wenn manch einer Gott nicht zu brauchen schien, wie etwa Thomas Weinreiß, der nie zur Messe ging, waren sie doch nicht alle verantwortungslos. Und er war es ganz sicher nicht! Er hätte den Hof verkaufen, ihre Familie einem ungewissen Schicksal überlassen können. Er hatte es aber nicht getan.

Auf ihrem Rückweg nach Rhöndorf dachte Flora immer noch über die Predigt nach, Trips' Worte ließen sie nicht los. Ganz besonders beunruhigte sie die öffentliche Verlautbarung, die der Pfarrer nach der Messe von der Kanzel herab verkündet hatte. Diese besagte, dass alle Bewohner Honnefs davon in Kenntnis gesetzt werden sollten, dass sich schon seit Tagen französische Infanterieregimenter in der kurfürstlichen Residenzstadt Bonn aufhielten. Flora fragte sich, was das zu bedeuten hatte. Vor allem machte sie sich Sorgen um ihren Bruder Laurenz. Als sie schließlich den Zennigshof erreicht hatte, sah sie den Vater vor dem großen Hoftor stehen. Sie bemerkte seine ernste Miene.

»Ist etwas geschehen?«, fragte sie.

»Ich habe gerade eine Nachricht erhalten. Laurenz ist in Bonn etwas zugestoßen. Er liegt im Hospital bei den Minoriten.«

Flora blickte den Vater bestürzt an. Sie zögerte keinen Augenblick. »Ich mache mich sofort auf den Weg.«

Flora stand auf der Rheinfähre, die gerade vom Beueler Ufer abgelegt hatte, und sah auf das Siebengebirge. Doch diesmal konnte sie sich an dem Anblick ihrer heimatlichen Berge nicht erfreuen. Die Gedanken kreisten in ihrem Kopf. Sie fragte sich, was mit Laurenz geschehen war, worauf sie sich gefasst machen musste. Sie hatte Gepäck mitgenommen, denn sie war fest entschlossen, so lange bei ihm im Hospital zu bleiben, bis er wieder ganz gesund war.

Als sich die Fähre dem Bonner Ufer näherte, wartete dort bereits eine Menge von Menschen auf die Überfahrt. Vor dem Krantor und im Bereich des Zollgebäudes waren zahlreiche Männer in Uniform zu sehen. Damit hatte Flora nicht gerechnet. Sie fragte sich, ob sie überhaupt in die Stadt hineinkommen würde. Nachdem die Fähre angelegt hatte, sah sie sich um. Sie musste jemanden fragen, ob er sie mit in die Stadt hineinnehmen würde. Im selben Augenblick hörte sie ihren Namen, und noch ehe sie sich darüber wundern konnte, stand Thomas Weinreiß vor ihr, der sich gerade auf den Weg nach Rhöndorf gemacht hatte. Flora verspürte grenzenlose Erleichterung. Ihn hatte der Himmel geschickt! Sie stellte ihr Gepäck ab und erklärte ihm, weshalb sie hier war.

Er hörte mit besorgter Miene zu. Dann nahm er ihr Gepäck: »Ich werde Euch selbstverständlich ins Hospital begleiten.«

Am Stadttor gelangten sie mit seinem Passierschein ohne Schwierigkeiten in die Stadt hinein. Hier bot sich Flora ein ungewohntes, beängstigendes Bild. Überall auf den Straßen und Gassen Bonns waren Soldaten unterwegs. Die Stimmung war äußerst angespannt. Während sie neben dem jungen Weinreiß herlief, ermahnte er sie, in Zukunft sehr vorsichtig zu sein. Es wäre nur eine Frage der Zeit, bis die Franzosen auf der Suche nach Nahrung auf die andere Seite des Rheins kommen würden.

Sie erreichten das Minoritenkloster, unter dessen Dach es neben dem Hospital und den Bereichen, die den Mönchen vorbehalten waren, eine Reihe von Wirtschaftseinrichtungen gab: ein Brauhaus, ein Schlachthaus und eine Backstube.

An der Pforte angekommen, zog Weinreiß mehrmals heftig die Klingel. Es dauerte noch eine ganze Weile, bis die Tür geöffnet wurde und ein kleiner, rotgesichtiger Klosterbruder erschien.

»Was fällt Euch ein, hier Sturm zu läuten, als ob ein Feuer ausgebrochen wäre!«, fauchte er ihn an.

Er wollte die Tür wieder schließen, doch Weinreiß stellte seinen Fuß auf die Schwelle. »Führt uns auf der Stelle in den Krankensaal zu Laurenz Mentis. Dies ist seine Schwester Flora, und ich bin sein Vormund Thomas Weinreiß!«

Bei dem Namen Weinreiß zuckte der Mönch zusammen. Flora wusste, warum. Der Name hatte hier Gewicht. Jakob Weinreiß hatte zeitlebens für dieses Kloster gespendet.

»Bitte tretet ein«, säuselte der Mönch in jetzt unterwürfigem Ton. »Ich fühle mich geehrt, ein Mitglied einer so bedeutenden Bonner Familie begrüßen zu dürfen. Ich bin Bruder Jodocus und werde Euch sogleich zu unserem Guardian Anton Wissingh geleiten.«

Sie folgten ihm durch einen Vorraum in einen lichten Kreuzgang, der den Blick auf den Klostergarten freigab. In der Mitte war ein Brunnen zu sehen, Rosensträucher säumten die Wege. Klosterbrüder, ins Gespräch vertieft, wandelten auf und ab.

Der Mönch zeigte auf den Turm der Kirche, der steil vor ihnen aufragte. »Es gibt keine prächtigere Kirche in Bonn als die Minoritenkirche, die dem heiligen Antonius von Padua geweiht ist.«

Zu Floras Überraschung bemerkte Thomas Weinreiß, dass er früher häufiger in dieser Kirche gewesen sei.

Der Minorit strahlte über das ganze Gesicht. »Dann kennt Ihr den Hochaltar, ist er nicht ein wahres Wunderwerk?«

Weinreiß nickte. »Dieser Altar wurde von Meisterhand geschaffen. Er zeigt das Heilsgeschehen auf einfühlsame Weise. Doch dieses mit allem Glanz und aller Pracht ausgestattete Gotteshaus zeigt nichts anderes als den Machtanspruch der katholischen Kirche.«

Bruder Jodocus, der dieses Urteil als Lob verstand, strahlte über das ganze Gesicht. Flora hatte den spöttischen Unterton bemerkt, und es wurde ihr klar, dass Thomas Weinreiß nicht die Dinge des Glaubens an sich ablehnte, sondern den Machtanspruch der Kirche.

Am Ende des Kreuzgangs gelangten sie zu einer Tür, die der Mönch nun öffnete. Sie traten in einen hohen Raum. An den Wänden hingen lebensgroße Bildnisse von Männern des geistlichen Standes. Es war die Porträtgalerie der Klostervorsteher. Im Hintergrund schraubte sich eine Treppe nach oben, und sie folgten dem Ordensbruder hinauf.

Im Obergeschoss blieb er schließlich vor einer breiten Tür aus dunklem Holz stehen. »Bitte wartet hier«, sagte er, zog die Tür auf und verschwand im Inneren des Raums.

Flora sah ängstlich zu Weinreiß hinüber. »Warum nimmt er uns nicht mit hinein?« Er nahm ihre Hand und drückte sie.

Der Bruder kehrte zurück. Er forderte jedoch nur Thomas Weinreiß auf einzutreten. »Frauen haben hier keinen Zutritt!«, erklärte er.

Weinreiß sah ihn kühl an. »Fräulein Mentis wird trotzdem mitkommen.« Er schob den Mönch beiseite, nahm Floras Hand und zog sie mit sich in den Raum.

Staunend sah Flora sich um. Sie befanden sich offensichtlich in der Bibliothek des Klosters. An drei Seiten standen Regale, die bis oben hin mit Büchern gefüllt waren. Durch eine Reihe von Fenstern fiel helles Licht herein. In der Mitte des Raums saßen an den langen Tischen einige Männer im Habit der Minoriten, die so sehr in ihre Lektüre vertieft waren, dass sie nicht einmal die Köpfe hoben, als Flora an der Seite des jungen Weinreiß an ihnen vorbeiging. Am Ende des Saals stand ein Lesepult, daneben ein Himmelsglobus, der auf dunklem Hintergrund eine unübersehbare Anzahl von goldenen Gestirnen zeigte.

An dem Pult stand der Klostervorsteher Anton Wissingh, der den beiden Ankömmlingen mit schräg gelegtem Kopf entgegensah. »Gut, dass Ihr gekommen seid«, sagte er und reichte ihnen die Hand. »Was Laurenz Mentis betrifft – es besteht kein Grund zur Beunruhigung. Das werdet Ihr gleich selbst sehen. Dank einer großzügigen Spende Eures verstorbenen Vaters erhält er bei uns die beste ärztliche Versorgung.«

»Die Kosten für die Behandlung von Laurenz Mentis werde ich übernehmen«, sagte Thomas Weinreiß. »Ihr könnt die Spenden meines Vaters für andere Zwecke nutzen.«

Der Guardian sah ihn überrascht an, dann nickte er, klingelte nach Bruder Jodocus und gab ihm die Anweisung, sie zur Krankenstation zu führen.

Das Hospital lag in einem anderen Teil des Klosters, sodass sie eine ganze Weile unterwegs waren, bis sie dorthin gelangten. Vor dem Eingang zum Krankensaal saß ein junger Bruder,

der in einem Buch las. Er legte es sofort weg, als er sie kommen sah. Die Mönche wechselten einige Worte, dann winkte der junge Mann Thomas und Flora zu sich heran.

»Wie mir zugetragen wurde, ist Laurenz Mentis gestern vom Besitzer der Marktapotheke persönlich hierhergebracht worden. Er wurde sofort von einem unserer besten Ärzte versorgt.« Er sah zu Flora hinüber. »Es geht ihm schon besser. Ihr werdet es selbst sehen. Bitte folgt mir!«

Während sie zwischen den Bettenreihen hindurchschritten, sah Flora sich um. Einige Klosterbrüder versorgten die Kranken, hier und dort hörte sie leises Stöhnen. Neben einem der Krankenlager erkannte sie eine Uniform der französischen Soldaten. Auch diese wurden hier versorgt. Es spielte keine Rolle, ob jemand Freund oder Feind war. Doch nirgends konnte Flora ihren Bruder entdecken.

Sie waren am Ende des Saals angelangt. Der junge Ordensbruder öffnete eine Tür und ließ sie hinein. Flora trat an das Bett, in dem Laurenz schlief. Sie war erleichtert, denn er hatte keine sichtbaren Verletzungen. Erst als sie sich über ihn beugte, erwachte er.

»Wie immer bist du sofort da, wenn mir etwas zustößt«, lachte er und versuchte sich aufzurichten. Dann fiel sein Blick auf den Mann an ihrer Seite. »Aber wie ich sehe, bist du nicht allein gekommen.«

Flora trat vom Krankenlager zurück und stellte ihm Thomas Weinreiß vor.

»Nun«, sagte Laurenz, »es war alles nicht so schlimm. Gestern Nachmittag bin ich vor der Apotheke am Bonner Markt so unglücklich gestürzt, dass ich eine Verletzung am Bein erlitten habe. Der Apotheker hat mich hierhergebracht und heute Morgen einen Boten losgeschickt, um dich und Vater zu benachrichtigen.« Er schob die Decke beiseite und zeigte auf sein rechtes Bein, das geschient und verbunden war. »Der Arzt hat seine Sache sehr gut gemacht. In ein paar Tagen werde ich wieder aufstehen und laufen können.«

Trotz dieser erfreulichen Aussichten bestand Flora darauf, bei Laurenz im Hospital zu bleiben, aber er lehnte dieses Ansinnen rundheraus ab.

Thomas Weinreiß schaltete sich ein. »Euer Bruder hat recht«, sagte er, »er wird bald wieder auf den Beinen sein. Und ich werde jeden Tag herkommen, um zu fragen, wie es ihm geht.«

Flora blickte von einem Mann zum anderen. Sie seufzte, und sie wusste, dass sie ihren Willen nicht würde durchsetzen können.

Thomas begleitete Flora zur Fähre am Rheinufer. Auf dem Weg erkundigte er sich nach ihrem Vater und kündigte an, so bald wie möglich nach Rhöndorf zu kommen. Er wolle etwas mit ihr besprechen, was ihm besonders wichtig sei.

Flora sah ihn an. Zu gern hätte sie gewusst, was es war, aber sie getraute sich nicht zu fragen.

Seine Miene war ernst, als er ihren Blick erwiderte. »Ihr sollt es erfahren, Flora, wir müssen Zeit und Ruhe dafür finden. Es geht nur uns etwas an.«

Floras Herz machte einen Sprung. Sie hoffte so sehr, dass er ihre Gefühle, die in diesen Stunden tiefer geworden waren, erwiderte.

In diesem Augenblick ertönte das Signal, das anzeigte, dass die Fähre zur Abfahrt bereit war. Flora sah Thomas an und spürte, wie schwer es ihr fiel, sich von ihm zu trennen. »Ich muss mich beeilen«, flüsterte sie.

13

Honnef, 3. Oktober 1688

Seit dem Einmarsch der Franzosen und der Besetzung des Rheinlands waren einige Wochen vergangen. Einem heißen und feuchten Sommer folgten sonnige Herbsttage bei milder Witterung. Das Laub färbte sich gelb, und die Trauben hingen saftig und prall an den Rebstöcken. Die Weinlese in den Dörfern des Rheintals konnte beginnen.

Trips saß in seinem Studierzimmer. Das Licht fiel durch das seitliche Fenster auf den an der gegenüberliegenden Wand hängenden Mercatorplan, eine Ansicht seiner Geburtsstadt Köln. Er liebte dieses bis ins Detail ausgefertigte Panorama Kölns mit dem Hafen, den Straßen, Plätzen, Kirchen und der Vielzahl von Gebäuden und überlegte, ob er seine Arbeit unterbrechen, hinübergehen und den Plan eine Weile betrachten sollte. Das tat er immer dann gern, wenn seine Gedanken mit etwas Wichtigem beschäftigt waren und er sich für eine Weile ablenken wollte. Doch er entschied sich, es nicht zu tun. Er wollte noch heute das Manuskript über die Kölner Unruhen um Nikolaus Gülich abschließen. Er hatte alles über dessen, wie er fand, schändliches Treiben aufgeschrieben, um aufzuzeigen, dass so etwas jederzeit und an jedem Ort möglich war. Voller Stolz blickte er auf das Manuskript, das nun so gut wie vollendet vor ihm auf dem Schreibtisch lag. Wie die meisten seiner Schriften hatte er auch diese in neulateinischer Sprache verfasst, der Sprache der Gelehrten. Er verstand sich als einer von ihnen.

Gerade als er sich wieder seinem Text zuwenden wollte,

läuteten die Glocken von St. Johann Baptist. Er wusste, dass nun in den Honnefer Ortsteilen die Weinlese begann. Ihr Ablauf war von Amts wegen streng geregelt. Zuerst mussten die roten Trauben gelesen werden, zwei Wochen später konnten dann die weißen von den Rebstöcken geschnitten werden.

Kaum war das Geläut verklungen, hörte Trips von der Gasse her viele Stimmen. Er stand nun doch auf, trat ans Fenster und schaute hinaus. Eine Gruppe von Männern in braunen Barchenthosen und derben grünen Wämsern zogen auf der Straße am Pfarrhaus vorbei. Viele hatten die Hemdsärmel aufgekrempelt und trugen eine Kappe oder einen Hut. An diesem Spätsommertag brannte die Sonne vom Himmel, als wolle sie die Menschen noch einmal an den vergangenen Sommer erinnern. Ihnen folgten schwatzend und lachend Frauen in weiten, langen Röcken, hellen Blusen und Schürzen. Um den Kopf hatten sie sich bunte Tücher geschlungen.

Trips wusste, dass dieses Völkchen auf dem Weg zu den Winzerhöfen war, um dort bei der Weinlese mitzuhelfen. Auf seiner Pfarrstelle, auf die er zurückgekehrt war, war er selbst auf gute Erträge der kirchlichen Weingüter angewiesen, denn er musste davon leben. Nach der Zeit am Bonner Hof des Kurfürsten Maximilian Heinrich war das jetzt wieder sein Einkommen. Mit aller Sorgfalt führte er Listen über seine Einkünfte und prüfte genau, ob er auch bekam, was ihm zustand.

Seine Gedanken kehrten zu dem Manuskript zurück. Den Text wollte er an Ferdinand Corvinus schicken, damit dieser ihn in Buchform herausbrachte. Doch wann er den Kölner Verleger wiedersehen würde, stand in den Sternen. Seit dem Einmarsch der Franzosen hatte Trips Honnef nicht mehr verlassen. Er hatte es vorgezogen, nur noch seinen geistlichen Dienst zu versehen und an seinem Manuskript zu schreiben. Die Lage auf den Straßen und den Wegen schien ihm zu gefährlich.

Die Glocken von St. Johann Baptist verkündeten die fünfte

Nachmittagsstunde, als Trips seine Feder schließlich beiseitelegte. Zufrieden lehnte er sich zurück. Er hatte sein großes Werk vollendet.

Als es an der Tür klopfte, stieß er einen tiefen Seufzer aus. Wieder einmal setzte sich seine Haushälterin über seinen Willen hinweg! Er hatte ihr doch deutlich gesagt, dass er an diesem Tag keinerlei Störungen wünsche. Eine Weile war es still, aber dann klopfte es wieder. Trips erhob sich schwerfällig. Vom langen Sitzen waren seine Beine steif geworden. Aber es blieb ihm nichts anderes übrig, als die Tür zu öffnen und ihr seine Meinung zu sagen. Sein Ärger verflog auf der Stelle, als er Ferdinand Corvinus erblickte.

»Das ist aber eine Freude! Kommt herein«, rief er, ließ den Besucher eintreten und bot ihm einen Stuhl an.

»Ich bin erleichtert, Euch wohlauf zu finden, lieber Trips«, sagte Corvinus.

»Und ich danke Euch, dass Ihr diese gefährliche Reise auf Euch genommen habt.«

»Ich weiß, dass es allerlei Berichte und sicher auch Gerüchte von schlimmen Überfällen der Franzosen gibt. Aber mich hat auf der Fahrt hierher niemand behelligt.«

Trips besann sich seiner Gastgeberpflichten. Der Verleger hatte schließlich eine lange Fahrt in der Kutsche hinter sich. Er musste im Morgengrauen aufgebrochen sein.

»Wartet einen Moment, lieber Corvinus«, sagte Trips, stand auf und trat in den Flur.

»Frau Harperath«, rief er die Treppe hinunter, »bringt uns Wein und ein warmes Mahl, und zwar schnell!«

Er kehrte zu Corvinus zurück, nahm den eindrucksvollen Blätterstapel zur Hand und reichte ihm diesen. »Das ist meine Schrift über die Kölner Unruhen«, verkündete er mit feierlicher Miene. »Sie soll allen rechtschaffenen Leuten ein Beispiel zeigen, auf welche Abwege der Mensch geraten kann.

Ich habe das Manuskript soeben fertiggestellt, Ihr könnt es mitnehmen.« Er lehnte sich auf seinem Stuhl zurück und verschränkte die Hände im Schoß. »Aber nun erzählt mir erst einmal, was es Neues auf der Welt gibt. Seit dem Einmarsch der Franzosen habe ich darüber nicht mehr viel erfahren.«

Corvinus seufzte. »Nach der Besetzung des Kölner Umlands durch die Franzosen hat die Stadtregierung Kaiser Leopold in Wien um Hilfe gebeten. Köln steht, wie Ihr natürlich wisst, wie jede freie Reichsstadt unter seinem Schutz. Im Falle einer Bedrohung ist er verpflichtet, Truppen zu entsenden. Und so sind kaiserliche Verbündete, Pfälzer und Brandenburger, durch das Eigelsteintor in die Stadt eingezogen.«

Es klopfte, und Frau Harperath erschien mit einem Tablett, auf dem ein Krug Wein, zwei Gläser, ein Korb mit Brot und eine Schale mit deftiger Erbsensuppe standen. Sie stellte es auf den Tisch, und Trips nickte ihr dankend zu. Seine Haushälterin hob erstaunt die buschigen Brauen und zog sich zurück.

Manchmal ist sie durchaus zu gebrauchen, schoss es ihm durch den Kopf. Auch wenn sie an anderen Tagen schier unerträglich ist.

Er schenkte seinem Gast und sich aus dem Krug ein und bat Corvinus zuzugreifen. Der Verleger setzte das Glas an die Lippen und seufzte genießerisch. Dann nahm er sich eine frische, duftende Brotscheibe aus dem Korb und tauchte den Löffel in die Suppe.

»Auch der Papst hat mittlerweile seine Entscheidung getroffen«, fuhr er dann fort. »Innozenz und die römische Kongregation haben sich für Joseph Clemens von Bayern als Erzbischof und Kurfürst von Köln ausgesprochen.«

Trips konnte seine Freude kaum verbergen. »Das ist dann wohl der Anfang vom Ende Fürstenbergs. Der französische

König wird seine Soldaten aus dem Rheinland abziehen und Fürstenberg seinen Platz für Joseph Clemens räumen müssen.«

Corvinus schüttelte den Kopf und biss genüsslich in ein Stück frisch gebackenes Brot. »Eure Haushälterin, lieber Trips, ist wahrlich ein Geschenk!«, murmelte er mit vollem Mund.

Trips räusperte sich und sah zur Seite.

»Das ist leider die schlechte Nachricht«, fuhr der Verleger fort. »König Ludwig hat sich von dem Votum des Papstes nicht beeindrucken lassen. In seiner Dreistigkeit hat er ein Manifest an Kaiser und Reich herausgeben. Darin heißt es, dass er Fürstenbergs Anspruch, wenn es sein muss, mit Waffengewalt durchsetzen wird.«

Trips sah ihn düster an. »Und wenn es dann wieder zum Krieg im Rheinland kommt? Der Kaiser muss Ludwig in die Schranken weisen!«

* * *

Auf dem Zennigshof hatte Flora alle Hände voll zu tun. Die Lese sollte zwar erst morgen in aller Frühe beginnen, doch wie in jedem Jahr hatte sie ihre treuen Helferinnen und Helfer am Nachmittag zuvor zu einem Umtrunk mit Beköstigung eingeladen. Der Arbeitsablauf sollte kurz besprochen werden, vor allem aber wollte man gesellig beieinandersitzen. Alle freuten sich auf die Zeit der Ernte, nach der ihnen guter Lohn winkte.

Flora befüllte gerade die Krüge mit Wein und stellte sie auf die lange Tafel im Hof, als Philipp durch die Einfahrt hereinkam. Sie wunderte sich, dass er überhaupt erschien, um mitzuhelfen. Es hatte sich herumgesprochen, dass er mit der Anfertigung von neuen Möbeln für den Bischofshof vollauf beschäftigt war. Kaum fand er noch Zeit für etwas anderes.

Flora freute sich für ihn. Endlich konnte er sein Talent einem so betuchten Auftraggeber wie Jeremias von Strasshof beweisen. Sie musterte den gut aussehenden Tischlergesellen. In seinem frischen weißen Hemd und der dunklen Hose sah er so anziehend aus wie schon lange nicht mehr.

»Es scheint, dass ich der Erste bin, Flora«, sagte er. »Ich freue mich auf die Zeit der Lese hier auf dem Hof. Ich habe zwar sehr viel zu tun, trotzdem will ich mitmachen. Ich weiß, dass du mich brauchst.«

Flora nickte und lächelte ihn an. »Schön, dass du gekommen bist.«

Bevor er etwas erwidern konnte, erschien der immer zuverlässige Peter Zirwes, der seit Jahren bei der Weinlese mithalf. Und auch beim Weinausschank auf Pützchens Markt hatte er sich bestens bewährt. Flora mochte ihn sehr, sie liebte seine fröhliche Natur und sein ansteckendes Lachen.

Doch jetzt blickte er finster drein. »Ich habe schlechte Nachrichten.«

Flora sah ihn fragend an.

»Es wird niemand mehr kommen. Der Verwalter vom Bischofshof hat all Eure Helfer abgeworben.«

Flora starrte ihn an. »Das ist doch nicht wahr, oder?«

»Doch!«, fuhr Peter fort. »Er hat ihnen einen so hohen Lohn versprochen, dass sie sein Angebot nicht ablehnen konnten. Das hab ich jedenfalls gehört.«

Flora verschlug es die Sprache, und auch Philipp runzelte die Stirn.

»Wir müssen so schnell wie möglich neue Lesehelfer finden«, sagte Peter bedrückt. »Wenn Ihr wollt, kümmere ich mich darum.«

Flora, die alle Mühe hatte, ihren Zorn auf Strasshof zu unterdrücken, überlegte nicht lange. Sie sah von einem Mann zum anderen. »Ich werde alle unsere Lesehelfer zurückbekommen, da könnt ihr ganz sicher sein! Morgen fahr ich als Erstes zum Bischofshof …«

* * *

Jeremias war zufrieden. Sein Kellermeister hatte Helfer anwerben können, die nach seinen Erkundigungen die geschicktesten und zuverlässigsten in Honnef waren. Jeremias hatte darauf bestanden, dass diese ihm persönlich vorgestellt wurden. Er hatte ihnen einen besonders hohen Lohn in Aussicht gestellt, und sie hatten die Verträge sofort unterzeichnet. Er rieb sich die Hände. Einige von ihnen hatten ihm zwar gesagt, dass sie nur zur Weißweinlese kommen könnten. Unterschrieben hatten sie dennoch für die gesamte Erntezeit. Was konnte er dafür, dass diese Bauern des Lesens und Schreibens nicht mächtig waren …? Er stand auf und sah hinaus auf die Weingärten des Bischofshofs. Es gab nur wenige Weinstöcke mit Rotweintrauben. Das sollte sich jedoch in Zukunft ändern. Da Wilhelm von Fürstenberg Rotwein bevorzugte, sollten in den Weingärten des Bischofshofs in den nächsten Jahren nur noch rote Trauben angebaut werden. Das würde dann die Aufgabe seines Nachfolgers sein. Er lächelte, als er an das, wie es ihm schien, eine Ewigkeit zurückliegende Gespräch mit dem Kardinal dachte. Gegen seinen Willen hatte dieser ihn hierher beordert. Doch er hatte die große Aufgabe erfüllt, die Seine Eminenz ihm gestellt hatte. Und er musste sich eingestehen, dass er inzwischen Freude an dieser Herausforderung gefunden hatte.

Er sah zu dem Tisch hinüber, auf dem ein Brief von Fürstenberg lag. Vor einer Stunde hatte er das Schreiben in Empfang genommen, es aber noch nicht geöffnet. Mittlerweile hasste er diese Briefe, denn sie langweilten ihn in ihrer Eintönigkeit. Widerstrebend öffnete er das Siegel und faltete den Bogen auseinander.

Fürstenberg mokierte sich über den Baulärm in der Stadt, der bis ins Schloss zu hören wäre. Inständig bat er Jeremias, zu ihm nach Bonn zurückzukehren.

Jeremias seufzte. Ja, das würde er, jedoch noch nicht jetzt. Er fühlte sich auf dem Bischofshof wohl, hier war er sein eigener Herr. Und das wollte er so lange wie möglich auskosten. Er dachte an die schöne Dorothea Weinreiß. Wenn er ins kurfürstliche Schloss zurückgekehrt wäre, würde er sie zu sich holen, so wie er es ihr versprochen hatte.

* * *

Als Flora den Wagen vor dem Bischofshof anhielt, war ihr Zorn keineswegs verraucht. Sie sah zum Turm hinauf. Dort oben logierte dieser schöne, aber ehrlose Verwalter. Sie musste sich gegen ihn wappnen. In diesem Augenblick trat ein Mann aus dem Kelterhaus. Sie erkannte ihn als einen ihrer Lesehelfer, und sie überlegte, ob sie ihn zur Rede stellen sollte, doch schnell war er durch eine Tür, die hinaus zu den Weingärten führte, verschwunden. Durch denselben Zugang kam jetzt eine junge Frau in den Hof, die sie ebenfalls kannte. Es war Elsbeth, eine ihrer langjährigen Lesehelferinnen. Sie hatte Flora gesehen, stutzte und blieb stehen. Flora beschloss, zu ihr hinüberzugehen und sie nach den Hintergründen zu fragen. Elsbeth wartete, bis sie vor ihr stand.

Flora wusste, dass sie jetzt unnachgiebig sein musste. »Warum bist du nicht gekommen? Du weißt, dass ich mich auf meine Lesehelfer verlassen können muss. Und was ist mit den anderen?«

Elsbeth sah Flora verlegen an und blickte dann zu Boden. Nach einer kurzen Weile hob sie den Kopf. »Der Kellermeister hier auf dem Hof hat uns vor ein paar Wochen für die Weißweinlese angeworben.« Sie schluckte. »Aber Herr Strasshof behauptet nun, dass wir für die gesamte Zeit der Lese auf dem Hof arbeiten müssen. Wir haben vor seinen Augen einen Vertrag unterzeichnet, in dem dies festgehalten ist. Darauf beruft er sich. Sonst bekommen wir überhaupt keinen Lohn!« Mit dem Handrücken wischte sie sich eine Träne von der Wange und schniefte. »Wie Ihr wisst, können wir kaum lesen und schreiben. Und das hat Herr Strasshof ausgenutzt. Er hat uns hinters Licht geführt, und wir können nichts dagegen tun. Im nächsten Jahr, da sind wir uns einig, werden wir wieder für Euch auf dem Zennigshof arbeiten.«

* * *

Jeremias legte Fürstenbergs Brief zu den anderen, die dieser ihm schon geschrieben hatte. Dann sah er hinüber zu seinem Bett, in dem sich Mariana, nackt, wie Gott sie geschaffen hatte, genüsslich rekelte. Unwirsch gab er ihr ein Zeichen, dass sie endlich aufstehen solle. Sie zog sich an und schlüpfte aus dem Raum. Kurz darauf erschien Valentin, um ihm beim Ankleiden behilflich zu sein. Da Jeremias an diesem Tag ausreiten wollte, nahm der Diener die Reitkleidung aus der Truhe. Jeremias war gerade in die Hose gestiegen und hatte das Hemd übergestreift, als die Tür aufgerissen wurde und Flora Weinreiß zornentbrannt auf ihn zustürmte.

»Gebt mir meine Lesehelfer zurück, und zwar alle! Was Ihr getan habt, ist mehr als unredlich, das wisst Ihr selbst!«

Er sah Flora ebenso überrascht wie amüsiert an. Dann winkte er Valentin, sich zu entfernen.

»Ah, das ist es also, was Euch so wütend macht, *ma belle*, es sind Eure Erntehelfer, die ich eingestellt habe!«

Sie trat einen Schritt zurück. »Genau so ist es!«

Jeremias sah sie ruhig und nachdenklich an. »Mein Kellermeister Heinrich Esser hat tatsächlich Erntehelfer angeworben. Sie wurden ihm als die Besten empfohlen, und gegen eine entsprechende Bezahlung waren sie bereit, für mich zu arbeiten.« Rasch zog er noch einmal das Hemd zurecht. »Diese Angelegenheit betrachte ich als ein ganz und gar übliches Geschäft«, fuhr er fort. »Die Frauen und Männer sind aus freien Stücken hier, alle haben einen Vertrag für die gesamte Zeit der Weinlese unterschrieben. Mehr habe ich dazu nicht zu sagen.«

Die junge Winzerin funkelte ihn an. »Zeigt mir diesen Vertrag!«

Er wandte sich um und ging zu einem Kabinettschrank. Daraus entnahm er ein Dokument und reichte es ihr. Sie las es aufmerksam durch, Zeile für Zeile. Jeremias sah, wie sie blass wurde. Er wusste, dass der Vertrag Gültigkeit besaß. Sie konnte nichts gegen ihn ausrichten. Sie warf das Schriftstück auf den Tisch.

Jeremias trat auf sie zu und ergriff ihre Hand. »Ihr wisst doch, *ma belle*, dass ich einer schönen Frau keinen Wunsch abschlagen kann, aber in diesem Fall werde ich hart bleiben müssen. Geschäft ist nun einmal Geschäft.«

Sie zog ihre Hand weg. »Ich werde neue Erntehelfer finden, und zwar noch heute!« Ihre Stimme klang fest und entschlossen. Sie drehte sich auf dem Absatz um und rauschte hinaus.

Jeremias trat ans Fenster und sah ihr nach, wie sie mit gesenktem Kopf über den Hof zum Tor des Bischofshofs eilte.

14

Rhöndorf, 6. Oktober 1688

Anders als erhofft hatte Flora nur mit großer Mühe Lesehelfer finden können, zudem hatte sie ihnen mehr Lohn versprechen müssen. Doch zwei Tage später konnte die Lese auf dem Zennigshof endlich beginnen.

Flora und ihr Vater waren seit den frühen Morgenstunden auf den Beinen. Sie hatten alles für diesen Tag vorbereitet und die neuen Helferinnen und Helfer herzlich empfangen. Sie selbst packten kräftig mit an, gleichzeitig hatten sie ein wachsames Auge auf den geregelten Ablauf.

Die Frauen gingen durch die Reihen, schnitten die reifen Trauben von den Rebstöcken und legten sie in kleine Körbe. In regelmäßigen Abständen kamen die Männer, sammelten das Traubengut ein und trugen es in großen Bütten zum Kelterhaus hinunter. Es war ein ständiges Kommen und Gehen zwischen Weinberg und Hof.

Als die Glocken von St. Johann Baptist zur Mittagsstunde schlugen, wurde eine Pause eingelegt. Die Frauen steckten die Rebscheren in ihre Schürzen, die Männer leerten ihre Bütten in die großen Zuber im Kelterhaus. Dann versammelten sich alle um den großen Tisch im Hof. Flora hatte frisches Brot, Rheinfische und Bohnen und dazu einige Krüge Wein vorbereitet. Dankbar griffen alle zu.

Philipp stand als Erster auf, um weiterzuarbeiten. Mit seinem Eifer will er mich wohl beeindrucken, dachte Flora.

Nach und nach machten sich auch die anderen wieder an

die Arbeit. Flora griff nach zwei leeren Weinkrügen, um sie ins Haus zurückzubringen, als sie von der Hofeinfahrt her Stimmen hörte. Gleich darauf fiel das Tor ins Schloss. Arco sprang auf und rannte bellend davon. Flora stellte die Krüge zurück auf den Tisch. Als sie sich umwandte, machte ihr Herz einen Satz. Laurenz stand vor ihr und schloss sie in die Arme. Sie hielt den Bruder so fest, wie sie konnte. Als sie einander schließlich losließen, fasste Flora seine Hände und sah ihn an.

»Du bist wirklich wieder ganz gesund?«

Laurenz nickte. Er trat einen Schritt zurück, krempelte sein Hosenbein hoch und zeigte auf die Wunde, die gut verheilt war. »Ja, das bin ich, wie du siehst. Ich muss doch bei der Weinlese mithelfen. Auch wenn ich im Weinbau zwei linke Hände habe, um Bütten zu schleppen, reicht es. Und außerdem habe ich Verstärkung mitgebracht.«

Er trat ein Stück zur Seite. Ein junger Mann, der etwa in seinem Alter war, kam näher. Laurenz stellte ihn als seinen Schulfreund Daniel Fabry vor. »Er hat noch nie eine Weinlese mitgemacht und wollte gern einmal dabei sein.«

Daniel lächelte Flora an. »Als Stadtkind tut es mir gut, hin und wieder Landluft zu schnuppern.« Augenzwinkernd fügte er hinzu: »Mein Vater ist übrigens der Arzt, dem Ihr es zu verdanken habt, dass Laurenz unbedingt ein Medicus werden will.«

Flora lud Laurenz und seinen Freund ein, erst einmal am Tisch Platz zu nehmen und zuzugreifen, aber sie wollten sogleich mit der Arbeit beginnen.

»Wir nehmen uns Bütten und sammeln Trauben ein«, schlug Laurenz vor.

Flora war einverstanden und sah ihnen nach, wie sie zum Kelterhaus hinübergingen.

»Flora?«

Der wohlbekannte Klang der Stimme jagte ihr einen freudigen Schauder über den Rücken, und sie fuhr herum.

Da stand Thomas Weinreiß vor ihr. Sie blickte in sein vertrautes Gesicht, seine Augen, die sie ruhig und eindringlich ansahen. »Ich freue mich, wieder hier zu sein«, sagte er lächelnd. »Bis morgen kann ich bleiben. Dann muss ich leider noch einmal zu einem Pächter an der Mosel.« Er sah zum Weinberg hinauf, wo die Helfer sich wieder an die Arbeit begeben hatten. »Aber heute möchte ich die Lese auf dem Hof erleben.«

Flora nickte. »Dann stelle ich Euch erst einmal allen Helfern vor.«

Weinreiß schüttelte den Kopf. »Niemand von den Leuten hier muss wissen, dass ich der Besitzer des Hofes bin. Vielleicht hat mein Vater Wert darauf gelegt. Ich tue es nicht. Überhaupt nicht!«

Flora sah ihn überrascht an. »Dann geht zu der Bank unter der alten Linde. Dort hat Euer Vater immer gern gesessen und bei der Weinlese zugeschaut. Es hat ihm Freude bereitet zuzusehen, wie fleißige Hände im Weinberg und im Kelterhaus für ihn arbeiteten.«

»Ich werde bestimmt nicht untätig hier herumsitzen, wenn andere arbeiten müssen«, erwiderte er fast empört. Wieder blickte er den Weinberg hinauf.

Von ganz oben kamen Laurenz und Daniel mit Traubenbütten auf dem Rücken herunter. Ihnen folgte ein kräftiger Mann mit honigblondem Haar. Auf halber Höhe blieb er stehen, nahm seine Kappe ab und winkte heftig. Thomas stutzte. Ihm kam der Mann bekannt vor. War das nicht der zänkische Würfelspieler vor dem Honnefer Wirtshaus?

Flora ärgerte sich über Philipps übertriebenes Getue. Immer musste er auf sich aufmerksam machen! Aus dem Augenwinkel sah sie Thomas Weinreiß an, der neben ihr stand. Er würde sich niemals so in den Vordergrund spielen.

Plötzlich kam ihr etwas in den Sinn, was ihm vielleicht gefallen würde.

»Dann schlage ich vor, dass ich Euch die Arbeit im Kelterhaus zeige. Dort hängen auch die Bütten. Ihr könnt Euch einen Korb nehmen und mit den anderen Männern die Trauben im Weinberg einsammeln.«

»Das ist eine wunderbare Idee!«

Als sie beim Kelterhaus ankamen, stand die Tür sperrangelweit offen. In der Mitte des Raums war die Kelter zu sehen, doch sie war nicht in Betrieb.

»Warum werden die Trauben nicht gekeltert?«, fragte Thomas Weinreiß.

»Weil der Weg des Rotweins ein anderer ist als der des Weißweins«, entgegnete Flora. Sie wartete, bis die Männer mit ihren Bütten das Kelterhaus verlassen hatten. »Für den Weißwein werden die Trauben sofort nach der Lese gekeltert«, sagte sie dann, »und der Most wird vergoren. Beim Rotwein kommen die roten Trauben mit Stumpf und Stiel erst einmal in große Bottiche wie diese. Bis zur Hälfte werden sie mit dem Traubengut gefüllt.«

Weinreiß nickte, trat zu einem der bauchigen Zuber und sah hinein.

»Seht Ihr, wie es in dem Traubenbrei blubbert?«, fragte Flora. »Bläschen steigen auf, die Gärung hat also bereits begonnen.«

Durch die geöffnete Tür kam Philipp herein. Er ging an Flora vorbei auf den Bottich zu und schüttete die eingesammelten Trauben mit Schwung hinein. Die Früchte platzten auf, der Traubensaft spritzte in die Höhe. Weinreiß konnte gerade noch zur Seite springen.

»Kannst du nicht aufpassen?«, fuhr Flora Philipp wütend an. »Du hast doch gesehen, dass da jemand steht!«

Der Tischlergeselle warf dem Mann neben Flora einen misstrauischen Blick zu. »Warum steht der hier so untätig herum? Er kann so gut wie ich eine Bütte auf den Rücken nehmen und Trauben schleppen.« Er lachte abfällig. »Oder ist er sich zu fein dazu?«

Flora sah ihm nach, wie er davonstapfte, und schüttelte den Kopf.

Thomas Weinreiß nickte ihr zu. »Es ist doch nichts passiert. Sprecht weiter.«

Flora schnaubte leise. »Der Traubenbrei, die Maische, bleibt einige Wochen in den Bottichen stehen. Die Trauben werden dabei zu Alkohol vergoren. Erst dann wird gekeltert und der Wein in Fässer abgefüllt.« Sie zeigte auf den Zuber. »Die Maische muss während dieser Zeit ständig umgerührt werden, und das ist ganz schön anstrengend. Um diese Arbeit reißt sich hier niemand«, fügte sie lächelnd hinzu.

Sie grüßte einen jungen Mann, der sich einen der Stöcke griff, die in der Nähe des Zubers lagen. Mit gleichmäßigen Schlägen begann er, den Traubenbrei umzurühren.

»Das werde ich machen!«, erklärte Thomas Weinreiß.

Und noch ehe sie protestieren konnte, ging er auf den Burschen zu, nahm ihm den Stab aus der Hand und fing an zu rühren.

Flora stand in der obersten Reihe der Rebstöcke, schnitt eine Traube ab und legte sie in den Korb. Als es raschelte, hob sie den Kopf. Weinreiß kam heran. Seine Kleidung verriet, dass er ziemlich lange in dem Traubenbrei gerührt hatte. Auf Hemd und Hose waren die Spuren dieser Arbeit deutlich zu sehen.

»Lasst mich das einmal versuchen«, sagte er und nahm Flora die Rebschere aus der Hand. Sie sah ihm eine Weile zu, wie er die Trauben abschnitt. Sie bemerkte, wie sorgfältig er arbeitete. Nachdem er die Hälfte des Korbes gefüllt hatte, fasste Flora sich ein Herz. Sie wollte ihn etwas fragen, was sie schon seit einiger Zeit bewegte. »Warum seid Ihr damals aus dem Rheinland fortgegangen? Hättet Ihr nicht in Köln eine

Arbeit finden können? Es war sicher nicht leicht für Euch, die Familie zu verlassen.«

Er schwieg eine Weile. Mit ruhiger Hand schnitt er die nächste Traube ab und legte sie in den Korb. Dann wandte er sich ihr zu. »Hat mein Vater nie darüber gesprochen?«

Flora schüttelte den Kopf.

Er gab ihr die Rebschere zurück. »Die Antwort ist einfach. Mein Vater hatte andere Vorstellungen von meinem Leben als ich. Und da ich weder Bürgermeister noch Hofbeamter in Bonn werden wollte, sind wir im Streit geschieden. Er hat mich beschimpft und beleidigt und mir erklärt, dass ich gehen solle. Also bin ich gegangen.«

Flora konnte es kaum glauben. Sie hatte Jakob Weinreiß immer als einen großherzigen Menschen erlebt, der sie und ihren Bruder unterstützt und gefördert hatte. Sie hatte das Gefühl, ihn verteidigen zu müssen. »Euer Vater wollte für alle immer nur das Beste, auch für uns hier auf dem Hof.«

Thomas Weinreiß lachte mit nicht zu überhörender Bitterkeit. »Ja, das Beste wollte er auch für mich, doch was das war, davon hatte er feste Vorstellungen. Die Menschen liebten ihn, bewunderten sein Auftreten, er zeigte sich menschenfreundlich, war mitreißend, voller Überzeugungskraft. Aber ich hatte schon immer meinen eigenen Willen, bereits als Kind. Unser Verhältnis war oft angespannt.« Er hielt inne und sah zum Hof hinunter, wo Laurenz und Daniel mit ihren Bütten an der Linde vorbei in Richtung Kelterhaus gingen. »Als mein Vater wieder geheiratet hat«, fuhr er fort, »wurde ich endgültig zum Außenseiter im Hause Weinreiß. Meine Stiefmutter verachtete mich, meine Halbgeschwister gingen mir aus dem Weg. Nach der Schulzeit bin ich zu meinem Onkel nach Köln gezogen und habe die Rechte studiert. Allerdings ist mir bald klar geworden, dass ich noch weiter wegwollte, hinaus in die Welt. Nun, die Welt ist es nicht gerade geworden, aber immerhin Hamburg.«

Eine Weile schwiegen sie und sahen ins Tal hinunter. Auf der anderen Seite des Rheins stand die Sonne schon tief am Abendhimmel. Plötzlich legte er einen Arm um ihre Schulter. Sie schloss die Augen und genoss das Gefühl von Geborgenheit, das sich in ihr ausbreitete. Ihr Herz bebte. Würde er ihr nun sagen, was er für sie empfand?

»Ich habe meine Arbeit getan, kann ich nun gehen?« Philipp, der unbemerkt hinter sie getreten war, wuchtete seinen bis obenhin mit Trauben gefüllten Korb vom Rücken und stellte ihn unsanft ab.

Flora fuhr herum. Sie hatte ihn völlig vergessen! »Ja«, sagte sie ruhig, »du kannst jetzt gehen, aber komm bitte morgen sehr früh wieder. Ich brauche dich!«

Philipp starrte sie wütend an. »Ich glaub nicht, dass du mich hier noch brauchst. Und das Keltern schafft ihr auch ohne mich, du hast ja genügend Helfer. Einer hat es dir besonders angetan, das ist ja nicht zu übersehen!« Er warf Weinreiß einen verächtlichen Blick zu. Dann lachte er laut auf. »Du musst mir nicht sagen, wer das ist, Flora. Ich weiß es längst. Das ist der Besitzer dieses Hofes. Aber statt sich uns allen vorzustellen, schleicht er sich heimlich ein. Er lebt in einem einfachen Holzhaus und hilft bei der Lese mit wie der einfachste Knecht. So was habe ich in meinem Leben noch nicht gesehen! Weißt du, wie ich das nenne? Verkehrte Welt!« Sein Gesicht war vor Wut puterrot geworden. Er spuckte auf den Boden. »Ich komm am Tag vor dem Weinlesefest wieder, wenn alle ihren Lohn kriegen. Und bis dahin überleg dir, was du tust und vor allem, wo du hingehörst!« Damit schulterte er die Bütte, wandte sich ab und lief den Weinberg hinunter.

Nach dem arbeitsreichen Tag war auf dem Zennigshof Ruhe eingekehrt, die Helfer waren nach Hause gegangen. Die Luft war mild, und es war noch warm genug, um draußen im Hof bei einem Becher Wein zusammenzusitzen. Flora brachte Krüge und Becher zum Tisch und setzte sich auf eine der Bänke. Sie dachte an Philipp. Sein Auftritt war durch nichts zu rechtfertigen gewesen. Auch wenn er eifersüchtig war: Er hatte sich schamlos und kopflos vor beider Augen gehen lassen. Sie wollte ihn erst einmal nicht mehr sehen! Sie sah zum Haus hinüber. Vater, Laurenz und Daniel sollten bald herauskommen ... und Thomas Weinreiß? Sie sah zum Holzhaus hinauf. Würde er kommen? Sie hatte ihn eingeladen.

Immer wenn sie in den vergangenen Wochen an ihn gedacht hatte – und das hatte sie oft getan –, klopfte ihr Herz schneller, ein Glücksgefühl überkam sie, und sie ertappte sich zuweilen dabei, wie sie mit offenen Augen vor sich hin träumte. Sie hatte sich in ihn verliebt! Er war offen und ehrlich zu ihr, ließ sie teilhaben an seinen Gedanken ... Sie mochte seine Gelassenheit und seine Selbstsicherheit. Er hatte schon viel von der Welt gesehen. Er handelte klug und überlegt. Und er war eigenwillig, tat Dinge, die nicht den Gewohnheiten entsprachen. Bei der Lese hatte er mit angepackt, obwohl er der Besitzer des Weinguts war. Er hatte es getan, weil er es so wollte. Was andere darüber dachten, interessierte ihn nicht.

Flora sah zum Holzhaus hinauf. Würde er herunterkommen, und sie würden sich wieder nahe sein?

Der Vater, Laurenz und Daniel traten an den Tisch und setzten sich zu ihr. Wer nicht erschien, war Thomas Weinreiß. Flora wurde unruhig, und plötzlich überkamen sie Zweifel. War es ihm doch nicht so wichtig, Zeit mit ihr zu verbringen? Bedeutete sie ihm vielleicht doch nichts, und gehörte es zu seinem weltmännischen Auftreten, einer hübschen jungen Winzerstochter den Arm um die Schulter zu legen, wie er es bei vielen hübschen Frauen tat?

Flora drängte diese Gedanken beiseite und versuchte, ihre Enttäuschung zu verbergen. Sie lachte über die Geschichten, die die jungen Männer aus der Schule zu berichten wussten. Daniel entpuppte sich dabei als echter Spaßvogel. Seine Fröhlichkeit war herzerfrischend, sein Lachen ansteckend. Der Vater ging früh zu Bett, aber die jungen Leute wollten noch eine Weile beieinandersitzen. Irgendwann stand Daniel auf, ging ins Haus und kehrte mit einer Laute in der Hand zurück. Er setzte sich Flora und Laurenz gegenüber.

»Dieser Abend ist so herrlich, ich möchte ein wenig musizieren«, sagte er und griff in die Saiten.

Flora lauschte den zarten, klagenden Tönen, die so recht zu ihrer Stimmung passten. Dann stimmte Daniel ein schönes und zugleich trauriges Lied an.

Es steht ein Lind in jenem Tal,
ist oben breit und unten schmal,
darauf da sitzt Frau Nachtigall,
und andre Vöglein in dem Wald.

Sing an, sing an, Frau Nachtigall,
du kleines Vöglein in dem Wald,
sing an, sing an, du mein schön's Lieb,
wir beide müssen scheiden.

Flora konnte sich dem Zauber der Musik nicht entziehen. Sie sah den Mond leuchtend und groß am Himmel stehen. Und während sie so vor sich hin träumte, spürte sie einen warmen Hauch und eine Stimme flüsterte ihr ins Ohr.

»Es tut mir leid, dass ich nicht früher gekommen bin«, sagte Thomas Weinreiß. »Der Tag war ziemlich anstrengend, und ich bin eingeschlafen. Erst die Musik hat mich geweckt.« Er setzte sich neben Flora, nahm ihre Hand und drückte sie fest.

15

Honnef, 20. Oktober 1688

Die Lese auf allen Höfen im Rheintal war vorüber, die letzten Trauben waren von den Weinstöcken geschnitten. In diesen Tagen war der Geruch des gärenden Weins in allen Orten am Rhein gegenwärtig. Nach den Wochen voll Mühe und Plage in den Weingärten sollte wie in jedem Jahr ein großes Fest auf dem Honnefer Marktplatz gefeiert und der neue Wein ausgeschenkt werden. Bereits am Tag zuvor wurden Stände sowie Tische und Bänke aufgebaut und in der Mitte des Platzes ein Tanzboden errichtet, denn Musik und Tanz waren für die Festbesucher ein ebenso großes Vergnügen wie der Genuss des neuen Weines.

Philipp trat aus der Tür des Wirtshauses am Markt. Er hatte sich seit längerer Zeit wieder einmal ein Schlückchen Wein gegönnt. Im Vorübergehen warf er einen Blick auf die Tanzfläche, an die einige Männer letzte Hand anlegten. Er war auf dem Weg zum Bischofshof, denn Jeremias von Strasshof hatte ihm die Nachricht zukommen lassen, dass er heute das Geld für die Möbel erhalten sollte. Dieser Gedanke beflügelte ihn, ja, er dachte an nichts anderes mehr. Er sah sich seinem Ziel, die Winzerstochter zu heiraten, nun schon ein ganzes Stück näher gekommen. Flora war keine Träumerin, sie war eine vernünftige junge Frau. Er vertraute darauf, dass sie sich seine Worte zu Herzen genommen und sich den Besitzer des Hofes aus dem Kopf geschlagen hatte.

Er malte sich aus, was er tun würde. Gleich nach dem Erhalt

des Geldes wollte er den Zennigshof aufsuchen. Am heutigen Tag wurde der Lohn an alle Erntehelfer ausbezahlt, doch er würde das Geld nicht annehmen. Er wäre schließlich ein reicher Mann. Die Zukunft erschien ihm strahlend hell und in leuchtenden Farben. Er wollte eine große Familie, viele Kinder, und er war sicher, dass Flora sich das auch wünschte. Von solchen Gedanken beseelt, erreichte er den Bischofshof und schritt durch die Einfahrt auf den Turm zu.

Erstaunt nahm er wahr, dass sich dort nichts regte. Auf allen Honnefer Höfen herrschte am Tag vor dem Lesefest große Betriebsamkeit, der Wein wurde für den Ausschank am nächsten Tag vorbereitet. Hier jedoch war niemand zu sehen. Sollte es auf dem Fest keinen Wein vom Bischofshof geben?

Die Tür zum Turm war geöffnet. Philipp stieg die Treppe zu Strasshofs Wohnung hinauf und klopfte. Der Kammerdiener Valentin öffnete ihm.

Jeremias von Strasshof saß zurückgelehnt am Tisch, hielt ein Weinglas in der Hand und fuhr mit dem Zeigefinger leicht über dessen Rand. »Das Leben und die Arbeit hier auf dem Lande sind für jemanden wie mich eine ungewohnte Herausforderung«, seufzte er.

Philipp sah ihn verwundert an. Dieser feine Herr arbeitete im Weingarten? Das konnte er sich beim besten Willen nicht vorstellen. Allerdings fiel ihm auf, dass das Gesicht des Verwalters schmaler und blasser geworden war. Er wirkte müde.

Strasshof setzte das Glas an den Mund und nahm einen kräftigen Schluck. »Die Lese auf dem Bischofshof war ein großartiger Erfolg«, sagte er lächelnd. »Dies hier ist der erste Wein. Er schmeckt durchaus vielversprechend. Nach der Lagerzeit im Keller wird er fast ein großes Gewächs sein, wie man unter Weinkennern zu sagen pflegt.« Er winkte Valentin zu sich und flüsterte ihm etwas ins Ohr, woraufhin sich dieser entfernte. Dann wandte er sich wieder Philipp zu. »Du sollst nun deinen verdienten Lohn erhalten. Aber ich habe das Geld nicht hier, es wird an einem sicheren Ort hier auf dem Bischofshof aufbewahrt. Ich werde es jetzt holen. Warte hier auf mich, aber rühr dich nicht vom Fleck!«

Strasshof erhob sich und verließ den Raum. Kurz darauf hörte Philipp die Eingangstür des Turms ins Schloss fallen. Er ging zum Fenster und sah Strasshof über den Hof gehen. Dann verschwand er im Nachbargebäude. Sicher bleibt er noch eine Weile weg, dachte Philipp. Und doch kehrte er schnell auf seinen Platz zurück. Er hatte ja die Anweisung bekommen, sich nicht vom Fleck zu rühren. In aller Ruhe sah er sich um.

Sein Blick fiel auf die Truhe, die ganz in seiner Nähe stand. Er betrachtete sie mit berechtigtem Stolz. Plötzlich überfiel ihn ein unwiderstehlicher Drang, sie zu öffnen und nachzusehen, was darin aufbewahrt wurde. Strasshof würde es gar nicht bemerken. Mit klopfendem Herzen hob er den Deckel, und sogleich stieg ihm ein betörender Rosenduft in die Nase. Staunend sah er hinein.

Die Truhe war bis zum Rand mit Strasshofs Kleidern gefüllt. Vorsichtig nahm Philipp einen blassblauen seidenen Morgenmantel mit zarter Stickerei heraus. Er presste ihn an die Nase und sog den Duft tief ein. Seine rauen Finger glitten über den fließenden weichen Stoff. Er hielt den Mantel mit ausgestreckten Armen vor sich, dann faltete er ihn, legte ihn in die Truhe zurück und klappte den Deckel zu. Wie sehr musste einem das Glück hold sein, um solche Kleidung tragen zu können! Strasshof konnte alles haben, was sein Herz begehrte, auch jede Frau …

Philipp schaute zum Tisch. Neben dem Weinglas und einer Karaffe lagen mehrere Papiere, unter denen eine Geldkatze aus rotem Samt hervorlugte. Der Stoff schimmerte so samtig wie der Wein im Glas. Wieder konnte er der Versuchung nicht widerstehen. Er schlich zum Tisch, griff nach dem Beutel und öffnete ihn. Blinkende Silbermünzen leuchteten ihm entgegen. Er hatte es geahnt! Strasshof war reich, so reich würde er selbst niemals sein, auch wenn er Hunderte von Truhen anfertigte. Und Strasshof hatte sicher viele solcher Geldsäckchen, es würde ihm gewiss nicht auffallen, wenn eines fehlte. Ohne noch weiter darüber nachzudenken, schob er den Beutel in seine Jacke.

Kurz darauf kehrte Strasshof zurück. Er stellte ein Kästchen auf den Tisch. »Das ist für dich. Es ist mehr darin, als du glaubst, viel mehr. Mach es auf, und sieh nach.«

Mit zitternden Fingern öffnete Philipp die Kassette. Sie war bis oben hin mit Münzen gefüllt. Und es war tatsächlich eine weitaus größere Summe, als er erwartet hatte. Sofort bereute er, den Samtbeutel entwendet zu haben, doch nun konnte er ihn nicht mehr zurücklegen. Bevor er etwas sagen konnte, griff Strasshof in seine Weste und holte einen Brief hervor. »Hier, lies!«

Philipp starrte verwirrt auf das Schreiben, dann auf Strasshof. »Ich kann das nicht entziffern … Euer Gnaden.«

»Nun, dann gib mir den Brief zurück, ich werde ihn dir vorlesen!«

Philipp hörte mit gesenktem Kopf zu. Er hatte noch nie solche Worte gehört, bei denen es so eindeutig um Liebe ging.

Strasshof reichte ihm den Brief noch einmal und sagte mit einem diabolischen Lächeln: »Das ist ein Brief an den Besitzer des Zennigshofs, geschrieben von seiner Braut in Hamburg. Der Inhalt ist eindeutig, nicht wahr?« Er schnalzte mit der Zunge. »Gib den deiner Flora. Ich bin sicher, dann wird sie ihre Gunst einem Ehrenmann wie dir und nicht einem hergelaufenen Betrüger schenken. Du weißt, was ich meine?«

Philipp, der nun verstanden hatte, worum es ging, konnte sein Glück kaum fassen. Er sah Strasshof an und strahlte über das ganze Gesicht. »Ihr seid von grenzenloser Güte, Euer Gnaden«, stammelte er, »ich werde sogleich zu Flora eilen!«

* * *

Flora stand in der Stube am Fenster und sah auf die Gasse hinaus. Ein Fuhrwerk, das mit mehreren Fässern beladen war, rumpelte auf dem Weg zum Honnefer Marktplatz vorbei. Ihr Vater kam herein.

»Ich fahre jetzt zum Marktplatz«, sagte er. »Es wird einige Zeit dauern, bis ich den Stand aufgebaut habe.« Er legte eine Hand auf ihre Schulter und sah sie nachdenklich an. »Weißt du, manchmal frage ich mich, ob du überhaupt schon einmal an einen Ehemann gedacht hast. Du bist im heiratsfähigen Alter, mein Kind.«

Flora hatte schon geahnt, dass er sich darüber Gedanken machte. »Lass mir noch etwas Zeit, Vater«, erwiderte sie. »Aber ich verspreche dir, dass ich nicht allein durchs Leben gehen werde. Eines Tages will ich heiraten, ganz bestimmt.«

Er nickte und verließ die Stube. Flora trat wieder ans Fenster und sah ihn mit dem Fuhrwerk aus dem großen Hoftor hinausfahren. Sie seufzte. Es gab nur einen Mann, den sie wollte, und das war Thomas Weinreiß. Doch es trennten sie Welten. Sie war eine Winzerstochter am Rhein, er war der Besitzer des Hofes und Bewohner einer großen Stadt, in die er eines Tages zurückkehren wollte. Aber was wäre, wenn er sie fragte, ob sie seine Frau werden und mit ihm nach Hamburg kommen wolle? Wie würde sie sich entscheiden? Alles aufgeben und sich mit ihm auf die Reise, eine Reise ins Ungewisse begeben? Sie sah ihn vor sich, so, wie er war, und plötzlich war sie sich sicher, dass sie das tun würde. Nur, was sollte dann aus dem Vater und aus dem Bruder werden?

Tief in ihre Gedanken versunken nahm Flora nicht wahr,

dass Philipp in die Stube getreten war. Erst als er neben ihr stand, bemerkte sie ihn. Er lächelte. Sie war erleichtert, denn sie waren ja im Streit geschieden.

Sie ging zum Schrank, zählte die Münzen ab und reichte sie ihm. »Hier, das ist für dich.«

Philipp schüttelte den Kopf. »Ich brauch dein Geld nicht, sieh her!« Er zog Flora mit zum Tisch, holte die Kassette aus seiner Jacke, dazu Strasshofs Samtbeutel, öffnete beides und schüttete den Inhalt auf den Tisch. »Das ist alles für uns!« Seine Augen leuchteten.

Flora erschrak zutiefst, als sie das viele Geld sah.

»Das hat mir Jeremias von Strasshof für meine Arbeit gegeben. Ich bin kein armer Mann mehr, Flora. Sobald ich den Meisterbrief in Händen halte, können wir endlich heiraten. Da ich genügend Geld habe und eine Familie ernähren kann, sollst du meine Frau werden.«

»Ich werde in Ruhe darüber nachdenken, Philipp«, erwiderte sie und sah zu, wie der Tischlergeselle die Münzen verstaute, »aber jetzt musst du gehen. Ich erwarte noch viele Helfer, die ihren Lohn abholen wollen. Morgen beim Weinlesefest werde ich mit dir tanzen, das verspreche ich dir.«

Sie begleitete ihn zur Tür. Bevor er auf die Gasse hinaustrat, wandte er sich noch einmal um und griff in seine Jackentasche.

»Hier, das hätte ich fast vergessen. Der Brief ist für Thomas Weinreiß. Gib ihn ihm, wenn du ihn triffst.«

Bevor Flora ihn fragen konnte, woher er den Brief habe, war er bereits davongeeilt. Als es klopfte und Peter Zirwes in die Stube trat, legte sie den Umschlag beiseite.

Nach und nach erschienen auch die restlichen Erntehelfer, um sich ihren Lohn abzuholen. Als alle ausbezahlt waren, entschied sich Flora, zum Holzhaus hinaufzugehen. Thomas war zwar nicht da, aber sie würde ihm den Brief auf den Tisch legen. Als sie danach griff, fiel ihr auf, dass die Siegel beschädigt waren. Sie stutzte, dann wurde sie zornig. Das war sicher Philipps Unachtsamkeit zu verdanken! Er hatte den Brief rasch in die Tasche geschoben, und dabei war es passiert. Als sie versuchte, die Siegel wieder anzudrücken, bemerkte sie die schönen geschwungenen Buchstaben, mit denen die Adresse notiert war. Eine unbezähmbare Neugier überkam sie, und sie faltete das Blatt auseinander.

Mein liebster Thomas,
wie lange willst Du noch im Rheinland bleiben? Wir haben viele Vorbereitungen zu unserer Hochzeit getroffen. Vor allem Mama hat sich schon ungeheure Mühe gemacht, damit es ein rauschendes Fest wird. Du kennst sie ja. Doch in manchen Dingen brauche ich jetzt Deine Hilfe. Komm bitte endlich zu mir zurück!
Ich vermisse Dich,
Deine Caroline

Flora ließ den Brief sinken. Wie gelähmt starrte sie ins Leere. Ein Schwindel erfasste sie, sodass sie sich setzen musste. Thomas hatte eine Braut in Hamburg! Mit aller Macht wehrte sie sich gegen den Gedanken, dass sie sich so sehr in ihm getäuscht hatte.

Eine Weile verharrte sie bewegungslos. Dann faltete sie den Bogen, atmete tief durch und eilte hinauf zum Holzhaus. Als sie durch die Tür trat, zog sich ihr Herz zusammen. Sie schluchzte auf und legte den Brief auf den Tisch. Dort hatten sie beide gesessen, hier hatte sie ihm zum ersten Mal von sich erzählt. Heftig zitternd schlang sie die Arme um sich und stolperte den Weinberg hinunter, während ihr die Tränen über die Wangen liefen.

Im Hof war alles ruhig. Der Vater war noch nicht zurückgekehrt. Flora eilte die Treppe hinauf in ihre Kammer, warf sich schluchzend auf ihr Bett und schloss die Augen. Sie wollte alles um sich herum, sie wollte die Welt vergessen.

Sie wusste nicht, wie lange sie dort so gelegen und gegrübelt hatte. Als sie die Schritte des Vaters im Haus hörte, stand sie auf. Sie richtete ihre Kleidung, wusch sich an der Waschschüssel die Tränen aus dem Gesicht und richtete ihr Haar. Dann ging sie hinunter in die Stube.

Der Vater saß am Tisch und hatte sich ein Glas Wein eingeschenkt. »Ah, Flora, da bist du ja.« Er seufzte. »Es war ein gutes Stück Arbeit, aber nun ist alles vorbereitet für das Weinfest morgen.«

»Ich muss dir etwas sagen, Vater«, begann Flora. »Philipp Mölgen hat heute Morgen um meine Hand angehalten. Durch seine Arbeiten für den Bischofshof hat er viel Geld verdient, er ist ein begabter Handwerker, der eine große Zukunft vor sich hat. Ich werde ihn heiraten, sobald er Meister ist und wenn ihr, Onkel Cornelius und du, einverstanden seid.«

Ihr Vater sah sie überrascht an. »Woher der plötzliche Sinneswandel? Ich weiß ja, dass er schon lange ein Auge auf dich geworfen hat. Aber ist er auch der richtige Mann für dich? Ich habe da meine Zweifel.« Er kratzte sich am Kopf. »Morgen wird's sehr viel zu tun geben. Lass uns nach dem Fest über deine Heiratspläne sprechen.«

* * *

Langsam schlenderte Thomas durch die Gassen von Rhöndorf zum Zennigshof zurück. Er hatte lange am Rheinufer gesessen und nachgedacht. Morgen war das Weinlesefest. Er wollte Flora sagen, dass er sie liebe, und wollte sie bitten, seine Frau zu werden.

Als er auf den Hof zurückkehrte, hörte er Geräusche im Haus. Es war also jemand da, doch er wollte heute niemanden stören. So ging er zum Holzhaus hinauf, vorbei an den Weinstöcken, die keine Trauben mehr trugen.

Die Tür knarrte leise, als er eintrat. Er trat an den Tisch und stutzte, als er dort einen Brief vorfand. Er nahm ihn zur Hand und stellte fest, dass er geöffnet war. Als er die Schrift sah, wusste er sofort, wer ihn geschrieben hatte. Er überflog Carolines Zeilen. Wie um alles in der Welt kam dieser Brief hierher? Seine Post aus Hamburg ging an die Bonner Adresse, und Dorothea übergab ihm die Briefe immer persönlich, zwar schweigend, aber zuverlässig. Aus welchem Grund hatte sie diesen hier weitergeleitet, und warum war er geöffnet? Vielleicht hatte Flora eine Erklärung. Er beschloss, ins Haus hinunterzugehen, um sie zu fragen.

Caspar Mentis öffnete ihm die Tür. Mit ernster Miene teilte er Thomas mit, dass Flora heute mehr nicht zu sprechen sei. Sie habe sich entschieden, die Frau des Möbeltischlers Philipp Mölgen zu werden, und daher gäbe es für sie nun vieles zu bedenken.

Thomas hörte Floras Vater schweigend zu. Dann erklärte er ihm, dass er es sich vorbehalten würde, mit ihr über ihre Heiratspläne zu sprechen, da sie die Zukunft des Zennigshofs beträfen.

Während er mit schweren Schritten über den Weinberg zum Holzhaus zurückkehrte, versuchte er das alles zu verstehen. Es war offensichtlich, dass Flora den Brief gelesen hatte, und dessen Inhalt hatte zu ihrer Entscheidung geführt. Thomas begriff nicht, wie er hierhergekommen und in Floras Hände gelangt war. Das konnte kein Zufall sein! Der Überbringer des Schreibens hatte genau das im Sinn gehabt: Flora sollte es lesen. Nur Philipp Mölgen kam infrage. Er hatte sich schon immer als Floras rechtmäßiger zukünftiger Bräutigam aufgeführt. Bei ihrer letzten Begegnung hatte ihm die Eifersucht ins Gesicht geschrieben gestanden, und nun hatte er sein

Ziel erreicht. Aber wie war der Tischler an den Brief gelangt? Es war Thomas ein völliges Rätsel.

Im Holzhaus angekommen, setzte er sich an den Tisch und nahm dem Bogen zur Hand. Dann zerknüllte er ihn und schleuderte ihn auf den Boden. Warum nur hatte er Flora nicht schon längst gesagt, dass er sie liebe? Dass es zwar eine Frau in Hamburg gebe, die jedoch keinerlei Bedeutung für ihn hätte. Viel zu lange hatte er gezögert!

16

Honnef, 21. Oktober 1688

Am Tag des Weinlesefestes versammelten sich die Menschen nach der Messe in St. Johann Baptist, die Pfarrer Trips zelebriert hatte, auf dem Marktplatz. Nicht nur aus den Honnefer Ortsteilen hatten sie sich auf den Weg gemacht. Auch aus den Nachbargemeinden waren viele erschienen, um Freunde und Verwandte zu treffen.

Die Stände, an denen die Winzer den neuen Wein ausschenkten, verteilten sich über den gesamten Platz. Der Stand des Zennigshofs war am unteren Ende des Marktes aufgebaut. Dort kamen die meisten auswärtigen Gäste zuerst entlang.

Philipp beobachtete Flora, die eben einem beleibten Herrn einen Becher reichte. Als er sah, dass Flora beschäftigt war, gab er ihr ein Zeichen, dass er später wiederkommen werde. Er trug sein Festtagsgewand und strahlte. Flora hatte ihn noch gestern Abend zu sich rufen lassen, um ihm mitzuteilen, dass sie ihn heiraten wolle. Heute nach dem Fest sollte er zum Zennigshof kommen, denn es galt erste wichtige Dinge zu besprechen. Mit hocherhobenem Kopf stolzierte er über den Platz, fest davon überzeugt, dass jeder ihm sein Glück ansehen müsse. Und als nun die Musiker an ihm vorbei in Richtung Tanzboden zogen, freute er sich wie ein Kind. Flora hatte versprochen, mit ihm zu tanzen. Alle würden sehen, dass sie endlich ein Paar waren.

* * *

Vom oberen Ende des Marktplatzes her bahnte sich Thomas einen Weg durch die fröhlich gestimmte Menschenmenge. Suchend sah er sich um. Endlich hatte er den Stand der Mentis entdeckt. Er sah Flora neben dem Vater stehen, der gerade einem Besucher Wein einschenkte. Thomas erschrak über Floras bleiches Gesicht, sie wirkte müde und teilnahmslos. Der Besucher ging weiter, und Caspar Mentis wandte sich einem kleinen Fass zu, um Wein zu zapfen.

Thomas nutzte die Gelegenheit. Schnell ging er auf Flora zu und trat nahe an sie heran.

Flora wandte den Kopf ab. »Wollt Ihr etwas trinken?«

»Nein, ich muss mit Euch sprechen«, erwiderte Thomas eindringlich. »Bitte kommt mit!«

Flora sah zu ihrem Vater, der noch eine Weile beschäftigt sein würde. »Ich habe keine Zeit.«

Thomas ließ nicht locker. »Ihr wollt Philipp Mölgen heiraten, darüber muss ich mit Euch reden!«

Flora wusste, dass es früher oder später zu einer Aussprache kommen musste. Also war es besser, diese hinter sich zu bringen. Sie sah in seine ernsten Augen, bemerkte die Anspannung in seinem Gesicht. Sie ging zu ihrem Vater hinüber und sagte ihm, dass sie bald zurück sein würde.

Schweigend gingen Flora und Thomas nebeneinanderher zur Kirche hinauf. Dort schlug er den Weg zum Friedhof ein. Die Stimmen und Rufe, die vom Marktplatz heraufdrangen, wurden immer leiser und waren schließlich kaum noch zu hören.

Thomas schritt geradewegs auf das Grab seiner Familie zu. »Hier sind wir uns zum ersten Mal begegnet«, sagte er, als sie davorstanden. »Wahrlich ein seltsamer Ort für eine erste Begegnung.« Behutsam nahm er Floras Hände in die seinen. »Ihr seid also fest entschlossen, Philipp Mölgen zu heiraten?«

Flora nickte stumm.

»Ihr habt den Brief gelesen, und nur daher rührt Eure Entscheidung, ist es nicht so?«

Sie nickte wieder. »Ihr habt eine Braut, und ich habe einen Bräutigam. Mehr gibt es nicht zu sagen. Und nun muss ich weiterarbeiten.« Sie versuchte ihre Hand aus der seinen zu lösen, aber Thomas hielt sie fest.

»Ich werde diese Frau nicht heiraten, Flora. Ich wollte sie niemals heiraten, der Wunsch kam allein von ihrer Seite. Ich hoffe, dass du mir das glaubst. Und ich hoffe, dass du deine Heiratspläne noch einmal überdenkst.«

Flora sah ihn fassungslos an. »Heute Abend kommt Philipp zu mir. Wir wollen über die Hochzeit sprechen. Was soll ich ihm sagen?«

»Die Wahrheit, Flora, die Wahrheit. Du musst dich entscheiden, für ihn oder für mich. Ich bitte dich hiermit, meine Frau zu werden. Ich hätte dich längst fragen sollen.«

Er schloss sie in die Arme, und sie ließ es geschehen. Gestern war ihre Welt aus den Fugen geraten, doch jetzt fühlte sich alles wieder gut und richtig an.

Als sie sich voneinander lösten, lächelte sie unter Tränen. »Ja, ich will deine Frau werden, und ich werde mit Philipp reden. Aber wie stellst du dir unsere gemeinsame Zukunft vor? Du wirst nicht hierbleiben, und ich kann nicht weg von hier.«

»Wir werden einen Weg finden«, erwiderte er. »Es gibt immer eine Lösung. Lass uns nicht jetzt darüber sprechen.«

Arm in Arm gingen sie schweigend zum Ausgang des Friedhofs. Flora kehrte zum Marktstand zurück, Thomas begab sich zum Weinreißhof.

Als Flora an dem Tanzboden vorbeikam, sah sie Trips an einem der Tische sitzen. Er war in ein lebhaftes Gespräch mit dem Gerichtsschreiber Steffens vertieft. Flora fragte sich, worüber sich die beiden wohl gerade unterhielten, als ein Raunen durch die Menge ging.

Angeführt von Jeremias von Strasshof kamen ihr drei Menschen entgegen. Wie immer war der Verwalter ausgesucht elegant und raffiniert gekleidet. Er trug einen eng anliegenden Mantel aus feinem Wollstoff, um seinen Hals prangte ein Seidentuch mit Spitzenbesatz. Das Degengehänge klapperte bei jedem Schritt. Ihm folgte sein Diener Valentin. Den Schluss bildete die schöne Mariana, von der Flora bisher nur gehört hatte. Ihr Aufzug ließ wohl alle Männerherzen höherschlagen. Ihr üppiges Haar fiel offen bis auf ihre Schultern herab. Das Mieder ihres Kleides war so fest geschnürt, dass ihr praller Busen eindrucksvoll zur Geltung kam.

Flora starrte wie all die anderen auf diesen sonderbaren Tross. Sie wollte weitergehen, aber Strasshof hatte sie schon entdeckt. Er ließ seine Begleiter stehen, kam auf sie zu und verbeugte sich galant. Auf seinen Wink hin begann die Musik zu spielen.

»*Ma belle*, darf ich Euch um einen Tanz bitten?«

Er reichte Flora die Hand, aber sie schüttelte den Kopf. »Ich muss arbeiten, Ihr könnt den Tag genießen.« Sie wandte sich ab und ließ ihn einfach stehen.

* * *

Jeremias sah ihr nach. Wie stolz und eigensinnig diese Flora Mentis doch ist, dachte er. Noch nie hatte eine Frau ihm einen Tanz verweigert. Als er den Blick schweifen ließ, entdeckte er Franz Xaver Trips. Er wunderte sich nicht wenig, den strengen Gottesmann bei einem Weinlesefest unter fröhlich feiernden Menschen zu sehen, und trat an den Tisch des Pfarrers.

»Ihr scheint Euch gut zu amüsieren, Monsignore Trips«, sagte er mit spöttischem Unterton. »Ich gestehe, dass ich überrascht bin, Euch bei einem Fest anzutreffen, bei dem man Bacchus, dem heidnischen Gott des Weines, huldigt.«

Trips machte nicht den Eindruck, als wolle er sich erneut herausfordern lassen. Mariana drängte sich an Jeremias, flüsterte ihm etwas ins Ohr und brach gleich darauf in schallendes Gelächter aus. Jeremias legte den Arm um ihre Taille und zog sie an sich. Mit Vergnügen beobachtete er, wie sich Trips' Gesicht angewidert verzog.

Jeremias grinste. »Seht her, Monsignore, dies ist meine wunderbare Mariana«, sagte er. »Ist sie nicht das Abbild der Maria Magdalena, der großen Sünderin? Und ist sie nicht genauso wunderschön wie diese?«

Er beugte sich zu der jungen Frau und küsste sie auf ihre vollen roten Lippen. Trips saß mit versteinertem Blick da. Jeremias hatte Lust, ihn noch mehr zu reizen. »Nun, Herr Pfarrer«, sagte er, »Mariana würde gern zu Euch in die Kirche kommen, um ihre Sünden zu bekennen. Darf sie das? Oder darf so viel Verderbtheit Euren heiligen Ort nicht entweihen?«

Was nun folgte, war eisiges Schweigen. Alle, die am Tisch saßen und in der Nähe standen, richteten ihre Augen auf Trips.

Dieser erhob sich langsam. »Gott nimmt sich aller Sünder an, alle können umkehren, sie müssen es nur ehrlichen Herzens wollen!«

* * *

Als Philipp spät am Abend auf dem Zennigshof ankam, konnte er sich kaum noch auf den Beinen halten. Er hatte auf dem Weinlesefest wieder einmal über die Stränge geschlagen und viel zu viel getrunken. Jedem, der mit ihm angestoßen hatte, hatte er von einem Ohr bis zum anderen grinsend von seiner bevorstehenden Hochzeit mit Flora Mentis erzählt. Alle sollten es wissen: Er war der Auserwählte und sonst keiner!

Flora hörte ihn kommen und öffnete ihm die Tür. Lachend und schwankend torkelte er ins Haus. Flora machte ihm schwere Vorwürfe wegen seiner Trunkenheit, doch er beklagte sich bitter.

»Du hast kein einziges Mal mit mir getanzt!«, schniefte er. »Die ganze Zeit hast du nur gearbeitet, da musste ich mich eben trösten. Jeremias von Strasshof war der Einzige, der sich um mich gekümmert hat. Er hat mich, großzügig, wie er ist, zu ein paar Bechern Wein eingeladen.«

Flora wurde zunehmend wütend. Ausgerechnet Strasshof! Sie schüttelte Philipp und zwang ihn, ihr in die Augen zu sehen. »Niemals werde ich einen Trunkenbold heiraten!«, fuhr sie ihn an.

Er hörte ihr gar nicht mehr zu. Er torkelte an ihr vorbei in die Stube, legte sich auf die Ofenbank und schlief sofort ein. Erst kurz vor Mitternacht gelang es Flora, ihn zu wecken. Sie schüttelte ihn heftig.

»Steh auf! Geh nach Hause und komm morgen wieder. Dann werden wir über alles reden.«

Philipp brummte etwas Unverständliches, erhob sich nur mit Mühe und ließ sich von Flora zur Haustür geleiten. Sie schob ihn hinaus, sah ihm nach, wie er immer noch schlaftrunken über den Hof wankte und schließlich in der Hofeinfahrt verschwand.

Sie fröstelte. In den Abendstunden war es deutlich kühler geworden, die Nacht würde kalt werden. Sie blickte zum Weinberg hinauf. Nebelschwaden lagen über den Rebstöcken, am Himmel stand der bleiche Vollmond. Es war ein gespenstischer Anblick. Flora zog die Haustür zu. Sie war sehr müde, aber auch sehr glücklich.

* * *

Kaum war Philipp auf die Gasse hinausgetreten, kam ihm aus dem Dunkeln eine Gestalt entgegen. Erschrocken wich er zurück, beruhigte sich aber sofort wieder, als er Jeremias von Strasshof erkannte.

»Was … Was macht Ihr … hier?«, stammelte er.

Strasshof lachte leise. »Ich wollte dem glücklichen Bräutigam gratulieren, und das ist mein Geschenk!« Völlig unerwartet stieß er Philipp mit solcher Wucht vor die Brust, dass dieser wankte und rücklings gegen die Hauswand fiel. »Wo ist mein Geld?«, zischte er und holte mit der Faust aus.

Mit einem Mal war Philipp hellwach. Panische Angst überfiel ihn. Da ihm der Weg auf die Gasse versperrt war, lief er zurück auf den Hof und von da aus weiter zum Weinberg hinauf.

Strasshof hatte ihn bald eingeholt und packte ihn. »Gib mir sofort das Geld zurück, das du mir gestohlen hast!«

»Ich weiß nicht, was Ihr von mir wollt«, jammerte Philipp.

Doch Strasshof ließ nicht von ihm ab. »Das weißt du ganz genau, du Ausgeburt der Hölle!« Außer sich vor Wut packte er ihn am Hals und drückte zu.

Mit letzter Kraft gelang es Philipp, sich zu befreien. »Ich bin kein Verbrecher«, keuchte er und versuchte seinerseits, Strasshof am Hals zu fassen. Aber dieser entwand sich ihm geschickt und stieß ihn zu Boden. Philipp fiel mit dem Hinterkopf auf einen größeren Stein, er hörte noch, wie ein furchterregendes Röcheln aus seinem Mund drang, dann wurde es dunkel um ihn.

Strasshof erschauerte und starrte auf Mölgen. Rasch beugte er sich hinunter. Erleichtert stellte er fest, dass dieser noch atmete. Dann sprang er auf und eilte über den Hof dem Ausgang zu.

* * *

Thomas erwachte, als der Vollmond seinen Schlafplatz im Giebel des Holzhauses in helles Licht tauchte. Es musste schon nach Mitternacht sein. Er versuchte, wieder einzuschlafen. Als ihm das nicht gelang, zog er sich an und ging hinaus ins Freie.

Draußen war es kalt und feucht. Er fröstelte. Gerade wollte er wieder ins Haus gehen, als er Geräusche hörte, die vom Hof kamen. Sicher war es der Hund. Arco strich oft des Nachts herum. Trotzdem beschloss Thomas, dem nachzugehen. Langsam lief er den mondbeschienenen Weinberg hinunter. Als er sich der untersten Reihe der Rebstöcke näherte, sah er eine dunkle Gestalt am Boden liegen. Als er näher kam, erkannte er, dass es Philipp Mölgen war. Er lag auf dem Rücken und starrte ihn mit weit aufgerissenen Augen an.

Thomas ging in die Knie und schloss dem Toten behutsam die Augen. Dann blickte er zum Hof hinunter. Nichts regte sich dort. Er sah wieder auf Mölgen und suchte nach einer Erklärung. Hatte dieser sich nach Floras Entscheidung, dass sie ihn nicht heiraten wollte, selbst getötet? Nein, das war unwahrscheinlich. Der Tischler war zwar leidenschaftlich und eifersüchtig gewesen, doch neigte er gewiss nicht zum Äußersten, das hieß, sich selbst zu richten.

Thomas' Blick fiel auf die linke Hand des Toten. Zwischen Daumen und Zeigefinger glitzerte eine Silberkette mit einem Medaillon. Das Mondlicht war hell genug, dass ein Totenschädel darauf zu erkennen war. Er wusste, wem dieser auffällige Halsschmuck gehörte. Aber wie war Strasshofs Medaillon in die Hände von Philipp Mölgen gelangt? Hatte er es ihm gestohlen? Und hatte dieser es bemerkt und war hierhergekommen, weil er es wiederhaben wollte? Aber warum sollte er den jungen Mann deswegen töten?

Sosehr sich Thomas auch den Kopf zermarterte, er fand keine Erklärung. Er nahm das Amulett, richtete sich auf und ging langsam wieder zum Holzhaus hinauf. In seinem Weinberg lag ein Toter. Morgen in aller Frühe würde er den Fall untersuchen lassen müssen.

* * *

An Allerseelen wurde in St. Johann Baptist des Tischlers Philipp Mölgen gedacht. Noch immer herrschte Bestürzung über seinen plötzlichen Tod, und doch waren viele Honnefer nicht verwundert darüber.

Nach der Seelenmesse trat Flora aus der Kirche. Sogleich zog sie ihren Mantel um sich, denn es herrschte klirrender Frost. Auf dem Vorplatz standen die Menschen in Gruppen zusammen, um sich noch einmal über den Todesfall auszutauschen, bevor sie zum Mittagsmahl in ihre warmen Stuben zurückkehren würden.

»Mölgen war ein Trunkenbold, und das hat ihn schließlich das Leben gekostet«, hörte Flora die hagere Frau des Bäckers sagen.

»Trotzdem ist es eine Tragödie, vor allem für seine Braut Flora Mentis«, erwiderte ihre Nachbarin, die sich fröstelnd die Arme rieb.

Flora wandte rasch den Kopf ab und ging weiter.

»Auf dem Weinlesefest hatte er allen erzählt, dass er bald heiraten würde«, schnappte sie bei der Familie des Küfers Nöthen auf.

»Und auch«, krächzte Nöthen mit heiserer Stimme, »dass er jetzt Geld und schon weitere Aufträge für den Bischofshof und sogar für den kurfürstlichen Hof in Bonn in Aussicht hätte.«

»Er war nicht nur ein begabter junger Tischlergeselle«, erklärte seine Frau, die sich bei ihm eingehakt hatte, »sondern auch ein hübscher Kerl. Was für eine furchtbare Geschichte!«

Der dicke Küfer nickte. »Nach dem Weinlesefest wollte er

noch spätabends seine Braut auf dem Zennigshof besuchen. Ich habe ihn ziemlich betrunken auf dem Weg dorthin gesehen.«

»Auf dem Hof soll er dann so unglücklich gestürzt sein, dass er dabei zu Tode kam«, ergänzte seine Frau.

»Wer weiß, ob ihn nicht jemand gestoßen hat …«, ließ sich der vierschrötige Sohn vernehmen und verschränkte die Arme vor der Brust.

Flora zuckte zusammen. Sie wandte sich ab und machte sich auf den Heimweg. Die Seelenmesse hatte sie sehr mitgenommen. Sie wusste, dass sie keine Schuld an Philipps Tod trug. Sie hätte es nicht verhindern können, auch wenn sie ihn an diesem Abend freundlicher aufgenommen und ihn nicht nach Hause geschickt hätte. Aber warum war er wieder auf den Hof zurückgekehrt und zum Weinberg hinaufgelaufen, wo Thomas ihn gefunden hatte? Sie konnte es sich nicht erklären, und es hatte keinen Sinn, weiter darüber nachzugrübeln. Philipp hatte sein Geheimnis mit ins Grab genommen.

Mit Schaudern dachte sie daran, wie der Vater sie aus dem Bett geholt hatte. Sein Gesicht war aschfahl gewesen, er hatte kein Wort gesagt. Stumm war sie ihm nach draußen gefolgt. Schon vom Hof aus hatte sie Thomas am Rande des Weinbergs stehen sehen, neben ihm den Arzt und den Gerichtsschreiber Johann Steffens. Am Boden lag ein menschlicher Körper. Thomas hatte ruhig und ernst erklärt, dass Philipp Mölgen hier an dieser Stelle durch einen Unfall zu Tode gekommen sei. Schließlich hatte der Gerichtsschreiber ihnen allen Fragen gestellt. Doch sie konnte nicht mehr sagen, als dass Philipp um Mitternacht das Haus verlassen hatte.

Am Tag nach Allerseelen fuhren Flora und ihr Vater mit dem Fuhrwerk nach Bonn. Thomas hatte sie dringend zu einer Unterredung ins Weinreiß'sche Haus gebeten. Sie nahmen an, dass es um die Verlängerung des Pachtvertrags ginge, der nun ausgelaufen war. Als sie vor dem Haus am Bonner Marktplatz ankamen, öffnete Thomas selbst ihnen die Tür. Er führte sie die Treppe hinauf in den Salon.

Floras Blick waren zwei Koffer aufgefallen, die neben der Tür im Flur standen. Sie fragte sich, ob er verreisen oder gar nach Hamburg zurückkehren wollte. Als sie in den Sesseln Platz genommen hatten, schaute sie ihn an, seine Miene verriet jedoch nichts. Aber sie musste es wissen, schließlich ging es um ihre Zukunft.

»Ich werde eine Zeit lang auf Reisen gehen«, erklärte Thomas. »Nach allem, was auf dem Zennigshof vorgefallen ist, halte ich das im Augenblick für das Beste. Der Todesfall hat Wellen geschlagen, die Honnefer Gemüter sollen sich beruhigen. Morgen fahre ich nach London zu meinem Freund Victor Morel. Er hat mich eingeladen, und jetzt ist eine gute Gelegenheit, ihn zu besuchen. Zudem gibt es wichtige politische Entwicklungen in England, von denen ich mir vor Ort ein Bild machen möchte.«

Ihr Vater nickte. »Aber könntet Ihr bitte zuvor den Pachtvertrag verlängern … falls ich weiterhin als Pächter für Euch arbeiten soll.«

Thomas stand auf, ging zu einem Pult hinüber, kehrte mit einem Schriftstück in der Hand zurück und reichte es ihm. »Ich habe bereits einen neuen Pachtvertrag ausgefertigt. Ihr müsst ihn nur noch unterschreiben.« Er blickte zu Flora. »In dem Vertrag habe ich einen neuen Passus eingefügt«, fuhr er fort. »Eure Tochter soll ab jetzt berechtigt sein, Geschäfte zu tätigen. Bisher hat sie Euch tatkräftig zur Seite gestanden. Nun soll auch sie selbst Entscheidungen treffen können. So steht es im Vertrag.«

Floras Vater sah ihn erstaunt an. »Das ist ganz in meinem Sinne. Flora wird Euch beweisen, dass sie das kann. Der Zennigshof liegt ihr ebenso am Herzen wie mir. Wir werden ihn gemeinsam in Eurem Sinne fortführen.«

Thomas reichte Floras Vater das Dokument und bat ihn, seinen Namen darunter zu setzen. Als dieser unterschrieben hatte, reichte er es an sie weiter. Sie nahm die Feder und setzte ihren Namen daneben. Ihre Hand zitterte ein wenig vor Aufregung.

Thomas stand auf und ging zu einer Kommode, auf der eine Karaffe und drei Gläser standen. Er schenkte allen Wein ein und hob sein Glas. »Nach dem Abschluss eines Pachtvertrags ist es, so habe ich gelesen, eine schöne Tradition, mit einem Glas Wein auf eine gute gemeinsame Zukunft anzustoßen.«

Bevor sie aufbrachen, bat Thomas Floras Vater, kurz unter vier Augen mit ihr sprechen zu dürfen. Dieser runzelte verwundert die Stirn, stand aber auf und verließ den Raum.

Thomas fasste Floras Hände und sah ihr in die Augen. »Sollen wir ihm jetzt sagen, dass wir heiraten wollen?«

Flora schüttelte den Kopf. »Nein, er soll es erfahren, wenn du aus England zurück bist, das ist noch früh genug. Wir beide müssen dann erst einmal in Ruhe darüber reden, wie es überhaupt weitergehen soll.« Sie drückte seine Hände und hielt sie ganz fest. »Ich danke dir, dass du diesen neuen Passus in den Vertrag eingefügt hast. Ich werde dir beweisen, dass ich wirklich selbstständig einen Hof führen kann. Genauso gut wie der Vater, wie jeder Mann es kann. Ich will anderen Frauen Mut machen. Es ist an der Zeit, dass wir Frauen zeigen, dass wir auch als Winzerinnen erfolgreich sein können.«

Thomas begleitete sie zur Tür. Bevor er sie öffnete, zog er Flora in seine Arme. »Du bist doch damit einverstanden, dass ich verreise?«

Flora schmiegte sich an seine Schulter. »Ja, es ist das Beste, wenn du für eine Weile von hier fortgehst«, sagte sie tapfer.

»Aber du musst mir schreiben, damit ich weiß, wie es dir geht und was du in England erlebst.«

Auf der Heimfahrt am Rhein entlang vergrub sie sich tief im Kragen ihres Mantels. Zwar schien die Sonne von einem strahlend blauen Himmel, aber es herrschte ein schneidender Wind. Der Vater saß mit vorgezogenen Schultern und gesenktem Kopf auf dem Kutschbock und war nicht sehr gesprächig. Flora war es recht. Sie sah auf den Fluss, der in der Sonne glitzerte, und kämpfte mit gemischten Gefühlen. Einerseits war ihr das Herz schwer, weil sie Thomas schon jetzt vermisste. Andererseits war sie unendlich stolz, dass sie nun die gleichberechtigte Partnerin des Vaters war.

17

Honnef, 27. November 1688

In den letzten Tagen im November kehrte auf allen Höfen in Honnef und seinen Ortsteilen Ruhe ein. Auch auf dem Zennigshof waren alle Arbeiten im Weinberg abgeschlossen, das Kelterhaus war gereinigt. Im Weinkeller reifte der in Eichenfässer abgefüllte Wein. Dort lagen auch noch vier Fässer des letzten Jahrgangs. Zum Weihnachtsfest sollten sie an den Gerichtsschreiber Steffens, an den Bürgermeister und an den Richter des Amtes Löwenburg geliefert werden.

Heute Morgen hatte sie den ersten Brief von Thomas aus England erhalten. Sie setzte sich an das knisternde Kaminfeuer in der Stube und öffnete ihn. Während sie las, hörte sie Thomas' vertraute Stimme. Es war so, als ob er neben ihr säße.

London, den 18. November 1688

Meine Liebste,
nach einer beschwerlichen Reise bin ich glücklich in England angelangt. Schon vor der Abreise in Köln gab es Schwierigkeiten. Der Kutscher war so betrunken, dass ein anderer herbeigerufen werden musste. Nachdem wir Aachen erreicht hatten, lahmte eines der Pferde. Eine Stunde mussten wir in der Kälte darauf warten, dass ein frisches Pferd angespannt wurde.
Ich hoffte, dass die Reise nun ohne größere Vorkommnisse vonstattenginge, aber ich hatte mich zu früh gefreut! Der neue Kutscher stellte sich als unerfahren heraus. Als uns

auf einer Brücke eine andere Kutsche entgegenkam, scheuten unsere Pferde und brachten unser Gefährt bedrohlich ins Wanken. Dem Kutscher gelang es nicht, die Tiere zu beruhigen. Ich sprang heraus, stieg auf den Kutschbock und entriss ihm die Zügel. In letzter Sekunde gelang es mir, den Wagen zum Stehen zu bringen, sonst wäre er von der Brücke gestürzt. Ich traute dem Kutscher nicht mehr und blieb neben ihm auf dem Kutschbock sitzen.
Wir erreichten die Kanalküste. Von da aus ging die Reise weiter auf dem Fährschiff auf bewegter, doch keineswegs stürmischer See. Nach einer wiederum unbequemen Fahrt in einer Kutsche kamen wir endlich in London an, wo mich mein Freund Victor Morel herzlich in Empfang nahm.
Die Morels sind wohlhabende Leute. Sie leben etwas außerhalb der Stadt in einem Landhaus inmitten eines herrschaftlichen Parks. Es sind großzügige und gastfreundliche Menschen. Schon am Tag nach der Ankunft fuhren Victor und ich nach London. Nach einem großen Feuer, das die Stadt vor Jahren heimgesucht hat, ist sie nach dem Brand noch größer und prächtiger wiederaufgebaut worden.
Victor führte mich durch eine pulsierende Metropole. Ich habe alles sehr genossen und freue mich auf die kommenden Tage.
Wie geht es dir? Bitte schreibe mir so bald wie möglich!
Ich liebe dich,
Thomas

* * *

»Nach all den Monaten der französischen Besatzung wird die Lage zunehmend angespannter«, sagte Laurenz, der mit Flora und dem Vater in der Stube saß. Er war kurz zuvor an diesem klirrend kalten Dezembernachmittag auf dem Zennigshof angekommen. »Bonn ist mittlerweile zur Großbaustelle geworden. Die Franzosen haben bereits zahlreiche Gebäude abgerissen.«

»Und was ist mit den schönen Gärten?«, fragte Flora.

»Die haben sie rücksichtslos zerstört. Landseitig sind bereits Gräben ausgehoben worden, und innerhalb des Festungswerks haben sie Bastionen für schweres Geschütz errichtet. Bonn wird gerade zu der am stärksten befestigten Stadt im Rheinland ausgebaut.«

Ihr Vater schüttelte bekümmert den Kopf. »Was soll nur werden?«

In der Nacht fand Flora keinen Schlaf. Würde es Krieg geben? Wie würde die Zukunft des Zennigshofs aussehen? Wie ihre eigene Zukunft – mit Thomas?

Als sie am nächsten Morgen beim Frühstück saßen, bat Laurenz sie noch einmal, äußerste Vorsicht walten zu lassen. »Die Besatzer versuchen, an Proviant zu kommen, der von Tag zu Tag knapper wird. Die Franzosen streifen durch die Dörfer und zwingen die Bewohner, ihre Vorräte herauszugeben.«

Der Vater nickte sorgenvoll. »Aus dem Westerwald haben wir Berichte über plündernde und brandschatzende Soldaten gehört.«

»Es ist gewiss nur noch eine Frage der Zeit, bis die Marodeure auch nach Honnef kommen«, sagte Laurenz. »Ihr solltet besonders wachsam sein.«

Er verabschiedete sich von seinem Vater, und Flora begleitete ihren Bruder bis auf die Gasse hinaus.

»Am liebsten würde ich hierbleiben«, murmelte er, als sie sich umarmten.

»Ach, Laurenz«, sagte Flora und bemühte sich um einen beiläufigen Ton. »Fast hätte ich vergessen, dich etwas zu fragen. Weißt du etwas über Jeremias von Strasshof? Nach dem

Weinlesefest ist er vom Bischofshof verschwunden. Ist er vielleicht wieder ins kurfürstliche Schloss eingezogen?«

Laurenz schüttelte den Kopf. »Nein, ich habe nichts darüber gehört, aber ich werde versuchen, etwas herauszubekommen.«

Noch hatte es keine Überfälle der Franzosen auf die Orte in der Honnefer Bucht und im Siebengebirge gegeben. Dennoch war die Angst der Menschen spürbar und allgegenwärtig. Die meisten Bewohner hatten bereits Maßnahmen ergriffen, um ihr Hab und Gut zu schützen. Die Hoftore blieben Tag und Nacht geschlossen, die Fenster wurden verriegelt. Aber es war fraglich, ob das ein gewaltsames Eindringen der Franzosen würde verhindern können. In diesen unruhigen Zeiten suchten die Menschen Trost und Zuspruch, daher kamen die Bewohner Honnefs öfter als je zuvor zur Messe in St. Johann Baptist.

Von der Kanzel herab richtete Franz Xaver Trips klare Worte an die Gemeinde. »Der Feind steht vor unserer Tür. Betet und seid wachsam, erfleht den Schutz des Höchsten, dann wird der Herr Euch beistehen.«

Die Gesichter der Menschen verrieten, dass sie seine Worte sehr ernst nahmen. Dies tat auch Flora, die an diesem Morgen ohne den Vater zur Kirche gegangen war. Dennoch überwogen bei ihr Hoffnung und Zuversicht. Gott hatte sie in ihrem Leben bis zum heutigen Tag begleitet, und das würde er auch weiterhin tun.

Auf dem Heimweg kam sie an Höfen, Feldern und Weingärten vorbei. Alles war ihr vertraut, sah aus wie immer. Und doch spürte sie ein nie da gewesenes Unbehagen. Pfarrer Trips' Worte hatten ihr mehr Furcht eingeflößt, als sie zugeben wollte. Plötzlich hatte sie das Gefühl, dass sie jemand verfolgte. Sie wandte sich um, aber niemand kam hinter ihr her, nirgends war ein Soldat zu sehen. Und auch auf dem weiteren Weg blieb alles ruhig.

Flora war erleichtert, als sie endlich in der Gasse vor dem Zennigshof angekommen war. Da sah sie, dass das große Hoftor offen stand. Warum hatte es der Vater nicht geschlossen? Sie eilte weiter. Vom Hof her hörte sie Stimmen und Rufe, dazu ein Geräusch, das ihr vertraut war. Jemand zog über die Schrotleiter ein Weinfass aus dem Keller! Sie lief durch die Einfahrt, blieb jedoch abrupt stehen, als sie vor sich ein Fuhrwerk sah, auf das drei Fässer von ihrem Wein aufgeladen waren. Die Markierung war gut erkennbar. Soldaten standen neben dem Wagen, aber wo war der Vater?

Gerade wollte Flora auf die Franzosen losgehen, da hörte sie hinter sich seine Stimme. »Lass sie mit den Fässern ziehen, wir können nichts daran ändern.«

Flora fuhr herum. Erleichtert stellte sie fest, dass die Franzosen ihm nichts angetan hatten. Energisch schüttelte sie den Kopf. »Ich werde mir das nicht gefallen lassen!« Sie rannte auf den Wagen zu und rief: »Ihr werdet die Fässer sofort wieder abladen! Das ist *mein* Wein!« Sie gestikulierte heftig, um sich verständlich zu machen, doch die Männer amüsierten sich nur über ihren Auftritt und lachten.

Plötzlich kam einer von ihnen auf sie zu. In fast akzentfreiem Deutsch und keineswegs unfreundlich sagte er: »Wir werden diese Fässer mitnehmen, Mademoiselle, und wir erwarten, dass Ihr uns keine Schwierigkeiten macht.«

Flora sah ihn entgeistert an. »Ich werde euch große Schwierigkeiten machen, da könnt Ihr ganz sicher sein!« Zornig stampfte sie mit dem Fuß auf. »Wer hat Euch den Befehl gegeben, die Fässer zu stehlen? Ich will mit ihm sprechen!«

Das Lächeln im Gesicht des jungen Soldaten verschwand. Er drehte sich um und wechselte einige Worte mit seinen Kameraden. »Wir sollen diesen Wein in das kurfürstliche Schloss nach Bonn liefern«, erklärte er dann. »Mehr kann ich Euch nicht sagen.«

Flora nickte. »Dann komme ich eben mit ins Schloss. Ich möchte mit Jeremias von Strasshof persönlich sprechen!«

Der Soldat zuckte zusammen. Flora hatte keinen Zweifel. Strasshof war wieder im Schloss, und er wusste von diesem Raubzug oder hatte ihn sogar angeordnet.

Während nun auch das vierte Fass aufgeladen wurde, kletterte Flora auf den Wagen. Sie war fest entschlossen, Strasshof die Stirn zu bieten. Der junge Franzose setzte sich neben sie und ergriff die Zügel. Ihr Vater trat an den Wagen heran. Sein Gesicht war bleich, es wirkte eingefallen. Flora erschrak zutiefst, aber sie hatte jetzt keine Zeit, sich Sorgen um ihn zu machen. »Ich werde mit allen vier Fässern zum Zennigshof zurückkehren«, rief sie. »Das verspreche ich dir!«

18

Bonn, 3. Dezember 1688

Als das Fuhrwerk vor dem Bonner Stadttor anlangte, rieb Flora ihre kalten Hände und zog den dicken Wollmantel fester um ihren Körper. Während sie vor dem Tor auf den Einlass in die besetzte Stadt warteten, blickte sie auf das Rheinufer. Dort war eine unübersehbare Zahl von Menschen dabei, das Gelände zu befestigen. Im Bereich des Zollgebäudes wurden Steine zurechtgeklopft. Die abgestumpften Mienen und blau gefrorenen Gesichter der Arbeiter verrieten, dass sie bereits seit Stunden im Freien hantierten.

Nachdem das Fuhrwerk das Stadttor passiert hatte, sah Flora zu dem jungen Franzosen hinüber. Auf der Fahrt hierher hatte sie einiges über ihn erfahren. Er hieß Jean und sprach Deutsch, da seine Mutter aus der Pfalz stammte. Deshalb liebte er Deutschland, und dennoch war er Soldat in der Armee Ludwigs XIV. Jean war ein liebenswürdiger junger Mann mit den besten Umgangsformen. Flora fand, dass er für den Militärdienst gänzlich ungeeignet war. Soldaten waren doch raue Gesellen. Jean war das nicht. Aber vielleicht hatte er keine andere Wahl gehabt, als Soldat zu werden.

Sie waren erst wenige Meter nach Bonn hineingefahren, als Flora die vertrauten Straßen mit einem Mal fremd vorkamen. Die Stadt zeigte im Zustand der Besatzung ein bedrohliches Gesicht. Überall sah sie fremde Uniformen. Sie fuhren am Minoritenkloster vorbei. Davor stand eine Menschenschlange, die kein Ende zu nehmen schien.

»Die Brüder haben jetzt die Verpflegung der französischen Garnison übernommen«, erklärte ihr Jean.

»Ich kenne das Kloster gut«, sagte Flora. »Es ist berühmt für sein Hospital.«

»Und für sein köstliches Brot und sein noch besseres Bier«, ergänzte Jean.

Flora lächelte. »Ich sehe, Ihr kennt Euch schon ziemlich gut aus.«

Endlich kamen sie vor dem Tor des kurfürstlichen Schlosses an. Jean wechselte einige Worte mit den Wachleuten, dann wurden sie weitergewunken und fuhren in den Hof hinein. Galant half Jean Flora vom Wagen herunter und bat sie, einen Moment zu warten. Einigen bereitstehenden Männern gab er ein Zeichen, dass sie die Weinfässer abladen sollten. Flora sah ihn mit gerunzelter Stirn an.

»Ihr werdet den Wein nicht zurückbekommen, Mademoiselle«, sagte er. »Er ist für Wilhelm von Fürstenberg selbst bestimmt.«

Und schon eilte er mit schnellen Schritten auf den dreigeschossigen Trakt des Schlosses zu. Flora blickte ihm nach. Dort also, dachte sie, lebt der mächtige Kardinal, umgeben von der Pracht und dem Glanz seines Hofstaats, zu dem auch Jeremias von Strasshof gehört. Und wieder verspürte sie den unbändigen Wunsch, Fürstenberg einmal in ihrem Leben zu begegnen. Ihr Blick fiel auf einen Brunnen, der in der Mitte des Innenhofes stand. Da sie wohl noch einige Zeit würde warten müssen, beschloss sie, sich ihn etwas näher anzusehen.

In der Mitte des Brunnenbeckens, in dem gefrorenes Wasser silbrig glitzerte, befand sich eine Säule mit vier eisernen Löwenköpfen. Wenn der Brunnen in Betrieb war, würde das Wasser wohl aus deren Mäulern hervorsprudeln.

Plötzlich spürte Flora einen warmen Lufthauch an ihrem Ohr.

»Ein wundervoller Brunnen, nicht wahr?«

Sie fuhr herum. Vor ihr stand Jeremias Strasshof und schenkte ihr sein schönstes Lächeln. Flora hatte alle Mühe, ihre Verlegenheit zu verbergen.

»Er ist die Zierde dieses Hofes«, sagte Strasshof. »In den Sommermonaten können sich die Besucher an heißen Tagen hier erfrischen. Das Wasserspiel ist herrlich und erfreut Herz und Sinne gleichermaßen. Es ist das reinste Vergnügen, es zu betrachten.«

Flora musterte seine schlanke Gestalt und seine makellosen Züge. Auch ihn zu betrachten, bereitete Vergnügen. Doch sie durfte sich nicht ablenken lassen. Sie zeigte zu dem Wagen hinüber, von dem gerade das vierte Fass abgeladen wurde.

»Gebt diesen Männern auf der Stelle den Befehl, die Fässer wieder aufzuladen. Es ist *mein* Wein, den Ihr so dreist vom Zennigshof habt stehlen lassen!«

Strasshof hob die Augenbrauen und erwiderte mit gespielter Entrüstung: »Was sind das für harte Worte, *ma belle*. Nun, ich gestehe, dass ich Jean und einige Männer losgeschickt habe. Sie sollten auf der anderen Seite des Rheins den besten Wein für den Kardinal ausfindig machen. Und irgendjemand muss ihnen gesagt haben, dass dies der Wein vom Zennigshof in Rhöndorf ist.«

Flora sah ihn fassungslos an. »Ich glaube Euch kein Wort! Ihr habt Eure Leute nirgendwo anders hingeschickt als zu uns. Ihr seid nicht nur ein Dieb, Ihr seid auch ein dreister Lügner!« Sie war so wütend und verzweifelt, dass ihr die Tränen in die Augen stiegen.

Strasshof reichte ihr sein Spitzentaschentuch. »Also gut, ich gestehe, dass ich die Männer zum Zennigshof geschickt habe, damit sie Euren Wein holen.« Er hielt kurz inne und sah zu den Soldaten hinüber, die gerade das letzte Fass über den Hof rollten.

Flora hatte sich wieder gefasst und gab ihm das Tuch zurück.

Strasshof ergriff ihre Hand und führte sie an seine Lippen. »Die Wahrheit ist, dass ich das alles nur getan habe, um Euch wiederzusehen, *ma belle*. Ich wusste genau, dass Ihr um Euren Wein kämpfen und herkommen würdet. Nun, ich habe mein Ziel erreicht. Ihr seid endlich hier. Ich wollte Euch wiedersehen, Flora. Das ist die reine Wahrheit!«

Flora schloss kurz die Augen. Er verstand es vortrefflich, jede für ihn missliche Lage zu seinen Gunsten zu wenden. Die Geschichte war frei erfunden, das stand für sie fest. Sie wollte ihm ihre Hand entziehen, doch er küsste sie noch einmal, bevor er sie freigab.

»Ich bin kein Dieb und kein Lügner. Aber Ihr scheint es mir nicht zu glauben. Nun gut, dann werde ich es Euch jetzt beweisen. Ich werde Euch den Wein selbstverständlich bezahlen, so wie Ihr es von mir gewohnt seid. Ich war damals auf dem Bischofshof großzügig, und das werde ich auch jetzt sein.«

Flora spürte, dass sie keine andere Wahl hatte. Sie würde ihren Wein niemals wiederbekommen. Und da dies so war, wollte sie eine angemessene Summe dafür. Dank Thomas hatte sie jetzt freie Hand in allen Geschäften, und das wollte sie nutzen. Welche Summe würde ihr Strasshof geben? Ihr Zorn auf ihn war der Neugier gewichen. »Gut, dann will ich das Geld, und zwar sofort!«

Strasshof bot ihr seinen Arm, und beide schritten über den Hof auf das Eingangsportal des größten und repräsentativsten Gebäudes zu. Wie durch Zauberhand wurde die Tür geöffnet, zwei livrierte Diener erschienen und geleiteten sie die breite steinerne Treppe hinauf. Flora hob mit Mühe ihren schweren Mantel an, während Strasshof neben ihr leichtfüßig nach oben tänzelte. Flora versuchte, die spöttischen Blicke der Lakaien zu übersehen – sie ahnte sehr wohl, was sie über sie dachten.

»Wir geben ein bemerkenswertes Paar ab«, flüsterte Strasshof. »Macht Euch auf weitere neugierige Blicke gefasst.«

Ja, dachte Flora, das sind wir. Und zwar ein vollkommen ungleiches Paar. Aber sie dachte an das Geld, das ihr zustand, und schritt entschlossen und mit erhobenem Kopf neben ihm her.

Im ersten Stock des Gebäudes, der Beletage, angekommen, wurden sie bis zu einer Doppelflügeltür geleitet, die zwei Lakaien für sie öffneten. Flora versuchte, alles zu erfassen, was ihre Augen nun erblickten. Noch nie in ihrem Leben hatte sie solch aufwendig geschnitzte Möbel und fein gewirkte Teppiche gesehen.

»Wir sind in den Staatsappartements«, erklärte Strasshof, »und dies ist das Vorzimmer. Wenn der Kurfürst im Schloss weilt, tummeln sich hier die Bittsteller, um ihre Bittschriften einzureichen. Doch seine Eminenz ist im Augenblick nicht anwesend. Deshalb ist hier niemand.«

Auf der gegenüberliegenden Seite gelangten sie zu einer breiten Flügeltür. Nach einer kurzen Verbeugung wurde diese von livrierten Dienern geöffnet. Sie durchschritten den weitläufigen Saal, der um ein Vielfaches größer war als das Vorzimmer. Hier staubte eine Reihe von Dienstmädchen mit flinken Händen das kostbare Mobiliar ab.

Strasshof beugte sich zu Flora. »Dies ist der Audienzsaal, hier finden offizielle Empfänge statt«, flüsterte er ihr zu. »Er wird für Bankette, aber auch für allerlei Lustbarkeiten wie Bälle, Konzerte oder Theaterspiel genutzt.«

Flora konnte sich an der glanzvollen Ausstattung in Rot und Gold kaum sattsehen. Plötzlich blieb sie stehen und sah ihn an. »Warum seid Ihr nach der Weinlese so schnell vom Bischofshof verschwunden?«

Strasshof blinzelte kurz. »Fürstenberg hat mich dringend gebeten, ins Schloss zurückzukehren«, antwortete er achselzuckend. »Ich hatte also keine andere Wahl.«

Bevor sie den nächsten Raum betraten, verkündete einer der Diener mit hoher, näselnder Stimme die Ankunft von Monsieur Strasshof und seiner Begleiterin. Frauen und Männer saßen hier getrennt an kleinen Tischen. Wie auf Kommando hoben sie die Köpfe und sahen Flora und Strasshof entgegen. Die Gesichter der Frauen waren weiß geschminkt und mit kleinen Schönheitspflästerchen versehen. Ihre Lippen leuchteten rot, ihre Haare waren unter kunstvoll gefertigten Perücken verborgen. Bei jeder Bewegung raschelten die glänzenden Stoffe der bauschigen Kleider. Während Strasshof und Flora an ihnen vorbeischritten, steckten sie ihre Köpfe zusammen und tuschelten.

Floras Blick fiel auf eine besonders zarte weibliche Gestalt, die ihr Gesicht hinter einem Fächer verbarg. Strasshof ging zu ihr hinüber und wechselte einige Worte mit ihr. Dabei schob die Frau den Fächer leicht zur Seite, und Flora erkannte, dass es Dorothea Weinreiß war.

Sie traten in einen Gang hinaus. Die Lakaien blieben zurück. Flora fragte sich, wohin Strasshof sie führen wollte.

»Die Menschen, die Ihr hier gesehen habt, vertreiben sich die Zeit mit Kartenspiel, Konversation, Tanz und Musik«, bemerkte er spöttisch. »Sie amüsieren sich dabei mehr oder weniger. Das ist ihr Leben, ein Leben bei Hofe, und Ihr habt gerade einen kleinen Einblick bekommen. Nun, dafür muss man geboren sein.«

Flora sah ihn verständnislos an. »Statt sich zu amüsieren, sollten sie arbeiten, so wie ich!«

Strasshof schüttelte lächelnd den Kopf. »Arbeiten? Das können sie überhaupt nicht. Ihr Leben besteht darin, andere für sich arbeiten zu lassen und sich dabei zu Tode zu langweilen. Nun, was soll ich sagen? Es gibt ein französisches Sprichwort: ›*Chacun est l'artisan de sa fortune.*‹ Das bedeutet so viel wie: ›Jeder ist seines Glückes Schmied‹.« Er lachte und nahm

Floras Hand, aber sie entzog sie ihm sofort. »Diese Menschen hier wollen gar nichts an ihrem Leben ändern«, fuhr er fort. »Und doch bin ich überzeugt, wenn sie es wollten, könnten sie es auch. Aber ihre Zukunft wäre ungewiss. Für eine Veränderung bräuchten sie Mut, den sie nicht haben. Auch eine Winzerstochter aus Rhöndorf könnte ihr Leben ändern, wenn sie es wollte. Sie hat den Mut, den diese Frauen hier nicht haben.« Er blickte sie mit einem rätselhaften Lächeln an.

Flora sah schnell weg. Gleich darauf gingen sie weiter und erreichten bald ein Portal aus massivem Holz.

Strasshof blieb stehen. »Das sind die Gemächer des Kardinals«, sagte er. »Da er abwesend ist, kann ich Euch den schönsten Raum des Schlosses zeigen, das Kurfürstenzimmer.«

Er öffnete die Tür, und sie traten in einen Raum, der an Glanz und Pracht alles übertraf, was Flora jemals in ihrem Leben gesehen hatte. Ihr Blick glitt über Schränke mit reich geschnitzten Verzierungen, Tische mit Einlegearbeiten aus vielfarbigen Hölzern und geschwungene Polsterstühle. An den Wänden hingen Tapisserien, die so fein und kunstvoll gewirkt waren, dass sie aussahen wie Gemälde.

Strasshof nahm Flora an der Hand und zog sie weiter bis zu einem Fenster. Sie blickten auf einen Platz hinunter, auf dem einige edle Pferde zu sehen waren.

»Das hier ist der Ausreitplatz für die Pferde Fürstenbergs, daneben befinden sich die Ställe«, erläuterte Strasshof, und schon zog er Flora weiter bis zur Tür. Geheimnisvoll lächelnd flüsterte er: »Willkommen in der Gemäldegalerie des Kurfürsten. Hier gibt es wahre Meisterwerke der Malerei zu bestaunen.«

Sie traten in einen schmalen und sehr langen Saal, der an einer Seite durch mehrere Fenster erhellt wurde. An der gegenüberliegenden Wand waren in mehreren Reihen übereinander Bilder angebracht. Seite an Seite schritt Flora mit

Strasshof die Gemäldegalerie ab. Vor einem der Bilder blieb sie plötzlich stehen. Es zeigte einen Tisch mit Blumen und Fruchtkörben, feinste Speisen lagen auf Silbertellern, in kunstvoll geschliffenen Gläsern funkelte der Wein. Alles sah so täuschend echt aus, dass sie versucht war, nach einem der Gläser zu greifen und daraus zu trinken. Sie konnte sich vom Anblick kaum losreißen. Doch wieder zog er sie weiter.

»Dahinter verbirgt sich mein privates Appartement«, flüsterte er. Er öffnete die Tür am Ende der Galerie und trat hinein.

Flora zögerte, aber dann nahm sie ihren Mut zusammen und folgte ihm. Kaum hatte sie das Gemach betreten, bemerkte sie, dass sich dort bereits jemand aufhielt. Es war ein geckenhaft gekleideter Mann mittleren Alters, der in einem ausladenden Sessel saß. Er schien auf Strasshof gewartet zu haben. Jetzt sprang er auf und verneigte sich.

»Oh, verzeiht, Monsieur Lafranche«, flötete Strasshof, »wie konnte ich Euch nur vergessen, ich bin untröstlich.« Während er sprach, hing der Mann begierig an seinen Lippen.

Flora fand diesen Menschen so abstoßend, dass sie froh war, als Strasshof ihn hinauskomplimentiert hatte.

»Monsieur Lafranche ist der Tanzmeister des kurfürstlichen Hofes und zugleich mein Tanzlehrer«, erklärte Strasshof, nahm Flora den Mantel ab und legte ihn über einen Sessel. »Aber nun kommt bitte weiter!«

Der Raum, in den Flora nun trat, unterschied sich von allen Räumen, die sie zuvor gesehen hatte. Er war klein und intim, die Wände waren mit hellgelbem Stoff bespannt, die Möbel cremeweiß. Ihr Blick fiel auf eine kunstvoll gearbeitete Schale, die auf einem kleinen Tisch in der Mitte des Raums stand. Sie sah aus wie der Kelch, den Pfarrer Trips während der heiligen Messe verwendete. Aber Strasshof war kein Priester, es musste also etwas anderes sein. Das Gefäß besaß einen blütenförmigen Fuß und einen Deckel mit einem besonders raffiniert gestalteten Griff, bei dem zartes Blattwerk eine zierliche Frucht umschloss. Zwischen dem Deckel und dem Fuß gab es eine breite, sich wölbende Schale, die im matten Glanz irisierend schimmerte.

Strasshof hatte ihre Neugierde bemerkt. »Das ist mein Lieblingsstück«, sagte er lächelnd. »Ist es nicht ein herrliches Kunstwerk? Die Schale kommt aus einem fernen Land am anderen Ende der Welt. Sie trägt den geheimnisvollen Zauber dieses Landes in sich und besitzt, so sagt man, magische Kräfte. Vor langer Zeit hat sie ein Reisender aus China ins Rheinland mitgebracht, und hier wurde sie in einer Werkstatt zu diesem kostbaren Gefäß veredelt. Fürstenberg hat es erworben und mir geschenkt. Ist es nicht einzigartig?«

Strasshof liebte es offenbar, wenn seine Schätze bewundert wurden. Er bedeutete Flora, sich an den kleinen Tisch zu setzen. Er selbst ging zu einer Tür an der Längsseite, öffnete sie und trat in das Gemach, das dahinter lag. Da er die Tür offen ließ, konnte Flora erkennen, dass eine Seite durch einen Vorhang abgetrennt war. Dieser war zurückgezogen, und sie blickte auf ein breites, ausladendes Bett. Daneben stand ein Schränkchen mit zahlreichen Schubladen. Auch diese Möbelstücke leuchteten in einem zart schimmernden Cremeton. Strasshof schien die Helligkeit und Heiterkeit, die sie ausstrahlten, zu lieben. Er zog eine der Laden des Schränkchens auf, nahm eine Kassette heraus und kehrte zu Flora zurück. Die Tür zu seinem Schlafgemach ließ er offen. Flora wünschte sich, er hätte sie geschlossen.

»Das ist ein Alkoven«, erklärte er stolz und wies auf das Bett und den Vorhang. »Das ist die neueste Mode in Frankreich, und ich bin der Einzige in diesem Schloss, der eine solche Schlafnische sein Eigen nennt.« Er setzte sich neben Flora an den Tisch und stellte die Kassette darauf. Dann ergriff er eine Kanne, die auf einem Tablett stand, und goss das Getränk, das sich darin befand, in zwei zierliche Tassen. Ein betörender Duft zog durch den Raum. Flora blickte ihn fragend an.

Er nahm ihre Hand, führte sie an seine Lippen und küsste sie. »Diesen feinsten Tee aus China wollte ich mit Monsieur Lafranche trinken«, sagte er lächelnd, »doch nun dürft Ihr ihn mit mir genießen. Ihr werdet feststellen, wie außerordentlich wohltuend er ist.« Er nahm eins der beiden Tässchen, hielt es an seine Nase und sog genießerisch den Duft ein, bevor er es an die Lippen setzte und trank.

Flora beobachtete ihn. Sie fühlte, wie Ungeduld, aber zugleich auch Angst in ihr aufstiegen. Sie hatte nicht die Absicht, ihre Tasse anzurühren. Was hatte dieser Mann vor? Warum gab er ihr das Geld nicht? Um ihre Angst abzuschütteln, beschloss sie, etwas zu sagen.

»Ihr habt einen Tanzlehrer?«

Strasshof stellte seine Tasse auf das Tablett zurück und sah sie an. Sein Blick war träumerisch. »Ja, ich tanze leidenschaftlich gern. Es gibt für mich nichts Herrlicheres. Die besten Tänzer der Welt gibt es allerdings in Versailles, sie gehören dem Hofstaat des französischen Königs an. Ludwig XIV. gerät in grenzenlose Verzückung, wenn das Ballett auftritt. Als junger Mann hat er selbst getanzt und dabei gestrahlt wie die Sonne, die alles erhellt. Damals, so sagt man, war er so schön wie ein Gott.«

Flora blinzelte verwirrt. Was war ein Ballett? Sie dachte an die Tanzpaare auf den Honnefer Festen, an die Tänze, bei denen sich betrunkene Männer an den Frauen festhielten. Mit einem Mal verspürte sie Lust, Strasshof mit einer Frage zu reizen.

»Warum habt Ihr dann auf dem Weinfest in Honnef nicht mit Eurer schönen Begleiterin getanzt?«

Strasshof lachte. »Nun, da Ihr mich abgelehnt habt, war meine Enttäuschung zu groß. Und eigentlich gehört das Tanzen zu den wenigen Dingen, bei denen ich keine Partnerin brauche.« Er blickte zu der geöffneten Schlafzimmertür hinüber.

Flora erhob sich, aber Strasshof zog sie sanft zurück. »Warum habt Ihr Angst vor mir? Das müsst Ihr nicht. Ich bin kein Unhold, kein Verführer, ich bin ein Ehrenmann, auch wenn man etwas anderes über mich sagt. Und niemals würde ich eine Frau zu etwas zwingen, was sie nicht will. Sie muss den ersten Schritt tun, versteht Ihr?«

Flora sah ihn schweigend an. Zum ersten Mal war sie geneigt, ihm zu glauben. Endlich schob er das Tablett beiseite, nahm die Kassette und öffnete sie. »Wie viele Fässer sind es, die ich Euch bezahlen muss, *ma belle*?«

Flora, die es nun doch gewagt hatte, von dem überaus wohlschmeckenden Tee zu trinken, setzte die Tasse ab. »Es sind vier große Fässer meines besten Rotweins.«

Strasshof nickte. »Stellt fest, ob dies hier genug ist.« Er reichte Flora die Kassette, und sie erkannte auf den ersten Blick, dass sich ein Vermögen darin befand. Entgeistert starrte sie ihn an.

Bevor sie etwas sagen konnte, legte er ihr einen Finger auf den Mund. »Ich will, dass Ihr das Geld annehmt. Es war mein Wunsch, den Zennigshof zu kaufen, aber der Besitzer hat mein überaus großzügiges Angebot abgelehnt. Für Euren Wein jedoch, der nun im Keller des Bonner Schlosses lagert, möchte ich Euch fürstlich bezahlen, denn er ist es wahrlich wert.«

Flora saß wie benommen auf ihrem Platz. Sie verstand die Welt nicht mehr. Strasshof hatte den Zennigshof kaufen wollen, und Thomas hatte dies abgelehnt? Warum hatte er ihr das nicht gesagt? Sie würde es erfahren, sobald er aus England zurück war. Sie klappte den Deckel der Kassette zu, nahm sie in die Hand und stand auf. »Ich muss nun gehen«, sagte sie, »und ich denke, wir werden uns nie mehr wiedersehen.«

Strasshof erhob sich ebenfalls und entgegnete leise: »Ganz

im Gegenteil, *ma belle*, wir werden uns schon sehr bald wiedersehen. Fürstenberg gibt zum Jahreswechsel ein großes Fest im Schloss. Ihr werdet zu diesem Fest kommen, da bin ich mir ganz sicher. Ich werde Euch eine Einladung überbringen lassen, ich werde Euch ein wundervolles, nach der neuesten französischen Mode geschnittenes Kleid senden und darüber hinaus eine Kutsche bereitstellen. Und Ihr werdet das alles annehmen.« Er lächelte geheimnisvoll. »Warum werdet Ihr es annehmen? Nun, bei diesem Fest werden der Kardinal und seine Gäste den Wein vom Zennigshof trinken, Euren Wein, versteht Ihr?«

Flora erwiderte nichts.

Strasshof trat ganz dicht an sie heran. Seine Augen hatten einen silbrigen Glanz, als er fortfuhr: »Ihr wollt sehen, wie Fürstenberg Euer Wein schmeckt, und das wird er, ich kenne seinen erlesenen Geschmack. Der Kurfürst wird beim großen Bankett Euren Wein trinken. Das ist Euer größter Erfolg, Flora Mentis, und ich habe Euch zu diesem Triumph verholfen.«

Flora spürte, dass er ihr nicht nur schmeicheln wollte, er war überzeugt von ihrem Können. Dennoch, sie wollte jetzt gehen, seine Nähe verwirrte sie mehr, als sie sich eingestehen wollte. Sie sah in sein schönes Gesicht, dann wandte sie sich um, blickte noch einmal zum Schlafzimmer und ging zur Tür.

Strasshof folgte ihr und hauchte ihr ins Ohr: »Ihr werdet kommen, Flora. Ihr werdet auch meinetwegen kommen. Ihr wollt mich doch tanzen sehen, *ma belle*!«

19

Rhöndorf, 15. Dezember 1688

Am frühen Nachmittag setzte sich Flora an den Tisch in der Stube. Sie wollte die ruhige Zeit vor dem Weihnachtsfest nutzen, um ihre Aufzeichnungen, die den Wein betrafen, noch einmal durchzusehen. Gerade lag ein Liefervertrag mit dem Kölner Weinhändler Hieronymus Zilken vor ihr auf dem Tisch. Sie fragte sich, warum er im Herbst nicht zum Zennigshof gekommen war. Hoffentlich war ihm nichts zugestoßen. Sie wandte sich wieder ihren Notizen zu und versank so tief in ihren Gedanken, dass sie das Klopfen nicht hörte. Erst als die Tür leicht knarrend geöffnet wurde, hob sie den Kopf.

Mit geröteten Wangen trat Hieronymus Zilken in die Stube.

Flora sprang auf und lief ihm entgegen. »Endlich seid Ihr da!«, rief sie und nahm ihm den Mantel ab, in dem die Kälte hing, die draußen herrschte.

Der Weinhändler rieb sich die Hände. »Ich weiß, ich bin spät dran in diesem Jahr«, sagte er entschuldigend. »Die Geschäfte gehen einfach sehr gut. Und auch aus Hamburg gibt es erfreuliche Neuigkeiten.«

Flora bat ihn, einstweilen auf der Bank vor dem Kaminfeuer Platz zu nehmen. Dann ging sie in die Küche und wärmte den Rest von dem Gemüseeintopf auf, der vom Mittagsmahl übrig geblieben war, schnitt eine dicke Scheibe Brot ab und füllte einen Krug mit Wein. Als der Eintopf zu dampfen begann, füllte sie ihn in eine Schale und trug alles auf einem Tablett in die Stube.

Während der Weinhändler sich stärkte, berichtete sie ihm von den Ereignissen auf dem Zennigshof und von dem neuen Besitzer, der die Verantwortung für den Hof auch in ihre Hände gelegt hatte.

»Thomas Weinreiß scheint bereits zu wissen, was er an dir hat«, sagte Zilken, »und er tut gut daran.« Nach dem Essen schob er seinen Teller zurück.

»Und jetzt zu den Neuigkeiten aus Hamburg. Christian hat eine größere Fassmenge deines Weines bei mir geordert. Und wenn er im nächsten Frühjahr nach Köln kommt, will er dich unbedingt kennenlernen. Das hat er in seinem letzten Brief an mich noch einmal besonders betont.«

»Ihr habt mein Wort darauf, dass ich dann nach Köln komme. Aber jetzt ist Zeit, in den Weinkeller zu gehen, damit Ihr die Menge der Fässer des neuen Jahrgangs in Augenschein nehmen könnt.«

»Hat es hier in der Gegend Überfälle durch die Franzosen gegeben?«, fragte der Weinhändler auf dem Weg zum Keller.

»Ja, einmal waren Franzosen hier auf dem Zennigshof«, entgegnete sie. »Aber sie haben nur vier von den alten Fässern mitgenommen.«

* * *

Der Dezember neigte sich dem Ende zu, es waren nur noch wenige Tage bis zum Weihnachtsfest, zu dem Laurenz auf dem Zennigshof erwartet wurde. Flora blickte mit Freude und Dankbarkeit auf das Jahr zurück, das ihr Leben, das bisher in ruhigen Bahnen verlaufen war, in eine neue Richtung gelenkt hatte. Sie hatte ihr Glück gefunden – sie war Thomas begegnet, dem Mann, den sie liebte, mit dem sie ihr Leben teilen wollte. Lächelnd dachte sie an Jeremias von Strasshof. Machte er ihr den Hof? Hatte er sie deshalb zum Fest ins Schloss eingeladen? Auch wenn es so war, sie nahm ihn nicht ernst. Er war vor allem selbstverliebt und sah sie nur als eine Feder an seinem Hut. Thomas dagegen wollte eine selbstständige Frau, die mitten im Leben stand und der er auf Augenhöhe begegnen konnte.

Sie saß allein am Tisch in der Stube. Der Vater weilte in der Schenke, wo er sich mit seinen Freunden zum Kartenspiel verabredet hatte. Das Feuer prasselte anheimelnd im Kamin und verbreitete eine angenehme Wärme. Im Schein eines Talglichts schrieb Flora einen Brief an Thomas, in dem sie ihm vom nicht ganz freiwilligen Verkauf des Weins an den kurfürstlichen Hof in Bonn berichtete.

Als sie ihn fast beendet hatte, öffnete sich die Tür, und Laurenz trat herein. Flora sprang auf und umarmte ihn. Auf seinem Mantel glitzerten die Schneeflocken.

»Komm, setz dich, ich bring dir erst einmal etwas zur Stärkung. Wärm dich am Feuer, du bist ja richtig verfroren.«

Während Laurenz die kräftige Suppe löffelte, die Flora ihm vorgesetzt hatte, erzählte er Flora von den zunehmenden Schwierigkeiten in Bonn.

»Die Franzosen haben die Kontrollen in der Stadt noch weiter verschärft, die Lebensmittel werden zunehmend knapper.«

Flora überlegte, ob sie Laurenz etwas von den Franzosen sagen sollte, die die vier Fässer von ihrem Wein konfisziert hatten. Doch der Bruder wirkte erschöpft. Sie wollte ihn nicht noch zusätzlich beunruhigen.

Nach der Mahlzeit schob er den Teller beiseite und sah Flora mit ernster Miene an. »Wir leben in unsicheren Zeiten, deshalb werde ich erst mal hier bei euch auf dem Hof bleiben. Ich kann euch jetzt auf keinen Fall allein lassen.«

»Nein, du musst zurück nach Bonn!«, entgegnete Flora. »Es ist dein letztes Schuljahr.«

Laurenz blickte auf das verlöschende Feuer im Kamin. Er

stand auf, nahm einen Holzscheit und legte ihn auf die noch glimmenden Hölzer. Das Feuer loderte wieder auf.

Flora sah ihn an. Sollte sie die Gelegenheit nutzen, ihm etwas anzuvertrauen, das noch nicht einmal der Vater wusste? Kurz entschlossen ging sie zum Schrank, öffnete ihn, nahm einen Brief heraus und reichte ihn Laurenz, dessen Silhouette sich vor den Flammen abzeichnete.

»Ein Schreiben aus London? Von Thomas Weinreiß?«, fragte er.

Flora schüttelte den Kopf. »Nein, lies selbst!«

Während er las, verfinsterte sich seine Miene zusehends. Schließlich hob er den Kopf und sah seine Schwester empört an. »Wie kommt dieser Mensch dazu, dich zu einem Fest ins kurfürstliche Schloss einzuladen?«

»Jeremias von Strasshof ist nichts weiter als ein Geschäftspartner«, erklärte Flora in beiläufigem Ton, ohne den Bruder anzusehen. »Er hat mir einige Weinfässer abgekauft und einen sehr guten Preis dafür bezahlt.«

»Und deshalb lädt er dich zu einem Fest ein?«

»Bei diesem Fest zum Jahreswechsel im Bonner Schloss wird mein Wein ausgeschenkt, verstehst du? Er wird Fürstenberg und der gesamten Hofgesellschaft gereicht. Ist das nicht ein guter Grund für mich, dabei zu sein? Ich möchte mit eigenen Augen sehen, wie Wilhelm von Fürstenberg meinen Wein trinkt.«

Laurenz nickte mit gerunzelter Stirn. »Gut, aber wo wirst du wohnen? Etwa im Schloss?«

Flora schüttelte den Kopf. »Nein, ich werde einige Tage bei Agnes bleiben. Sie lebt ja jetzt in Bonn. Das ist für mich eine gute Gelegenheit, sie zu besuchen.«

* * *

Trotz klirrender Kälte waren am letzten Tag des Jahres zahlreiche Menschen in den Gassen und auf den Plätzen der kurfürstlichen Residenzstadt Bonn unterwegs. Sie versuchten, Nahrungsmittel aufzutreiben, denn niemand wusste, wie lange diese in der besetzten Stadt noch ausreichen würden. Die Stimmung war nicht so gedrückt wie an anderen Tagen. Am Silvestertag wollte man feiern und trotz aller Sorgen das neue Jahr begrüßen. In den Schänken in der Rheingasse herrschte Hochbetrieb, denn Wein war noch genügend vorhanden.

Wilhelm von Fürstenberg wusste, dass im Bonner Schloss die Vorbereitungen für das große Fest auf Hochtouren liefen. Hier mangelte es an nichts. In den Küchen wurden Speisen zubereitet, die auf keinem anderen Tisch in Bonn zu finden sein würden. Der Wein, der ausgeschenkt werden sollte, war ein ganz besonderes Gewächs, hatte Jeremias ihm versprochen.

Zwei Stunden vor Beginn des Festes saß der Kardinal im Schein der Kerzen in Strasshofs Ankleidezimmer. Er war gekommen, um vor den offiziellen Verpflichtungen bei seinem Schützling etwas Ruhe zu finden. Zudem wollte er ihm eine wichtige Nachricht überbringen. Mit überkreuzten Beinen, die Hände auf den silbernen Knauf seines Gehstocks gestützt, saß er auf einem bequemen Sofa und sah sich um.

In den letzten Monaten hatte er wenig Gelegenheit gehabt, Jeremias in seinen Wohnräumen aufzusuchen. Dieser hatte sie bis ins Detail seinem eigenen Geschmack entsprechend einrichten lassen. Von der ersten Stunde ihres Kennenlernens an hatte ihn Jeremias' ganz besondere Aura fasziniert. Hier im schönsten Raum seiner Gemächer, den nur wenige betreten durften, standen die Truhen, die seine Kleider enthielten und die er über alles liebte. Und Fürstenberg selbst liebte es, ihn mit den neuesten und raffiniertesten Gewändern aus Frankreich zu überraschen. Es waren die teuersten Stoffe, die kühnsten Schnitte, es waren Kleider, wie sie der französische König selbst trug. Da der Vorhang zu dem Alkoven zurückgeschlagen war, konnte Fürstenberg das Bett sehen, auf dem die Kissen zerwühlt und verstreut lagen. Er wusste nicht, mit wem Jeremias gerade sein Bett teilte, aber es war ihm klar, dass er niemals allein schlief.

Jeremias war gerade dabei, sich anzukleiden. Mit nacktem Oberkörper, nur mit einer leichten Seidenhose bekleidet, die ihm bis zu den Knien reichte, stand er vor dem Spiegel. Das Licht der Kerzen glitt sanft über seinen makellosen Körper. Er drehte sich hin und her. Fürstenberg sah ihm dabei zu. Er hatte noch nie einen Menschen erlebt, der so viel Vergnügen empfand, sich selbst zu betrachten. Plötzlich wandte sich Jeremias um.

»Was soll ich zu dem großen Fest anziehen, Eminenz?«, fragte er mit gespielter Verzweiflung. »Ich habe schon den ganzen Tag darüber nachgedacht, aber ich kann mich einfach nicht entscheiden. Ich wünsche mir so sehr, dass alle mich bewundern.«

Er seufzte, strich sich durch das schwarze Haar. Unschlüssig ging er zur Kleidertruhe und zog ein Seidenhemd in zartem Rosa hervor. Rasch streifte er es über und blickte zu Fürstenberg hinüber.

Der Kardinal schüttelte den Kopf. »Nein, nimm eine andere Farbe.«

Jeremias lächelte. »Ja, Ihr wisst, was mir am besten steht. Rosa ist zwar gerade en vogue, aber es ist nichts für diesen Anlass, keine Farbe für dieses Fest. Ich werde also ein hellblaues Seidenhemd wählen. Blau soll es sein, blau wie meine Augen.«

Fürstenberg sah ihn an. Ja, da war es wieder, das Kind Jeremias, sein Page aus der Burg in Wiener Neustadt, für den er seit diesen Tagen eine väterliche Liebe hegte. Er konnte nicht anders – er musste Jeremias verwöhnen und nachsichtig sein. Bei ihm wurde sein hartes Herz ganz weich.

Kaum hatte Jeremias ein himmelblaues Seidenhemd aus

der Truhe genommen und es angezogen, winkte ihn Fürstenberg heran. »Setz dich, ich habe dir etwas Wichtiges mitzuteilen.« Seine Stimme klang rau, wie immer, wenn er etwas Unangenehmes zu sagen hatte.

»Nun, was ist es, Eminenz?«

Fürstenberg nahm einen Brief, den er mitgebracht hatte, und reichte ihn seinem Vertrauten. »In zwei Tagen wirst du nach Versailles reisen und dem französischen König diese Botschaft überbringen.«

Jeremias hob erstaunt die Augenbrauen. »Darf ich fragen, um welche Botschaft es sich dabei handelt, Eminenz?«

Fürstenberg legte ihm die Hand sachte auf den Arm und sagte leise, aber bestimmt: »Ich werde dem französischen König meinen Rücktritt anbieten.«

Fassungslos starrte Jeremias ihn an, dann sprang er auf und rief: »Das könnt Ihr nicht tun! Niemals in Eurem Leben habt Ihr aufgegeben!«

Fürstenberg nickte, dann erwiderte er mit einer nicht zu überhörenden Bitterkeit in der Stimme: »Dann ist dies eben das erste Mal, mein Lieber. Ich habe erkannt, dass mein Lebensziel, Erzbischof und Kurfürst von Köln zu werden, in unerreichbare Ferne gerückt ist. Der Papst hat es abgelehnt, mich anzuerkennen, Joseph Clemens von Bayern hat den Sieg davongetragen.« Seufzend lehnte er sich in das Polster. »Die Franzosen führen Krieg in der Pfalz, der Schauplatz Kurköln hat für sie keine Priorität mehr. Das sind die Tatsachen, denen ich ins Auge sehen muss.« Fürstenberg erhob sich, trat neben einen Kerzenleuchter und blickte nachdenklich in das flackernde Licht. Dann sah er auf seinen Schützling. »Wenn Ludwig meinen Rücktritt annimmt, werden wir zusammen ins Exil nach Frankreich gehen.«

Jeremias strahlte über das ganze Gesicht. »Wir gehen nach Versailles?«

Fürstenberg nickte lächelnd. »Vielleicht wird es Versailles sein. Aber jetzt gehen wir erst einmal zu diesem Fest. Es wird für uns beide das letzte im Bonner Schloss sein.«

* * *

Flora stand in der Diele des Apothekerhauses am Bonner Marktplatz neben Agnes. Sie hatte die Einladung Strasshofs angenommen und war schon am Tag zuvor nach Bonn gereist. Gleich nach der Ankunft hatte sie ihre Freundin in ihre Pläne eingeweiht.

Agnes riss die Augen auf. »Jeremias von Strasshof persönlich hat dich zum Fest im Schloss eingeladen? Zu dem Fest, von dem die Stadt seit Tagen spricht?«

Flora drehte sich in ihrem zartgrünen Kleid mit dem weiten Rock und den bauschigen Ärmeln, das ihr Strasshof durch einen Boten hatte überbringen lassen, vor dem Spiegel.

»Du siehst bezaubernd aus«, sagte Agnes und runzelte die Stirn. »Und Strasshof soll ein Verführer sein, der sich nimmt, was er möchte.«

»Er kennt seine Wirkung auf Frauen, doch ich bin davor gefeit.« Sie schlüpfte in ihren warmen Mantel, küsste Agnes auf die Wange, trat aus der Tür und stieg wieder in die Kutsche, die ihr Strasshof wie versprochen nach Rhöndorf geschickt hatte.

Als Flora am Tor des Bonner Schlosses ankam, wurde sie dank Strasshofs Einladungsschreiben sogleich eingelassen. Im Hof standen die Kutschen und Sänften der Festgäste. Die wartenden Kutscher und Bediensteten unterhielten sich leise und rieben sich die kalten Hände. Rasch ging Flora an ihnen vorbei auf das Portal des größten Traktes zu. Sie sah, dass der große Empfangssaal im ersten Stock hell erleuchtet war. Neben der Tür standen Lakaien, die sie einließen. Im Schein der Fackeln stieg sie die Treppe empor, und mit jedem Schritt wurde ihr mehr bewusst, wie unwirklich es für sie war, hier zu sein. Flora Mentis, die Winzerstochter aus Rhöndorf, würde im kurfürstlichen Schloss bei einem glanzvollen Fest dabei sein!

Vor der Tür des großen Saales angelangt, öffneten ihr zwei weitere Lakaien die Flügeltür. Sie trat ein, in eine andere, ihr unbekannte Welt. Der Festsaal erstrahlte im Glanz von tausend Kerzen, die auf riesige Kandelaber aufgesteckt waren. Das Licht durchflutete den Raum, es spielte auf den Gesichtern und Gewändern der Menschen, es flimmerte auf den Möbeln, den Tapeten, den Wandteppichen und den Bildern. An einer schier unendlich langen Tafel saßen in Samt und Seide gekleidete Menschen, die plauderten und lachten. Pagen reichten ihnen Gläser mit Wein, Speisen wurden aufgetragen.

Flora sah sich um. Wo war Strasshof? Er war nirgends zu sehen. Ihr Blick fiel auf einen beleibten Mann, der in der Mitte der Tafel saß. Mit leicht gesenktem Kopf lauschte er den Worten einer auffallend schönen Frau. Sie hob sich durch ihr silbrig glänzendes, mit Schleifen und Rüschen verziertes Kleid von ihren Nachbarinnen ab. Die Frau schien sehr aufgebracht zu sein, ihr Busen hob und senkte sich, während sie sprach, ihre Augen funkelten zornig.

Floras Blick ging zurück zu dem Mann. Er war eine imposante Erscheinung mit seinem massigen Körper und vom Leben gezeichneten Gesicht. Seine Kleidung war ebenso erlesen wie die der Frau. Nun erhob er sein Glas und trank dieser zu. Der Wein im Glas schimmerte in sanftem Rot.

Das musste Wilhelm von Fürstenberg sein! Er trank von dem Wein, schloss die Augen und leckte sich genüsslich die Lippen. Flora hatte es gesehen: Fürstenberg hatte ihren Wein genossen! Wo aber war Strasshof? Warum saß er nicht neben ihm? Und wer war diese Frau? Neugierig beobachtete sie die beiden.

Sie zuckte zusammen, als sich eine der Türen an der Stirnwand des Saals öffnete. Musikanten traten herein, fast geräuschlos stellten sie sich auf. Niemand außer Flora schien sie bemerkt zu haben, denn die Festgäste schenkten ihnen keinerlei Beachtung. Der erste Geiger gab den Ton an, dann begannen sie zu spielen. Eine zarte Melodie erhob sich, sehnsüchtig und melancholisch schwebte sie durch die Luft, bis die anderen Instrumente sie aufnahmen und fortspannen. Das war Musik aus einer anderen Welt. Das war Himmelsmusik! Flora schloss die Augen und wünschte, diese Klänge würden niemals aufhören.

Sie wusste nicht, wie lange sie diesen Tönen gelauscht hatte, aber als sie die Augen wieder aufschlug, stand Strasshof mitten im Raum. Er war in hellblaue Seide gekleidet, sein Gesicht war weiß geschminkt, die Lippen leuchteten kirschrot. Die Gespräche verstummten. In gespannter Erwartung blickten alle auf den Mann, der starr wie ein Marmorbild dastand. Als die Musik erneut anhob, begann er, sich langsam zu bewegen. Er drehte sich, schneller werdend, im Rhythmus der Musik.

Flora sah Strasshof mit atemloser Bewunderung zu. Aber nicht nur sie, alle Anwesenden staunten darüber, mit welcher Leichtigkeit der Tänzer in die Höhe sprang und zum Boden zurückkehrte, sich auf einem Bein drehte, auf das andere sprang, wie er die schwierigsten Figuren und Pirouetten ausführte und wie dies alles ihm keinerlei Mühe zu bereiten schien. Als Strasshof seine letzte Drehung vollführt hatte, stand er wieder so unbewegt da wie zu Beginn. Die Musik verstummte, der Tanz war zu Ende. Applaus brandete auf, der kein Ende nehmen wollte.

Floras Blick wanderte zu Fürstenberg, der entzückt lächelte. Sie hatte alles gesehen, was sie wollte: Wilhelm von Fürstenberg, der ihren Wein sichtlich genossen hatte, und Strasshof, der ein unvergleichlicher Tänzer war. Doch in ihrem Innersten fühlte sie eine tiefe Abneigung gegen diese Welt, die nicht die

Ihre war. Sie beschloss, das Fest zu verlassen, wandte sich um und ging zur Tür. Die Lakaien öffneten ihr, und sie trat durch das Vorzimmer in das spärlich beleuchtete Treppenhaus hinaus.

Kalte Luft schlug ihr entgegen. Nach der Hitze im Festsaal genoss Flora diese Kühle, die sie in die wirkliche Welt, in ihre Welt zurückholte. Sie blieb einen Augenblick stehen, um ihre Gedanken zu sammeln. Dann schritt sie langsam die Treppe hinab. Als sie auf der letzten Stufe angekommen war, hörte sie ein leises Rascheln in ihrem Rücken. Sie wandte sich um. Strasshof eilte mit schnellen Schritten auf sie zu. Er trug noch immer seine Tanzkleidung, sein Gesicht war ungeschminkt.

»Ich bin untröstlich, dass Ihr schon geht, *ma belle*! Hat Euch mein Tanz nicht gefallen?« Noch bevor Flora etwas erwidern konnte, nahm er ihre Hände. »Kommt mit mir zurück in den Festsaal! Ich werde Euch Fürstenberg und der Gräfin vorstellen!«

Flora schüttelte den Kopf und entzog sich seinem Griff.

Strasshof blieb hartnäckig. »Der Kardinal ist über alle Maßen entzückt von Eurem Wein, er möchte die schöne Winzerstochter kennenlernen, die ihn gekeltert hat. Kommt mit mir.«

Flora sah ihn ruhig an. »Nein, ich werde jetzt gehen. Ich habe Euch tanzen sehen, es war wundervoll. Aber dieses Fest ist ein Hohn!«

Strasshof hob die Augenbrauen. »Wie meint Ihr das?«

»Da draußen in der Stadt und im ganzen Land gibt es Menschen, die kaum etwas zu essen und zu trinken haben, und hier im Schloss gibt es ein Festmahl. Der Wein fließt in Strömen, es wird in Saus und Braus gefeiert!«

Strasshof zuckte mit den Schultern. »Ja, so ist es nun einmal«, erwiderte er, »die einen leben im Licht, die anderen leben im Dunkeln. Ich ziehe es entschieden vor, im Licht zu leben!«

Flora runzelte die Stirn. So einfach war die Welt für Jeremias von Strasshof, denn er kannte keine andere. Er kannte nur die Sonnenseite des Lebens.

»Nun, Ihr könnt das so sehen«, sagte sie ruhig. »Aber ich glaube fest daran, dass vor Gott alle Menschen gleich sind. Warum also sollten nicht alle im Licht leben? Warum sollten nicht alle ein gutes Leben haben?«

Strasshof lachte spöttisch. »Das hat Euch Trips eingeredet.«

Flora schüttelte den Kopf. »Das muss mir kein Pfarrer sagen. Das weiß ich selbst. Doch Ihr wisst es nicht, Ihr habt keine Vorstellung davon, was es heißt, im Dunkeln zu leben!«

Strasshof sah sie an, und plötzlich erschien ein Ausdruck auf seinem Gesicht, den sie noch nie bei ihm gesehen hatte. Er wandte sich ab. Flora spürte, dass ihre Worte ihn getroffen hatten. Es dauerte eine Weile, bis er sich ihr wieder zuwandte. Alles Strahlen in seinem Gesicht war verschwunden. Seine Miene blieb ungewohnt ernst.

»Lasst uns nicht im Zorn auseinandergehen«, sagte er leise. »Wir werden uns für längere Zeit nicht wiedersehen.« Flora sah ihn fragend an. »Ich reise schon sehr bald nach Versailles, an den Hof des französischen Königs. Es ist eine diplomatische Mission.« Er fasste noch einmal Floras Hände. »*Adieu, ma belle*«, flüsterte er. Dann zog er sie in seine Arme und küsste sie.

Rasch entwand sich Flora seiner Umarmung und blickte nach oben. Am Treppenabsatz stand Wilhelm von Fürstenberg und sah auf sie herab. Schnell raffte sie ihren Rock, ließ sich von einem herbeigeeilten Diener ihren Mantel geben und verließ das Schloss, ohne sich noch einmal umzudrehen.

20

Rhöndorf, 15. Februar 1689

In den ersten Wochen des neuen Jahres hatte der Winter das Rheinland fest im Griff. Eisige Luft und klirrender Frost hatten Mensch und Tier zu schaffen gemacht. Wer im Freien unterwegs war, musste oft gegen heftiges Schneetreiben ankämpfen. Aber seit ein paar Tagen hatte sich das Wetter beruhigt, die Kälte nachgelassen. Auch die Wege wurden wieder befahrbar.

Nachdem sie im Ort einige Besorgungen gemacht hatte, kehrte Flora zum Zennigshof zurück. In der Diele des Hauses kam ihr der Vater entgegen.

»Ein Brief von Thomas Weinreiß«, sagte er und reichte ihn ihr mit einem Kopfnicken.

Als sie den Vater ansah, erschrak sie. Wie müde sah er doch aus, wie eingefallen wirkte sein Gesicht! Vielleicht lag es am strengen Winter? Oder daran, dass er zu viel arbeitete? In diesen Tagen war er ständig mit Reparaturen im Haus, im Kelterhaus und im Stall beschäftigt.

»Ich will sehen, wo Laurenz steckt. Er soll dich einmal untersuchen«, sagte sie.

»Mir geht's gut!«, wiegelte er ab. »Und dein Bruder ist vor einer Viertelstunde zu Peter Zirwes gegangen. Der hat einen bösen Husten, und Laurenz will sehen, was er für ihn tun kann. Aber nun lies erst mal, was in dem Brief aus England steht.«

Flora spürte, dass sie bei ihrem Vater in diesem Augenblick nichts erreichen konnte. Sie musste mit Laurenz sprechen, sobald er wieder zurück war.

Der Vater nahm seinen Mantel und seine Kappe vom Haken. »Ich gehe noch mal rauf in den Weinberg.«

Flora trat in die Stube und legte ein paar Holzscheite ins Feuer. Sie ahnte, dass der Vater wegen des Weins in großer Sorge war. Die harte Winterkälte konnte die Weinstöcke erheblich schädigen. Und sie konnten nichts dagegen tun. Wie alle Bauern waren sie im Hinblick auf die Frucht, die sie ernährte, der Natur ausgeliefert.

Flora setzte sich an den Tisch und öffnete Thomas' Brief. Sie seufzte. Über drei Monate war er nun schon fort.

Ausführlich berichtete er von seinen Erlebnissen, und er gab ihr einen Einblick in die politischen Verhältnisse. Schon bald sollte nach dem Willen des Parlaments ein König regieren, dessen absolute Macht durch gesetzliche Regelungen beschnitten wurde. Für Thomas war dies ein verheißungsvoller Blick in eine Zukunft, die dem Volk Mitsprache und Einfluss auf die Politik gewährte.

Flora spürte seine Begeisterung darüber in jeder Zeile, und sie bewunderte, wie verständlich er Geschehnisse und Zusammenhänge darstellen konnte. Und wieder ließ er sie wissen, wie gut es ihm in London gefiel. Sie ließ den Brief sinken. Tränen traten ihr in die Augen. Thomas war ein Mensch für die Großstadt. Vielleicht wollte er lieber in London bleiben, als ins Rheinland, als zu ihr zurückzukehren?

Sie stand auf, ging zum Fenster und sah hinaus. Wenn Laurenz doch endlich zurückkommen würde! Er musste nach dem Vater sehen. Irgendetwas stimmte nicht mit ihm.

* * *

Als Laurenz aus dem niedrigen Haus trat, in dem der neunzehnjährige Fuhrknecht Peter Zirwes nach dem Tod seines Vaters allein lebte, schlug ihm die frostkalte Luft entgegen.

Er zog seine Kappe tiefer ins Gesicht und steckte die Hände in die Manteltaschen. Er hatte Peter einige Ratschläge gegeben, was er gegen den starken Husten unternehmen konnte. Morgen würde er wiederkommen, um noch einmal nach ihm zu sehen.

Es dämmerte bereits, als er mit schnellen Schritten nach Hause eilte. Obwohl er noch kein Arzt war, hatte er dem Kranken mit seinen bisherigen Kenntnissen und Erfahrungen helfen können. Die Dankbarkeit und das Vertrauen des jungen Mannes hatten ihm wieder einmal gezeigt, dass der Arztberuf der richtige für ihn war.

Während Laurenz über den festgestampften Schnee lief, blickte er zum Rhein hinunter. In den letzten Jahren hatte es noch strengere Winter gegeben, und oft war es sehr lange sehr kalt geblieben. Er sah sich um. Vor ihm erstreckte sich eine stille, weiße Welt. Keine Menschenseele war zu sehen. Noch einmal beschleunigte er seine Schritte.

Er näherte sich dem Abzweig nach Rhöndorf, als er in einiger Entfernung die Umrisse eines Planwagens ausmachte. Er stutzte. Wer fuhr noch um diese Zeit am Rheinufer entlang? Jeder vernünftige Mensch würde sich eine Herberge suchen, um dort zu übernachten. Jetzt sah er, dass jemand neben dem Wagen herlief. Er konnte jedoch nicht erkennen, ob es ein Mann oder eine Frau war. Als das Fuhrwerk nicht nach Rhöndorf abbog, sondern weiter geradeaus gelenkt wurde, beschloss Laurenz, etwas zu unternehmen. Vermutlich waren das Fremde, die sich in der Gegend nicht auskannten. Er wollte seine Hilfe anbieten, und so eilte er auf das Gefährt zu.

»Haltet an, bleibt stehen!«, rief er. Doch niemand schien ihn gehört zu haben. Er lief noch schneller, und bald hatte er den Wagen eingeholt. Es war eine junge Frau, die nebenher ging. Laurenz griff nach ihrem Arm und hielt sie fest. »Ihr habt nichts zu befürchten, ich will Euch nur helfen!«

Sie wandte ihm ihr Gesicht zu. Laurenz sah die Sorge in ihren Augen.

»Vater, halt an«, rief sie nach vorn.

Der Mann auf dem Kutschbock brachte den Wagen zum Stehen und kletterte herunter.

Laurenz zeigte auf die Abzweigung nach Rhöndorf. »Hier gibt es ganz in der Nähe eine Herberge. Ich führe Euch dorthin. Ihr könnt um diese Zeit nicht mehr weiterreisen.«

Der Mann wechselte einen Blick mit seiner Tochter, dann schüttelte er den Kopf. »Wir müssen noch heute die nächste Stadt erreichen, junger Herr. Wir brauchen dringend einen Arzt!«

Laurenz zögerte nur einen kurzen Augenblick. »Ich bin Arzt.«

Die junge Frau sah ihn verblüfft an. »Euch schickt der Himmel!« Sie zeigte zum Wagen. »Bitte seht nach meinem Bruder.«

Rasch kletterte Laurenz hinauf und schob die Plane beiseite. Die Mutter, die das Gespräch offenbar mitgehört hatte, hielt ihm den Jungen entgegen. Er war in mehrere Decken gehüllt. Laurenz nahm das Bündel, wickelte die Decken auseinander und untersuchte das Kind, dessen kleiner Körper glühte.

»Sagt mir die Wahrheit, wird er sterben?«, fragte die Mutter mit zitternder Stimme.

Laurenz blickte sie ruhig an. »Das weiß ich nicht. Aber ich will alles versuchen, um Euren Sohn zu retten.« Er sprang vom Wagen und erklärte dem Mann und der jungen Frau, dass sie nicht weiterreisen könnten. Sie müssten einige Zeit hier im Ort bleiben, und er würde jeden Tag nach dem Jungen sehen.

Der Mann schüttelte den Kopf. »Wir müssen dringend weiter, wir können nirgends länger verweilen.«

Laurenz sah ihn verständnislos an. Der Mann zögerte kurz, dann nannte er Laurenz den Grund.

* * *

Draußen war es inzwischen dunkel geworden. Flora ging in der Stube auf und ab und blickte auf das prasselnde Feuer im Kamin. Laurenz war noch immer nicht zurück. Sie machte sich Sorgen und überlegte, ob sie ihn suchen sollte. Aber das hatte wenig Sinn, sie wusste nicht, welchen Weg er genommen hatte.

Plötzlich hörte sie Arco im Hof bellen. Es war jemand gekommen, das musste Laurenz sein! Sie verließ die Stube, um ihm entgegenzugehen, aber der Bruder stand bereits in der Diele.

»Gut, dass du da bist!«, seufzte sie erleichtert. »Ich dachte schon, du wärst im Schnee stecken geblieben.« Sie zeigte auf die Tür einer Kammer, in der Klopfgeräusche zu hören waren. »Schau gleich einmal nach dem Vater. Ich mache mir Sorgen um ihn.«

Laurenz nickte, schob sie mit ernster Miene in die Stube und schloss die Tür hinter sich. Er legte seinen Mantel nicht ab. »Ich muss dir etwas sagen.«

»Du willst doch nicht etwa noch mal zu Peter, jetzt, wo es schon stockfinster ist?«

Laurenz schüttelte den Kopf. »Nein, natürlich nicht.«

Er trat zum Kamin und rieb sich die Hände. »Auf dem Rückweg bin ich unten am Rhein einer Familie mit einem kranken Kind begegnet. Ich konnte sie nur mit Mühe davon abhalten weiterzureisen.«

Flora lächelte. »Deshalb bist du so spät gekommen. Du hast sie zur Rhöndorfer Herberge geführt. Und gleich willst du noch einmal hin, um nach dem Kind zu sehen?«

»Nein, sie sind draußen im Hof.«

Flora schaute ihn mit großen Augen an. »Heißt das, dass sie über Nacht hierbleiben sollen?«

Laurenz schüttelte den Kopf. »Nein, sie sollten bleiben, bis das Kind wieder ganz gesund ist.«

Flora nickte. Es war ein Gebot der Nächstenliebe, diese Menschen aufzunehmen. »Gut, dann werde ich sehen, wo im Haus wir sie unterbringen. Am besten in der Kammer neben der Stube. Das wird schon irgendwie gehen.«

Laurenz nahm ihre Hände und drückte sie dankbar. »Da ist allerdings noch etwas. Sie scheinen wohlhabend zu sein. Das habe ich an ihrer Kleidung erkannt.«

Flora seufzte. »Ich werde sie so gut wie möglich unterbringen, mehr kann ich nicht tun.« Sie wollte den Raum verlassen, um die Kammer herzurichten, aber Laurenz hielt sie am Arm zurück.

»Es gibt noch etwas, das du wissen musst«, sagte er leise. »Es sind Flüchtlinge. Sie kommen aus der Pfalz, sie sind vor den Truppen des französischen Königs geflohen.« Er sah Floras besorgte Miene. Er musste ihr die ganze Wahrheit sagen. »Sie sind evangelisch, und das kann uns in größte Schwierigkeiten bringen. Niemand darf erfahren, dass wir sie beherbergen. Evangelische werden hier ja als Ketzer angesehen.«

Flora wurde kreidebleich. Sie blinzelte kurz, dann sah sie den Bruder an und sagte entschlossen: »Bring sie herein!«

Wenig später traten die Mitglieder der Pfälzer Familie nacheinander in die Stube. Flora stellte fest, dass Laurenz recht hatte. Obwohl sie auf der Flucht waren, waren sie gut gekleidet. Das waren keine Bauern. Ein großer breitschultriger Mann trug das kranke Kind auf dem Arm. Neben ihm her ging eine Frau, die sich mit ängstlicher Miene umsah. Ihnen folgte eine junge Frau mit selbstbewusstem Blick. Flora fand sie auffallend hübsch.

Laurenz nickte allen zu. »Bitte setzt Euch. Das ist meine

Schwester Flora. Sie weiß Bescheid«, sagte er, und dann ging er, um den Vater zu holen. Während die Flüchtlinge um den Tisch herum Platz nahmen, begab sich Flora in die Küche und bereitete ein herzhaftes Mahl zu. Sie deckte den Tisch für die vielen Menschen und trug nach und nach Platten mit Brot, Käse und Schinken herein.

Als sie gerade zwei Krüge mit Wein und Wasser in die Stube brachte, erschien Laurenz mit dem Vater.

»Das ist mein Vater Caspar Mentis«, sagte er. »Ich habe ihm alles erzählt, und er ist einverstanden, dass Ihr erst einmal hierbleibt.«

Nun stellte der Pfälzer seine Familie vor. Er hieß Georg Bender, die junge Frau war seine Tochter Amelia aus erster Ehe. Nach dem Tod seiner Frau hatte er Elisabeth geheiratet, der kleine Konrad war das gemeinsame Kind. Alle aßen und tranken schweigend. Nur das Knistern des Feuers war zu hören. Nach der Mahlzeit erhob sich Georg Bender.

»Wir möchten Euch danken für Speis und Trank. Ihr seid wahre Christenmenschen. Aber nun müssen wir uns wieder auf den Weg machen.«

Laurenz sprang auf. »Das könnt Ihr nicht! Ihr habt ein krankes Kind, und als Arzt kann ich es nicht zulassen, dass Ihr sein Leben aufs Spiel setzt. Ihr kennt Euch in dieser Gegend nicht aus, und nach Bonn ist es weiter, als Ihr denkt.«

Flora sah auf den Jungen, dessen kleines Gesicht vom Fieber glühte. Sie fragte sich, warum ihr Bruder vorgab, Arzt zu sein. Das war er doch noch nicht.

Amelia stand auf, trat zu Laurenz und legte begütigend eine Hand auf seinen Arm. »Es ist Euretwegen, dass wir nicht bleiben können. Wenn uns jemand hier entdeckt und herausfindet, dass wir Evangelische sind, bekommt Ihr große Schwierigkeiten. Mein Vater hat recht. Wir müssen weiter.« Sie sah zu ihrer Stiefmutter hinüber, die sich nun ebenfalls erhob.

Flora zögerte nicht länger. Ihr gefiel diese junge Frau, die so ruhig und entschlossen das Wort führte. »Ihr bleibt hier bei uns, bis das Kind wieder ganz gesund ist«, sagte sie entschieden. »Wir haben Platz genug und können Euch alle in der großen Kammer unterbringen, die gleich hier neben der Stube liegt.«

So zog die Familie Bender mit den Habseligkeiten, die sie bei sich hatte, in den Zennigshof ein. Nachdem Laurenz das Pferd in den Stall gebracht hatte, versammelten sich alle noch einmal in der Stube um den Tisch, und Georg Bender berichtete Caspar Mentis, Flora und Laurenz von ihrer Herkunft und den Umständen ihrer Flucht.

»Wir waren angesehene Bürger der Stadt Heidelberg. Als Uhrmachermeister hatte ich viele Aufträge. Aber seit vor einem halben Jahr französische Truppen in die Pfalz eingefallen sind und auch Heidelberg besetzt halten, hat sich die Lage immer mehr zugespitzt.« Bender nahm einen Schluck Wein. »Die Franzosen haben angefangen, die Dörfer rings um die Stadt in Brand zu setzen und dem Erdboden gleichzumachen. ›Verbrennt die Pfalz!‹, das ist das Motto des französischen Königs. Er versucht, sich das Erbe seiner Schwägerin Lieselotte mit Gewalt anzueignen.« Er schnaubte. »Es blieb uns keine andere Wahl als die Flucht. Wir haben genügend Geld und werden auch hier für Kost und Logis bezahlen.«

Flora spürte den Stolz des Mannes, und sie wusste, dass sie sein Angebot würden annehmen müssen.

21

Rhöndorf, 27. Februar 1689

Georg Bender und seine Familie hatten darauf bestanden, während der Zeit auf dem Zennigshof in ihrem Zimmer zu bleiben. So war ihre Anwesenheit im Haus kaum zu spüren. Laurenz sah regelmäßig nach dem kleinen Konrad, dem es von Tag zu Tag besser ging. Und Flora bemerkte sehr wohl, dass dem Bruder eine feine Röte ins Gesicht stieg, wenn er die hübsche Amelia betrachtete.

Nach zwei Wochen war der Junge wieder vollkommen gesund, und die Benders beschlossen, am nächsten Tag aufzubrechen. Da Flora ihnen bei den Reisevorbereitungen helfen wollte, ging sie an diesem Morgen nicht zur Kirche. Das war noch nie vorgekommen, aber diesmal war ihr die Familie wichtiger, die ihr mehr und mehr ans Herz gewachsen war. Sie konnte und wollte nicht verstehen, warum sie diese Menschen ablehnen sollte, nur weil sie evangelisch waren. Am Abend vor der Abreise wollten alle noch ein letztes Mal in der behaglich warmen Stube zusammenkommen.

Es war ein fröhliches Miteinander. Es wurde viel gelacht und über Zukunftspläne gesprochen. Der kleine Konrad saß munter auf dem Schoß seiner Mutter. Georg Bender dankte den Mentis für die Aufnahme in ihrem Haus und richtete lobende Worte an Laurenz für die Heilung seines kranken Söhnchens. Schließlich griff er in sein Wams, holte einen Beutel hervor, in dem Münzen klimperten, und übergab ihn Caspar Mentis. Laurenz schenkte er als besonderen Dank eine Taschenuhr, die er selbst angefertigt hatte. Flora sah, dass ihr Bruder tief bewegt war. Er bedankte sich und sah zu Amelia, die ihn anlächelte und aufstand.

Sie blickte in die Runde. »Wir möchten uns mit einem Lied bei Euch allen bedanken. Es hat uns zu allen Zeiten Kraft gegeben, in guten wie in schlechten Tagen. Wir vertrauen auf Gott und darauf, dass er uns in unserem Leben begleiten möge.«

Nun erhoben sich auch Georg und Elisabeth Bender, und die Mentis lauschten dem Gesang, der ihnen tief ins Herz drang.

Wer nur den lieben Gott lässt walten
und hoffet auf Ihn allezeit,
den wird Er wunderbar erhalten,
in aller Not und Traurigkeit.
Wer Gott, dem Allerhöchsten traut,
der hat auf keinen Sand gebaut.

Sie saßen noch eine ganze Weile beisammen und plauderten. Plötzlich klopfte es laut an der Haustür. Flora stand auf und verließ den Raum, um dem späten Gast zu öffnen.

Vor der Tür stand Franz Xaver Trips. »Ihr seid heute nicht zur Kirche gekommen, ich habe mich gefragt, ob Euch etwas zugestoßen ist«, sagte er.

Flora spürte, wie ihr das Blut aus dem Gesicht wich.

»Nun, was ist, wollt Ihr mich nicht einlassen?«

Schweigend führte Flora ihn in die Stube. Trips wünschte allen einen guten Abend und musterte die ihm unbekannte Familie misstrauisch.

»Wir werden uns jetzt zurückziehen«, sagte Georg Bender und stand auf. Nach und nach erhoben sich auch die anderen Mitglieder seiner Familie. Laurenz und der Vater begleiteten sie nach draußen. Trips sah ihnen mit düsterem Blick nach.

Flora wusste, dass sie dem Pfarrer eine Erklärung schuldig war. Sie schenkte ihm einen Becher Wein ein und setzte sich zu ihm. »Diese Leute sind auf der Durchreise, Laurenz ist ihnen am Rhein begegnet. Wir haben sie aufgenommen, weil ihr Kind sehr krank war. Allein meinem Bruder ist es zu verdanken, dass der Kleine nun wieder wohlauf ist. Morgen in aller Frühe werden sie abreisen.«

Trips war offenbar mit ihrer Auskunft nicht zufrieden. »Ja, das ist wahre christliche Nächstenliebe«, sagte er. »Genau so sollte es sein. Und doch möchte ich wissen, woher sie stammen und warum sie nicht in der Rhöndorfer Herberge abgestiegen sind. Die Familie macht auf mich einen durchaus wohlhabenden Eindruck.«

Flora senkte den Kopf. Sie hatte noch nie in ihrem Leben gelogen und wollte es auch jetzt nicht tun. »Ja, die Benders sind wohlhabend«, sagte sie leise, »aber sie haben Angst davor, entdeckt zu werden.«

Als sie wieder aufblickte, sah Trips sie streng an. Flora konnte seinem Blick nicht mehr ausweichen. Sie musste ihm die Wahrheit sagen. »Es sind Flüchtlinge aus der Pfalz, und sie sind evangelisch.«

Trips sah Flora fassungslos an, dann polterte er so heftig los, dass sie zusammenzuckte. »Evangelische aus der Pfalz, die sich verstecken müssen! Wie könnt Ihr es wagen, solchen Ketzern Zuflucht in Eurem Haus zu gewähren?«

Flora spürte, wie die Wut in ihr aufstieg. Einen solchen Vorwurf konnte und wollte sie sich nicht gefallen lassen. Sie hatte nicht die Absicht, ihr Handeln, das sie für richtig hielt, vor ihm zu rechtfertigen. »Ja, es sind Evangelische, aber es sind Menschen wie wir, und sie sind in höchster Not. Hätten wir das Kind sterben lassen sollen?«, hielt sie ihm mit zornbebender Stimme entgegen.

Trips stand auf und sah auf sie herab. »Wer den Glauben

unserer Väter verrät, wie diese Menschen es getan haben, der hat kein Mitleid verdient. Der hat sich ins Abseits gestellt, und nur eine Rückkehr in den Schoß unserer heiligen katholischen Kirche wird ihn von allem Bösen erlösen.«

Flora wagte es nicht, ihn anzusehen. Was war das nur für eine unerträgliche Überheblichkeit! Warum war es ein solches Verbrechen, dieser Familie zu helfen? Sie konnte es nicht begreifen und wollte es auch nicht.

»Wer solchen Ketzern Unterschlupf in seinem Haus gewährt«, verkündete Trips im Brustton der Überzeugung, »dem untersage ich es, jemals wieder den Fuß in meine Kirche zu setzen!« Er schritt hinaus und warf mit einem lauten Knall die Tür hinter sich zu.

Flora saß wie versteinert da und starrte vor sich hin. Sie konnte nicht fassen, was sie gerade erlebt hatte. Sie schlug die Hände vors Gesicht und ließ ihren Tränen freien Lauf.

Eine ganze Weile noch saß sie in der Stube und dachte über die Familie Bender nach. Es waren angenehme, kluge und kultivierte Menschen. Niemand konnte etwas gegen sie haben. Sie fragte sich, worin wohl ihre Ketzerei bestand. Amelia trug ein Kreuz an ihrer Halskette. Die Evangelischen glaubten also genauso an den Gekreuzigten wie sie. Was der Unterschied zwischen katholisch und evangelisch war, das wusste Flora nicht einmal. Ihre Gedanken wanderten zurück zu Trips, und augenblicklich wurde sie wieder wütend auf diesen störrischen, selbstgerechten Pfarrer. Er hatte nicht das Recht, sie so zu behandeln, ihr den Zutritt zur Kirche und damit zur Beichte zu verweigern, nur weil sie Menschen in Not aufgenommen hatte. Das war doch ihre Pflicht als Christin. Gut, dann würden sie und der Vater eben in die Königswinterer Kirche gehen. Gott war schließlich auch dort zu Hause. Von Franz Xaver Trips würde sie sich jedenfalls nichts mehr sagen lassen.

Die Familie Bender war am nächsten Tag bereits in aller Frühe mit ihrem Planwagen aufgebrochen. Laurenz wollte sie bis zum Rhein hinunterbegleiten und dann noch einmal bei Peter Zirwes vorbeischauen. Es sollte ihm heute schon besser gehen.

Als der Bruder bis zum späten Nachmittag noch nicht auf den Zennigshof zurückgekehrt war, machte sich Flora keine Sorgen. Vielleicht hatte er noch einen weiteren Krankenbesuch gemacht. Sobald er zurück wäre, wollte sie mit ihm über den Vater sprechen, endlich fragen, was er herausgefunden hatte.

Die Stunden vergingen, aber Laurenz war noch immer nicht nach Hause gekommen. Flora trat ans Fenster und starrte hinaus in die Dunkelheit. Sie war müde und wollte zu Bett gehen. Sie solle sich keine Sorgen um ihn machen, hatte der Bruder gesagt. Er sei nun erwachsen, habe die Schule bald beendet, dann würde er studieren. Plötzlich erschien ein Paar vor ihrem inneren Auge: Amelia und Laurenz.

Rasch nahm sie das Talglicht vom Tisch, stand auf und lief die Stiege hinauf zum Zimmer des Bruders. Die Tür stand einen Spalt offen. Flora trat ein und sah sich um. Eine Hose und eine Jacke waren achtlos auf den Boden geworfen worden, das Bett war zerwühlt.

Auf dem Kissen lag ein Brief, der an sie und den Vater gerichtet war. Flora nahm ihn mit nach unten. Sie setzte sich in der Stube an den Tisch und öffnete ihn mit zitternden Fingern. Sie ahnte, was sie lesen würde.

Lieber Vater, liebe Schwester,
ich weiß, dass ich Euch unendlichen Schmerz bereite. Ich habe mich Amelia und ihrer Familie angeschlossen. Amelia und ich sind füreinander bestimmt. Sie ist die Frau meines Lebens. Ich weiß es. Ich schreibe Euch, wenn wir angekommen sind. Unser Ziel ist Berlin.

Flora nahm den Brief und ging hinauf in ihre Kammer. Gleich morgen früh würde sie dem Vater die furchtbare Nachricht überbringen müssen. In der Nacht fand sie keinen Schlaf.

* * *

Seit Laurenz' Verschwinden war eine Woche vergangen. Die Nächte waren noch kalt, doch tagsüber wurde es langsam wärmer. Für die Weinbauern begann das Weinjahr und damit die Arbeit im Weinberg.

Flora schlang die dicke Wolljacke um ihren Körper und band sie mit einem Gürtel fest. Es war kühl und feucht an diesem Morgen. Aber es half nichts. Die Arbeit musste getan werden. Der Vater und sie würden heute mit dem Rebschnitt anfangen, damit die Pflanzen neue Triebe ausbilden konnten.

Langsam schritt Flora über den Hof zum Kelterhaus. Sie runzelte die Stirn, fragte sich, wo Arco wohl steckte. Da er nirgends zu sehen war, betrat sie das Kelterhaus. Sie nahm die Rebschere vom Haken und steckte sie in die Tasche. Als sie die Tür öffnete, stand der Hund schwanzwedelnd vor ihr und blickte sie treuherzig an.

Flora strich ihm über das feuchte Fell. »Komm mit, alter Junge!«

Sie lief über den Hof, Arco wich nicht von ihrer Seite. Plötzlich rannte er los und sprang bellend den Weinberg hinauf. Flora sah ihm nach. Da fiel ihr Blick auf die letzte Reihe der Rebstöcke. Dort, ganz oben, stand der Vater. Fest und unbeirrbar. Wie ein Fels in der Brandung. Mit ruhiger Hand ging er wie immer seiner Arbeit nach. Flora winkte ihm zu, und er winkte zurück. Sie wunderte sich nicht, dass er so früh aufgestanden war. Die Zeit des Rebschnitts war für ihn die wichtigste Zeit im Weinjahr. Der Frühling stand vor der Tür, und die Strahlen der Sonne erweckten die Reben zu neuem Leben.

Flora stieg zu ihrem Vater hinauf, das noch frostige Erdreich knirschte bei jedem Tritt. Als sie ihn erreichte, bemerkte sie seine roten Wangen und seine glänzenden Augen. Die Freude an seinem Beruf stand ihm ins Gesicht geschrieben.

Er schob die Rebschere in die Hosentasche, trat neben Flora und machte eine ausschweifende Handbewegung.

»Ist es nicht herrlich hier bei uns? Schau dir diesen Blick an. Unser Rheintal ist einfach schön, nicht nur jetzt. Es ist zu allen Jahreszeiten ein herrlicher Anblick. Findest du nicht auch?«

Flora schluckte und lächelte ihm tapfer zu. »Ja, Vater, ich liebe unsere Heimat, so wie du.«

Der Vater wandte sich wieder seiner Arbeit zu. Flora stieg bis zur Mitte des Weinbergs hinunter und blieb vor einem der Rebstöcke stehen. Arco, der ihr gefolgt war, setzte sich zu ihren Füßen. Sie rieb sich die kalten Hände und nahm die Schere. Während sie die Reben beschnitt, dachte sie an den Vater. Auch wenn er heute fröhlich wirkte – sie machte sich große Sorgen um ihn. Sie ahnte, wie sehr er unter dem Verschwinden seines Sohnes litt. Sie hatte sich vorgenommen, heute Abend mit ihm darüber zu sprechen. Nicht nur über Laurenz. Ihr Vater sollte endlich erfahren, dass sie Thomas Weinreiß die Ehe versprochen hatte. Ihr Herz zog sich zusammen, als sie an ihn dachte. Wann würde er wohl zurückkommen – und käme er überhaupt wieder?

Es war still und friedlich im Weinberg, nur hin und wieder war das Klicken der Rebscheren zu hören. Und während Flora von einer Rebe zur anderen ging, liefen die vergangenen Monate noch einmal vor ihrem inneren Auge ab. So vieles war geschehen. Schreckliches und Schönes. Jakob Weinreiß war gestorben, sein Sohn Thomas in ihr Leben getreten. Jeremias von Strasshof hatte für viel Aufregung gesorgt und ihr den Glanz des Bonner Hofes gezeigt. Er hielt sich nun am französischen Hof auf. Wie anders war er doch als Thomas! Mit leichtem

Sinn ging er durchs Leben, er war schön und verführerisch. Dorothea Weinreiß hatte er, wie es schien, im Sturm gewonnen, sie war eine seiner Eroberungen. Sie hingegen würde Thomas heiraten, er war der Mann, den sie von ganzem Herzen liebte.

Philipp war auf schreckliche Weise zu Tode gekommen. Mit ihrem Wein hatte sie großen Erfolg gehabt, er hatte den Hamburger Weingroßhändler Christian Mathiesen überzeugt, und – das war das Staunenswerteste – er hatte Wilhelm von Fürstenberg beim großen Fest im Bonner Schloss gemundet.

Und nun war Laurenz verschwunden, und sie wussten nicht, ob sie ihn jemals wiedersehen würden. Es war eine turbulente Zeit gewesen, und im Augenblick war sie froh, hier auf dem Weinberg zu arbeiten. Endlich war wieder etwas Ruhe in ihr Leben eingekehrt.

Am Ende dieses arbeitsreichen Tags wartete Flora unten im Hof auf den Vater. Wider Erwarten hatte es am Nachmittag noch einmal leicht geschneit. Als er schließlich erschien, trat er neben Flora und legte den Arm um sie. Beide blickten eine Weile zum Weinberg hinauf, auf dem die Rebstöcke Seite an Seite standen. Die kurzen Stämmchen hoben sich dunkel von dem hellen, mit Schnee bedeckten Grund ab. Es war ein herrlicher Anblick.

»Das wäre geschafft«, sagte der Vater. »Wir haben heute den Anfang gemacht. Wir wollen hoffen, dass es ein gutes Weinjahr wird.«

Flora schmiegte sich an ihn, dann löste sie sich sanft aus seiner Umarmung. »Komm, lass uns zu Abend essen.«

Sie hatte bereits den Tisch gedeckt, als der Vater hereinkam. Das Feuer loderte im Kamin, in der Stube herrschte wohlige Wärme. Sie setzten sich und aßen schweigend. Flora bemerkte, wie blass der Vater auf einmal wieder war. Aber sie wusste, dass es keinen Sinn hatte, mit ihm darüber zu sprechen, er wollte es einfach nicht. Nach der Mahlzeit trug Flora die Teller in die Küche. Als sie wieder zum Tisch zurückgekehrt war, fasste sie sich ein Herz.

Sie legte ihre Hand auf seine und sah ihn an. »Ob Laurenz schon in Berlin ist?«

Der Vater schüttelte den Kopf. »Berlin ist weit weg. Sobald er dort angekommen ist, wird er sich melden. Da bin ich mir ganz sicher.«

Flora schenkte dem Vater einen Becher Wein ein und spürte, wie er sie dabei beobachtete. Sie holte tief Luft. »Vater, ich muss dir etwas sagen. Es gibt einen Mann, der mich gebeten hat, seine Frau zu werden.«

Er stellte seinen Becher ab und sah sie überrascht an. »Und, wer ist es?«

Flora zögerte kurz. »Thomas Weinreiß«, sagte sie dann. »Nach seiner Rückkehr aus England wollen wir heiraten, aber –« Weiter kam sie nicht.

»Kein Aber«, unterbrach sie der Vater. »Wenn Thomas Weinreiß um deine Hand angehalten hat und du ihn liebst, ist alles gesagt. Er gefällt mir. Ihr werdet euer gemeinsames Leben sehr gut meistern, und nur darauf kommt es an.«

* * *

Flora stand im Nachthemd am geöffneten Fenster ihrer Kammer und sog tief die kühle Morgenluft ein. Der Frühling begann im Rheinland Einzug zu halten. Der Weinberg lag im hellen Licht, frisches Grün verkündete das Wiedererwachen der Natur. Flora freute sich auf die Arbeit und schlüpfte in Hemd und Hose, als sie Schritte im Haus hörte.

Flora verließ ihre Kammer und eilte die Stiege hinunter. In der Diele traf sie auf den Vater, der gerade die Haustür öffnete.

»Warte, ich komme mit«, sagte sie und nahm ihre Kappe vom Haken.

Auf dem Hof lief ihnen Arco entgegen.

Der Vater streichelte ihn. »Ja, alter Junge. Wir müssen heute das Erdreich um die Reben auflockern und düngen. Wie viele Jahre bist du schon dabei und hast dich zu uns gesellt, du treuer Begleiter?« Er zeigte zum Kelterhaus. »Ich hole eben die Hacke. Geh du in den Stall und hol den Dünger.«

Sie trafen sich in der Mitte des Hofes, gingen an der Linde vorbei bis zum Fuß des Weinbergs und blieben an der ersten Reihe der Reben über der Trockenmauer stehen.

Der Vater nahm eine Rebe sorgfältig in Augenschein. »Die hat schon Saft«, sagte er und lächelte zufrieden. »Jetzt kann sie wachsen und gedeihen. Das Leben im Weinberg beginnt.«

In den nächsten Stunden arbeiteten sie, ohne ein Wort zu wechseln. Der Vater hackte die Erde unter den Rebstöcken, Flora brachte den Dünger auf. Das Aufrühren der noch winterfesten Erde war eine schweißtreibende Arbeit. Der Vater hatte noch nie darüber geklagt. Für ihn stand fest: Sie musste wie in jedem Jahr getan werden, damit die Reben gute Frucht brachten.

Vor dem Abendessen ging der Vater noch einmal zum Weinkeller hinüber. Er wollte nachsehen, ob nicht doch einige Fässer durch den Frost Schaden genommen hatten. Als er nicht bei Tisch erschien, beschloss Flora, ihn zu holen. Mit schnellen Schritten überquerte sie den Hof. Arco kam auf sie zu und sprang bellend an ihr hoch. Er lief voraus zum Keller, dessen Tür ein Stück weit offen stand.

Flora folgte dem Hund die Treppe hinunter und spähte in den spärlich beleuchteten Raum, aber nichts regte sich. Der Vater schien nicht mehr da zu sein. Wahrscheinlich war er noch einmal zum Stall hinübergegangen, um nach dem Pferd zu sehen, und hatte vergessen, die Tür des Kelterhauses zu schließen. Gerade als sie umkehren wollte, hörte sie vom anderen Ende des Kellers her den Hund winseln. So schnell sie konnte, lief Flora dorthin, wo die kläglichen Laute herkamen. Arco kauerte vor einem der Weinfässer. Neben dem Fass lag eine zusammengesunkene Gestalt.

»Vater!« Floras Herz begann zu rasen. Sie stürzte zu ihm, hockte sich hin und nahm seine Hand. »Vater, was ist mit dir?«, brachte sie schluchzend hervor.

Am ganzen Körper zitternd sah sie in seine leblosen Augen. Nur langsam begriff sie, was sie nicht wahrhaben wollte: Ihr geliebter Vater war tot.

22

Honnef, 10. März 1689

Nach der Frühmesse machte sich Franz Xaver Trips auf den Weg nach Rhöndorf. Er war so aufgewühlt, so zornig wie schon lange nicht mehr, und daran war allein seine Haushälterin schuld. Erst heute Morgen hatte er etwas von ihr erfahren, was diese schon seit dem Vortag wusste. Es war einfach unglaublich! Gerade als er auf dem Weg zur Kirche das Pfarrhaus verließ, hatte sie ihm von der Küche aus zugerufen: »Der alte Mentis ist tot. Ich hab's gestern auf dem Markt gehört.«

Zutiefst erschrocken über diese Nachricht war er einige Sekunden in der Tür stehen geblieben. Dann hatte er, ohne auch nur ein einziges Wort an Hermine Harperath zu richten, beschlossen, den Zennigshof gleich nach der Messe aufzusuchen.

Seit dem Vorfall mit der Flüchtlingsfamilie waren Flora und ihr Vater nicht mehr zur Kirche gekommen. Sie hatten sich an sein Verdikt gehalten. Er hatte jedoch Erkundigungen eingezogen und gehört, dass sie und der Vater zu den Gottesdiensten in die Nachbargemeinde gingen. Für ihr Seelenheil war also gesorgt. Das hatte ihn beruhigt, besonders nachdem er erfahren hatte, dass der Sohn Laurenz mit den Evangelischen verschwunden war. Darüber sollte sich allerdings niemand wundern. Das war eben die Folge, wenn man sich mit Ketzern einließ.

Trips hatte es schon bald bereut, Flora so harsch behandelt und ihr den Zutritt zur Kirche verweigert zu haben. Er musste zugeben, dass er die junge Frau mochte und sie sehr vermisste.

Er schätzte ihren Mut, ihre Entschlossenheit, ihr ganzes Wesen. Ihre Entscheidung, Ketzer aufzunehmen, war falsch gewesen. Er hatte sich vorgenommen, nach einiger Zeit noch einmal mit ihr darüber zu sprechen. Jetzt, da ihr Vater tot war, fühlte er sich für Flora verantwortlich.

Als Trips auf dem Zennigshof ankam, ließ ihn Flora wortlos eintreten. Eine Zeit lang standen sie schweigend am Totenbett von Caspar Mentis, dann sprach Trips ein Gebet für den Verstorbenen. Flora hatte den toten Vater am Vorabend von einigen Knechten des Jesuiterhofs in seine Kammer bringen lassen. Dort hatte sie ihn gewaschen und sorgfältig eingekleidet. Er sollte seinen Weg in den Himmel mit derselben Würde antreten, mit der er auf Erden gelebt hatte.

Flora sah Trips an und sagte leise: »Mein Vater ist nicht nur vor Kummer über das Verschwinden von Laurenz gestorben, er war schon längere Zeit krank. Er wusste es, aber er wollte sich nicht helfen lassen, er wollte es mit sich selbst ausmachen.«

Trips nickte mit vorwurfsvoller Miene »Ihr hättet mich gestern Abend sofort rufen lassen müssen.«

Flora schüttelte den Kopf. »Das hätte ich niemals getan, nachdem Ihr mich wie eine Sünderin behandelt habt.«

Sie sah ihn ernst und bittend zugleich an. »Darf ich nun wieder in die Kirche nach Honnef kommen?«

Trips ging zunächst nicht darauf ein. Etwas anderes war ihm jetzt wichtiger. »Ihr seid allein«, sagte er. »Wie soll es nun auf dem Hof weitergehen?«

Flora blickte auf den toten Vater. Er sah friedlich aus, ganz so, als ob er schliefe. »Es muss weitergehen. Ich bin jetzt für den Zennigshof allein verantwortlich. Und ich werde es schaffen, Ihr werdet sehen.« Sie sah zum Fenster hinaus auf den Weinberg. »Für die schwere Arbeit werde ich zwei Knechte einstellen. Auch an eine Magd habe ich gedacht, die hier den Haushalt führt. Geld habe ich genug.«

Trips zweifelte nicht einen Augenblick daran, dass diese junge Frau alle Fähigkeiten besaß, mit fremder Hilfe den Hof weiterzuführen. Knechte und eine Magd auf dem Hof konnten sie unterstützen, doch es waren keine Menschen, die ihr nahestanden. Für ihn stand es fest: Flora brauchte einen Mann. Denn schon in der Bibel stand geschrieben, dass der Mensch nicht allein sein solle. Verstohlen sah er zu ihr hinüber: »Wir werden erst einmal den Vater begraben. Und eine Magd, die den Haushalt führt, und zwar sehr gut, kann ich Euch schon bald verschaffen.«

Flora sah ihn mit großen Augen an. »Und wer soll das sein?«

Trips seufzte. »Zu Beginn des Jahres stand plötzlich eine junge Frau vor der Tür. Da sie nie eine Schule besucht hat, habe ich mich dazu entschlossen, sie zu unterrichten und sie vor allem im rechten Glauben zu unterweisen. Sie war auf die schiefe Bahn geraten, jetzt hat sie durch mich in ein geregeltes Leben zurückgefunden. Sie geht meiner Haushälterin zur Hand und stellt sich sehr gut an.« Flora dankte ihm für diese schnelle und unerwartete Hilfe in der Not, und Trips versprach ihr, die junge Frau nach dem Begräbnis des Vaters sogleich zum Zennigshof zu schicken. Er würde sich jedoch vorbehalten, sie weiterhin an jedem Sonntag nach der Messe zu unterrichten.

Auf dem Rückweg nach Honnef hatte Trips genügend Zeit, über Flora nachzudenken. Schmunzelnd erinnerte er sich an ihre erste Begegnung in seinem Studierzimmer. Aber auch der unerfreuliche Streit über die Flüchtlingsfamilie kam ihm in den Sinn. Nun war Caspar Mentis tot, und Flora wollte allein weitermachen, unterstützt von Knechten und einer Magd. Das Wichtigste war es jetzt, den Besitzer des Zennigshofs umgehend über die Geschehnisse in Kenntnis zu setzen. Nachdem er im Pfarrhaus angekommen war, begab er sich sofort in sein Arbeitszimmer und schrieb einen Brief.

* * *

Seit dem Begräbnis des Vaters waren einige Tage vergangen. Flora hatte auf dem Weinberg noch immer alle Hände voll zu tun. Als sie am Morgen aus dem Kelterhaus trat, hörte sie vom großen Hoftor her ein energisches Klopfen. Sie blieb stehen und stellte den Korb mit dem Bast, den sie dort geholt hatte, um auf dem Weinberg die Reben zu binden, auf eines der Fässer, die vor dem Keller standen. Vielleicht war das die Magd, die Trips ihr schickte, sie war schon sehr gespannt darauf, wer das wohl sein mochte. Sie ging zum Tor hinüber, schob den Riegel auf und öffnete.

Eine junge Frau blickte ihr offen und selbstbewusst entgegen. Unter ihrem Wollmantel trug sie ein sauberes Leinenkleid. Eine weiße Haube umrahmte das herzförmige Gesicht mit dem sinnlichen Mund.

Sie wunderte sich über Floras forschenden Blick. »Erkennt Ihr mich nicht?« Schnell nahm sie die Haube ab. Das üppige schwarze Haar fiel ihr bis auf die Schultern. »Wisst Ihr jetzt, wer ich bin?«

Flora wunderte sich, wie sehr sich die Frau, die sie nur einmal gesehen hatte, verwandelt hatte. »Ja«, sagte sie. »Ihr seid die Gefährtin von Jeremias von Strasshof. Aber Euren Namen kenne ich nicht.«

Die junge Frau setzte die Haube wieder auf: »Ich heiße Mariana Josten, nennt mich Mariana. Ich bin dankbar, Herrin, dass ich in Euren Diensten stehen darf.«

Flora bat ihre neue Magd herein. »Lass die Anrede Herrin«, erwiderte sie. »Wir sind etwa im gleichen Alter, und wenn du mir den Haushalt zu meiner Zufriedenheit führst, bekommst du einen gerechten Lohn. Und noch etwas. Hier auf dem Hof kannst du deine Haube abnehmen, sie wird dir bei der Arbeit nur hinderlich sein.«

Mariana trat in den Hof, und Flora verriegelte das große Tor. Dann forderte sie die junge Frau auf, ihr ins Haus zu folgen.

In der Stube angekommen, sah sich Mariana um. »Wo soll ich anfangen, was soll ich tun?«

Flora gefiel ihre zupackende Art auf Anhieb. Statt ihr Anweisungen zu geben, bat sie die neue Magd, sich zu setzen. Sie wollte sie erst einmal kennenlernen. »Erzähl mir von dir«, sagte sie.

»Ich bin die Tochter des Kölner Hafenschankwirts Heinrich Josten und seiner Frau«, begann Mariana. »Von klein auf habe ich mitarbeiten müssen und konnte nie eine Schule besuchen. Nach dem Tod meines Vaters haben die Mutter und ich den Ausschank fortgeführt. Das Geschäft gedieh unter dem Kommando zweier tatkräftiger Frauen besser als je zuvor. Irgendwann kam ein reisender Kaufmann in die Schenke und versprach mir eine gemeinsame Zukunft. Nach zwei Liebesnächten war er verschwunden …« Sie sah Flora an. »Als meine Mutter merkte, dass ich schwanger war, hat sie mich aus dem Haus gejagt. Ich fand Zuflucht in einem Kölner Frauenkloster. Dort bekam ich das Kind.« Sie stockte. »Es war ein Mädchen, aber es ist bei der Geburt gestorben.« Sie schluchzte auf, wischte sich eine Träne aus dem Auge und schwieg eine Weile.

Mitfühlend legte Flora ihr eine Hand auf den Arm.

Mariana sah sie dankbar an und fuhr tapfer lächelnd fort: »Ich wollte mein Leben nicht hinter Klostermauern verbringen. Ich konnte da nicht bleiben. Ich brauche meine Freiheit. Ich möchte selbst entscheiden, was ich tue. In aller Frühe habe ich mich heimlich auf den Weg nach Süden gemacht. In einem der Weindörfer am Fuß des Siebengebirges habe ich versucht,

Arbeit zu finden. Ich kannte Honnef, denn von da stammte der Wein, den wir in Köln ausgeschenkt haben. Vielleicht, so habe ich gehofft, würde mich einer der Pächter als Magd anstellen. Ich wollte arbeiten. Ich habe mein Leben lang nichts anderes getan! Und dann … Am späten Nachmittag sind nicht weit vom Drachenfels entfernt auf einmal wie aus dem Nichts zwei Männer aufgetaucht.«

Wieder musste Mariana ihren Bericht unterbrechen, weil ihr die Stimme versagte. Als sie sich wieder gefangen hatte, erzählte sie weiter. »Einer packte mich, warf mich zu Boden, der andere hat angefangen, mir die Kleider vom Leib zu reißen. Ich habe um mich geschlagen und versucht, mich zu wehren. Plötzlich waren Geräusche zu hören, die Männer ließen von mir ab.« Sie stockte und starrte eine Weile vor sich hin.

»Und dann?«, fragte Flora leise.

Mariana seufzte. »Eine Kutsche rollte heran und blieb in unmittelbarer Nähe stehen. Der Schlag tat sich auf. Ein junger Mann stieg aus und bedrohte die Wüstlinge mit seinem Degen, sodass sie fluchend davonliefen. Dann kam er auf mich zu. Ich hielt den Atem an. Schön wie ein Engel erschien er mir, wie ein Wesen aus einer anderen Welt. Er half mir auf, fragte mich, ob er mich nach Hause bringen könne. Aber ich hatte doch kein Zuhause mehr, genauso wie er. Das habe ich allerdings erst viel später erfahren.«

Flora beugte sich vor. »Das war Jeremias von Strasshof, nicht wahr«, sagte sie leise. »Aber wieso hatte er kein Zuhause? Damals lebte er doch mit Fürstenberg im Bonner Schloss in Bonn.«

Mariana lachte laut auf. »Ihr seid ihm einige Male begegnet, oder? Hat er Euch nie gesagt, wo er herkommt?«

Flora schüttelte den Kopf, in dem die Gedanken und Gefühle zu schwirren begannen.

»Nun, Ihr wisst es also nicht. Dann will ich es Euch sagen.

Jeremias stammt aus ärmlichen Verhältnissen, genau wie ich. Das ist wohl der Grund, weshalb wir uns immer sehr nah gestanden haben.« Sie hielt inne, sah auf die Haube, die vor ihr auf dem Tisch lag.

Flora wollte ihr etwas Zeit geben. Erst als sie weiterhin schwieg, fragte sie: »Wer ist Jeremias von Strasshof?«

Mariana blickte zu ihr hinüber. »Ein Schauspieler, der Sohn fahrender Komödianten. Zwei Dinge hat er früh gelernt, die Verstellung und das Maskenspiel. Aber schon als Kind hat er gespürt, dass das nicht alles in seinem Leben sein konnte. Und seine größte Angst ist es, dorthin zurückgestoßen zu werden, wo er herkommt, in die Armut, ins Elend.«

Flora hatte schweigend zugehört, sie konnte kaum glauben, was sie über Strasshof erfahren hatte. Nun verstand sie seine heftige Reaktion auf ihre Bemerkung, dass er nie die Schattenseiten des Lebens kennengelernt habe. Denn das hatte er. Er hatte seine Rolle gut gespielt, und er spielte sie noch immer gut, die Rolle seines Lebens: der Vertraute an der Seite des mächtigen Wilhelm von Fürstenberg.

Auch ihr hatte er nur etwas vorgespielt. Wie auch immer – sie war darauf eingegangen, ohne zu weit zu gehen. Gewiss, er hatte sie geküsst, wie viele Frauen vor ihr. Das gehörte zu seinem Spiel. Nun war er abgereist. Sie würde ihn niemals wiedersehen.

Sie blickte zu Mariana hinüber, die sie schweigend musterte. »Strasshof ist nach dem Weinlesefest ins Bonner Schloss zurückgekehrt. Warum bist du nicht mit ihm gegangen?«

Mariana lachte. »Jeremias wollte es, aber ich habe es abgelehnt. Ich wollte nicht länger nur seine Geliebte sein. Ich wollte wieder auf eigenen Füßen stehen, wollte endlich arbeiten. Also bin ich im Bischofshof geblieben und hab dem Kellermeister geholfen, die Fässer zu füllen. Als es keine Arbeit mehr für mich gab, habe ich mich an den Pfarrer erinnert. Ich bin zu ihm gegangen, und er war bereit, sich meiner anzunehmen. Aber das hat Pfarrer Trips Euch sicher alles schon gesagt.« Sie stand auf. »Nun will ich mit der Arbeit anfangen! Was soll ich tun?«

Flora bat Mariana, sich noch einmal zu setzen. »Ich möchte noch etwas wissen«, sagte sie. »Wann genau ist Strasshof nach Bonn abgereist?«

»Gleich am Morgen nach dem Weinlesefest.« Mariana lächelte. »Das wussten alle. Seine Truhen waren bereits gepackt. Nur eine Sache trieb ihn um.«

Die junge Frau hielt inne, aber Flora ließ nicht locker. »Und was war es, das ihn beunruhigte?«

»Jeremias vermisste einen Beutel mit viel Geld. Er war am Tag des Festes einfach nicht aufzufinden. Noch während der Suche erklärte er, dass er sich seine Feierlaune nicht verderben lassen wolle. So fuhren wir zum Weinlesefest, genossen es in vollen Zügen. Aber kaum waren wir zum Bischofshof zurückgekehrt, wurde er wieder unruhig. Wir hatten uns schon zu Bett begeben, als er plötzlich aufsprang, eilig seine Kleider überstreifte und mir zuraunte, dass er noch etwas zu erledigen habe. Es war dunkel draußen, ich wollte ihn zurückhalten, doch er war bereits an der Tür. Ich bin ihm nachgelaufen und hab ihn gefragt, wohin er wolle. Er lachte leise und flüsterte: ›Zum Zennigshof!‹«

Flora lief ein Schauer über den Rücken, aber sie musste sich zusammennehmen. Sie stand auf und wies die junge Frau kurz in ihre Aufgaben ein. Sie solle sich um Küche und Herd kümmern und ein Mittagsmahl für sie beide zubereiten.

Nachdem Mariana sich an die Arbeit gemacht hatte, saß Flora wie erstarrt an dem Tisch in der Stube. Die Gedanken schwirrten wie wild durch ihren Kopf, sie hatte einen furchtbaren Verdacht. Hatte sich Strasshof nach dem Weinlesefest zum Zennigshof aufgemacht, weil er sein Geld wiederhaben wollte, das Philipp ihm gestohlen hatte? Sie sah den Beutel in Philipps Händen, sah, wie er die Münzen vor ihren Augen auf den Tisch schüttete. Das Geld war gestohlen gewesen, auch wenn sie es nicht wahrhaben wollte. Strasshof war mit der Absicht zum Zennigshof gekommen, das Geld von Philipp zurückzufordern. Es musste zum Streit, vielleicht sogar zum Kampf gekommen sein. Der Arzt hatte von einem Unfall gesprochen, aber war es das wirklich gewesen? Oder hatte Strasshof Philipp tatsächlich getötet? Verbarg sich hinter dieser schönen Maske ein Mörder?

Zwei junge Männer, die am Fenster vorbeigingen, rissen Flora aus ihren düsteren Gedanken. Der eine war Peter Zirwes. Flora hatte ihn nach dem Begräbnis des Vaters gefragt, ob er bei ihr als Knecht arbeiten wolle, und er hatte zugesagt. Den anderen Mann kannte sie nicht. Sie ging in die Küche und wies Mariana an, in der nächsten Stunde die Schlafkammern zu säubern. Dann eilte sie über den Hof und öffnete das große Tor.

»Schön, dass ihr da seid!«, sagte sie und ließ die Männer eintreten.

Als Flora sie in der Stube bat, am Tisch Platz zu nehmen, um alles zu besprechen, winkte Peter ab.

»Wir sind nicht gekommen, um zu reden. Wir wollen gleich mit der Arbeit anfangen.« Er zeigte auf seinen Begleiter. »Das ist Franz Knipp. Auch er will als Knecht für Euch arbeiten, wenn Ihr damit einverstanden seid.« Er sah durch das Fenster und zeigte auf den Hof hinaus. »Ich weiß, was hier zu tun ist. Ich kenne den Betrieb wie meine Westentasche. Ich kann Franz alles erklären.«

Flora empfand tiefe Dankbarkeit. Sie hätte keinen besseren Knecht als Peter bekommen können. Und Franz Knipp würde sich schnell in die Arbeit einfinden.

* * *

Ferdinand Corvinus saß im Büro seines Verlagshauses in Köln und prüfte einige Rechnungen, als sein Diener Muthesius hereinkam und ihm einen Brief übergab, der gerade durch einen Boten überbracht worden war. Ein arbeitsreicher Vormittag lag hinter ihm. In Kürze wollte er das Haus verlassen, um einen wichtigen geschäftlichen Termin wahrzunehmen. Mit gerunzelter Stirn sah er auf den Absender des Schreibens, dann öffnete er es.

Honnef, den 10. März 1689

Mein hochverehrter Herr Verleger,
ich erlaube mir, Euch mitzuteilen, dass in einer dringenden Angelegenheit Eure Hilfe benötigt wird. Die Sache duldet keinen Aufschub. Es handelt sich um eine Notlage, wie Ihr meiner Schilderung der Dinge entnehmen werdet.
Auf dem Zennigshof in Rhöndorf, dem Besitz Eures Neffen Thomas Weinreiß, haben sich entsetzliche Dinge zugetragen. Völlig überraschend ist der Pächter Caspar Mentis verstorben, nachdem kurz zuvor sein Sohn Laurenz auf beklagenswerte Weise verschwunden war. Jetzt ist die Winzerstochter Flora Mentis auf sich allein gestellt und festen Willens, das Weingut mit der Hilfe von Knechten und einer Magd weiterzuführen. Thomas Weinreiß muss von all dem umgehend in Kenntnis gesetzt werden. Ihr bitte Euch daher dringend, Verbindung zu ihm aufzunehmen!
In gebotener Kürze darf ich Euch die unseligen Umstände des Verschwindens von Laurenz Mentis darstellen. Alles hatte mit der Beherbergung einer evangelischen Flüchtlingsfamilie begonnen. Die Mentis haben diese Menschen barmherzig aufgenommen – ein großer Fehler! Doch was sollte man von Evangelischen anderes erwarten? Die Tochter verführte den ehrbaren Laurenz, genauso wie Eva einst

Adam zur Sünde angeleitet hat. Laurenz verschwand mit ihr und ließ den Vater und die Schwester ohne Abschied zurück. Welche Sünde, welche Schande! Was sind das nur für Zeiten!
Noch einmal bitte ich Euch, Euren Neffen herbeizurufen, damit er sich vor Ort ein Bild von der Lage auf dem Hof machen kann.
Euer ergebenster
F. X. Trips

Corvinus legte den Brief beiseite und sah Trips vor sich, wie er ihn kannte. Nein, er würde sich wohl nie ändern, alles sah er in düsterstem Licht, und das Leben existierte für ihn überhaupt nur im Rahmen der festen Ordnung der heiligen katholischen Kirche, an der es nichts zu rütteln gab. Für ihn konnte nicht sein, was nicht sein durfte. Dass etwa der junge Laurenz Mentis sich in eine hübsche junge Frau verliebt hatte. Und da sie evangelisch war, blieb ihm nichts anderes übrig, als dorthin zu gehen, wo eine Verbindung, eine Zukunft mit ihr möglich war. Genau so könnte es gewesen sein. Nun, wie auch immer, wichtig war es nun, den Tatsachen ins Auge zu sehen. Thomas hatte ihm mitgeteilt, dass er im März aus England abreisen wollte. Sicher war er schon unterwegs. Sobald er in Bonn eintreffen würde, müsste er sich nach Rhöndorf begeben und dort nach dem Rechten sehen.

23

Dover, 16. März 1689

Als die Witterung endlich eine Rückreise nach Köln zuließ, war Thomas vor einigen Tagen früh am Morgen aus London aufgebrochen. Die Fahrt nach Dover hatte von Anfang an unter keinem guten Stern gestanden. Frühzeitig mussten zwei Pferde gewechselt werden, dann war ein Rad gebrochen. Es hatte jedoch, schneller als gedacht, ersetzt werden können. Er hatte die Hoffnung nicht aufgegeben, an diesem Tag das Fährschiff doch noch zu erreichen. Er musste zurück ins Rheinland, zu Flora. Er wollte sie endlich wiedersehen und für immer mit ihr zusammen sein! Aber als sie den Hafen von Dover erreichten, war weit und breit kein Schiff zu sehen gewesen. Allem Anschein nach war es schon abgefahren.

Er stieg aus der Kutsche und sah sich um. Sein Blick fiel auf einen rotgesichtigen, stämmigen Mann, in dessen rechtem Mundwinkel eine Pfeife steckte. Der Hafenmeister vermutlich. Vielleicht konnte er von ihm Näheres zur Abfahrt der Fährschiffe erfahren. Schnurstracks ging er auf ihn zu und trug ihm sein Anliegen vor.

Doch statt ihm seine Frage zu beantworten, fluchte der Hafenmeister mit grimmiger Miene. »Der Teufel soll den Käpt'n holen!«

Thomas sah ihn verständnislos an. Der Hafenmeister zeigte zum Himmel hinauf. »Da könnt Ihr es sehen, da braut sich was zusammen!« Er nahm seine Pfeife aus dem Mund und spuckte auf den Boden. »Ich habe ihn gewarnt, den Sauhund. Und er ist trotzdem gefahren. Und jetzt holt sie alle auf dem Schiff der Teufel, es geht unter, mit Mann und Maus. Und der Käpt'n wird nicht mal die Zeit haben, die Fahrt zu bereuen, so schnell fährt er zur Hölle!« Er lachte schallend und verzog das Gesicht zu einer widerlichen Grimasse.

Thomas hatte von der Kaltschnäuzigkeit des Hafenmeisters genug und fragte ihn nach einer Herberge. Der Mann grinste nur höhnisch, drehte sich um und ging davon. Thomas blieb nichts anderes übrig, als sich selbst auf die Suche nach einer Unterkunft zu machen. Er wusste nicht, wie lange er hierbleiben musste. Er hoffte, nicht allzu lange.

In der Nähe des Hafens, schon zur Küste hin, stand eine Reihe geduckter Häuser dicht nebeneinander. Den Schildern, die im Wind klapperten, entnahm er, dass es Wirtshäuser waren. Er griff nach seinem Gepäck und machte sich auf den Weg dorthin. Gleich im Ersten fragte er, ob er dort übernachten könne. Er erfuhr, dass er bleiben könne, solange er wollte. Da die Zeit fortgeschritten war und sein Magen knurrte, setzte er sich in die Gaststube und bestellte sich etwas zu essen und zu trinken. Während er wartete, sah er zum Nachbartisch hinüber, an dem drei junge Männer Karten spielten und Bier tranken. Ihren wettergegerbten Gesichtern nach vermutete er, dass es Seeleute oder Fischer waren, die sich hier in der Schenke die Zeit vertrieben.

Plötzlich ertönte ein schauerliches Heulen. Die Männer sahen sich an und legten die Karten weg. Das Heulen schwoll an, augenblicklich wurde es still im Raum. Ein dumpfer Schlag ließ die Männer erzittern, die Tür des Schankraums sprang auf, ein Windstoß fegte herein und riss Becher und Schüsseln von den Tischen.

Thomas sah zur Tür hinaus. Dort war es schwarz wie die Nacht. Der Wirt stürzte aus der Küche und brüllte: »Alles verriegeln!«

Wie auf Kommando rannten die Männer nach draußen, um die Riegel vor die Fenster zu schieben. Nach einer Weile kamen sie triefend nass und am ganzen Leib zitternd zurück und stemmten die Tür von innen zu. Völlig erschöpft schleppten sie sich vor das offene Kaminfeuer. Der Wirt brachte ihnen randvolle Bierkrüge, und so waren sie bald wieder bester Stimmung, krakeelten und stießen Flüche auf den Kapitän des Fährschiffs aus, genauso wie es der Hafenmeister getan hatte.

»Der Kahn ist mit alle Mann untergegangen, darauf wette ich«, grölte einer, »so ein Unwetter habe ich hier schon lange nicht mehr erlebt.«

Die anderen Männer in der Wirtsstube nahmen kaum Notiz von dem Gerede. Sie steckten die Köpfe zusammen, palaverten, aßen und tranken. Thomas saß da, lauschte dem Heulen des Windes und sah auf die rauen Gesellen um ihn herum.

Nach zwei Stunden legte sich der Sturm. Thomas stand auf. Er musste nach draußen, in der Gaststube war es stickig, es roch nach Schweiß, Bier und Schnaps. Er sprach mit dem Wirt, und dieser gab den drei Männern die Anweisung, die Tür zu öffnen. Thomas trat ins Freie, sog die gereinigte und erfrischend würzige Luft ein. Er sah an der Küste entlang und zum Hafen hinüber und stutzte.

Im Hafenbecken schaukelte ein Kahn und schlug in regelmäßigen Abständen an die Kaimauer. Undeutlich konnte er erkennen, dass sich etwas darin bewegte. Als er näher kam, sah er, dass es Menschen waren, ein Mann, eine Frau und zwei Kinder. Sie lagen in durchnässter Kleidung wie tot auf den Planken des Bootes. Mittlerweile waren einige Männer aus dem Wirtshaus gekommen. Thomas winkte ihnen zu und rief um Hilfe. Sofort eilten die Männer herbei, und mit vereinten Kräften zogen sie das taumelnde Boot heran und befestigten es. Zwei von ihnen sprangen hinein, und allen gemeinsam gelang es, die erschöpfte Familie an Land zu bringen.

Thomas ging neben dem Mann in die Knie. Erleichtert stellte er fest, dass dieser noch lebte.

Plötzlich schlug der Mann die Augen auf. »Es war der Weltuntergang«, flüsterte er. »Alle außer uns sind ertrunken.«

Erst zwei Tage nach dem Untergang des Fährschiffs wurde die Passage wieder freigegeben, und die Reisenden konnten sich an Bord eines neuen Schiffs begeben, das nun im Hafen für sie bereitlag. Thomas reihte sich gerade in die Schlange der Wartenden ein, als der Hafenmeister an ihm vorbeiging. Dieser erkannte ihn wieder, blieb stehen und knurrte: »Ich hab's gewusst, wie das ausgehen wird, und so ist es auch gekommen.«

Thomas war erstaunt, doch so etwas wie eine Spur von Mitleid in den groben Zügen des Mannes zu erkennen. Der Hafenmeister nickte ihm zu, und ein schmales Lächeln huschte über sein rotes Gesicht. »Nur eine Familie hat überlebt, und Ihr habt sie gerettet. Ihr seid ein guter Mensch, eine gute Seele. Eine unter Tausenden. Gott sei es gelobt!«

Bevor Thomas etwas erwidern konnte, wurde er weitergeschoben. Die Reisenden drängten auf das Schiff, das wenig später ablegte.

* * *

Die letzten Reste des Schnees waren in der Märzsonne weggeschmolzen, als die Kutsche mit den drei Reisenden über den harten, steinigen Boden holperte. Thomas drückte seinen Kopf fest nach hinten in das weiche Polster. Mit halb geschlossenen Augen sah er auf die beiden Männer, die ihm gegenübersaßen und im Flüsterton miteinander sprachen. Seit der Abfahrt der Kutsche in der Hafenstadt Calais kurz nach Sonnenaufgang befanden sie sich gemeinsam auf dem Weg nach Brüssel, wo sie heute Abend eintreffen sollten. Am nächsten Tag ginge die

Reise, wenn nichts dazwischenkommen würde, weiter nach Aachen und schließlich nach Köln.

Der stattliche Mann mit dem grauen Backenbart, der Thomas gegenübersaß, hatte bereits kurz nach der Abfahrt mit ihm ein längeres Gespräch begonnen. Es war ein Geschäftsreisender, der von Köln aus weiter rheinabwärts fahren wollte. Sie sprachen über die aktuelle politische Situation und tauschten sich über die neuesten Entwicklungen im Rheinland aus. Vor einigen Tagen hatten kaiserliche Truppen die französischen Stellungen am Niederrhein angegriffen und ihnen eine empfindliche Niederlage beigebracht. Das war die erste Kriegshandlung auf dem Weg zur Rückeroberung des Rheinlands. Als letzte Bastion galt den Franzosen Bonn. Sie mussten die Stadt halten, solange es ging. Und Fürstenberg harrte derweil hinter den Mauern der kurfürstlichen Residenz aus.

Als die Kutsche kurz und heftig ruckelte, schlug er die Augen wieder auf. Er dachte an Flora. In England war ihm klar geworden, dass sie nicht mit ihm nach Hamburg kommen würde. Niemals würde sie den Vater und den Bruder zurücklassen, und sie war fest mit ihrer Heimat verbunden. So gab es nur einen Weg. Er würde das Angebot seines Onkels akzeptieren und eine führende Stellung im Verlag von Ferdinand Corvinus übernehmen. Das alles wollte er in Ruhe mit Flora besprechen. Doch das Wichtigste war, Flora und ihre Familie nach Köln zu holen, um sie alle vor dem drohenden Krieg in Sicherheit zu bringen.

* * *

Der Frühling hatte im Rheinland Einzug gehalten, Wärme und Licht weckten alle Lebensgeister. Mariana, Peter und Franz hatten sich schnell in ihre Arbeit auf dem Zennigshof eingefunden. Alle wussten, was zu tun war. Flora musste ihnen kaum noch Anweisungen geben.

Als sie an diesem Morgen aus der Tür trat, stand im Hof ein Fuhrwerk, das mit mehreren Weinfässern beladen war. Unter der strengen Aufsicht von Peter holte ein Schröter ein Fass aus dem Keller. Franz rollte es zum Wagen, wo es von einem Fuhrknecht hinaufgezogen wurde. Flora sah den Männern eine Weile bei ihrer Arbeit zu. Dann ging sie zu dem Pferdewagen hinüber und warf einen prüfenden Blick auf die Fässer. Mit einem Kopfnicken händigte sie Peter den Auftrag für den Transport aus.

Dies war der erste Wein, der den Hof in diesem Jahr verließ. Die Fässer wurden zum Honnefer Hafen gebracht und nach Köln verschifft. Von dort sollten sie dann nach Hamburg zur Firma Mathiesen & Söhne transportiert werden. Flora sah auf den Boden der Fässer, auf denen die Anfangsbuchstaben ihres Namens und auch der Jahrgang des Weins gut zu erkennen waren: FM 88. Dazu die Rose, ihr Markenzeichen.

Peter bestieg neben dem Fuhrknecht den Wagen, das Fuhrwerk setzte sich in Bewegung und rollte vom Hof auf die Gasse hinaus. Flora dachte an ihren Vater. Für ihn war dieser Augenblick, in dem der erste voll beladene Wagen den Hof verließ, immer ein ganz besonderer gewesen. Sie wischte sich eine Träne von der Wange, trat vor das Tor und schaute dem Wagen nach, bis er hinter der Biegung der Gasse verschwunden war. Dann ging sie zurück in den Hof.

»Flora!«

Als sie sich umwandte, eilte Hieronymus Zilken mit wehendem Mantel auf sie zu. Flora blieb wie angewurzelt stehen.

»Wie ich sehe, ist mir die Überraschung gelungen«, lachte er und reichte ihr die Hand. »Offenbar bin ich gerade rechtzeitig gekommen. Das Fuhrwerk mit dem Wein für Mathiesen ist mir eben begegnet.« Er sah sie fragend an. »Aber wer war der junge Mann neben dem Fuhrknecht? Du hast doch in der Zwischenzeit nicht etwa geheiratet und es mir nicht mitgeteilt?«

Flora schüttelte den Kopf, und wieder stiegen ihr die Tränen in die Augen.

Der Weinhändler schaute sie bestürzt an. »Ist etwas mit dem Vater?«

Flora nickte. »Kommt mit ins Haus«, sagte sie leise. »Seit Ihr das letzte Mal hier gewesen seid, ist sehr viel geschehen.«

Flora führte Zilken in die Stube. Mariana saß am Tisch und flickte eine Hose. Sie hob den Kopf, legte sogleich das Kleidungsstück beiseite und stand auf.

»Bring unserem Gast bitte etwas zu essen und zu trinken, Mariana, dann kannst du oben in deiner Kammer weiterarbeiten.«

Die Magd nahm ihr Nähzeug, ging hinaus und kehrte wenig später mit einem Krug Wein, einem Laib Brot und einem Teller mit eingesalzenen Fischen zurück. Sie trug ihr schwarzes Lockenhaar im Nacken gebunden. Der Weinhändler betrachtete sie mit Neugier und Wohlgefallen.

Während er aß und trank, berichtete Flora ihm, was auf dem Zennigshof geschehen war. Sie kämpfte mit den Tränen, als sie ihm vom Verschwinden des Bruders und dem Tod des Vaters erzählte. »Aber trotz allem«, beteuerte sie, »habe ich niemals daran gedacht aufzugeben. Der Zennigshof soll genauso weitergeführt werden wie bisher. Ich habe nun eine Magd und zwei Knechte. Nach all dem Leid, das ich ertragen musste, habe ich großes Glück gehabt«, fuhr sie mit leuchtenden Augen fort. »Ich hätte keine besseren Menschen finden können, die für mich arbeiten.«

Mariana kam herein und räumte den Tisch ab. Zilken musterte sie mit gerunzelter Stirn. »Eure Magd kommt mir bekannt vor«, bemerkte er, kaum dass diese die Stube verlassen hatte. »Wer ist sie, und woher kommt sie?«

Flora sah zur Tür, hinter der die junge Frau gerade verschwunden war.

»Bevor sie auf den Zennigshof kam, hat Mariana im Haushalt von Pfarrer Trips gelebt. Eigentlich stammt sie aus Köln.«

Der Weinhändler schnipste mit den Fingern. »Hab ich mir's doch gedacht, das ist Mariana Josten, die Tochter der Hafenwirtin!« Er freute sich sichtlich, die junge Frau wiedererkannt zu haben. »Ich habe sie lange nicht gesehen. Aber wie um alles in der Welt kommt sie von einer Schankwirtschaft in einen Pfarrhaushalt?«

Flora fühlte sich nicht berechtigt, Marianas Geschichte, die diese ihr anvertraut hatte, weiterzuerzählen. Einige kurze Bemerkungen über sie mussten also genügen. »Ich habe eine Magd gesucht, und Pfarrer Trips hat mir Mariana empfohlen und sie mir geschickt. Mehr kann ich Euch nicht sagen. Sie ist fleißig und zuverlässig. Ich hätte keine bessere Hilfe für den Haushalt finden können.« Sie lehnte sich zurück und sah Zilken erwartungsvoll an. »Aber nun sagt mir, was führt Euch her?«

»Warum ich hier bin, das kannst du dir wohl denken. Christian Mathiesen wird in den nächsten Tagen nach Köln kommen, und du weißt, er möchte dich kennenlernen. Du hast versprochen mitzukommen. Aber nun sehe ich, dass du eine Magd und zwei Knechte hast, die noch nicht lange für dich arbeiten. Du wirst sie wohl nicht allein lassen wollen?«

Flora überlegte nur kurz. »Der Hof ist bei Mariana, Peter und Franz in besten Händen. Ich reise mit Euch nach Köln und freue mich auf die Begegnung mit Christian Mathiesen.«

Zilken klatschte erfreut in die Hände und setzte den Weinbecher an.

»Es gibt noch einen weiteren Grund, weshalb ich nach Köln möchte«, sagte Flora. »Ich möchte Ferdinand Corvinus aufsuchen, weil ich lange nichts mehr von Thomas Weinreiß, dem Besitzer des Hofes, gehört habe. Vielleicht weiß der Verleger, wo sein Neffe sich aufhält und wann er aus England ins Rheinland zurückzukehren gedenkt.«

Flora dachte an Thomas' letzten Brief. Darin hatte er nur geschrieben, dass er im Frühjahr heimkehren wolle.

Hieronymus Zilken sah sie eine Weile schweigend an. »Flora«, sagte er leise und räusperte sich. Sie hob erwartungsvoll die Brauen. »In Köln kursiert ein Gerücht. Es heißt, vor einigen Tagen sei ein Fährschiff zwischen England und dem Festland in einen schweren Sturm geraten und gesunken. Offenbar hat es keine Überlebenden gegeben …«

Flora hatte ihm mit unbewegter Miene zugehört. Sie versuchte, die Angst niederzukämpfen, die nach und nach in ihr aufstieg. Mit einem Mal fühlte sich so elend und machtlos wie nach dem Tod ihres Vaters oder nachdem sie den unglückseligen Brief von Thomas' Hamburger Braut gelesen hatte. Auch wenn sie sich innerlich noch so sehr dagegen wehrte: Was wäre, wenn er auf dem Schiff gewesen war und nie mehr zu ihr zurückkehren würde? Was würde dann aus dem Zennigshof, was aus ihr? Sie hatte jetzt keine Familie mehr, sie hatte nur noch ihn. Sie liebte Thomas, und sie wollte seine Frau werden. Nie hatte sie dies deutlicher empfunden als in diesem Augenblick. Aber wenn er nicht mehr am Leben war …

Die Stimme des Weinhändlers riss sie aus ihren quälenden Gedanken. »Wir fahren jetzt ab, mein Wagen steht auf der Gasse bereit«, sagte er. »Nach unserer Ankunft in Köln gehst du zuerst zu Corvinus. Er weiß sicher, wo sein Neffe sich aufhält.«

Flora sah ihn dankbar an. Corvinus würde ihr ganz sicher sagen können, ob Thomas noch lebte oder ob er bei dem Fährunglück ums Leben gekommen war. Sie musste sich Gewissheit verschaffen. Es war am besten, den Tatsachen ins Auge zu blicken. Sie wappnete ihr Herz.

Am Nachmittag erreichten sie Köln ohne Zwischenfälle. Flora wollte zwei Tage in der Stadt bleiben. Dann würde Zilken sie wieder nach Rhöndorf zurückbringen lassen. In diesen unsicheren Zeiten, in denen jederzeit mit Überfällen zu rechnen war, wollte er sie auf keinen Fall allein reisen lassen.

Vor dem Verlagshaus Corvinus angekommen, half er Flora beim Aussteigen. Er zeigte auf den Gebäudetrakt mit dem breiten Portal, zu dem eine Treppe hinaufführte. »Das hier ist der Eingang zum Verlag. Ich warte, bis dich jemand eingelassen hat. In einer Stunde hole ich dich wieder ab.«

Flora bedankte sich. Und während sie wie benommen zu dem lang gestreckten Gebäude hinüberging, schweifte ihr Blick über die Fassade. Nur das Bonner Schloss, dachte sie flüchtig, ist ein ebenso prachtvolles Gebäude. Sie hörte, wie in ihrem Rücken der Wagen des Weinhändlers anfuhr, wandte sich um und winkte Zilken zu. Aus einer Seitengasse kamen einige Männer in Uniform und näherten sich dem Verlagshaus. Schon während der Fahrt durch die Stadt waren ihnen zahlreiche Soldaten begegnet, und der Weinhändler hatte ihr erklärt, dies wären Soldaten des Kaisers, die zum Schutz der Bevölkerung in der Stadt patrouillierten. Flora sah ihnen nach, bis sie zwischen den angrenzenden Häusern verschwunden waren. Auf dem Weg hierher waren sie am Dom vorbeigefahren. Der Anblick der gewaltigen Kathedrale hatte Flora zutiefst bewegt.

Sie konnte nun nicht länger warten. Entschlossen raffte sie ihren Rock und stieg die Stufen zum Eingangsportal hinauf. Wenige Augenblicke, nachdem sie geklingelt hatte, wurde die Tür geöffnet. Ein Hausdiener mit schlohweißem Haar erschien auf der Schwelle und sah sie freundlich an.

Flora fasste sich ein Herz. »Ich möchte mit Herrn Ferdinand Corvinus sprechen.«

Ein feines Lächeln überzog das vom Alter gezeichnete Gesicht des Mannes. »Wen darf ich ihm melden?«

Flora sah ihn ebenso ernst wie selbstbewusst an. »Flora Mentis, die Winzerin vom Zennigshof in Rhöndorf. Es geht um eine sehr wichtige Angelegenheit.«

Der alte Diener nickte und bat Flora herein. »Herr Corvinus hält sich wie jeden Tag zu dieser Stunde in seinem Büro auf«, erklärte er ihr, während sie Seite an Seite einen langen Gang durchschritten. »Er hat sehr viel zu tun. Doch für ein wichtiges Anliegen ist er jederzeit bereit, seine Arbeit zu unterbrechen.«

Der Flur, an dem sich eine Tür an die andere reihte, lief auf einen Vorraum mit einer großen Tür zu. Der Hausdiener öffnete diese. »Bitte wartet hier«, sagte er freundlich und wies auf einen Stuhl. »Ich werde Herrn Corvinus Euren Besuch ankündigen.«

Flora setzte sich und sah ihm nach, wie er durch die Tür verschwand. Wenig später kam er wieder heraus und bat Flora einzutreten. Sie nahm all ihren Mut zusammen und ging hinein. Der Raum war mit burgunderroten Tapeten und Wandschränken aus dunklem Holz ausgestattet. Durch ein hohes Fenster fiel das helle Tageslicht herein. Hinter einem imposanten Schreibtisch, auf dem sich Bücher und Papiere stapelten, saß der Verleger Ferdinand Corvinus.

Als er Flora sah, erhob er sich und kam ihr entgegen. »Danke, Muthesius«, sagte er zu dem alten Hausdiener und wandte sich Flora zu. »Ich freue mich sehr, die mutige junge Frau von Pützchens Markt wiederzusehen.« Lächelnd reichte er ihr die Hand und bat sie, auf einem Sessel Platz zu nehmen. Dann nahm er einen Brief von dem Stapel mit den Papieren und reichte ihn Flora.

»Trips hat mich bereits über die Lage auf dem Zennigshof in Kenntnis gesetzt. Ich hätte Euch in den nächsten Tagen in Rhöndorf aufgesucht. Ich wollte sehen, wie es Euch geht, nach allem, was Ihr durchgemacht habt.«

Flora nahm Trips' Brief zur Hand, erfreute sich an der schön geschwungenen Handschrift und begann zu lesen. Dann reichte sie das Schreiben an den Verleger zurück. »Um seinen

Hof muss sich Euer Neffe Thomas keine Sorgen machen. Er wird genauso gut geführt wie bisher. Ich habe zwei Knechte und eine Magd gefunden, die mich unterstützen. Ich kenne mich in allem, was den Hof betrifft, gut aus. Mein verstorbener Vater hat mir alles beigebracht.« Sie hielt inne und sah Corvinus an. »Wisst Ihr, wo sich Euer Neffe gerade aufhält?« Sie hörte selbst, dass ihre Stimme ein wenig heiser klang. Leise setzte sie hinzu: »Kann es sein, dass er auf dem Fährschiff war, das vor einigen Tagen untergegangen ist?«

Ferdinand Corvinus war überrascht, dass Flora davon gehört hatte. »Ihr wisst es also schon? Nun, solche Unglücke sprechen sich immer in Windeseile herum.« Er sah ihr in die Augen. »Vielleicht … Aber ich gehe erst einmal davon aus, dass das nicht der Fall war. Ich will noch zwei Wochen warten und erst dann die Passagierliste des gesunkenen Schiffes anfordern.«

Flora war froh über die Zuversicht und die Gelassenheit des Verlegers. Thomas hätte sich genauso geäußert. Aber das bedeutete für sie, noch eine Weile mit der Ungewissheit leben zu müssen.

»Nun noch einmal zu dem Hof«, hörte sie Corvinus sagen. »Ihr führt also den Zennigshof mit der Hilfe von Bediensteten fort. Wer sind sie, und wie habt Ihr sie so schnell gefunden?«

Flora war dankbar für sein Interesse. »Peter Zirwes kenne ich schon lange. Er hat uns oft bei der Weinlese geholfen und war da, wann immer wir ihn brauchten. Vielleicht erinnert Ihr euch an ihn. Er war beim Weinausschank auf Pützchens Markt dabei.«

Der Verleger nickte. »Und auch der zweite Knecht Franz Knipp stellt sich gut an«, fuhr Flora fort. »Und meine liebe Mariana, die mir Pfarrer Trips gesandt hat, ist mir unentbehrlich geworden.«

»Mariana?« Corvinus sah sie verwundert an. »Trips hat

Euch eine Magd geschickt? Ich entsinne mich keiner Frau dieses Namens im Haushalt des Pfarrers. Ich kenne nur die kratzbürstige, wenngleich fleißige und flinke Hermine Harperath.«

Flora, die das Gespräch mit dem Verleger immer mehr als einen privaten Austausch auf Augenhöhe empfand, sah ihn mit klarem Blick an. »Pfarrer Trips hat sich Marianas erst nach der Lese angenommen«, erklärte Flora. »Die junge Frau stand eines Tages vor seiner Tür. Er hat sie unterrichtet und im Haushalt beschäftigt.«

»Ich frage mich, warum Trips mir nichts davon geschrieben hat«, sagte Corvinus mit gerunzelter Stirn.

Er nahm sich die Zeit, Flora eine Reihe von Fragen zu stellen: über ihren Wein, über Trips und den Gerichtsschreiber Steffens. Flora beantwortete diese gerne und freute sich über sein reges Interesse. Auch darin, so dachte sie, war Thomas seinem Onkel sehr ähnlich. Noch ins Gespräch vertieft, klopfte es an der Tür und der alte Diener erschien.

»Der Weinhändler Hieronymus Zilken ist gekommen, um Flora Mentis abzuholen.«

Sofort stand sie auf. Der Verleger erhob sich ebenfalls, um sie zum Ausgang zu begleiten.

An der Tür wandte sich Flora noch einmal um. »Ich danke Euch sehr, dass Ihr Euch Zeit für mich genommen habt. Nun muss ich weiter. Ich bin geschäftlich in Köln, um einen Hamburger Weinhändler zu treffen. Er wird von mir eine größere Lieferung vom Zennigshof erhalten.«

Obwohl sie von Corvinus nichts Neues über Thomas erfahren hatte, war sie froh, ihn aufgesucht zu haben. Als sie aus dem Verlagshaus auf die Straße trat, sah sie die Kutsche von Hieronymus Zilken auf der Gasse stehen. Er selbst ging daneben auf und ab. Als er sie entdeckte, kam er ihr entgegen, um sie in Empfang zu nehmen. Er half ihr beim Einsteigen, und wenig später rollte der Wagen an. Das Weinhandelshaus Hieronymus Zilken lag nicht weit vom Hafen entfernt. Während der Fahrt durch die Gassen und Straßen der Stadt berichtete Flora Zilken von dem Gespräch mit dem Verleger.

»Corvinus hatte keine Neuigkeiten für mich. Er geht erst einmal davon aus, dass sein Neffe nicht auf dem Schiff war«, sagte sie leise. »Mir fällt es schwer, das zu glauben. Ich wäre gern voller Hoffnung, aber es gelingt mir nicht.«

Zilken sah Flora an. In seinem Blick las sie große Zuneigung. »Unser Leben liegt in Gottes Hand«, sagte er. »Lass uns hoffen und beten, dass Thomas Weinreiß noch lebt.«

Flora nickte ihm dankbar zu, und ihre Züge entspannten sich. Sie lehnte sich in das Polster zurück und merkte, wie erschöpft sie war.

Bald ragte der Dom vor ihnen auf. Flora richtete sich auf. »Ich war noch nie im Dom, wie gern würde ich dieses prächtige Gotteshaus nur einmal für einen Augenblick betreten.«

Zilken ließ den Wagen anhalten. Sie stiegen aus, und der Weinhändler bat den Kutscher, in einer nahen Gasse auf sie zu warten.

Sie betraten den Dom zu Köln. Staunend schaute Flora zu dem Gewölbe über ihr empor. Wie hoch und weit war hier alles! Wie der Himmel selbst, wie das Reich Gottes, wo Mutter, Vater und Jakob Weinreiß jetzt wohnten. Wo ewige Freude und ewiger Friede sie umgaben. Auch die Seele Philipps, der auf so schreckliche Weise zu Tode gekommen war, ruhte bei Gott und allen Heiligen. Denn er war im Innersten ein guter Mensch gewesen, auch wenn er vom rechten Weg abgekommen war. Flora faltete die Hände, neigte den Kopf und sprach ein Gebet für alle Verstorbenen. Ganz besonders bat sie Gott darum, dass er ihren Bruder beschützen möge und dass Thomas wohlbehalten zu ihr zurückkehrte. So verharrte sie eine Weile schweigend. Als sie aufsah, blickte Zilken sie nachdenklich an.

Sachte nahm er ihren Arm und führte sie weiter in den

Kirchenraum hinein. Sie gingen langsam, Schritt für Schritt, auf eine monumentale Chorschranke zu, die den Bereich der Gläubigen von dem Bezirk der Priester trennte. Davor angekommen zeigte er auf einen Schrein, der hinter der überreich mit plastischem Dekor geschmückten Schranke zu sehen war. Es war ein strahlend schönes Behältnis aus gleißendem Gold. Flora betrachtete es schweigend. Sie konnte sich von dem Anblick kaum losreißen. Es glänzte zwar genauso wie die Löwenburger Monstranz in St. Johann Baptist. Doch dieses Kunstwerk hier war größer, bedeutender und kostbarer. Das spürte sie. Sie sah auf die unter Rundbogen sitzenden Figuren, auf die geheimnisvoll schimmernden farbigen Edelsteine, alles erschien ihr hier wie der Glanz aus einer anderen, höheren Welt.

»Ist das der Dreikönigenschrein?«, flüsterte Flora.

Der Weinhändler nickte. »Er ist nicht nur der größte Reliquienschrein des Abendlandes, er birgt eine der bedeutendsten Reliquien der Christenheit.«

Dass diese Gebeine im Dom aufbewahrt wurden, wusste im Rheinland jedes Kind. Flora kannte auch die Geschichte dazu, Laurenz hatte sie ihr erzählt. Im Jahr 1164 hatte der Kölner Erzbischof Rainald von Dassel die bedeutenden Reliquien von Kaiser Barbarossa in Mailand erhalten. Der Erzbischof brachte sie nach Köln, sein Nachfolger ließ den kostbaren Schrein anfertigen. Bald darauf setzte die Wallfahrt ein, Menschen aus allen Himmelsrichtungen, aus allen Ländern Europas strömten in die Stadt.

Flora und der Weinhändler verließen den Dom. Immer noch überwältigt vom Glanz und von der Pracht des Dreikönigenschreins ging Flora die Frage durch den Kopf, ob Evangelische auch pilgerten, ob sie auch Reliquien verehrten. Sie sah zu Zilken hinüber. Würde sie ihn mit so einer Frage verärgern? Und wenn auch. Sie wollte es wissen, und vielleicht konnte sie von ihm noch mehr über Evangelische erfahren.

Zilken zeigte sich keineswegs verärgert. »Nein«, sagte er. »Bei den Menschen evangelischen Glaubens gibt es keine Reliquien und keine Pilgerschaft.« Bevor er weitersprechen konnte, waren sie schon bei der wartenden Kutsche angekommen.

»Lass uns einsteigen«, bat er. »Dann will ich dir mehr darüber erzählen und deine Fragen beantworten.« Die Kutsche setzte sich in Bewegung.

»Evangelische und katholische Menschen glauben gleichermaßen an Gott und den Gekreuzigten«, fuhr er fort, als sie eingestiegen waren. »Und doch gibt es fundamentale Unterschiede, die zu einer Glaubensspaltung geführt haben.«

»Werden sie deshalb als Ketzer angesehen?«, fragte Flora.

Hieronymus Zilken nickte. »Ja, so urteilt die katholische Kirche über sie. Aber ich sehe das anders. Ich richte mein Augenmerk auf die Gemeinsamkeiten. Den Glauben an Gott und Jesus Christus, den Gekreuzigten. Auch Christian zum Beispiel ist evangelisch, ich schätze ihn sehr, ich darf ihn sogar als einen meiner besten Freunde bezeichnen.«

Flora war erleichtert über das, was der Weinhändler über die Evangelischen gesagt hatte, denn es stimmte mit ihrer Erfahrung überein. Sie dachte an die Familie Bender. Bei allem, was geschehen war – es waren liebenswürdige Menschen, und die Zeit mit ihnen war schön gewesen. Sie erinnerte sich an das Lied, das sie in der Stube gesungen hatten. »Wer nur den lieben Gott lässt walten …« Sie musste an Laurenz denken. Er hatte sich in Amelia verliebt und war mit ihr mitgegangen. Anders als Trips konnte sie der Pfälzer Familie keine Schuld daran geben. Es war allein die Entscheidung ihres Bruders gewesen. Für sie war es eindeutig. So hatte er es in dem Brief geschrieben. Und schließlich dachte Flora an Franz Xaver Trips. Er war durch und durch dem katholischen Glauben verhaftet und musste seine religiösen Überzeugungen den Weinbauern und Bauern in Honnef weitergeben. Der Pfarrer sagte ihnen seit jeher, was gut und richtig war. Gemeinsam gingen die Bauern zur Kirche, beteten und sangen, hörten die Worte der Heiligen Schrift. So hielt das Band des Glaubens die Gemeinschaft zusammen. Flora hatte es immer so erlebt. Ihre Gedanken wanderten zu Thomas, und sie fragte sich, ob er vielleicht evangelisch war und deshalb nie bei der Messe in St. Johann Baptist erschien. Sie wusste es nicht. Über Glaubensdinge hatten sie bisher noch nicht gesprochen.

Die Kutsche hielt vor dem Weinhandelshaus Hieronymus Zilken an. Wie das Verlagshaus Corvinus war es vollständig aus Stein erbaut, die meisten der umliegenden Häuser bestanden aus steinernen Sockeln und Fachwerk in den Geschossen. Bevor sie die Treppe hinaufstiegen, erklärte der Weinhändler Flora, dass sich im linken Teil des Gebäudes Büros, Verkaufsraum und Weinkeller befänden, die Wohnräume lägen im rechten Teil. Da eine Luke zum Weinkeller offen stand, stieg Flora sogleich der vertraute Kellergeruch in die Nase.

In diesem Augenblick rollte ein Fuhrwerk heran und kam vor der Kellertür zum Stehen. Zwei Männer sprangen herunter und grüßten Hieronymus Zilken. Einer von ihnen kam auf ihn zu und reichte ihm einen Brief. Der Weinhändler überflog diesen und deutete mit einem Kopfnicken sein Einverständnis an. Wenig später hörte Flora ein ihr wohlbekanntes Geräusch. Eine Schrotleiter erschien in der Kellertür, dann zogen die Männer mithilfe von Seilen unter Ächzen und Stöhnen ein Weinfass nach dem anderen heraus und luden diese auf das Fuhrwerk.

»Das alles sind Fässer, die zu einem Fest geliefert werden, bei dem gerade der Wein ausgegangen ist«, sagte der Weinhändler lächelnd.

Flora spürte, wie sehr die Ereignisse des Tages sie erschöpft hatten. So war sie froh, als er sie endlich bat, mit ihm ins Haus zu kommen. Schon im Eingangsbereich wunderte sie sich über die vielen Menschen, die hier ein und aus gingen.

»Das sind alles Mitarbeiter meines Handelshauses«, erklärte Zilken. »Sie leben mit uns unter einem Dach. Denn um gute Geschäfte zu machen, muss man auch gute Leute haben. Und diese hier arbeiten schon lange und gern für mich.«

Als sie eine breite Treppe hinaufstiegen, kam ein junger Mann auf den Weinhändler zu und teilte ihm mit, dass er soeben eine Nachricht erhalten habe. Beide traten ein Stück zur Seite, und Flora sah, wie auf dem Gesicht des Weinhändlers ein freudiges Lächeln erschien. Gleich darauf kehrte er zu ihr zurück.

»Christian ist in Köln angekommen, Flora. Wir werden ihn morgen am Hafen treffen.«

* * *

Am nächsten Morgen verließ Flora mit Hieronymus Zilken das Haus, und sie machten sich auf den Weg zum Kölner Hafen.

Flora hatte die Gastfreundschaft der Zilkens sehr genossen, ganz besonders die Freundlichkeit und Zuwendung von Zilkens Gemahlin. Frederike Zilken war eine energische und zupackende Frau. Sie dirigierte den Haushalt mit den vielen Menschen, wie es schien, mit leichter Hand. Am gestrigen Abend hatte sie sich viel Zeit für Flora genommen und sie gebeten, ihr von ihrem Leben zu erzählen. Das hatte Flora gern getan, nur von ihrer Verbindung zu Thomas, von ihren Heiratsplänen, hatte sie nichts gesagt.

Der Kölner Hafen war von Zilkens Haus aus gut zu Fuß zu erreichen. Auf dem Weg dorthin erklärte der Weinhändler Flora etwas über den Kölner Handel.

»Köln ist seit Jahrhunderten ein wichtiger Verkehrsknotenpunkt und Handelsplatz, an dem Waren aus vielen Teilen Europas ankommen. Diese treffen zu Wasser oder zu Lande ein, bleiben in der Stadt oder werden weitertransportiert.«

»Und welche Rolle spielt der Wein?«, erkundigte sich Flora.

»Bei den Handelsbeziehungen der Stadt nach England und Nordeuropa kommt dem Rheinwein eine herausragende Rolle zu. In der Blütezeit des Handels war Köln Mitglied des Hansebundes. Aber die Zeiten haben sich geändert, zum Handel kam der Wandel, und andere Städte haben Köln leider den Rang streitig gemacht.«

Mittlerweile waren sie an einem der Stadttore angelangt.

»Das ist die Fischpforte«, sagte Zilken.

Schon als sie sich dem Tor näherten, ahnte Flora, warum dieses so genannt wurde. Es stank so unbeschreiblich nach Fisch, dass ihr fast übel wurde.

Der Weinhändler zeigte auf eines der Stapelhäuser. »Dies ist das Fischkaufhaus, dort werden Seefische gehandelt.« Als er sah, dass Flora die Nase rümpfte und sich den Mantelkragen vors Gesicht hielt, lachte er. »Sei froh, dass es nicht Sommer ist. Die Fischabfälle werden in den Rhein gekippt, und an heißen Tagen breitet sich der Geruch bis ins Stadtgebiet hinein aus.«

Sie durchquerten die Pforte und traten hinaus auf das Hafengelände. Flora kannte den Honnefer Hafen in Mülheim und auch den Bonner Hafen. Doch das hier war eine andere Welt.

Riesige Schiffe ankerten dicht an dicht an den Landeplätzen. Lastkräne standen am Ufer, hievten die Waren von Deck und zogen sie wieder hinauf. Dazwischen bewegten sich die Hafenarbeiter unablässig hin und her. Sie rollten Fässer über die Rampen auf die Schiffe und wieder herunter. Alles war hier in ständiger Bewegung, ein Rädchen griff ins andere. Die Rufe und Kommandos der Hafenarbeiter bildeten die Geräuschkulisse für dieses Räderwerk.

Flora blieb einen Augenblick stehen, um das beeindruckende Bild, das sich ihr bot, in sich aufzunehmen. Hieronymus Zilken sah lächelnd zu ihr hinüber.

»Das Treiben im Kölner Hafen ist beeindruckend, nicht wahr?« Er zeigte auf ein abgeschrägtes Holzgestell und auf die Reihe von bauchigen Schiffen, die rechts davon lagen. Er erklärte ihr, dass das die Oberländer Schiffe waren, die auf dem Mittelrhein und dem Oberlauf des Rheins verkehrten. Auf der anderen Seite des Gerüsts ankerten die Niederländer Schiffe, die die Waren von Köln aus stromabwärts transportierten.

»Ich besitze Schiffe beider Typen«, sagte er mit Stolz in der Stimme.

Flora sah ihn mit großen Augen an. Selbst über so große Schiffe verfügte ein Weinhändler wie er!

Sie gingen ein Stück am Niederländer Ufer entlang. Plötzlich fiel Floras Blick auf einige Fässer, die am Ufer standen. Als der Rheinkran eines nach oben hob, rief sie: »Das ist mein Wein!«

»Und das ist das Schiff von Christian Mathiesen«, erwiderte der Weinhändler lachend. »Wie ich sehe, sind deine Fässer schon angekommen.«

Am Rand des Hafenbeckens stand ein Mann, der das Aufladen der Fässer beobachtete. Seiner edlen Kleidung nach war es kein Hafenarbeiter.

»Christian!«, rief Zilken und ging auf ihn zu.

Der Angesprochene wandte sich um und winkte.

»Schön, dass du da bist, mein Freund«, sagte Zilken, nachdem sich alle die Hände gereicht hatten.

Der Hamburger Weinhändler sah Flora mit einem freundlichen Lächeln an. »Ihr müsst Flora Mentis sein«, sagte er. »Ich freue mich sehr, Euch endlich kennenzulernen.« Er klopfte Zilken auf die Schulter. »Sie und ich werden uns erst einmal an Bord ungestört unterhalten. Ich denke, du hast nichts dagegen.«

»Macht Euch in Ruhe miteinander bekannt«, schlug Zilken vor, »ich habe eine Verabredung am Hafen und bin in einer Stunde wieder hier.«

Flora und Mathiesen gingen über die Planke auf das Schiff und begaben sich in die Kajüte unter Deck.

Kaum hatte der Hamburger die Tür geschlossen, trat er an einen Vorhang, zog diesen ein Stück beiseite und sagte bestimmt, aber nicht unfreundlich: »Steh auf und troll dich nach draußen.«

Ein stämmiger Mann mit wettergegerbtem Gesicht und einem wirren blonden Schopf wälzte sich aus seiner Koje, schlich verlegen an Flora vorbei und verschwand durch die Tür.

Der Weinhändler blickte ihm wohlwollend nach. »Es ist schon ein hartes Leben. Dafür muss man geboren sein«, bemerkte er. »Das war Hinnerk, mein Steuermann, mein bester Mann an Bord.«

Flora kam Strasshofs Bett in den Sinn. Auch dieses befand sich hinter einem Vorhang in seinem Schlafgemach, in seinem mit allem Komfort ausgestatteten Appartement im Bonner Schloss. Wie hatte er doch zu ihr gesagt? Die einen leben im Licht, die anderen leben im Dunklen, er ziehe es entschieden vor, im Licht zu leben. Ja, das tat Jeremias von Strasshof. Und plötzlich sah sie ihn wieder vor sich, seine Engelsgestalt, seine weichen Züge. Und sie konnte sich überhaupt nicht vorstellen, dass er Philipp getötet haben sollte. Aber das würde nicht mehr geklärt werden können. Strasshof war jetzt am Hof des französischen Königs, und von dort würde er nie wieder zurückkehren.

Christian Mathiesen füllte Wein in die Gläser, die er herbeigeholt und auf den Tisch gestellt hatte. Der Wein schimmerte dunkelrot, und Flora stieg ein intensiver Geruch nach

Beeren in die Nase. »Trinken wir auf unsere Geschäftsbeziehung«, sagte er, »möge sie von langer Dauer sein!«

Flora nahm einen Schluck, dann sah sie ihn mit großen Augen an. »Dieser Wein schmeckt großartig, einer der besten, die ich je getrunken habe. Sicher hat er sehr lange im Keller gelagert.«

Der Weinhändler nickte. »Das stimmt. Ihr seid eben eine Kennerin. Nun, das ist der Wein meiner Söhne, die beide ausgezeichnete Kellermeister sind.«

Flora sah ihn erstaunt an. »Wachsen da oben am Meer rote Trauben?«

Mathiesen lachte. »Nein, natürlich nicht! Aber schon seit mehreren Hundert Jahren segeln unsere Hansekoggen an die west- und südfranzösische Küste und transportieren Fässer mit jungem Wein nach Hamburg. Bei uns wird er dann bis zur endgültigen Reife gepflegt und eingelagert. Man nennt diesen Wein Rotspon. Auch Euer Wein ist von sehr hoher Qualität, und das ist der Grund, weshalb ich ihn in mein Sortiment aufnehme. Wie viele Fässer davon könnt Ihr mir in diesem Jahr noch zusätzlich liefern?«

Flora schwieg eine Weile und ließ sich von Mathiesen nachschenken.

Er sah sie mit verständnisvollem Blick an. »Ich will Euch nicht drängen!«

Flora beschloss, ihm die Wahrheit zu sagen. »Sehr wahrscheinlich werde ich in naher Zukunft das Rheinland verlassen und nach Hamburg gehen.« Aber nur, wenn Thomas noch lebt, schoss es ihr durch den Kopf. Sie schob den Gedanken rasch beiseite.

Mathiesen sah sie entgeistert an, dann erschien ein breites Lächeln auf seinem Gesicht. »Ihr habt die Absicht, in meine Stadt zu kommen? Das sind ja großartige Neuigkeiten!« Lachend setzte er hinzu: »Ihr könnt sofort bei mir anfangen.«

Flora traute ihren Ohren kaum. »Ich könnte für Euch arbeiten?«

»Selbstverständlich. Wir bei Mathiesen & Söhne könnten eine so begabte Kellermeisterin wie Euch sehr gut gebrauchen. Und dabei könnt Ihr etwas von meinen Söhnen lernen und meine Söhne von Euch.«

Flora sah auf das Glas, in dem der Wein funkelte. Kellermeisterin in Hamburg? Ja, warum eigentlich nicht, dachte sie. Doch sie musste wissen, worauf sie sich einließ.

»Werden Eure Söhne denn mit einer Frau zusammenarbeiten wollen?«

Der Weinhändler nickte. »Davon gehe ich aus. Sie sind ebenso wie ich an unserem geschäftlichen Erfolg interessiert.«

Nachdem Flora und er sich noch einmal zugeprostet hatten, ergriff Flora die Gelegenheit, ihm Fragen zu seinem Unternehmen zu stellen. Der Weinhändler beantwortete sie ausführlich. Flora spürte, dass er sie ernst nahm, und das machte sie stolz und zuversichtlich.

Die Stunde war Flora wie im Flug vergangen, und so war sie erstaunt, als es an der Tür klopfte und Hieronymus Zilken erschien, um sie abzuholen. Sie verabschiedeten sich.

»Das Schiff wird morgen früh auslaufen«, sagte Christian Mathiesen. »Ich will so schnell wie möglich nach Hamburg.« Noch einmal wandte er sich an Flora: »Dann also bis zum Wiedersehen, es wird mir eine Freude sein.«

24

Köln, 21. März 1689

Ferdinand Corvinus speiste im Salon des Hauses mit seiner Frau zu Mittag. Nach der Mahlzeit verabschiedete sie sich rasch, da sie in den nächsten Stunden Arme und Kranke besuchen wollte. Das tat sie seit vielen Jahren mit Eifer und großer Hingabe.

Kaum hatte sie den Raum verlassen, rief der Verleger nach seinem Diener. Er bat ihn, ihm seinen Mantel zu bringen und die Kutsche vorfahren zu lassen. Er wollte einige geschäftliche Termine wahrnehmen.

»Es ist jemand angekommen«, sagte Muthesius, als er mit dem Mantel über dem Arm zurückkehrte. »Er wünscht Euch in einer dringenden Angelegenheit zu sprechen.«

Der Verleger winkte unwirsch ab. »Jetzt nicht, er soll morgen wiederkommen!«

Doch schon im nächsten Augenblick stürmte ein elegant gekleideter junger Mann zur Tür herein.

Corvinus stutzte kurz, dann eilte er seinem Neffen entgegen. »Gott sei Dank, dass du da bist! Unversehrt und wohlbehalten, wie ich sehe.« Überglücklich schloss er Thomas in die Arme.

Thomas freute sich sichtlich über die Begrüßung. »Du hast von dem Schiffsunglück gehört?« Corvinus nickte. »Durch einen Wink des Schicksals habe ich das Fährschiff verpasst und bin damit, wie es scheint, dem Tod entronnen. Die Weiterreise ist dann ohne Zwischenfälle verlaufen, aber …« Er unterbrach sich, weil Muthesius Kaffee servierte. »Aber in Aachen gab es nicht genügend frische Pferde«, fuhr er fort, »und so musste ich dort noch einmal übernachten.« Er griff nach einer Tasse. »Ich werde hier nur rasch mein Zimmer beziehen, dann will ich weiter nach Rhöndorf.«

»Du willst zum Zennigshof?«

Thomas nickte. »Ich habe lange nichts von Flora Mentis gehört, ich muss sehen, wie es ihr und ihrer Familie geht.«

Ferdinand Corvinus musterte seinen Neffen. Er wirkte nicht erschöpft oder bedrückt. Offenbar hatte er seine Nachricht nicht erhalten und wusste nichts von den Vorfällen auf dem Zennigshof. Behutsam legte er ihm dar, was er durch den Brief von Trips und von Flora Mentis selbst erfahren hatte.

Thomas stand auf. »Ich reite sofort nach Rhöndorf, ich darf nicht noch mehr Zeit verlieren!«

* * *

Dankbar hatte Thomas das Angebot des Onkels angenommen, in dessen bequemem Reisewagen zu fahren, der binnen einer halben Stunde auf der Straße für ihn bereitstand. Kaum war er eingestiegen, hatte er sich in das weiche Polster zurückgelehnt und war eingeschlafen.

Er erwachte erst wieder, als der Wagen vor dem Zennigshof in Rhöndorf angekommen war. Er stieg aus, nahm sein Gepäck, dankte dem Fahrer und schickte den Wagen zurück nach Köln. Langsam schritt er durch das geöffnete Tor in den Hof. Er sah auf den Lindenbaum, den Brunnen, den Stall und das Kelterhaus. Dort hatte ihm der freundliche Winzer Caspar Mentis geduldig und kenntnisreich alles erklärt. Nun war Floras Vater nicht mehr am Leben.

Thomas ging zum Haus hinüber. Weder lief ihm der Hund entgegen, noch stand Flora auf der Schwelle. Er klopfte und wartete eine Weile, doch niemand öffnete ihm die Tür. Alles blieb still.

Langsam stieg er zum Holzhaus hinauf. Die Tür war unverschlossen, wie immer knarrte sie leise, als er sie aufschob. Er trat hinein, stellte sein Gepäck ab und sah sich kurz um. Alles war so, wie er es am Tag seiner Abreise verlassen hatte. Es war ihm, als sei die Zeit stehen geblieben. Dann kehrte er über den Weinberg zum Hof zurück. Als er durch das Tor trat, hörte er ein Wiehern. Vielleicht ist Flora im Stall und versorgt das Pferd, dachte er. Aber auch dort war Flora nirgends zu sehen. Da er nicht warten wollte, bis sie zum Hof zurückkehrte, beschloss er, sie zu suchen. Er band das Pferd los und führte es aus dem Stall. Er wollte zu Trips nach Honnef reiten. Vielleicht konnte der Pfarrer ihm sagen, wo Flora war.

Er galoppierte vorbei an Feldern und Weingärten und erreichte nach kurzer Zeit das Pfarrhaus. Vor dem schmiedeeisernen Tor band er das Pferd an einen Baum und schritt über den schmalen Weg, der zum Haus hinführte. Er zog die Klingel und hoffte inständig, dass der Pfarrer da sein möge. Es dauerte eine ganze Weile, bis die Tür geöffnet wurde. Eine dicke, rotgesichtige Frau erschien auf der Schwelle, die, wie er vermutete, Trips' Haushälterin war. Misstrauisch beäugte sie ihn.

»Mein Name ist Thomas Weinreiß, und ich möchte Pfarrer Trips sprechen.«

Auf dem Gesicht der Frau erschien ein hämisches Grinsen. »Nun«, sagte sie schnippisch, »ich weiß nicht, wo er sich herumtreibt. Aber ich glaube, ich weiß, wo Flora Mentis sich gerade aufhält. Sie ist es doch, die Ihr sucht?« Sie stemmte ihre dicken Hände in die breiten Hüften und lachte heiser. »Ihr habt Glück, dass ich über alles Bescheid weiß, was in Honnef los ist. Und so kann ich Euch sagen, dass der schöne Strasshof wieder auf den Bischofshof zurückgekehrt ist. Und sicher hat sich Flora sofort zu ihm aufgemacht. Sie kennen sich ja gut, die beiden.«

Thomas sah sie kühl an. »Ihr habt mich offenbar falsch verstanden«, sagte er ruhig. »Ich möchte mit Pfarrer Trips sprechen, ich habe den Namen Flora Mentis nicht erwähnt.«

Die Frau klappte den Mund zu. Ohne sie eines weiteren Blickes zu würdigen, drehte sich Thomas um und ging zurück zu dem Pferd.

Plötzlich kam die Haushälterin über den Weg auf Thomas zugelaufen. Sie baute sich vor ihm auf und setzte wieder dieses hämische Grinsen auf. »Wisst Ihr, warum Strasshof auf den Bischofshof zurückgekehrt ist?«

Thomas, der genug von dieser Person hatte, band schweigend das Pferd los.

Die Frau kam nun erst richtig in Fahrt. »Ihr wisst es nicht?«, keifte sie. »Nun, dann will ich es Euch sagen. Er will Flora holen, das hübsche Ding. Wochen und Monate hat sie sehnsüchtig auf ihn gewartet. Jeder in Honnef weiß doch, wie oft sie bei ihm im Bischofshof gewesen ist.« Sie holte tief Luft, um gleich darauf schnaufend fortzufahren. »Auch zum großen Fest im Bonner Schloss hat er sie eingeladen. Sie ist hingefahren, hat sich von ihm verführen lassen. Ich kann sie ja so gut verstehen! Strasshof, der schönste aller Männer! Welche Frau könnte ihm widerstehen?« Sie wandte sich um und stapfte zum Pfarrhaus zurück.

Thomas schüttelte angewidert den Kopf. Vielleicht ist Trips in der Kirche, dachte er. Er nahm die Zügel des Pferdes und ging zum Haupteingang von St. Johann Baptist hinüber. Langsam schritt er das Mittelschiff ab, sah sich suchend um. Aber der Pfarrer war nirgends zu sehen. Thomas beschloss, zurück zum Zennigshof zu reiten.

Kurz vor der Einbiegung in die Rommersdorfer Straße kam ihm das Geschwätz der Haushälterin wieder in den Sinn. Und plötzlich hatte er ein Bild vor Augen: Flora und Strasshof im Turm des Bischofshofes. Was wäre, wenn die Worte der Frau doch ein Körnchen Wahrheit enthalten hatten? Er musste sich Klarheit verschaffen! Kurz entschlossen änderte er die Richtung und ritt zum Bischofshof.

* * *

Flora hatte die Nachricht, dass Strasshof wieder in Honnef sei und sie zu sprechen wünsche, durch einen Boten erhalten. Sie konnte es kaum glauben. Er war also tatsächlich aus Frankreich zurückgekehrt. Flora dachte nach. Peter und Franz waren noch unterwegs. Sie sollten heute ein Fass Wein ins Gerichtsschreiberhaus bringen. Da sie dafür den Wagen brauchten, blieb ihr nichts anderes übrig, als zu Fuß zum Bischofshof zu gehen.

Auf dem Weg dorthin spielte sie die Wiederbegegnung mit Strasshof in Gedanken durch. Wie würde er wohl aussehen? Und wäre er immer noch so bezaubernd? Dann überlegte sie, wie sie ihn am geschicktesten zur Rede stellen konnte. Sollte sie ihn sofort fragen, ob er Philipp gemein und hinterhältig getötet hatte? Nein, es war besser, erst einmal abzuwarten, wie sich das Gespräch entwickelte.

Als Flora den Bischofshof erreichte, fiel ihr Blick sofort auf Strasshofs Kutsche. Sie sah zum Turm hinauf. Dort oben in seinem Gemach musste er sein. Sie fragte sich, ob er allein gekommen war. Sehr lange war sie nicht mehr hier gewesen, doch alles schien ihr unverändert. Sie ging über den Hof auf das Gebäude zu. Als sie den Fuß auf die erste Stufe setzte, kamen ihr mit einem Mal Zweifel, ob es richtig war, hierherzukommen. Sie wischte sie beiseite und stieg mit klopfendem Herzen weiter die Treppe hinauf.

Die Tür zu Strasshofs Wohnung stand einen Spalt breit offen. Flora trat ein und sah sich um. Strasshof war nirgends zu sehen. Sie stutzte, als ihr Blick auf den Tisch fiel. Dieser war überreich gedeckt, zahlreiche Platten und Schalen mit erlesenen Köstlichkeiten standen darauf, dazu zwei bis zum Rand gefüllte Gläser mit dunkelrotem Wein. Sie fragte sich, was das zu bedeuten hatte, als sie ein wohlbekanntes Lachen hörte, und gleich darauf stand er vor ihr. Sie musterte ihn. Er hatte sich nicht verändert.

»Da bin ich wieder!«, sagte er und nahm wie selbstverständlich Floras Hände. Er wollte sie an sich ziehen, aber sie entschlüpfte ihm.

Ein nachsichtig amüsiertes Lächeln erschien auf seinem Gesicht. »Nun, dann lasst uns jetzt speisen, bevor wir abreisen. Ich bin gekommen, um Euch zu holen, *ma belle.*«

Er zog Flora zum Tisch und ließ sie neben sich Platz nehmen. »Ich möchte nun essen und trinken … nur mit Euch.« Er griff nach einem der Gläser. Seine blauen Augen blitzten, als er Flora ansah. »Auf das Schönste im Leben, auf die Frauen und den Wein!«, rief er und strahlte über das ganze Gesicht. Er leerte sein Glas in einem Zug und verkündete: »Wir werden nach Frankreich reisen. Wir gehen mit Fürstenberg ins Exil. Schon sehr bald. Ich will nie wieder ohne Euch sein!« Er nahm Floras Hand und zog sie an seine Lippen.

Aus dem Augenwinkel bemerkte Flora eine Bewegung an der Tür. Sie erstarrte, aber gleich darauf fühlte sie grenzenlose Erleichterung. Thomas lebte, er war zurückgekehrt!

Strasshof sprang auf und rief mit vor Zorn bebender Stimme: »Wie könnt Ihr es wagen, hier einfach so hereinzuplatzen!«

Thomas sah ihn kalt an und würdigte Flora keines Blickes. »Die Tür war nicht verschlossen«, fuhr er fort. »Aber ich habe nicht die Absicht, die traute Zweisamkeit zu stören. Ich bin gekommen, um vor meiner Abreise nach Hamburg mit Flora Mentis zu reden. Das Gespräch ist rein geschäftlicher Natur. Wie Ihr wisst, bin ich der Besitzer des Zennigshofs.«

Strasshof, der sich wieder gesetzt hatte, erwiderte gereizt: »Das mag schon sein. Ich glaube jedoch nicht, dass Flora mit Euch sprechen möchte. Sie hat andere Pläne, um es klar zu sagen, *wir* haben andere Pläne. Wir sind bereits im Aufbruch. In wenigen Tagen reisen wir nach Frankreich. Ihr müsst Euch für den Zennigshof eine neue Winzerin suchen. Warum bewirtschaftet Ihr ihn nicht einfach selbst?« Er lachte schallend.

Thomas schaute zu Flora, die mit versteinerter Miene dasaß. »Gut, dann werde ich jetzt gehen. Aber zuvor möchte ich Flora warnen. Sie vertraut sich einem Mann an, der den Tod eines Menschen auf dem Gewissen hat.«

Strasshof zuckte zusammen, aber er fasste sich schnell wieder.

»Das ist eine ungeheuerliche Behauptung!«, rief er, »Ich soll ein Mörder sein? Nun, wer ist es denn, den ich getötet haben soll?«

»Den Tischlergesellen Philipp Mölgen.«

Flora stand auf, doch Strasshof zog sie zurück auf ihren Stuhl und zischte kampfeslustig. »Das ist eine üble Verleumdung, für die Ihr keine Beweise habt. Warum hätte ich ihn töten sollen? Er hat ausgezeichnet für mich gearbeitet.«

Thomas schwieg eine Weile. Flora kam es wie eine Ewigkeit vor.

»Warum Ihr ihn getötet habt, weiß ich nicht, das wisst nur Ihr selbst«, sagte er dann. »Aber dass Ihr etwas mit seinem Tod zu tun habt, das könnt Ihr nicht leugnen. Hier ist der Beweis.«

Er fasste in die Tasche seines Mantels, holte das Amulett hervor und warf es vor Strasshof auf den Tisch. »Dies hier ist Euer Eigentum. Ihr könnt es nicht leugnen. Nehmt es zurück! Noch besser wäre es, das Amulett dem eigentlichen Besitzer, dem kaiserlichen Gesandten Rudolf von Falkenstein, zurückzugeben, dem Ihr es vor vielen Jahren in der Wiener Hofburg gewaltsam abgenommen habt.«

Strasshof starrte auf das Amulett. »Woher habt Ihr das?«

»Ich habe es am Morgen nach dem Weinlesefest neben dem Toten gefunden«, entgegnete Thomas.

Strasshof nickte. Er hatte sich wieder gefasst. »Nun gut, es stimmt. Ich war in dieser Nacht auf dem Zennigshof. Aber ich habe den Mann nicht getötet. Ich habe dort auf ihn gewartet, um ihn zur Rede zu stellen. Er hatte mir viel Geld gestohlen, und als er es mir nicht zurückgeben wollte, bin ich handgreiflich geworden. Der Dieb stürzte, doch er lebte noch, als ich den Zennigshof verlassen habe.«

Thomas hatte mit unbewegter Miene zugehört. »Es war also ein Unfall?«

Strasshof nickte.

Thomas blickte zu Flora, die wieder aufgestanden war, dann zu Strasshof. »Nun gut, der Arzt hat das genauso gesehen. Dennoch seid Ihr nicht schuldlos am Tod des Tischlers, denn Ihr hättet Hilfe holen müssen. Jetzt tut das, was in diesem Fall geboten ist: Verschwindet von hier, Monsieur von Strasshof, und lasst Euch nie wieder blicken.«

Noch einmal sah Thomas zu Flora hinüber, dann drehte er sich um und verließ den Raum.

Ehe Strasshof etwas sagen oder sie aufhalten konnte, eilte Flora Thomas nach. Er stand im Hof neben dem Pferd. Sie lief mit schnellen Schritten auf ihn zu.

Einen Moment lang sahen sie sich schweigend an, dann streckte Flora ihm die Hand entgegen. »Nimm mich mit, bitte!«

Thomas zögerte kurz, dann saß er auf und hob sie vor sich auf das Pferd. Schweigend ritten sie zum Zennigshof.

»Ich bringe das Pferd in den Stall«, sagte Thomas, »dann gehe ich hinauf zum Holzhaus. Ich habe eine sehr lange Reise hinter mir und eine ebenso lange Fahrt vor mir. Lass uns morgen die Dinge klären, die den Hof betreffen.«

Flora sah ihn an. Erst jetzt bemerkte sie, wie blass er war, wie müde seine Augen waren.

Er führte das Pferd in den Stall, und Flora folgte ihm bis zur Tür.

»Ich komme mit dir«, sagte sie, als er wieder heraustrat.

Thomas sah sie erstaunt an, nickte aber. Seite an Seite stiegen sie den Weinberg hinauf, vorbei an den Reihen der Rebstöcke. Am Holzhaus angekommen, wandte sich Flora noch einmal um und schaute hinunter ins Tal, auf die Dächer von Rhöndorf und auf den Rhein, auf dem eine Reihe von Schiffen zu sehen waren. Die Bäume, die Sträucher und die Rebstöcke zeigten sich in frischem Grün. Es war ein wundervoller Anblick. Und plötzlich sah Flora den Vater an seinem letzten Tag im Weinberg stehen, ruhig und unbeirrbar seiner Arbeit nachgehend.

Sie schluchzte und schlug die Hände vors Gesicht.

»Der Vater?«, fragte Thomas leise.

Flora nickte. »Er fehlt mir so sehr …« Sie wischte sich mit der Hand die Tränen ab und atmete einmal tief durch. »Lass uns hineingehen.«

Sie betraten das Holzhaus. Drinnen war es kalt und feucht. Flora blickte auf das Gepäck, das auf dem Holzboden stand. Sie rührte sich nicht von der Stelle, wartete, dass Thomas etwas sagen würde.

Er musterte sie eine Weile ruhig »Du wolltest mit Strasshof nach Frankreich?«, fragte er dann.

Flora prustete leise, so unsinnig schien ihr dieser Gedanke. »Ich dachte, du würdest mich besser kennen, Thomas. Was sollte mir ein Mensch wie Jeremias von Strasshof bedeuten? Ja, er ist schön, er kann glänzen, er möchte bewundert werden. Aber im Grunde liebt er doch nur sich selbst.«

»Das stimmt«, erwiderte Thomas. »Strasshof ist wie Narziss, der schöne Jüngling der Antike, der sich an seinem eigenen Spiegelbild nicht sattsehen konnte.« Er seufzte. »Solche Menschen sterben niemals aus!«

Flora war sich bewusst, dass sie Thomas' Vertrauen auf eine harte Probe gestellt hatte. Aber sie spürte mehr als je zuvor, wie sehr sie ihn liebte.

»Es wird niemals einen anderen Mann in meinem Leben geben als dich«, sagte sie mit ruhiger, klarer Stimme.

Doch Thomas stand immer noch regungslos da und sah sie an, als schiene er daran zu zweifeln.

Flora konnte seinen Blick nicht länger ertragen und schlug die Hände vors Gesicht. Da fühlte sie, wie Thomas ihre Hände berührte und sie in seine nahm. Und Flora las die Erleichterung in seinen Augen.

»Ich möchte immer noch, dass du meine Frau wirst, Flora, daran hat sich nichts geändert«. Er zog sie in seine Arme.

»Lass uns nach draußen gehen«, sagte sie, nachdem sie sich wieder voneinander gelöst hatten. Hand in Hand traten sie vor die Tür ins Freie.

Thomas sah sie an. In seiner Stimme lag ein leiser Vorwurf. »Ich habe erst heute durch meinen Onkel vom Tod deines Vaters und von dem Verschwinden deines Bruders erfahren«, sagte er. »Warum hast du mir nichts davon geschrieben?«

Flora seufzte. »Es war alles zu viel für mich, und ich hatte in dieser Zeit nur einen Gedanken: Der Hof muss weitergeführt werden. Und das habe ich geschafft.« Sie warf ihm einen liebevollen Blick zu. »Jetzt bist du hier, jetzt ist alles gut.«

Thomas drückte ihre Hand. »Wir müssen erst einmal in Ruhe darüber nachdenken, wie es weitergeht, mit uns, mit dem Hof, mit allem. Wir haben alle Zeit der Welt.«

»Ich habe schon darüber nachgedacht«, entgegnete Flora. »Ich komme mit dir nach Hamburg.«

Überrascht ließ Thomas ihre Hand los, und sie lachte über sein verdutztes Gesicht.

»Hast du dir das auch gut überlegt?«, fragte er.

»Ja, das habe ich. Du kennst doch sicher die Redensart: Jeder ist seines Glückes Schmied. Das bedeutet, dass das Glück einem nicht zufällig begegnet. Wir können etwas dafür tun. Deshalb habe ich mich entschieden: Ich will deine Frau werden, und ich will mit dir in Hamburg leben. Ich weiß, dass du im Rheinland niemals glücklich werden kannst.« Lächelnd setzte sie hinzu: »Und außerdem will ich mit dir zusammen am Meer sitzen und in die Ferne sehen. Das wünsche ich mir, seitdem du mir davon erzählt hast.«

»Du willst also tatsächlich Rhöndorf, den Zennigshof, deine Heimat verlassen? Das ist mehr, als ich je zu hoffen gewagt habe.«

Sie schmiegte sich an seine Schulter und genoss seine Nähe. »Ich habe mir auch Gedanken über unsere gemeinsame Zukunft gemacht«, fuhr er fort. »Deinetwegen wäre ich im Rheinland geblieben, hätte den Verlag meines Onkels in Köln übernommen. Den Zennigshof hätten wir bewirtschaften lassen können. Aber nun bin ich sehr glücklich über deine Entscheidung. Du wirst es sehen: Hamburg wird für uns beide zur neuen Heimat werden, denn Heimat ist nach meiner tiefsten Überzeugung überall dort, wo Menschen sich verbunden fühlen, wo Menschen sich lieben.« Er schloss sie wieder in die Arme und küsste sie.

Dies ist der dritte Kuss in meinem Leben, dachte Flora, und er schmeckt am besten. Jeremias von Strasshof würde noch viele Frauen küssen, sie nur noch Thomas. Und das war gut so.

Sie standen noch eine Weile eng umschlungen nebeneinander und blickten über das Rheintal. Unten auf dem Zennigshof trat Mariana aus dem Haus, und gleich darauf fuhren Peter und Franz mit dem Wagen durch die Einfahrt.

Flora sah zu Thomas hinüber. »Bevor wir abreisen, müssen wir den Hof neu verpachten. Lass uns meinen Knecht Peter

Zirwes als Pächter nehmen. Er kennt sich im Weinberg und im Keller sehr gut aus.« Lachend fügte sie hinzu: »Peter wird staunen, wenn er das erfährt.«

Thomas nickte. »Das können wir gleich mit ihm klären.« Er löste sich aus der Umarmung und sah sie fragend an. »Wir müssen überlegen, was du in Hamburg tun wirst. Ich bin oft für meine Zeitung auf Reisen, und der Wein ist doch dein Leben. Vielleicht könntest du im Weinhandel arbeiten?«

»Nicht im Weinhandel, sondern im Weinkeller«, erwiderte Flora. »Ich habe den Hamburger Weinhändler Christian Mathiesen in Köln getroffen. Er bezieht meinen Wein und hat mir gesagt, dass er mich jederzeit in seinem Unternehmen anstellen würde. Und darauf freue ich mich schon.«

Thomas sah Flora sprachlos an. Sie hatte ihre Zukunft bereits in die Hand genommen. Würde ihn diese Frau ein Leben lang überraschen?

Langsam gingen sie hinunter zum Zennigshof. Im Haus rief Flora nach Mariana und bat sie, ein köstliches Mahl zuzubereiten. Thomas und sie setzten sich in der Stube an den Tisch. Und während sie aßen und tranken, erzählten sie sich alles, was sie in den Monaten ihrer Trennung erlebt hatten.

Schließlich sprachen sie über ihre bevorstehende Hochzeit. Flora schlug vor, dass Pfarrer Trips ihnen vor ihrer Abreise seinen Segen geben sollte. Thomas' Miene wurde plötzlich ernst.

»Das ist nicht möglich, Flora. Wenn wir beide in Hamburg leben und Geschäfte machen wollen, müssen wir Bürger dieser Stadt sein und zudem evangelisch. Ich werde diesen Schritt tun. Aber bist auch du dazu bereit? Für dich ist der Ritus der katholischen Kirche ein fester Bestandteil in deinem Leben. Er gibt dir Heimat und Geborgenheit. Denke noch einmal in Ruhe darüber nach, ob du meinetwegen konvertieren willst. Wir können auch im Rheinland bleiben …«

Flora sah ihn an, und sie spürte, dass er alles für sie tun

würde, so sehr liebte er sie. Sie hatte sich bereits mit dem evangelischen Glauben beschäftigt, hatte Menschen kennengelernt, die evangelisch waren: den Weinhändler Mathiesen und die Flüchtlingsfamilie aus der Pfalz. Wie hieß es in dem schönen Lied, das die Benders gesungen hatten? »Welcher seine Zuversicht auf Gott setzt, den verlässt Er nicht.« Das gefiel ihr ganz besonders, und das galt doch für alle Menschen, die an Gott glaubten. Sie stand auf, ging zum Fenster und sah hinaus. Einige Nachbarskinder liefen tobend und lärmend am Haus vorbei. Und plötzlich dachte sie an ihre unbeschwerte Kindheit auf dem Zennigshof, an ihren Traum vom Leben als Winzerin. Sie lächelte. Ihre Kindheit war längst vorbei, und nun endete auch ihre Mädchenzeit. Ein neuer Abschnitt in ihrem Leben stand bevor. Sie würde die Frau von Thomas Weinreiß werden und seinen Namen tragen: Flora Weinreiß. Noch schien ihr der Name fremd, doch er gefiel ihr sehr. Sie schloss die Augen und spürte ihr Herz klopfen. Sie war sich jetzt ganz sicher. Sie wollte mit Thomas in Hamburg leben, eine Familie mit ihm gründen und Kinder haben. Und Gott, der Gott aller Menschen, die an ihn glaubten, war auch dort zu Hause. Er würde sie auch weiterhin auf ihrem Lebensweg begleiten …

Sie wandte sich um und sah auf Thomas, der unbewegt und mit ernster Miene am Tisch saß. Sie ging zu ihm hinüber, setzte sich zu ihm und legte ihre Hand auf die seine.

»Ja«, sagte sie mit fester Stimme. »Ich bin bereit, evangelisch zu werden.«

25

Rhöndorf, 25. März 1689

Die Kutsche stand zur Abreise bereit. Nun hieß es, Abschied zu nehmen vom Zennigshof und seinen neuen Bewohnern und auch von Arco, der weiterhin den Hof bewachen sollte. Flora streichelte den Hund ein letztes Mal, dann sagte sie Lebewohl zu Peter und Mariana, die bald heiraten würden, und nahm auch von Franz Knipp Abschied. Sie ließ den Blick noch einmal über die Gebäude und den Weinberg schweifen und spürte, wie ihr die Tränen kamen. Sie schluckte sie herunter und holte tief Luft. Dann stieg sie zu Thomas in die Kutsche. Er sah sie verständnisvoll an und legte den Arm um sie.

»Bevor wir nach Bonn zu Agnes fahren, möchte ich mich noch von Pfarrer Trips verabschieden«, sagte Flora, und Thomas bat den Kutscher, den Wagen zuerst zum Honnefer Pfarrhaus zu lenken.

»Er war mir immer ein guter Seelsorger«, murmelte Flora, als sie über den Markt auf St. Johann Baptist zufuhren. »Er wird traurig sein, und ich bin es auch.«

Thomas fasste in seine Jackentasche und reichte ihr die Medaille, die er von Victor Morel auf dem Schiff von Bonn nach Köln bekommen hatte. »Schenk ihm das hier«, sagte er. »Das wird ihm sicher gefallen und ihn an dich erinnern.«

* * *

Nachdem Flora dem Pfarrer versprochen hatte, ihm regelmäßig zu schreiben, rollte der Reisewagen an, und Trips sah ihm nach, bis er aus seinem Blickfeld verschwunden war.

Während er sich verstohlen eine Träne aus dem Auge wischte, kamen ihm die Worte des Gerichtsschreibers Johann Steffens in den Sinn. Was hatte er zu ihm gesagt, als sie nach dem Leichenschmaus in seinem Hause beim Wein beieinandersaßen? »Geht auf die Menschen zu, und ich versichere Euch, dass mindestens einer darunter sein wird, von dem Ihr eine gute Meinung haben werdet.« Dies traf auf Flora Mentis zu. Er würde sie sehr vermissen, er vermisste sie schon jetzt.

Trips betrat das Pfarrhaus und ging hinauf in sein Studierzimmer. Er trat ans Fenster und betrachtete die Medaille, die an einer zierlichen Kette befestigt war, eingehend. Auf der einen Seite war das Brustbild eines Mannes in Rüstung zu sehen, bei dem es sich der Inschrift zufolge um den englischen König Charles II. handelte. Die Rückseite zeigte eine Schiffsflotte auf dem Wasser, darüber schwebte ein Posaunenengel, der ein Spruchband trug mit der Aufschrift: *Soli Deo Gloria* – Gott allein zu Ehren.

Trips gefielen diese Worte ganz besonders. Er stand auf, verließ das Pfarrhaus und ging hinüber zur Kirche. In der Sakristei nahm er die Löwenburger Monstranz aus dem Schrank und stellte sie vor sich auf den kleinen Tisch.

Mit ruhiger Hand befestigte er die Münze daran und hoffte, dass diese noch lange Zeit dort hängen möge.

Zwei Tage nach der Abreise von Flora und Thomas saßen Franz Xaver Trips und Johann Steffens im Haus des Gerichtsschreibers beisammen. Seit dem Begräbnis von Jakob Weinreiß hatten sie keine Gelegenheit mehr gehabt, in Ruhe unter vier Augen miteinander zu sprechen.

Im Haus war es still. Saskia Steffens lebte seit ihrer Heirat mit Florian Corvinus in Köln. Ihre Mutter war nicht zu Hause, sie war unterwegs zu einer entfernten Verwandten. Der Gerichtsschreiber fragte seinen gern gesehenen Gast wie immer zuerst nach Neuigkeiten.

»Flora ist plötzlich abgereist. Sie hat sich entschlossen, Thomas Weinreiß, den Besitzer des Hofes, zu heiraten, und ist mit ihm auf dem Weg nach Hamburg.«

Steffens sah ihn überrascht an. »Flora heiratet den Besitzer und geht mit ihm nach Hamburg? Das sind wirklich außergewöhnliche Neuigkeiten. Aber Hamburg …? Ihr wisst, was das bedeutet?«

Trips nickte düster. »Sie wird den evangelischen Glauben annehmen, und ich kann nichts, aber auch nichts dagegen tun.« Seufzend faltete er die Hände vor seinem Bauch. »Wechseln wir lieber das Thema. Ich habe etwas, was Euch in Erstaunen versetzen wird. Etwas über Wilhelm von Fürstenberg und mich. Ich habe es bisher noch niemandem erzählt.« Er lächelte hintersinnig. »Ich kenne Fürstenberg bereits seit meiner Schulzeit in Köln. Wir beide besuchten das berühmte Dreikönigengymnasium im Haus zu den Drei Kronen. Fürstenberg ist nur ein Jahr älter als ich. Schon damals habe ich ihn nicht gemocht. Ständig prahlte er damit, dass er ein Sohn aus adeligem Hause sei. Er war schon immer hochmütig und herablassend.« Trips wiegte den Kopf hin und her. »Ist es nicht ein seltsamer Zufall, dass sich unsere Lebenswege am Bonner Hof wieder gekreuzt haben?« Er räusperte sich. »Die Jahre in Diensten des Kurfürsten Maximilian Heinrich waren die schönsten meines Lebens. Ich konnte nicht nur mein theologisches Wissen in seinen Dienst stellen. Als Hofdichter habe ich Huldigungsgedichte in neulateinischer Sprache verfasst, und der Kaiser hat mir den Ehrentitel *Poeta laureatus* verliehen.« Er holte ein Papier aus seiner Soutane, seine Augen leuchteten. »Das Dichten ist meine besondere Leidenschaft, dafür habe ich auch immer Zeit gefunden.« Er reichte Steffens das Blatt. »Hier ist einer meiner Verse in deutscher Sprache.«

Der Gerichtsschreiber bedankte sich und begann zu lesen.

Und ich lockre drum manchmal die Zügel der Pflicht.
Die ich als Jüngling verehrt – ich grüße sie wieder die
Musen.
Und ihr erquickender Trank labt in der Freizeit den Mann.
Am apollinischen Trank berauscht sich mein Geist und
beginnet
Gleich nach geordnetem Maß – Wort zu fügen an Wort.

Als er geendet hatte, sah er Trips an. »Das ist ein sehr schöner Vers über Eure Leidenschaft für die Dichtkunst. Darf ich nun einen Wunsch äußern, den ich schon länger hege?«

Trips, der das Blatt wieder eingesteckt hatte, sah ihn fragend an.

»Ich wollte Euch, lieber Trips, bitten«, fuhr Steffens fort, »eine Chronik, eine Geschichte Honnefs zu verfassen. Ein hochgebildeter Mann wie Ihr ist dazu berufen, festzuhalten, wie es hier in diesen, in unseren Zeiten ausgesehen hat.«

Trips überlegte kurz. Der Gedanke gefiel ihm. Vielleicht würden seine Aufzeichnungen der Nachwelt erhalten bleiben und irgendwann einen Mann dazu anregen, diese Zeit aus dem Dunkel der Geschichte zu holen. Einen Mann – etwas anderes konnte er sich beim besten Willen nicht vorstellen!

Epilog

Hamburg, 1. August 1689

Flora stand am Fenster im Salon ihres Hauses, das an dem belebten Gänsemarkt lag, und wartete auf Thomas, der zum Mittagsmahl heimkommen wollte. Schon bald nach ihrer Ankunft hatte er das komfortable Haus dank seines Erbes käuflich erwerben können. Kurz darauf hatten sie Frieda eingestellt, eine junge Frau, die aus der Elbmarsch stammte und Flora im Haushalt zur Hand ging, sowie August, der als Kutscher und Hausdiener fungierte.

Inzwischen war Flora konvertiert, und Thomas und sie hatten in der evangelischen Kirche St. Michaelis den kirchlichen Segen erhalten. Zu der anschließenden Feier im Salon des Hauses war auch Christian Mathiesen gekommen. Zur Freude aller hatte er ein Fässchen von Floras Wein mitgebracht.

Am Tag nach der Hochzeit war ein Brief von Laurenz eingetroffen. Er war mit Amelia und ihrer Familie unversehrt nach Berlin gelangt. Von Ferdinand Corvinus hatte er Floras neue Anschrift erfahren. Längst hatte der Bruder seine überstürzte Abreise bereut, Schuldgefühle plagten ihn. Wie er ankündigte, wollte er im nächsten Monat mit Amelia seine Schwester in Hamburg besuchen kommen.

Flora sah hinunter auf den Markt. Dort herrschte, wie immer um diese Tageszeit, geschäftiges Treiben. Hamburg war eine Großstadt. Daran musste sie sich erst noch gewöhnen, doch das Leben hier gefiel ihr von Tag zu Tag besser. Und auch die Arbeit im Weinkeller von Mathiesen & Söhne machte ihr große Freude. Die Söhne Christian Mathiesens schätzten ihre Erfahrung, und sie hatte schon viele Menschen kennengelernt.

Es klopfte, und Frieda brachte ihr einen Brief. Lächelnd betrachtete sie Franz Xaver Trips' schön geschwungene Handschrift. Sie setzte sich in einen Sessel nahe dem Fenster und freute sich auf die Nachrichten aus der Heimat.

Trips berichtete ihr in allen Einzelheiten, was sich seit ihrer Abreise ereignet hatte. Wilhelm von Fürstenberg und sein Gefolge hatten die Stadt Bonn für immer verlassen, um an den französischen Hof zurückzukehren.

Beim Einzug hat er in einer Kutsche gesessen, schrieb Trips, beim Auszug saß er hoch zu Ross. Vor den Toren Bonns hat sich Fürstenberg noch einmal umgedreht und zum Segenszeichen ein Kreuz geschlagen, als könne er die Stadt damit vor allem Unglück bewahren.

Flora sah auf und versuchte, sich den Auszug Fürstenbergs vorzustellen. Sie fragte sich, wo sie jetzt wäre, wenn sie sich damals auf Strasshofs Angebot eingelassen hätte. Wie es ihm wohl ging? Ob er sich noch an sie erinnerte? Aber was spielte das für eine Rolle? Sie las weiter.

In den letzten Tagen des Monats Mai haben die Franzosen damit begonnen, die Dörfer am Rhein zu plündern und in Brand zu stecken. Wie die apokalyptischen Reiter sind die Soldaten durch Honnef gezogen und haben eine Spur der Verwüstung hinterlassen. Vor nichts und vor niemandem haben sie haltgemacht, die Bewohner auf schlimmste Weise traktiert. Einige Soldaten haben mich mit Gewalt von der Kirche ins Pfarrhaus gezerrt, mir die Kleider vom Leibe gerissen und mich so unbeschreiblich misshandelt, dass ich am liebsten gestorben wäre. Nur mit der Hilfe eines mitleidvollen Franzosen, eines wahren Christenmenschen, konnte ich schließlich entkommen. Teile des Pfarr-

hauses, der Turm und das Dach von St. Johann Baptist sind in Flammen aufgegangen.

Schaudernd ließ Flora das Blatt sinken. Sie brauchte eine Weile, bis sie weiterlesen konnte.

Als ich am nächsten Tag nach Rhöndorf kam, habe ich mit eigenen Augen gesehen, dass der Zennigshof bis auf die Grundmauern abgebrannt ist. Glücklicherweise haben sich alle Bewohner zuvor in Sicherheit bringen können.

Fassungslos legte Flora den Brief beiseite, schlug die Hände vors Gesicht und ließ ihren Tränen freien Lauf. Der Zennigshof, ihr geliebter Zennigshof, war ein Raub der Flammen geworden!

Die Tür öffnete sich, und Thomas kam herein. »Was ist mit dir, Liebste?«, rief er bestürzt und eilte auf sie zu.

Schluchzend reichte sie ihm den Brief. Er las ihn, seine Miene verfinsterte sich zusehends. Er legte Trips' Schreiben beiseite, nahm Floras Hände, zog sie hoch und schloss sie fest in die Arme. Eine Weile standen sie eng umschlungen da, und allmählich verebbten Floras Tränen.

»Ich werde Trips schreiben«, sagte sie, »und auch Mariana, Peter und Franz. Ich will sie trösten und ihnen Mut machen für den Neuanfang.«

Thomas nickte. »Und du wirst ihnen auch etwas besonders Schönes mitteilen, nicht wahr? Warum ein Geheimnis daraus machen?«, flüsterte er.

Flora strahlte ihn mit noch immer tränenfeuchten Augen an. »Ja, das werde ich tun.« Alle sollten es erfahren: Sie erwartete ein Kind.

ENDE

Nachwort und Dank

Der vorliegende Roman spielt gegen Ende des 17. Jahrhunderts. Der Honnefer Pfarrer Franz Xaver Trips (1630–1696), eine der beiden historischen Hauptfiguren, verfasste damals ein Gedicht, in dem seine Sicht auf diese Zeit deutlich zum Ausdruck kommt. *O Jammertal, O Zeiten der Unehren!*, heißt es dort. Sein Lamento ist in keiner Weise übertrieben. Das 17. Jahrhundert war geprägt von vielem, was die Menschen in Angst und Schrecken versetzte und somit Anlass zu solch einem Lebensgefühl gab: Verheerende Kriege verwüsteten und entvölkerten ganze Landstriche, das Klima schlug in manchen Jahren mit extremen Minustemperaturen Kapriolen, und trotz aller Fortschritte in der Medizin war gegen die Geißel der Pest, die um die Jahrhundertmitte auch die Gegenden am Rhein erreichte, noch kein Kraut gewachsen.

Der Dreißigjährige Krieg (1618–1648) dauerte ganz besonders lange und war mörderisch, doch kaum weniger grausam waren die Kriege, die der französische König Ludwig XIV. führte, diese schillernde Persönlichkeit mit der glanzvollen Hofhaltung in Versailles und dem absolutistischen Staatsverständnis: »*L'état c'est moi* – der Staat bin ich.« Der Sonnenkönig beanspruchte vehement die politische Vormachtstellung in Europa. Seine erklärten Ziele waren die Schwächung des Hauses Habsburg mit Kaiser Leopold I., die Ausdehnung seines Herrschaftsbereichs nach Norden und bis zum Rhein sowie die

Einverleibung der Kurpfalz, das Erbteil seiner Schwägerin Lieselotte, in sein Staatsgebiet.

Ludwig XIV. war jederzeit bereit, alle Karten bis zum Äußersten auszureizen. Bei der Wahl eines neuen Erzbischofs in Köln am 19. Juli 1688 unterstützte er den ihm treu ergebenen Bischof von Straßburg, Kardinal und kurkölnischen Premierminister Wilhelm von Fürstenberg-Heiligenberg (1629–1704), die zweite historische Hauptfigur des Romans. Mit ihm als Kurfürsten, so Ludwigs Kalkül, würde er unmittelbaren Einfluss auf die Politik des Reiches nehmen können. Gegen diesen Plan setzte Kaiser Leopold I. alle Hebel in Bewegung. Er sandte einen seiner ranghöchsten Diplomaten, den Grafen Kaunitz, nach Köln, um die Domherren davor zu warnen, Fürstenberg ihre Stimme zu geben.

Fürstenbergs profranzösische Haltung war Leopold seit Langem bekannt. Schon einmal, und zwar bei den Friedensverhandlungen zum Holländischen Krieg (1672–1678), hatte er dessen Diplomatie für so gefährlich gehalten, dass er ihn 1674 hatte festnehmen und fast sechs Jahre lang in der Wiener Neustadt inhaftieren lassen. Eine Anmerkung hierzu: Die Figur des Jeremias von Strasshof, der im Roman während dieser Zeit zu Fürstenbergs Pagen wird und später zu seinem engsten Vertrauten, ist frei erfunden.

Ludwigs »Vasall« Fürstenberg erreichte bei der Wahl am 19. Juli 1688 die erforderliche Stimmenzahl nicht. Er führte zwar zunächst noch die Geschäfte des Landes Kurköln – das ist das Gebiet um Köln –, aber die freie Reichsstadt Köln unterstand weiterhin dem Kaiser. Am 28. Juli 1688 zog Fürstenberg mit seiner »Geliebten«, der Gräfin Katharina Charlotte von der Marck, und seinen Wahlmännern ins Bonner Schloss ein. Zu diesem Zeitpunkt fehlte ihm jedoch noch immer die Legitimation für sein Amt als Erzbischof und Kurfürst von Köln. Der Papst und die Kurie führten die Entscheidung herbei und votierten für seinen Konkurrenten Joseph Clemens von Bayern.

Ludwig XIV. ließ sich davon allerdings nicht beeindrucken. Im September 1688 forderte er in einem Manifest an den Kaiser, die Reichsfürsten und den Papst ultimativ die Aufnahme Fürstenbergs in das Kollegium der Kurfürsten, und er war zudem bereit, die Stellung des Kardinals militärisch abzusichern. Er sandte Infanterie und Kavallerie sowie Baumeister zur Verstärkung der Rheinfestungen nach Kurköln, wo insgesamt 12.000 französische Soldaten einquartiert wurden.

Nun begann das Leiden der Bevölkerung, insbesondere in der Stadt Bonn, die in den folgenden Monaten zu einer Festung ausgebaut wurde, während Fürstenberg mit seinem Gefolge im Schloss weilte und nach französischer Manier Hof hielt. Als die Vorräte knapp wurden, holten sich die Franzosen alles Lebenswichtige aus den Dörfern in der Umgebung. Plünderungen und Brandschatzungen waren an der Tagesordnung.

In der Stadt Köln selbst hatten bereits im September 1688 kaiserliche Verbände Stellung bezogen. Bis zum Beginn der Rückeroberung Kurkölns durch Leopolds Truppen sollten noch Monate vergehen, da Ludwig XIV. bereits Ende September 1688 einen für ihn nun viel wichtigeren Kriegsschauplatz eröffnet hatte: den Krieg um die Kurpfalz, der unter der Bezeichnung »Pfälzischer Erbfolgekrieg« in die Geschichte eingegangen ist.

Der Kampf um Kurköln begann dann im Jahr darauf mit der Schlacht bei Uerdingen am 12. März 1689, wo kaiserliche Truppen Stellungen der Franzosen angriffen. Bonn wurde zum Hauptquartier der Franzosen, in dem sich der französische Widerstand formierte. Was sich in den folgenden Monaten abspielte, war ein zähes und hinhaltendes Ringen. Fürstenberg, der bereits am Ende des Jahres 1688 spürte, dass Ludwig seine schützende Hand zunehmend von ihm abzog, dachte daran, aufzugeben und sich zurückzuziehen.

Am 6. April 1689 verließ Fürstenberg mit seinem Gefolge die Bonner Residenz und ging ins Exil nach Frankreich. In Etappen verwüsteten die Franzosen nun weiträumig die Region um die Festung Bonn, der heranrückende Feind sollte nirgendwo mehr Unterschlupf finden. Das berühmt-berüchtigte Motto des Pfälzischen Erbfolgekriegs »Verbrennt die Pfalz!« wurde auch an Rhein und Siebengebirge auf ebenso grausame wie wirksame Weise in die Tat umgesetzt.

Am 24. Mai 1689 sollte es mit Plünderungen und Brandschatzung Honnef treffen. Doch wie Pfarrer Trips in seiner Chronik bezeugt, gab es auch »mitleidvolle« Franzosen. Einer von ihnen rettete ihm das Leben.

Im Juni erkämpften Leopolds Truppen die Beueler Schanze und nahmen Bonn unter Kanonenbeschuss. Die Stadt ging in Flammen auf, die Brände vernichteten die Residenz des Kurfürsten, das Rathaus, das Zollgebäude, das Minoritenkloster und etliche Bürgerhäuser. Doch erst der Plan des kaiserlichen Generals Karl V. von Lothringen, die Stadt von der Landseite her anzugreifen, führte am 12. Oktober 1689 zur Kapitulation der Franzosen.

Im Gegensatz zu den absolutistischen Herrschaftsmodellen auf dem Kontinent kam es in England nach Bürgerkriegswirren und der Einsetzung Charles II. als König im Jahr 1688 zu einer unblutigen Revolution, der *Glorious Revolution*. Das im Februar 1689 herausgegebene Dokument *Bill of Rights* stärkte fortan die Rechte des Parlaments gegenüber dem König und gilt daher als die »Geburtsurkunde« des Parlamentarismus in Europa. Thomas Weinreiß schreibt Flora darüber in einem seiner Briefe aus London.

Die Auseinandersetzungen zwischen Katholiken und Protestanten waren ab 1618 in den Dreißigjährigen Krieg gemündet. Doch mit dessen Ende war die Flamme des Glaubensstreits noch längst nicht erloschen. Auch in den Aufzeichnungen des Pfarrers Trips zeigt sich, dass die katholische Kirche nach wie vor bestrebt war, ihre verirrten Schafe wieder zum »rechten Glauben« zurückzuführen. Kirchliche Macht und tiefer Glaube prägten im ausgehenden 17. Jahrhundert das Leben der Menschen in einem Maße, das uns heute fremd erscheint.

Das gesellschaftliche Ordnungsmodell dieser Zeit war noch immer das Ständesystem, das jedem Menschen seinen festen Platz in dem Gemeinwesen zuwies. Aber es war bereits durchlässig geworden – sozialer Aufstieg, auch über die Standesschranken hinweg, war durchaus möglich geworden.

Es kam hinzu, dass sich der Horizont und das Weltbild der Menschen durch zahlreiche neue Entwicklungen in diesem Jahrhundert tiefgreifend veränderten. So erlaubte ein immer dichter werdendes Postnetz den schnelleren Austausch von Nachrichten und Informationen. Die Personenbeförderung mit regelmäßig verkehrenden Postkutschen auf neu angelegten Strecken nahm stetig zu.

Zudem entwickelte sich ein Medium, das zeitnah Bezug auf aktuelle politische und gesellschaftliche Geschehnisse nahm. Man nannte solche Nachrichtenblätter damals schon Zeitungen. Zu den besten deutschen Zeitungen gehörte der 1674 von Thomas von Wiering in Hamburg gegründete *Relations-Courier*, der über politische und militärische Ereignisse in Europa berichtete. Das Blatt warb mit seiner »Aktualität«. Das hieß: Zwischen dem Ereignis und dem Erscheinen des Berichts lag als kürzeste Zeitspanne eine Woche.

Am Fuß des Siebengebirges wird seit 1100 Jahren Wein angebaut. Die Geschichte rund um die Romanheldin Flora Mentis spielt im schon immer von familiärer Bewirtschaftung geprägten Winzermilieu, in dem auch Frauen tätig waren. Die Weinbauern in Rhöndorf und den anderen Ortsteilen Honnefs waren Pächter und sogenannte Halbwinner. Sie behielten den halben Gewinn vom Ertrag der Rebflächen, die andere Hälfte ging an den Besitzer. Nach dem Dreißigjährigen Krieg erwarben auch Bürger der Städte Bonn, Köln und Düsseldorf Weinlagen in Honnef.

Die im Roman geknüpfte Verbindung zwischen dem Bonner Bürgermeister Jakob Weinreiß, seiner Familie und der Winzerfamilie Mentis, die den fiktiven Rhöndorfer Zennigshof bewirtschaftet, ist frei erfunden. Dass es auf der Rhöndorfer Steillage am Zennigsberg Weinbau gab, ist jedoch dokumentiert. Im 20. Jahrhundert wurde der Zennigsberg zu einer prominenten Adresse: Der erste deutsche Bundeskanzler Konrad Adenauer baute sich hoch oben am Hang ein Haus mit Blick auf den Rhein.

Auch gab es – und zwar bereits seit dem Mittelalter – die Verbindung zwischen dem kurfürstlichen Hof in Bonn und seinem »Tafelgut« im Honnefer Ortsteil Beuel. Dieser Bischofshof wurde von einem Verwalter geführt, der den Kölner Kurfürsten unter anderem mit Wein zu beliefern hatte. Noch heute existieren Gebäudeteile aus dieser Zeit. Aktuell befindet sich eine Internationale Hochschule auf dem Areal.

Am Romanschauplatz Honnef agieren einige historisch belegte Personen: Pfarrer Trips, der Gerichtsschreiber Steffens und seine Frau Christina sowie Trips' Haushälterin Frau Harperath. Während Aussehen und Charakter des Gerichtsschreiberehepaars und der Haushälterin frei gezeichnet wurden, entspricht Pfarrer Trips durchaus dem Persönlichkeitsbild, das sich aus der Lektüre seines Werkes erschließen lässt. Und auch einige Gedanken, die er darin äußert, sind in den Roman eingeflossen. Am Schauplatz Bonn tritt der historisch belegte

Guardian des Bonner Minoritenklosters, Anton von Wissingh, auf. Er war Zeuge der Belagerung und Zerstörung Bonns und hat diese schriftlich festgehalten.

In den herangezogenen Quellen sind viele weitere Ereignisse und Begebenheiten dokumentiert, die Eingang in den Roman gefunden haben. Dies sind die wichtigsten Quellen, die ich benutzt habe:

Max Braubach: *Wilhelm von Fürstenberg (1629–1704) und die französische Politik im Zeitalter Ludwigs XIV.* (Bonner Hist. Forschungen Bd. 36), Bonn 1972.

Dietrich Höroldt (Hrsg.): *Geschichte der Stadt Bonn, Bd. 3: Bonn als kurkölnische Haupt- und Residenzstadt (1597–1794)*, Bonn 1989.

Adolf Nekum: *Der Weinbau in Honnef – Erinnerung an eine 1100-jährige Geschichte* (Heimat- und Geschichtsverein »Herrschaft Löwenburg« e. V.: *Studien zur Heimatgeschichte der Stadt Bad Honnef am Rhein*, Heft 10), Bad Honnef 1993.

Franz Xaver Trips: *Honnef vor 1700. Aufzeichnungen zur Ortsgeschichte.* Herausgegeben und [aus dem Lateinischen] übersetzt von Ernst Nellessen. Selbstverlag, Bad Honnef 1978.

Karl Günter Werber: *Honnefer Spaziergänge. Spaziergang durch die Geschichte.* Verlag Buchhandlung Werber. 2. überarb. Aufl. Bad Honnef 2002.

Zum Schluss möchte ich vor allem meinem Mann Martin danken, der meine Überlegungen zu diesem Buch über die Jahre seiner Entstehung hinweg mit regem Interesse begleitet und mir wertvolle Anregungen gegeben hat.

Mein Dank gilt weiterhin Frau Dr. Stefanie Heinen vom Bastei Lübbe Verlag für ihr Interesse und ihren Einsatz, den Roman auf den Weg zu bringen, und auch Frau Dr. Ulrike

Brandt-Schwarze, die den Text mit Sorgfalt, historischer Sachkenntnis und großem Einfühlungsvermögen lektoriert hat.

Widmen möchte ich den Roman meiner Familie.

Bad Honnef, im Frühjahr 2021
Martina Walter